Remember
MY NAME

EMILIA D'AMICO

VANESSA DARK

vanessadark.autorin@gmail.com

Instagram: vanessadark.autorin

Tik Tok: vanessadark.autorin

© 2025 Vanessa Dark

ISBN: 978-3-7557-5707-8

Bibliografische Informationen der Deutschen Nationalbibliothek:
Die Deutsche Nationalbibliothek verzeichnet diese Publikation in
der Deutschen Nationalbibliografie; detaillierte bibliografische
Daten sind im Internet über dnb.dnb.de
abrufbar.

Die automatisierte Analyse des Werkes, um daraus Informationen
insbesondere über Muster, Trends und Korrelationen gemäß
§44b UrhG („Text und Data Mining") zu gewinnen, ist untersagt.

Verlag: BoD · Books on Demand GmbH, In de Tarpen 42,
22848 Norderstedt, bod@bod.de
Druck: Libri Plureos GmbH, Friedensallee 273, 22763 Hamburg

Widmung

Für die, die wissen, dass wahre Liebe sich anfühlt wie ein Griff an die Kehle – fordernd, unerbittlich und mit der Macht, Lust und Schmerz zu einem süßen Verhängnis zu vereinen.

Triggerwarnung

Liebe Leser*in,

dieses Buch ist ausschließlich für ein erwachsenes Publikum ab 18
Jahren geeignet. Es enthält Inhalte und Szenen, die potenziell
belastend sein können. Bitte bedenke, dass dies eine fiktive
Geschichte ist, die dunkle und herausfordernde Themen aufgreift.
In diesem Buch werden unter anderem folgende Themen
behandelt:

Gewalt in verschiedenen Formen
Der Gebrauch und Missbrauch von Drogen
Sexuelle Handlungen, sowohl einvernehmliche als auch nicht
einvernehmliche
Missbrauch und Vergewaltigung
Explizite Sprache und beleidigende Ausdrücke
Handlungen, die den Tod herbeiführen
Der Einsatz von Waffen

Diese Themen sind zentral für die Handlung und die Charakterentwicklung und werden teilweise ausführlich beschrieben. Solltest du sensibel auf eines oder mehrere dieser Themen reagieren, empfehlen ich dir, vor dem Lesen gründlich abzuwägen, ob du dich mit diesen Inhalten wohlfühlst.

Die Intention dieses Buches ist es nicht, Gewalt oder Missbrauch zu verherrlichen.

Das Wichtigste: Hör auf dich selbst. Wenn du merkst, dass diese Inhalte zu viel für dich sind, lege das Buch zur Seite. Dein Wohlbefinden steht an erster Stelle.

Danke, dass du den Mut hast, in diese Welt einzutauchen. Aber denk daran: Was du hier liest, bleibt Fiktion – und du entscheidest, wie weit du gehen willst.

Prolog

Der schwere, samtige Vorhang der Nacht senkte sich über Catania. Es war der Abend meines 21. Geburtstags. Ein Abend, den ich selbst nicht hätte planen wollen. Doch Lucia, meine Patentante und seit Jahren eine der wenigen Person, die mir vertraut geblieben war, bestand darauf. Sie plante diesen Abend groß – größer, als mir lieb war. Sie war es, die die Einladungen verfasste und sicherstellte, dass niemand von Rang und Namen der sizilianischen Gesellschaft davon vergessen wurde. Ein Funken Zwang und ein schimmernder Schein heuchelten mir Glamour vor, doch mein Herz fühlte sich leer an.

Unzählige Menschen würden heute kommen, viele davon fremd. Ein paar von ihnen gehörten zur Familie, von der ich einige selbst kaum kannte. Freunde, Bekannte, Menschen, die mir angeblich nahestanden, aber deren Nähe ich nicht spüren konnte. Heute aber, war ich nichts weiter als eine Schachfigur in Lucias ehrgeizigem Spiel. Ihre Freude an der Organisation konnte ich fast als ansteckend empfinden, wenn ich nicht die Leere in mir spürte – eine Lücke, die nur meine Eltern hätten füllen können. Es war, als wäre ihr Tod der Moment gewesen, in dem sich eine kalte Dunkelheit über mein Leben legte.

Ich stand im Ankleidezimmer. Die gedämpfte Beleuchtung streifte über die Kanten des letzten Bildes meiner Eltern, das ich seit ihrer Beerdigung auf meinem Nachttisch aufbewahrte. Ein geisterhaftes Lächeln schimmerte im Schein der Lampe, welches ihrer Schönheit und dem unerschütterlichen Glanz ihrer Seelen Ausdruck verlieh. Jetzt, nach sieben Jahren, spürte ich, wie sie mich in die Ferne zogen, in eine Vergangenheit, die sich wie eine andere Zeit anfühlet. Ihr Tod würde nie aufhören, Fragen zu hinterlassen, die keine Antworten fanden.

Ich atmete tief ein. Es wurde schwerer, je näher der Abend rückte. Ein Gefühl der Schwere zog sich durch meinen ganzen Körper, und ich wusste nicht genau, woher es kam. Womöglich war ich es selbst, die sich dagegen sträubte, heute die Rolle zu spielen, die Lucia mir aufgedrängt hatte.

Ein leichter Luftzug wehte durch das Zimmer. Ich drehte mich zum Kleiderschrank und ließ meine Finger über die Kleider gleiten. Smaragdgrün fiel mir ins Auge, der seidene Stoff fühlte sich kühl und verheißungsvoll an. Es war nicht nur ein Kleid, es war ein Versprechen – eines, das für Veränderung stand. Für einen Neuanfang. Ein lächerlicher Gedanke, doch heute Abend schien mir alles erlaubt.

Während ich mich in das grüne Kleid hüllte und das seidige Material über meine Haut glitt, hallte ein Knall durch das Haus. Es folgte das energische Poltern von Schritten aus dem Flur, und plötzlich riss Lucia die Tür auf. Ihre Augen musterten mich hektisch, doch als sie mich ansah, breitete sich ein sanftes Lächeln auf ihrem Gesicht aus.

»Himmel, Emilia! Die ersten Gäste kommen in dreißig Minuten, und du träumst vor dich hin«, stöhnte sie und schüttelte den Kopf. Doch es klang nur halb so ernst, wie sie es darstellte.

»Lucia, ich bin fast fertig«, erwiderte ich leise und hielt ihren Blick, doch in mir loderte Unbehagen. »Es tut mir leid, ich war in Gedanken bei… Mamma und Padre« Ich presste die Worte hervor, sie fielen schwer, wie Steinbrocken auf den kalten Marmorboden.

Lucias Gesicht entspannte sich, und sie nahm meine Hände in ihre. »Ach, Mia Bella, entschuldige dich nie für diese Gedanken. Wüssten deine Eltern, wie du hier stehst – wunderschön und stark wie eine Königin – sie wären unendlich stolz auf dich.«

Mit einer Umarmung verabschiedete sie sich, doch ich spüre, dass das Gespräch mich tiefer in meine Erinnerungen riss. So sehr, dass ich vergaß, was ich zu tun hatte. Ich richtete mein schwarzes Haar, legte es in weichen Wellen über meine Schulter, setzte dunkle Akzente um die Augen und zog die Lippen in tiefem Rot nach. In der Vertrautheit des Anblicks in meinem Spiegelbild entdeckte ich etwas Fremdes. Doch zuordnen, was es war, konnte ich nicht.

Dennoch beschloss ich, mich nach unten zu begeben, bevor ich noch mehr Zeit verlor. Der letzte prüfende Blick in den Spiegel zeigte mir, dass ich bereit war – oder mir zumindest einredete, dass ich es war.

Als ich die Treppe hinabstieg, empfingen mich die ersten Stimmen, das Lachen fremder Menschen, die Musik, die wie eine Warnung in meinen Ohren hallte. Jede Stufe, die ich nahm, brachte mich dem Unvermeidlichen näher, dem Moment, in dem ich Teil dieses Spiels wurde.

Einige Gäste drehten sich zu mir um, doch mein Blick wanderte weiter, suchend, ohne zu wissen, wonach. Und da war er. In einer Ecke, wie ein Schatten verborgen, stand einer der Santoro Brüder.

Seine Augen ruhten auf mir, so intensiv, dass ein Schauer über meinen Rücken lief.

Ich kannte ihn nur flüchtig - mehr seinen Ruf, der ihm vorauseilte. Ein Ausdruck von tiefer, gefährlicher Neugier lag in seinem Blick. Die Art, die man in einer Menge nie erwartete und man dennoch nie vergaß.

»Emilia!«, rief eine Freundin, und die Stimme riss mich aus meinen Beobachtungen. Ich wandte mich ihr zu, versuchte, das beklemmende Gefühl loszuwerden, das mich in der Dunkelheit dieser Augen gefangen hielt. »Ich... es ist so schön, dich hier zu sehen.« Meine Stimme war schwach, doch es reichte, und sie zog mich in eine Umarmung, die mir für einen Moment das Atmen schwerer machte. Aber nichts konnte mir die Last von den Schultern nehmen, die sich seit dem ersten Blick in meine Seele gebohrt hatte.

Als ich mich wieder umdrehte, war er verschwunden. Doch seine Präsenz schwebte noch immer in der Luft, wie das leise Flüstern einer Drohung, die sich in mein Bewusstsein brannte. Ich bemerkte eine merkwürdige Leere, ein Nichts, das mir wie ein Abgrund erschien. Dieser Abend, dieser Geburtstag ... irgendetwas stimmte nicht. Ein seltsames Gefühl kroch in mir hoch, eine dunkle Vorahnung, die mich erschaudern ließ.

Wieder blickte ich in die Menge, suchte nach ihm, doch alles, was ich fand, waren die Gesichter derer, die gekommen waren, um den Schein zu wahren. Die Gläser voller Champagner, das falsche Lächeln auf ihren Lippen und die leeren Worte. Und doch wusste ich, er würde wieder auftauchen. Irgendetwas sagte mir, dass diese Begegnung nicht enden würde, nur weil ich es mir wünschte.

Noch immer schwang diese Stille durch den Raum, wie ein unaufhörliches Flüstern, das niemand außer mir zu hören schien. Etwas, das mich herausforderte, anzog, so intensiv wie die

Dunkelheit, die ich längst begraben glaubte. Ich spürte, wie mein Herz unregelmäßig schlug, stärker, schneller, als wäre es schon Teil eines unvorhersehbaren Spiels.

Ich atmete tief ein, richtete mich auf und lächelte ein flüchtiges Lächeln auf den Lippen, das niemandem galt, außer mir selbst.

Irgendwas war heute Nacht passiert, das mich verändert hatte.

Kapitel 1

EMILIA

Bevor ich mich unter die Gäste mischte, zögerte ich einen Moment und griff nach meinem Handy. Ein kurzer Blick auf den Bildschirm: Flavio. Er hätte längst hier sein sollen. In all den Jahren unserer Beziehung war er nie zu spät gekommen. Während ich seine Nummer wählte, spürte ich ein flaues Gefühl in meinem Magen. War ich übertrieben besorgt? Ich schickte ihm eine Nachricht:

Wo bist du? Ich vermisse dich.

Mit einem letzten Blick auf die Uhr atmete ich tief durch und lief die letzten Stufen hinab zum Parkett.

Je näher ich der Menge kam, desto lauter wurden die Stimmen und die Musik, die durch die offenen Türen schallte. Ein Teil von mir wollte diesen Moment festhalten, das letzte Quäntchen Ruhe vor dem Sturm, der mir bevorstand. Doch bevor ich mich orientieren konnte, entdeckte Raffaele mich.

13

»Liebe Gäste! Unser Ehrengast ist eingetroffen! Die Party kann losgehen!«, rief er mit einer Stimme, die mehr nach einer Ansage als nach einem herzlichen Willkommen klang. Alle Blicke richteten sich auf mich, und ich fühlte, wie meine Wangen heiß wurden. Der verhaltene Applaus der Gäste klang wie das Rauschen der Wellen, die in einem stürmischen Meer zerschlagen wurden. Neben dem Applaus hörte ich meinen Cousin Santo jubeln, als ob er der Einzige gewesen wäre, der den Mut hatte, in dieser angespannten Situation Freude zu zeigen.

Das Unbehagen schnürte mir die Kehle zu, und Santo bemerkte es sofort. Er kam auf mich zu und drückte mir ein Glas Weißwein in die Hand. »Hier, das wirst du bei deiner Panik vor Aufmerksamkeit brauchen«, sagte er grinsend, seine Augen funkelten vor Belustigung.

»Dankeschön, aber ein Glas wird nicht reichen«, antwortete ich, bemüht, meine Nervosität mit einem sarkastischen Tonfall zu übertünchen. »Das hier ist nicht meine erste Party.«

»Ach, komm schon, Emilia! So schlimm wirds nicht. Sie sind alle hier, um dich zu feiern!«, beruhigte er mich, als wäre das die Antwort auf all meine Sorgen. »Ja, sicher, sie sind nur wegen der Feier hier.« Ich lachte leise, doch wir wussten beide: In Catania lässt sich niemand eine Party entgehen, egal wie klein. Gesehen werden, ist alles.

»Hat Lucia ganz Catania eingeladen, oder wer sind all diese Leute? Der Bürgermeister? Wirklich?«, stellte ich genervt fest und bemerkte, wie Lucia, die im Hintergrund stand, mit ihren Gästen lachte.

»Dein Freund scheint seine Einladung nicht bekommen zu haben – oder was könnte seine Entschuldigung für sein Fernbleiben sein?«, stichelte er amüsiert und musterte mich mit einem durchdringenden Blick. Aber er hatte recht. Flavio war nicht hier, und ich hatte nichts von ihm gehört. Kein Anruf, keine Nachricht. Was war mit ihm los?

»Emilia! Santo!«, rief Lucia, als ob sie meine inneren Gedanken durchschaut hätte. »Kommt zu uns. Wir sprachen darüber, was für eine wunderbare junge Frau du geworden bist.«

Ich verdrehte die Augen in Santos Richtung, woraufhin er nur lachte und sich von mir abwandte. »Viel Glück, Emi«, murmelte er und verschwand in der Menge, wie ein Vogel, der flüchtig aufstieg und schnell im Dickicht untertauchte.

So stand ich mit Lucia und zwei ihrer Freundinnen vom Golf Club zusammen, die sich über ihren neuen Trainer unterhielten. Ich versuchte, am Gespräch teilzunehmen, doch als sie wieder ins Schwärmen verfielen, nutzte ich die Gelegenheit zur Flucht. »Entschuldigt, ich werde mal die anderen Gäste begrüßen«, sagte ich freundlich und schob mich an ihnen vorbei.

Mit einem Glas Wein in der Hand durchquerte ich den Raum, begrüßte einige Familienfreunde, führte Small Talk mit Kommilitonen, innerlich war ich aber mit meinen Gedanken woanders. Ich suchte nach Raffaele, um über den weiteren Ablauf des Abends zu sprechen, doch ich konnte ihn nirgends entdecken. Mein Blick wanderte zum Eingang, und ich bemerkte, wie meine Großmutter hereinkam.

Ihre Anwesenheit freute mich. Sie war ein Lichtstrahl in der Dunkelheit, die sich in den letzten Jahren über mein Leben gelegt hatte. Sie wusste, wie ungern ich im Mittelpunkt stand, und schaffte es immer, mich zu beruhigen. Ich lief sofort zu ihr und umarmte sie herzlich. »Nonna, du hast es geschafft! Ich freue mich! Erzähl mir alles über deine Reise nach London.«

In ihrer Nähe fühlte ich mich sofort wohler. Die Sorgen, die sich wie ein schwerer Mantel um meine Schultern gelegt hatten, schmolzen dahin. »Emilia, meine wunderschöne Enkeltochter!

Sieh dich nur an, so schön wie deine Mutter und so elegant wie dein Vater« Sie strahlte und bei der Erwähnung meiner Eltern wurde mein Herz schwer. Sie nahm meine Hand, als wüsste sie, wie sie die Traurigkeit vertreiben konnte.

»Ich weiß, du vermisst sie, das tue ich ebenso - jede Sekunde. Aber glaub mir, sie würden wollen, dass du heute Abend strahlst. Du trägst sie in deinem Herzen und nimmst sie auf all deinen Wegen mit. Vergiss das nie, Emilia«, sagte sie ermutigend, ihre Stimme war warm und einfühlsam.

»Du weißt immer, wie du mich beruhigen kannst. Danke, dass du hier bist. Mehr hätte ich mir nicht wünschen können«, erwiderte ich dankbar. Doch als mein Blick zur Tür wanderte, bereute ich diese Aussage.

Onkel Armando, Tante Vittoria und Cousin Meo traten ein. Ein tiefer Abgrund tat sich vor mir auf, und ich wusste, der Abend wäre perfekt gewesen, hätten diese drei sich nicht hier blicken lassen. Sie gehörten zur Familie, aber ich hatte nie einen Draht zu ihnen.

Mein Onkel, mit seinem kalten, distanzierten Ausdruck, war für mich ein Rätsel, das ich nicht lösen wollte. Bei der Beerdigung meiner Eltern stand er eiskalt am Grab, sein Blick war so emotionslos, dass ich ihn mir nicht erklären konnte. Fast so, als würde es ihm nichts ausmachen, dass er seinen Bruder und seine Schwägerin verloren hatte.

Einzig Santo lag mir am Herzen. Er war anders – ein Freigeist. Mit 19 hatte er sein Kunststudium begonnen, gegen die Pläne seiner Eltern, die wollten, dass er ins Familienunternehmen im Import-Export einsteigt. Leider konnte ich ihn nicht dazu überreden, Jura zu studieren. Es wäre schön gewesen, ihn täglich an der Uni zu sehen.

Meo hingegen ähnelte seinem Vater. Manchmal fragte ich mich, ob er eine Kooperation mit einem Vaseline-Hersteller hatte, so tief steckte er im Hintern seines Vaters. Aber wie sagt man so schön: Der Apfel fällt nicht weit vom Stamm. Meo passte perfekt in diese Welt. Er studierte irgendetwas mit Wirtschaft und arbeitete im Familienunternehmen. Was er dort tat, hatte ich nie gefragt. Ehrlich gesagt, wollte ich es nicht einmal wissen.

Plötzlich riss mich die Stimme meiner Nonna aus meinen Gedanken, als sie mich aufforderte, die Neuankömmlinge zu begrüßen. Glücklicherweise ertönte das Läuten einer Glocke. Ein Kellner forderte die Gäste auf, im großen Saal Platz zu nehmen, da das Essen gleich serviert werden würde. Jackpot! Mit einem aufgesetzten Lächeln begrüßte ich die Drei schnell und machte mich auf den Weg in den Saal.

Im großen Speisesaal war alles festlich gedeckt. Der Tisch war ein wahres Kunstwerk aus edlem Porzellan, Gläsern, die im Licht schimmerten, und Blumenarrangements, die nach Frische und Eleganz dufteten. Während ich mir einen Platz suchte, drifteten meine Gedanken immer wieder zu Flavio ab. Wo war er? Was konnte ihn nur aufgehalten haben?

Ich setzte mich an einen der Tische und suchte erneut nach Raffaele. Der Raum schien sich vor mir zu drehen, als die ersten Gänge serviert wurden. Die Worte der Gäste um mich herum wirbelten sich zu einem Chaos zusammen.

»Emilia, warum schaffst du es nicht, dich zu entspannen?«, fragte Lucia, die plötzlich neben mir auftauchte, als wüsste sie, was in meinem Kopf vor sich ging. »Du solltest mehr trinken. Das wird dir helfen, die Aufregung loszulassen.«

»Ich bin nicht aufgeregt«, entgegnete ich und nippte an meinem Wein. »Es ist nur … ich erwarte jemandem.«

»Hoffentlich nicht den, der nicht gekommen ist.« Lucia war hartnäckig, das wusste ich. Ihre Augen blitzten vor Neugier, und ich spürte, dass sie sich über Flavio amüsierte. Doch heute Abend würde ich nicht zulassen, dass irgendjemand sich über ihn lustig macht.

Kapitel 2

EMILIA

Die restlichen Gäste setzten sich auf ihre zugewiesenen Plätze. Der Raum lag eingehüllt in ein sanftes Licht, das von glitzernden Lichterketten herabregnete, und ich musste zuzugeben, dass Lucia hier ganze Arbeit geleistet hatte. Mit seiner harmonischen Atmosphäre wäre dieser Saal perfekt für eine Hochzeit. In Weiß und zarten Pastelltönen gehalten, waren die runden Tische ein elegantes Stillleben aus Blumenarrangements und filigranem Silberbesteck.

Aber eine prunkvolle Party? Das war nicht meine Welt. Ich hätte den Abend lieber im kleinen Kreis verbracht – mit einem Film und Popcorn, so wie wir es früher zu dritt gemacht hatten, als meine Eltern lebten. Doch so war Lucia: Sie drückte Liebe durch Gesten aus, die größer waren als das Leben. Sie und Raffaele waren wie eine zweite Familie für mich, obwohl ich wusste, dass ihr Lächeln manchmal verbergen sollte, was für sie selbst in der Ferne lag.

»Vielen Dank für alles, ihr zwei«, sagte ich und sah die beiden an, während sich meine Stimme verräterisch senkte. »Worte reichen nicht aus, um euch zu zeigen, wie dankbar ich bin, dass ihr mich aufgenommen habt. Für das ... alles hier.«

Raffaele nickte nur leicht, seine Hand legte sich schützend auf meine.

»Wir haben deinen Eltern versprochen, alles zu tun, als wärst du unser eigenes Kind«, erwiderte er leise, ein Hauch von Schwermut in seiner Stimme. Ihre Kinderwünsche hatten sich nie erfüllt, und ich wusste, dass die Beziehung zwischen uns daher umso bedeutungsvoller war. »Du verdienst alles – und mehr. Was auch kommen mag. Wir sind an deiner Seite.«

Ein kalter Schauer lief mir über den Rücken. Seine Worte schienen eine tiefere Bedeutung zu tragen, doch ich schüttelte diesen Gedanken schnell ab. »Was auch kommen mag?«, fragte ich halb scherzhaft, halb verwirrt. Doch in diesem Moment erhob sich meine Großmutter, und ihre sanfte Stimme durchschnitt das Gemurmel der Gäste.

»Meine geliebte Emilia, liebe Familie und Freunde! Ich möchte heute mit euch auf meine wunderschöne Enkelin anstoßen. Schon in wenigen Stunden wird sie 21! Wo ist nur die Zeit geblieben? Deine Eltern, liebe Emilia, haben dich zu einem außergewöhnlichen Menschen erzogen, und Lucia und Raffaele haben ihren Teil dazu beigetragen. Du bist zu einer wundervollen jungen Frau herangewachsen. Und du kannst stolz auf all das sein, was du bisher erreicht hast.«

Ihre Worte ließen mich erröten, trotzdem war mein Lächeln aufrichtig, und ich umarmte sie fest. Ich hörte den Applaus der Gäste, doch in meiner Brust spannte sich etwas an – ein flüchtiger Gedanke, der sich durch die scheinbare Perfektion des Abends zu bohren schien.

Raffaele und Lucia hatten nichts dem Zufall überlassen. Die Menüs umfassten alles – exquisites Steak, Kaviar, sogar Krokodilfleisch. Doch während die Gäste uns mit Lob überschütteten und bei jedem Gang tiefer in das dekadente Essen eintauchten, wuchs mein Unbehagen. Wo war Flavio? Er hatte versprochen, hier zu sein. Der pünktlichste Mensch, den ich kannte, und doch – keine Nachricht, kein Anruf. Ich kämpfte gegen das flaue Gefühl im Magen und entschloss mich, meine Fassade zu wahren.

Der Raum wurde zunehmend lebhafter, die Stimmen der Gäste erfüllten die Luft, und als *Sarà, perché ti amo* aus den Lautsprechern erklang, verwandelte sich der Abend in eine ausgelassene Feier. Die Leute erhoben sich, um zu tanzen oder das nächste Glas Wein zu genießen. Der perfekte Moment, unauffällig dem Geschehen zu entfliehen.

Mit einem Whiskyglas in der Hand schob ich mich durch die Menge zur Terrassentür und trat in die frische Nachtluft hinaus. Der kühle Wind war wie eine Erlösung und ich zog mein Handy hervor, um Flavio anzurufen. Der Moment wurde durch eine tiefe, eindringliche Stimme unterbrochen.

»Whisky? Du hast Geschmack, Emilia. Das muss ich dir lassen.« Ich drehte mich um und sah in ein Paar durchdringende Augen. Ein Mann trat näher, sein Gesicht nur halb im Licht der Terrasse zu erkennen - Dante Santoro.

Die Santoro-Brüder, bekannt dafür, nie weit entfernt, wenn es um Macht und Einfluss in der Stadt ging. Die beiden führten das Familienunternehmen in den düstersten Ecken des Geschäfts, von exklusiven Casinos bis hin zu Gerüchten über ihren Handel auf dem Schwarzmarkt.

»Kennen wir uns?«, fragte ich und gleichzeitig abwehrend, nicht gewillt, ihm mehr als ein kleines Spiel der Worte zu geben.

»Nicht direkt«, entgegnete er gelassen. »Aber ich weiß, wer du bist – und du weißt, wer ich bin.« Ein Lächeln schlich sich auf seine Lippen. »Eine Einladung der d'Amicos – das lässt man sich nicht entgehen.«

»Die Santoros verpassen keine Party, wie? Ist dein Bruder auch hier?« Ich bemerkte die Schärfe in meiner Stimme und fand sie passend.

»Ja. Ich glaube, Luca hat eine der Bardamen in Beschlag genommen«, antwortete er trocken mit einem amüsierten Lächeln, das sogar seine Augen erreichte.

»Und wie gefällt dir die Party bisher?«

»Ich genieße das Spektakel lieber aus der Ferne mit einem Drink in der Hand. Aber keine Sorge, die richtigen Dramen beginnen erst nach Mitternacht.« Er lachte leise und neigte den Kopf.

»So so. Es scheint, als könnte es ein wenig... aufregender werden.« Seine Augen hafteten auf mir, und ich sah den kalten Hauch der Gefahr, die er ausstrahlte.

In diesem Moment spürte ich plötzlich eine vertraute Umarmung hinter mir. Eine Hand legte sich fest um meine Taille, und Flavios tiefe Stimme erklang in meinem Ohr. »Schatz, es tut mir leid, dass ich zu spät bin.« Seine Augen verengten sich, als er Dante ansah, die Spannung in der Luft spürbar. »Aber ich sehe, du hattest Gesellschaft.«

Dante grinste und hob sein Whiskyglas. »Keine Sorge, DiSantis. Du kannst deine Freundin für dich haben.«

Seine Augen wanderten ein weiteres Mal in meine Richtung, bevor er das Glas an seine Lippen führte. »Bis später, Emilia! War nett.« Damit wandte er sich ab und verschwand ins Dunkel des Saals.

»Wo zur Hölle warst du?«, zischte ich leise, ohne den Griff um meinen Drink zu lockern. »Du weißt, was der Abend bedeutet, und dann lässt du mich hier stehen?«

Er schaute weg, ein Hauch von Ärger in seinem Gesicht.
»Beruhige dich, Emilia. Ich bin doch jetzt hier. Das war ein Notfall
– ich musste meinem Vater bei einem Geschäft helfen.« Sein Ton
wurde etwas weicher, als er mich ansah. »Und jetzt bin ich hier,
und wir feiern zusammen. Bald bist du offiziell 21.« Er küsste
sanft meine Stirn, doch in diesem Moment spürte ich die Distanz.

Als wir wieder in den Festsaal zurückkehrten, schien das bunte
Treiben des Abends ein wenig gedämpft, wie in Watte gepackt. Die
Blicke der Gäste waren auf uns gerichtet und aus irgendeinem
Grund schien mir der Moment, wie eine Szene aus einem dieser
düsteren Filme, in denen ein makelloser Anschein etwas zu
verbergen schien.

Kapitel 3

EMILIA

Flavio führte mich an seiner Seite durch den Saal, vorbei an tanzenden Gästen. Der Duft von teurem Parfum, gemischt mit dem sanften Aroma des Champagners, lag in der Luft, während der DJ geschickt zwischen den Tracks wechselte. Eine Playlist, die keine Wünsche offenließ. Flavio drückte meine Hand etwas fester und lächelte selbstgefällig.

»Tanzen wir, Bella«, murmelte er in mein Ohr. »Bevor die ganze Gesellschaft dich mit Glückwünschen überhäuft.«

Ein Hauch von Stolz blitzte in seinen Augen auf, und ich spürte seinen Arm wie eine sanfte Klammer um meine Taille. Doch meine Aufmerksamkeit driftete ab, als ich die Menschen um uns herum musterte – Gesichter, die ich entweder nicht kannte oder denen ich nur allzu gern aus dem Weg gegangen war. Allen voran: mein Onkel und meine Tante Vittoria, umgeben von ihrem Gefolge. Ich spürte das ungute Ziehen im Bauch, das ich immer bekam, sobald ich Armando begegnete.

Bevor ich einen Plan schmieden konnte, wie ich ihm aus dem Weg gehen könnte, stand er schon vor uns, begleitet von Vittoria, die sich hinter ihrem schweren Make-up und dem falschen Lächeln versteckte. Er ignorierte mich mit einer demonstrativen Arroganz, während er Flavio die Hand reichte und ihm auf die Schulter klopfte. So wie er mit ihm sprach, hätte man meinen können, Flavio sei sein eigener Sohn. Mein Magen verkrampfte sich, und ich zog meinen Arm aus Flavios Griff.

Während die beiden ein Gespräch über die Entwicklung des Familienunternehmens führten, nutzte ich die Gelegenheit, um mich unauffällig aus dem Staub zu machen. Ich lief zur Bar rüber, ließ das Gemurmel und die falschen Lacher hinter mir und atmete tief durch. Ich brauchte unbedingt eine Pause von dieser Scheinwelt.

»Einen doppelten Whisky, bitte«, sagte ich zum Barkeeper, der mich kurz musterte und mir dann wortlos einschenkte. Mit meinem Glas in der Hand ließ ich meinen Blick durch den Saal schweifen und entdeckte Dante und seinen Bruder Luca, wie sie lässig auf der anderen Seite der Bar standen und die Menge beobachteten. Das Lächeln, das sich auf meine Lippen stahl, überraschte mich selbst, und obwohl ich wusste, dass Flavio es nicht mögen würde, ging ich auf die beiden zu.

»Hey! Du musst Luca sein, der heiß begehrte Bruder, den man nicht so leicht zu Gesicht bekommt«, begrüßte ich ihn und schenkte ihm ein strahlendes Lächeln. Doch Luca musterte mich nur kurz und ließ ein trockenes Lachen hören, bevor er wieder an seinem Glas nippte. Die Spannung zwischen ihm und seinem Bruder war förmlich greifbar.

Dante seufzte und hob unbemerkt eine Augenbraue. »Luca, das ist Emilia. Die *Gastgeberin*«, stellte er mich vor.

Luca schüttelte kaum merklich den Kopf und starrte mich dann direkt an. »Ich weiß, wer sie ist, Dante. Ich brauche keine Nachhilfe.«

Die Spannung in der Luft war messerscharf, doch Dante ignorierte die kalte Art seines Bruders und tätschelte ihm unbeeindruckt den Arm. »Sei nett.« Luca verdrehte die Augen und verzog die Lippen zu einem schiefen Lächeln.

»Verzeih mir, Bellezza. Aber das hier ist nichts für empfindliche Gemüter.« Er ließ den Blick provokant über meine Schulter schweifen. »Nicht, wenn DiSantis plötzlich auftaucht.«

Ich beobachtete die beiden Brüder, die sich ein stummes Duell der Blicke lieferten. »Ernsthaft, Luca? Vergiss nicht, wie wir solche Situationen sonst regeln.« Dante sprach leise, aber seine Worte waren eine deutliche Warnung.

»Na klar, ich weiß schon.« Luca hob die Hände, als wäre es ihm alles andere als ernst, und wischte sich dann lässig über die Lippen. »Ich hab doch recht – so eine Frau wie *sie* und ein Kerl wie DiSantis? Das ergibt in keinem Universum Sinn.«

Mir war klar, dass Luca nur provozieren wollte, aber irgendetwas in seinem Blick ließ mich zögern. War da etwa mehr als eine grundlose Abneigung zwischen Flavio und den Brüdern?

Ich war dabei, Dante darauf anzusprechen, als der DJ die Musik abrupt stoppte und die Lichter im Saal etwas gedimmt wurden. Der Countdown bis Mitternacht begann, und die Gäste, die sich bisher verstreut hatten, fanden sich wieder ein und formten einen Kreis um mich. Es war Zeit. Die Sekunden zogen sich, als ich die Blicke spürte, die alle auf mir ruhten. Armando war ebenfalls in die Menge getreten und stand so, dass ich seinem Blick unmöglich entkommen konnte.

»Happy Birthday!« hallte es durch den Saal, während Konfetti in die Luft geworfen wurde. Stimmen erfüllten den Raum, und als ich mich lächelnd und dankend den Gratulanten zuwandte, tauchte Flavio wieder an meiner Seite auf und zog mich in eine enge Umarmung.

»Auguri, amore mio«, flüsterte er mir ins Ohr und ließ seine Lippen gefährlich nah über meinen Hals gleiten, bevor er mich mit einem langen, leidenschaftlichen Kuss vor aller Augen markierte. Doch irgendetwas war anders. Es lag ein Besitzanspruch darin, der mir eine Gänsehaut über den Rücken jagte. »Heute Nacht gehörst du mir«, sagte er leise und sah mich mit einem Blick an, der mir ein Gefühl der Beklemmung einflößte.

Ich wollte etwas erwidern, doch seine Hand strich mir sanft über den Rücken, und ich bemerkte, wie sein Griff fester wurde. »Flavio, das hier ... ist nicht der richtige Moment.« Ich versuchte, besonnen zu bleiben, aber er ließ nicht locker.

»Ach, Baby«, flüsterte er, seine Stimme gesenkt. »Du kannst mich nicht ewig zappeln lassen. Es ist doch nur eine Frage der Zeit.«

Die Kälte in seiner Stimme ließ mein Herz schneller schlagen. »Hör auf. Das ist nicht der richtige Ort dafür«, flüsterte ich zurück. Sein Gesichtsausdruck veränderte sich, doch bevor er etwas sagen konnte, spürte ich eine kräftige Hand, die mich fest am Arm packte.

»Emilia!« Die tiefe, raue Stimme meines Onkels durchdrang die Feier. Sein Griff war eisern und unnachgiebig. »Komm her, Geburtstagskind.« Ich wollte mich losreißen, doch er ließ mir keinen Raum zu entkommen. Flavio wich etwas zurück, sichtlich überrascht, doch ich konnte ihn nicht lange ansehen, denn Armando zog mich fest zu sich.

»Verehrte Gäste«, begann er laut, sein Blick über die Menge schweifend, »Ich möchte meiner Nichte zum Geburtstag gratulieren. Und was wäre ich für ein Onkel, wenn ich kein Geschenk mitgebracht hätte?«

Sein Lächeln war kalt, und ich bemerkte, wie sich eine unbehagliche Stille im Saal ausbreitete.

»Armando, was soll das?«, fragte ich erschrocken. Mein Blick glitt zu Lucia und Raffaele, deren Gesichter eine Mischung aus Sorge und Verzweiflung widerspiegelten.

»Du wirst schon sehen«, sagte er, ohne seinen Blick abzuwenden. »Ich hoffe, du bist bereit für dein Geschenk.«

Mein Herz raste. Etwas stimmte hier absolut nicht. »Was soll das? Hör auf mit diesem Unsinn«, rief ich, doch er drückte meinen Arm nur fester.

Meine Nonna trat vor, ihre Stimme bebend. »Lass das. Bitte, Armando! Nicht heute und nicht hier.«

Er ignorierte sie und wurde lauter. »Nein! Es ist Zeit, dass jeder hier die Wahrheit erfährt! Ihr hattet 21 Jahre Zeit, dieses Gerüst aus Lügen aufrechtzuerhalten. Damit ist jetzt Schluss!«

Die Worte hallten in meinem Kopf wider, wie Donner in einer sonst stillen Nacht. Ich sah zu meiner Familie, die aussahen, als hätten sie jeden Lebensfunken verloren. Tränen sammelten sich in Lucias Augen, und Raffaele starrte regungslos auf den Boden.

»Wovon sprichst du?«, stammelte ich, während sich die Blicke der Gäste auf mir sammelten.

»Deine perfekte, ach so heilige Familie hat dich dein ganzes Leben lang belogen. Deine Eltern haben damit begonnen und alle anderen haben mitgemacht«, spottete Armando. »Glaubst du, *du* bist diejenige, die hier die Zügel in der Hand hält?«

»Armando, bitte«, schrie meine Nonna erneut, doch ihre Worte schienen in der Luft zu verhallen. Der hasserfüllte Ausdruck in seinen Augen ließ keinen Zweifel daran, dass das, was er gleich sagen würde, mein Leben für immer verändern würde.

Kapitel 4

EMILIA

Die Luft im Festsaal schien wie aus Glas geblasen – gefährlich und zerbrechlich zugleich. Und ich war mittendrin, das Zentrum eines unausweichlichen Sturms. Armando hielt mich weiterhin fest im Griff, seine Finger drückten sich in mein Handgelenk, und er stand so nah, dass ich seinen Atem auf meiner Haut spüren konnte. Hatte er den Verstand verloren? Ich sah ihn an, ungläubig und wütend. Doch es war nicht nur der Zorn, der in mir brodelte. Furcht durchflutete mich. Die Menschen um uns herum starrten, manche mit offener Verwirrung, andere mit entsetzter Neugier – aber niemand unternahm etwas.

In diesem Moment drang eine Stimme durch das Schweigen.

»Behandelt man so eine Frau? Wenn du deine ‚große Wahrheit‘ verkünden willst, dann tu es. Aber verhalte dich nicht wie ein Arschloch.« Lucas' Stimme schnitt scharf durch den Raum und sein Tonfall triefte vor Sarkasmus. »Lass sie los. Sie wird kaum wegrennen wie eine Sprinterin – nicht in diesem Kleid und mit diesen Schuhen.«

Die Art, wie er Armando ansprach, ließ mir kurz die Luft stocken. Meinem Onkel gefiel das gar nicht. Schmerz jagte mir durch den Arm, und bevor ich mich zurückhalten konnte, entfuhr mir ein kleiner Aufschrei.

»Aua! Lass mich endlich los.« Aber es war, als würde er mir nicht mal zuhören.

»Santoro«, zischte er mit einer Drohung in der Stimme, »misch dich nicht in meine Angelegenheiten ein. Das wäre ein großer Fehler.«

»Es reicht!« mischte sich Dante ein. Seine Stimme war fest und unerschütterlich und die Spannung im Raum spitzte sich weiter zu. »Was immer du hier für ein Schauspiel abziehst, spuck es aus. Und wage es nicht, meinem Bruder noch ein einziges Mal zu drohen.«

Armandos Griff lockerte sich widerwillig, und ich stolperte ein wenig, als er mich losließ. Doch sein Blick blieb stechend kalt, als er vor mir stehen blieb. Dann griff er nach meinem Kinn und zwang mich, ihn direkt anzusehen. Seine Augen waren wie die eines Raubtiers – kalt und kalkulierend.

»Wie fühlt es sich an, Teil der Mafia zu sein?« Seine Stimme war provokant, jeder Ton traf mich wie ein Schlag. »Deine ganze Familie hat dich glauben lassen, dass du ein normales Leben führen kannst, aber das war eine Lüge. Schau dich um – du bist umgeben von Verrätern.«

Meine Welt brach in diesem Moment auseinander. Ich versuchte, in den Gesichtern der Menschen, die ich mein Leben lang geliebt hatte, eine Spur des Widerspruchs zu finden, aber stattdessen traf ich nur auf Schuld, Scham und versteckte Blicke. Mein Blick fiel auf meine Nonna, die den Kopf gesenkt hielt, als könnte sie die Last ihrer eigenen Lügen nicht ertragen.

Meine Beine wurden weich, mein Kopf begann zu schwirren. Das konnte nicht wahr sein. Diese Offenbarung konnte nicht ausgerechnet aus dem Mund des Mannes kommen, der mich nie als seine Nichte betrachtet hatte, sondern immer nur als Problem. Und jetzt war mir klar warum.

In einem verzweifelten Moment drehte ich mich um und rannte zum Ausgang. Die kalte Luft der Nacht schlug mir entgegen, als ich die schwere Tür hinter mir ins Schloss fallen ließ. Mein Herz raste, mein Atem ging stoßweise. Ich löste die Riemen meiner High Heels und zog sie aus. Meine Füße trugen mich wie von selbst, ohne dass ich wahrnahm, wohin ich lief. Ich wollte nur weg.

Barfuß lief ich auf den gepflasterten Straßen, mit Tränen, die mir über das Gesicht liefen und fand ich mich nach einiger Zeit am Hafen von Catania wieder. Wir wohnten nur wenige Minuten entfernt und den Weg kannte ich im Schlaf, so oft war ich ihn schon gelaufen. Die schimmernden Lichter der Stadt spiegelten sich im Wasser, und die Dunkelheit bot mir die Einsamkeit, die ich in diesem Moment verzweifelt brauchte.

Ich setzte mich auf eine alte Holzbank und umklammerte meine Knie, die Tränen wollten nicht versiegen. Mein Leben war eine Lüge – ein inszeniertes Theaterstück, in dem ich die einzige unwissende Figur war. Ich verstand nicht, wie sie das alles vor mir verbergen konnten. Lucia, Raffaele, meine Nonna... jeder von ihnen hatte mich betrogen. Und Armando? Der hatte genüsslich zugesehen und am Ende die Maske heruntergerissen.

Plötzlich hörte ich ein leises Knacken hinter mir und schrak hoch. Ich drehte mich um und sah Dante, der im Schatten stand. Sein Gesicht war im schwachen Licht kaum zu erkennen.

»Emilia... Ist alles in Ordnung?« Seine Stimme klang sanft, und für einen Moment war ich unfähig zu sprechen, so tief saß der Schmerz. »Doch eine Sprinterin«, murmelte er und versuchte, ein Lächeln zustande zu bringen.

Mir entwich ein bitteres Lachen. »Bist du hier um, um dich über mich zu amüsieren? Das naive Mädchen, das Jura studiert, aber nicht eine Sekunde Bescheid wusste, dass ihre Familie die Mafia ist? Alle wussten es.« Meine Stimme bebte vor Zorn und Enttäuschung. »Und dann lassen sie es zu, dass ausgerechnet Armando mir die Wahrheit offenbart.«

Dante seufzte tief und setzte sich neben mich auf die Bank, ohne mir zu nahe zu kommen. »Ich bin nicht hier, um sich amüsieren. Wenn die Gastgeberin tränenüberströmt ihre eigene Party verlässt, kommt selbst in mir etwas Mitgefühl auf. Ich bin mir sicher, dass deine Familie dich schützen wollte. Das ist die einzig logische Erklärung.«

»Schützen?« Ich schüttelte den Kopf und schnappte nach Luft. »21 Jahre! Und sie haben mir immer nur diese falsche, heile Welt gezeigt. Mein ganzes Leben war nur eine Illusion.«

»Ich verstehe, dass das alles zu viel ist. Aber du solltest mit ihnen sprechen, bevor du ein endgültiges Urteil fällst.«

»Nein«, rief ich mit rauer Stimme. »Das Vertrauen ist zerbrochen. Alles, woran ich geglaubt habe, hat sich in Luft aufgelöst.«

Er neigte den Kopf und musterte mich aufmerksam. »Vielleicht sollten wir dich erst mal hier wegbringen. Das hier ist nicht der Ort, um Entscheidungen zu treffen, die dein Leben verändern werden. Kann ich dich irgendwo hinbringen?«

Ich nickte widerwillig. Der Gedanke, weiter allein in der kalten Dunkelheit zu sitzen, fühlte sich überwältigend an. Ich kannte ihn nicht wirklich und trotzdem vermittelte er mir das Gefühl von Sicherheit, dass ich in diesem Moment so dringend brauchte. »Wie hast du mich überhaupt gefunden?«

»Manchmal ist ein kleiner Fingerzeig alles, was man braucht. Deine Nonna hat es mir gesagt – ich habe mich nicht selbst auf die Suche gemacht.«

Meine Nonna. Selbst jetzt versuchte sie, für mich da zu sein, ohne direkt vor mir zu stehen. Es machte mich wütend und doch ein wenig traurig.

»Ich werde mir ein Taxi rufen, der letzte Ort, an dem ich jetzt sein möchte, ist zu Hause.«

»Nein! Ich lasse dich nicht mitten in der Nacht hier allein zurück. Du kommst mit mir.«

»Kannst du mich zu einem Hotel oder so fahren?«, sagte ich und Erschöpfung breitete sich in jeder Faser meines Körpers aus. »Weit weg von all dem.«

»Na klar. Komm mit.«

Dante führte mich zu seinem Wagen, einem glänzenden schwarzen Mustang, und öffnete mir die Tür. Die Fahrt verlief in Stille, und es war genau das, was ich brauchte. Worte hatten momentan keinen Platz in meinem Kopf.

Nach einer kurzen Fahrt lenkte er den Wagen auf einen Parkplatz. Beim Blick aus dem Fenster erkannte ich, dass wir am Plaza waren. Dante stieg aus, lief um den Wagen herum, öffnete mir die Tür und half mir vorsichtig heraus. Am Eingang hielt ich kurz inne und drehte mich zu ihm um. »Ich schaffe das allein. Danke, dass du mich gefahren hast. Bitte sag niemanden, wo ich bin.«

Sein Blick ruhte einen Moment auf mir, bevor er antwortete: »Ruh dich aus. Morgen wird sich alles klarer anfühlen.«

Ich nickte und zwang mich zu einem leisen »Ja, mal sehen.« Mit meinen Schuhen in der Hand ging ich zur Rezeption, wo ich mir ein Zimmer buchte – nicht irgendeines, sondern die Suite mit Blick auf die Stadt. Das war etwas, das ich mir verdient hatte, um mir selbst zu zeigen, dass ich immer Kontrolle über mein Leben hatte – nicht über meine Vergangenheit, aber zumindest über diesen Moment.

Die Suite war wunderschön, und als ich die Fenster öffnete, schwebte ein Hauch von Freiheit herein, wie ein sanfter Kuss auf meiner Seele.

Völlig erschöpft von den letzten Stunden, legte ich mich auf das große Bett und fiel nach wenigen Minuten in einen ruhelosen Schlaf.

Kapitel 5

EMILIA

Langsam öffnete ich die Augen. Die ersten Sonnenstrahlen krochen durch die Vorhänge der Suite und tauchten den Raum in ein gedämpftes Licht. Es dauerte einige Sekunden, bis mir klar wurde, wo ich war. Das riesige Bett schien mich förmlich zu verschlingen, als wollte es mich vor der Realität schützen, die draußen wartete. Ich trug immer noch, das Kleid von gestern. Ich setzte mich auf und augenblicklich durchzuckte ein stechender Schmerz meinen Kopf. Die Nacht eskalierte – ein Albtraum, der sich so in meine Gedanken eingebrannt hatte, dass ich kaum wusste, wo es endete und meine persönliche Hölle begann.

Jede Bewegung fühlte sich zäh und schwer an, als hätte die Erkenntnis, dass mein bisheriges Leben eine Lüge war, mir den Boden unter den Füßen weggezogen. Ich zwang mich, aufzustehen, obwohl sich alles in mir dagegen sträubte. Mein Kopf schmerzte, als ob jemand mit einem Hammer darauf einschlagen würde, und die Erschöpfung ebenso in jedem Muskel meines Körpers. Ein Gedanke dominierte alles: Kaffee. Schwarzer hoch dosierter Kaffee. Am liebsten intravenös.

Mühsam erhob ich mich vom Bett, da begann mein Handy, auf dem Nachttisch zu vibrieren. Ich hatte es gestern Nacht ignoriert, als ich nach der Enthüllung die Villa verlassen hatte. Widerwillig griff ich danach und entsperrte das Display. Unzählige Benachrichtigungen leuchteten auf. Dutzende Anrufe und Nachrichten von meiner Großmutter, von Lucia und sogar drei verpasste Anrufe von Santo. Doch das Schlimmste waren die endlosen Nachrichten von Flavio:

Wo bist du?
Warum meldest du dich nicht?
Emilia, bitte antworte mir.

Ich schnaubte verächtlich und schob das Handy zur Seite. Was dachte er sich? Dass er mit ein paar Nachrichten alles ungeschehen machen konnte? Er hatte mich mit all dem allein gelassen und jetzt tat er so, als ob Worte die Wunden heilen könnten. Ich war nicht mehr dieselbe, wie vor ein paar Stunden. Etwas in mir war zerbrochen, aber gleichzeitig hatte es etwas Neues in mir entfacht – eine Dunkelheit, die ich zuvor nicht gekannt hatte. Ein Feuer, das von Hass und Enttäuschung genährt wurde.

Mit einem tiefen Seufzen schälte ich mich aus meinem zerknitterten Kleid und ließ es achtlos zu Boden fallen. Ich ging ins Bad und drehte das Wasser in der Dusche auf, so heiß, dass der Raum sich in Sekunden mit Dampf füllte. Der Wasserstrahl prasselte auf mich nieder, und für einen Moment schloss ich die Augen, stellte mir vor, wie der warme Strom all den Dreck, den Schmerz und die Lügen wegspülte. Aber als ich die Augen wieder öffnete, war die Realität dieselbe: Ich stand hier, verlassen und betrogen, mein Körper war schwer von den Ereignissen der Nacht, meine Gedanken waren ein chaotisches Wirrwarr aus Fragen und Vorwürfen.

Als ich aus der Dusche stieg, wickelte ich mich in einen weichen, flauschigen Bademantel. Ich trat zurück ins Schlafzimmer und ließ mich auf das Bett fallen. Da klopfte es an der Tür. Ein Geräusch, das in der stillen Suite bedrohlich wirkte. Ich runzelte die Stirn. Wer könnte das sein? Misstrauisch erhob ich mich und ging zur Tür.

»Zimmerservice!« Die Stimme war freundlich, doch ich hatte nichts bestellt. Vorsichtig öffnete ich die Tür einen Spalt breit. Eine junge Frau in Hotel Uniform stand vor mir, das strahlende Lächeln auf ihren Lippen passte nicht zu meiner düsteren Stimmung.

»Guten Morgen, Signorina d'Amico«, sagte sie freundlich. »Ein Gruß des Hauses. Außerdem wurde dieses Paket von Signor Santoro für Sie hinterlegt.« Sie schob einen Servierwagen in die Suite, beladen mit einem luxuriösen Frühstück: Croissants, frischer Orangensaft, Eier Benedict und eine Flasche Champagner. Auf dem silbernen Tablett lag ein in feines Papier gewickeltes Paket.

Mein Herz machte einen Sprung, als ich den Namen Santoro hörte. Dante. Warum schickte er mir Frühstück? Warum tat er das überhaupt? Nach gestern Nacht hätte ich erwartet, dass er sich wie alle anderen von mir abwendet. Doch ich irrte mich.

»Richten Sie meinen Dank aus«, murmelte ich knapp und griff in meine Tasche, um ein paar Geldscheine herauszuholen. Die Dame bedankte sich höflich, nahm das Trinkgeld entgegen und verließ die Suite, ohne ein weiteres Wort zu sagen.

Ich setzte mich auf die Bettkante und betrachtete das Paket. Meine Finger zitterten leicht, als ich es aufriss. Ein schlichter Zettel kam zum Vorschein.

Niemand sollte an seinem Geburtstag einen Walk of Shame hinlegen müssen, erst recht nicht, wenn es gar kein echter ist. P.S.: Falls du ein Taxi brauchst, lass es mich wissen.

- Dante

Darunter hatte er seine Nummer hinterlassen. Ich legte die Karte zur Seite und öffnete das Paket weiter. Ein Kleid kam zum Vorschein. Schwarz, elegant, schlicht, aber doch mit einem Hauch von Extravaganz, welches genau meinen Geschmack traf. Ich strich mit den Fingern über den feinen Stoff. Warum tat er das?

Ich schrieb ihm eine Nachricht, bevor ich es mir anders überlegen konnte:

Danke für das Kleid und das Frühstück.

Ich drückte auf *»Senden«*und legte das Handy beiseite. Ich fühlte mich ein wenig besser, ein wenig entschlossener. Nachdem ich in Ruhe das großzügige Frühstück genossen hatte, zog ich das Kleid an. Es saß wie angegossen, als wäre es nur für mich gemacht. Ein letzter Blick in den Spiegel zeigte mir eine Frau, die nicht mehr dieselbe war wie gestern Nacht. Meine Augen funkelten dunkel und entschlossen, voller Zorn und einer neuen, unbekannten Energie. Ich zog meine Schuhe an, griff nach meiner Tasche und machte mich auf den Weg. Mein Kleid ließ ich zurück, denn jegliche Erinnerung an diesen Tag wollte ich hinter mir lassen.

Die Villa meiner Familie war mein Ziel. Ich ließ mir an der Rezeption ein Taxi rufen, das nur wenige Minuten später am Eingang des Hotels vorfuhr. Ich stieg ein und gab dem Fahrer die

Adresse der Villa. Die Fahrt würde nicht lange dauern, aber ich lehnte mich in dem Ledersitz zurück und genoss einen letzten Moment der Ruhe. Ich starrte aus dem Fenster, während die Welt an mir vorbeizog. Die Gedanken wirbelten durch meinen Kopf. Wie hatte ich so blind sein können? Was würde ich sagen, wenn ich meiner Nonna gegenüberstand? Was, wenn Flavio da sein würde? Der Gedanke an seine Berührungen, seine falschen Worte, ließ eine neue Welle des Hasses durch mich hindurchrollen.

Als das Taxi vor der Villa hielt, ließ ich mir einen Moment Zeit, bevor ich ausstieg. Der Fahrer musterte mich kurz im Rückspiegel, ich musste genauso erschöpft aussehen, wie ich mich fühlte. Ich reichte ihm wortlos das Geld, dankte nicht einmal und stieg aus. Der Kies unter meinen Absätzen knirschte bei jedem Schritt, und ich konnte förmlich spüren, wie die Spannung in mir wuchs. Was würde mich hier erwarten? Ich wusste, dass sich alles verändert hatte. Jeder in dieser Familie würde versuchen, mich zu beruhigen, mir Erklärungen zu geben, aber was ich wollte, waren keine süßlichen Ausflüchte. Ich wollte die brutale, rohe Wahrheit.

Langsam ging ich die Auffahrt hinauf, blieb einen Moment vor der Tür stehen und schloss die Augen. Ich atmete tief ein und öffnete dann die Tür. Die Stille im Haus war fast unnatürlich. Normalerweise hörte man hier immer Stimmen, Gelächter oder zumindest das leise Murmeln von Gesprächen. Doch heute war es anders. Ein kalter Luftzug wehte mir entgegen, und ich bemerkte, dass die Tür zum Garten offen stand.

Ich ging vorsichtig zur Terrasse. Dort, am großen Marmortisch, saßen meine Nonna, Lucia und Raffaele. Ihre Gesichter zeigten Überraschung, aber auch eine Art stille Erwartung, als hätten sie schon geahnt, dass ich zurückkommen würde. Ich spürte den Zorn in mir brodeln. Meine Hände ballten sich zu Fäusten.

»Hallo«, sagte ich knapp. Meine Stimme klang hart, kälter, als ich es beabsichtigt hatte.

Lucia sprang sofort auf, ihre Augen füllten sich mit Sorge. »Emilia! Wo warst du? Wir haben uns solche Sorgen gemacht.« Meine Nonna stand ebenfalls auf, als wollte sie mich umarmen, doch ich hob sofort die Hand. »Nein. Nicht jetzt. Ich bin nicht hier, um mir irgendwelche Entschuldigungen anzuhören. Ich will Antworten.« Ihre Gesichter erstarrten, und für einen Moment herrschte Stille. Raffaele, der am ruhigsten von allen wirkte, deutete auf den freien Stuhl. »Setz dich doch. Lass uns reden.«

»Nein! Ich werde stehen bleiben. Ihr beantwortet meine Fragen, ohne Lügen und Umschweife. Und Gott helfe euch, wenn ich das Gefühl habe, dass ihr mir etwas verheimlicht.« Meine Stimme war eine gefährliche Mischung aus Wut und Verzweiflung.

Lucia nickte langsam, ihre Augen voller Reue. »Du hast recht. Wir haben dich zu lange im Dunkeln gelassen. Du verdienst die Wahrheit, und die wirst du bekommen. Aber, sag uns zuerst, wo du warst. Geht es dir gut?«

Ich lachte bitter, ein kaltes, hartes Geräusch, das selbst mir fremd vorkam. »Ob es mir *gut* geht? Nach der Show gestern Abend? Was glaubt ihr?« Ich sah in die Runde. »Ich war am Hafen und habe im Hotel geschlafen. Und das war definitiv angenehmer als eine weitere Nacht in diesem Haus, welches nur aus Lügen zu bestehen scheint.«

Meine Worte trafen sie wie Schläge. Lucia wandte sich ab, während meine Nonna tief durchatmete, als müsste sie die Schwere ihrer Schuld einatmen. Raffaele hingegen hielt meinem Blick stand, und ich konnte die Entschlossenheit in seinen Augen sehen.

»Wir wollten nie, dass du es auf diese Weise erfährst«, sagte er. »Nicht durch deinen Onkel, nicht vor all diesen Leuten.«

Ich funkelte ihn an.»Wieso habt ihr mich dann all die Jahre belogen? Was habt ihr zu verbergen? Warum habt ihr mich von der Mafia fernzuhalten versucht?«

»Wir wollten dich beschützen«, begann meine Nonna mit zitternder Stimme.»Die Mafia ist eine dunkle Welt. Dein Vater und ich haben uns geschworen, dich davon so lange es geht davon.«

»Oh, und ihr dachtet, mich mit einer Lüge zu schützen, die mich an meinem 21. Geburtstag einholen wird, sei der richtige Weg?« Ihre Worte ließen mich ungläubig zurück.»Wenn ihr mich schützen wolltet, hättet ihr mich entweder aus dieser Stadt herausgebracht oder euch selbst aus diesem Dreck gezogen. Stattdessen habt ihr mich mein ganzes Leben lang belogen und glaubt jetzt, ihr könntet es wieder gutmachen?«

Ein Moment der Stille trat ein, und ich konnte spüren, wie die Luft zwischen uns immer schwerer wurde.»Ich will alles wissen. Jetzt«, verlangte ich.

Lucia nickte, als hätte sie sich innerlich vorbereitet.»Ja, wir haben dich belogen. Wir haben dir verschwiegen, was wir sind, weil wir dachten, es sei besser so. Aber es ist Zeit, dass du die Wahrheit erfährst. Niemand verlässt die Mafia mal eben so. Wir sind alle in diese Welt hineingeboren worden. Die Familie und die Geschäfte – das ist unser Erbe.«

Ich verschränkte die Arme vor der Brust, um mich nicht in ihrer Stimme zu verlieren.»Wieso jetzt? Warum an meinem 21. Geburtstag?«

Meine Nonna senkte den Blick, und es war Lucia, die antwortete.»Du bist eine erwachsene Frau. Und du bist das einzige Kind deiner Eltern. In Familien wie unserer übernehmen normalerweise die Söhne die Geschäfte. In unserer Familie bist du die Erbin.«

»Erbin?«, fragte ich scharf. »Von was? Es geht hier doch um mehr als nur um eine Firma.«

Raffaele lehnte sich zurück und seufzte schwer. »Die Firma deines Vaters entwickelt Sicherheitssysteme. Aber sie ist ein Deckmantel für unsere Geschäfte in der Mafia. Waffenhandel, der Verkauf sensibler Daten – wir haben Verbindungen in die höchsten Kreise. Politiker, Richter, Polizisten – sie alle stehen auf unserer Gehaltsliste. Das sind Dinge, die wir nicht aufgeben können.«

Ein Lächeln stahl sich auf mein Gesicht, aber es war kalt und zynisch. »Korruption, Lügen – das volle Programm. Tötet ihr Menschen? Was ist mit Mord? Und bitte lügt mich nicht an, ihr wisst, dass ich durch mein Studium mit Kriminellen zu tun habe.«

»Ja. Wenn es nötig ist, auch das.«

Das Überraschende war, dass mich seine Antwort kaum schockierte.

»Was ist meine Rolle? Welche Erwartungen habt ihr an mich?«

Meine Nonna nahm meine Hand, doch ich zog sie sofort zurück.

»Dein Vater hat beschlossen, dass du die Geschäfte übernimmst. Dein Onkel hingegen versuchte das zu verhindern. Er glaubt, dass *er* oder seine Söhne die wahren Erben sein sollten. Er wollte dich schwach und unfähig aussehen lassen, damit der Rat der Mafia dich ablehnt und ihn als Oberhaupt akzeptiert.«

»Deswegen hat er all das getan? Er wollte mich vor allen bloßstellen?« Ich biss die Zähne zusammen, als sich die Wahrheit wie ein Puzzle vor mir zusammenfügte.

»Ja. Und letzte Nacht hat ihm in die Karten gespielt. Er hat längst begonnen, mit den Vorstandsmitgliedern. Er will dich um jeden Preis vom Thron verdrängen«, erklärte Raffaele.

Ein ungläubiges Lachen entwich meiner Kehle »Und was wollt ihr, dass ich tue? Aufgeben? Ihm das Geschäft meines Vaters überlassen? Was soll ich eurer Meinung nach tun?« Lucia trat einen Schritt vor und legte mir einen Umschlag hin. »Nein. Wir wollen, dass du selbst entscheidest. Doch, bevor du das tust, solltest du das lesen. Es ist ein Brief deiner Eltern, für den Fall, dass sie an deinem 21. Geburtstag nicht bei dir sein können.«

Sie hielt mir den Umschlag entgegen, den ich, ohne zu zögern, an mich nahm »Sie wussten, dass dieser Tag kommen würde. Das sie nicht mehr hier sein würden, um mich zu beschützen.«

»Ja, sie wussten, dass ihr Leben in der Mafia sie eines Tages einholen würde. Sie wollten, dass du die Chance hast, selbst zu entscheiden, was du tun willst.«

Mit geschlossenen Augen atmete ich tief durch, bevor ich meine nächsten Worte wählte. »Ich werde diesen Brief lesen. Aber ich sage euch jetzt schon eines: Wenn ich entscheide, diesen Weg zu gehen, werde ich kämpfen. Ich werde das Andenken meiner Eltern schützen. Und ich werde nicht zögern, wenn ihr mir jemals wieder etwas verheimlicht.«

Ihre Gesichter waren ernst, und ich konnte die Angst in ihren Augen sehen. »Wir sind eine Familie«, sagte ich kühl. »Aber ich werde nicht zögern, mich von euch abzuwenden, wenn es sein muss.«

Ich wandte mich ab und ging langsam zurück ins Haus. Der Umschlag in meiner Hand fühlte sich schwer an, als wäre er mit all der Schuld und den Geheimnissen meiner Familie gefüllt - bereit, die gesamte Wahrheit zu enthüllen.

Kapitel 6

EMILIA

Oben in meinem Zimmer, legte ich den Umschlag auf meinen Schreibtisch. Meine Finger strichen über das glänzende Papier, das wie ein Symbol der Geheimnisse vor mir lag. Doch bevor ich mich mit dem Inhalt auseinandersetzen konnte, zog ich mich um. In diesem Moment fühlte sich alles so surreal an. Der ganze Wirbel, die Geheimnisse, die Enthüllungen der letzten Stunden – alles war so viel auf einmal.

Mein Kleid tauschte ich gegen eine graue Jogginghose und ein weißes T-Shirt. Perfekt für einen Tag, an dem nichts mehr anstand. Nichts, was ich erledigen wollte, nichts, was ich ertragen musste. Ich fühlte mich leer und ausgelaugt.

Das schrille Klingeln meines Handys riss mich aus meiner Trance. Ein kurzer Blick aufs Display ließ mein Herz schwer werden. Flavio. Schon wieder.

Seit gestern hatte ich seine Nachrichten gekonnt ignoriert, aber in dieser Sekunde rief er an. Länger konnte ich ihm nicht ausweichen. Wenn ich jetzt nicht rangehen würde, würde er vor meiner Tür stehen. Wieder einmal wollte er nicht begreifen, dass er scheiße gebaut hatte. Widerwillig nahm ich den Anruf entgegen.

»Was willst du?« Meine Stimme klang gereizt, brüchig, aber fest, als ob ich mich endlich durchzusetzen versuchte.

»Endlich! Wo bist du? Warum bist du von der Party verschwunden?« Flavios Stimme klang fast schon irritiert, als er mich mit dieser Frage konfrontierte.

»Meinst du das ernst? Erst benimmst du dich wie ein Arschloch, und dann dreht mein Onkel komplett durch! Welchen Grund hätte ich gehabt, nur eine Sekunde länger da zu bleiben?« Es kam aus mir heraus, wie ein Ventil, das endlich den Druck abließ.

»Emilia, so war das doch gar nicht gemeint«, versuchte er mich zu beruhigen, doch seine Worte gingen an mir vorbei. »Ich liebe dich, du weißt das. Ich habe nur etwas mehr getrunken. Verzeih mir. Du weiß, ich respektiere deine Grenzen.«

Ich ballte die Fäuste, fühlte den Zorn in mir hochkochen. »Respekt für meine Grenzen? Das hast du gestern sicher nicht gezeigt! Ehrlich gesagt habe ich jetzt keine Zeit oder Lust, mit dir zu reden.«

Ich wollte das Gespräch so schnell wie möglich beenden, doch Flavio ließ nicht locker. »Es ist dein Geburtstag, mein Schatz! In zwanzig Minuten bin ich bei dir, und wir gehen was essen. Zieh dir was Schickes an.«

»Flavio, ich habe weder Zeit noch Hunger.«

»Keine Widerrede! Sei in zwanzig Minuten fertig«, unterbrach er mich, bevor er auflegte.

Ich hasste es, wenn er mit mir umging, als wäre ich seine Marionette. Doch mir war klar, dass er so oder so kommen würde. Ich versteckte den Umschlag in meinem Schrank – wollte nicht, dass er davon erfuhr, bevor ich den Inhalt selbst kannte. Widerwillig zog ich mir ein schlichtes weißes Sommerkleid an und bürstete mir die Haare. Als ich dabei war, nach unten zu gehen, klopfte es an der Tür.

»Emilia«, rief Lucia von draußen.

»Ich komme gleich«, rief ich zurück und machte mich schnell auf den Weg nach unten.

Kaum öffnete ich die Tür, stürmte Flavio auf mich zu und umarmte mich stürmisch. Er drückte mir einen Kuss auf die Lippen, der viel zu lang und aufdringlich war. »Da bist du ja, Geburtstagskind«, grinste er überschwänglich. »Ich habe eine Überraschung für dich!«

Überraschung? Ich hasste es. Doch widersprechen würde mich nur weiter von dem abhalten, was ich tun wollte.

»Okay, aber übertreib es nicht«, warnte ich ihn und versuchte, den Rest der negativen Gefühle zu unterdrücken.

Er packte meine Hand und zog mich fast hektisch zum Auto – ein schicker, überteuerter Sportwagen, dessen Marke mir völlig egal war. Der Anblick des Wagens war in meiner jetzigen Verfassung das letzte, was mich interessierte.

Kaum saß ich auf dem Beifahrersitz, begann das Verhör. »Wo warst du die ganze Nacht, wenn nicht zu Hause?«, fragte er, seine Stimme klang fordernd, als wollte er mich in die Enge treiben.

»Im Hotel«, antwortete ich kühl. Mir war nicht danach, nach Hause zu gehen. Da habe ich mir ein Zimmer im Plaza genommen.«

Ein Moment der Stille folgte, dann bohrte Flavio weiter. »Und wie bist du dort hingekommen?«

»Dante Santoro hat mich abgesetzt.« Ich sagte die Wahrheit, obwohl klar war, dass ihm das nicht gefallen würde. Ohne Vorwarnung trat er ruckartig auf die Bremse und hielt auf einem Parkplatz vor einem Café an. Er packte mein Kinn, zwang mich, ihn anzusehen, und brüllte:»Du warst mit diesem Bastard unterwegs?«

»War ich nicht!« Meine Stimme zitterte vor Wut, doch ich versuchte, sachlich zu bleiben.»Er hat mich nur abgesetzt. Es war mitten in der Nacht und ich war am Hafen. *Allein*, falls du das vergessen hast. Danach ist er sofort wieder gefahren. Mein Freund hat sich ja nicht dafür interessiert, was mit mir ist!«

Doch Flavio war nicht zu beruhigen.»Du bist *meine* Freundin! Und dann fährst du mit *ihm* ins Hotel?« Seine Stimme war laut und wütend.»Hat er dich gefickt?« Ich starrte ihn an, entsetzt und fassungslos.

»Was redest du da? Du spinnst doch! Lass mich sofort los, du tust mir weh!« Panik überkam mich, als er plötzlich mein Handgelenk umklammerte und mit brutaler Kraft in meinen Oberschenkel griff.»Flavio«, schrie ich.»Hör auf!«

Er ignorierte meine Worte. Ich stemmte meinen Körper verzweifelt gegen den Sitz, versuchte, mich zu befreien, doch seine Finger wanderten zwischen meine Beine.

»Du verhältst dich wie eine Schlampe, dann behandle ich dich so.« Seine Berührungen wurden fordernder. Seine Hand legte er an meinen Hals. Drückte immer wieder zu, bis ich nach Luft rang.

»Bitte hör auf«, flehte ich, während Tränen meine Augen füllten.

»Du hast mich lange genug warten lassen. Du lässt dich von einem Santoro ficken, dann gönn mir meinen Spaß, Baby.« Seine Finger legten sich um den Träger meines Kleides, den er gewaltsam runterzog, sodass der Stoff nachgab, und zerrissen an meinem Körper herunterhing. Seine Berührungen brannten schmerzhaft wie Feuer auf meiner Haut. Ein Albtraum, aus dem es kein Entkommen zu geben schien. In blinder Panik hämmerte ich mit meinen Fäusten gegen die Fensterscheibe, doch niemand hörte mich.

Wieder griff er zwischen meine Beine, seine Finger am Bund meines Slips, den er versuchte, herunterzureißen, während er seine Lippen unnachgiebig auf meine drückte.

Plötzlich, wie aus dem Nichts, riss jemand die Autotür auf, und Flavio wurde mit einem Ruck aus dem Wagen gezerrt. Meine Atmung war flach, mein Herz raste. Ich zitterte am ganzen Körper, als ich den Gurt löste.

Mein Blick wanderte umher und draußen bot sich mir ein verstörender Anblick. Luca schlug wütend auf Flavio ein, der blutend am Boden lag. »Fass sie nie wieder an, sonst bringe ich dich um!« Luca brüllte, während einige Biker, die etwas abseits standen, herbeiliefen, um von dort wegzuziehen.

Er fing sich schnell, lief um das Auto herum und half mir heraus. »Geht es dir gut? Hat er-«, seine Stimme war plötzlich sanft, und ich spürte, wie sich der Knoten in meiner Brust etwas löste. Ich schüttelte unfähig zu antworten den Kopf, bevor die Tränen unaufhaltsam über meine Wangen liefen.

»Komm mit! Da drüben ist ein Café. Wir gehen erst mal da hin. Du bist jetzt in Sicherheit.«

Ich folgte ihm wortlos, zitterte am ganzen Körper. Er führte mich hinein, bestellte etwas zu trinken und setzte sich mit mir an den Tisch, während er versuchte, mich zu beruhigen. »Bist du verletzt?«, fragte ich, als ich die blutigen Hände bemerkte, die er sich geholt hatte, als er Flavio zurichtete.

»Mir geht es gut. Das ist sein Blut«, antwortete er, als hätte die Gewalt an ihm keine Spuren hinterlassen. »So ein Bastard kann mir nichts anhaben.«

Meine Gedanken waren wirr. Der Schmerz und die Angst saßen tief, aber es war eine Erleichterung. Ich fühlte mich nicht mehr so alleine.

Luca gab mir seine Jacke, um mich zu wärmen und um mich vor den Blicken der anderen Gäste zu schützen. »Es tut mir leid«, flüsterte ich. »Ich hätte nie gedacht, dass er so sein könnte.«

»Du hast nichts falsch gemacht.«

Ich saß da, mein Herz pochte wild, und starrte auf meine roten Handgelenke, die Spuren von Flavios gewaltsamen Griffen waren deutlich sichtbar. Das zerfetzte Kleid klebte an meiner Haut. Ich versuchte die Bilder der letzten Minuten zu verarbeiten. Der Mann, den ich liebte, hatte sich in etwas verwandelt, das ich nicht kannte. Seine Wut, die Brutalität in seinen Augen – das war nicht der Flavio, den ich gekannt hatte. Es war ein Fremder.

Die Luft um uns war schwer, durchzogen von der Spannung eines Konflikts, der längst nicht vorbei war. »*Er* hat die falsche Entscheidung getroffen«, murmelte Luca, als wollte er sich selbst versichern, dass das, was er getan hatte, gerechtfertigt war.

Der Klang seines Handys, das plötzlich laut in der stillen Atmosphäre des Cafés klingelte, brachte mich aus meinen düsteren Gedanken zurück ins Hier und Jetzt. Luca entschuldigte sich, nahm den Anruf entgegen und trat einen Schritt zur Seite. Ich beobachtete ihn, wie er sich ins Gespräch vertiefte, während meine Gedanken in meinem Kopf umher kreisten. Wie war es so weit gekommen? Und vor allem: Wie sollte es weitergehen? Mein Leben hatte sich in wenigen Minuten vollkommen verändert.

Ich blickte an mir herunter, dann das zerwühlte Haar und die Wunden auf meiner Haut. Ich fühlte mich wie ein Häufchen Elend.

»Es tut mir leid«, sagte Luca, als er wieder zu mir trat. Er wirkte fast unberührt, doch in seinen Augen lag ein schmerzhafter Ausdruck, den ich nicht deuten konnte. »Das war Dante. Er ist auf dem Weg hierher und wird dich nach Hause bringen.«

Ich sah ihn verwirrt an. »Kannst *du* mich nicht fahren?«

Er kniete sich vor mich und nahm meine Hände in seine. »Du bist jetzt in Sicherheit. Und das bist du ebenso bei Dante. Ich muss mich um etwas anderes kümmern.«

Überfordert mit der Situation, nickte ich ihm stumm zu.

»Brauchst du etwas?«

Ich schüttelte den Kopf. »Du hast mir das Leben gerettet.« Ich spürte, dass er etwas sagen wollte, aber dann doch schwieg. Nach einer gefühlten Ewigkeit öffnete sich die Tür des Cafés, und Dante trat ein. Er sah sich hektisch um, bis sich unsere Blicke trafen. Die Härte in seinem Blick wich für einen Moment der Besorgnis, und seine Augen wurden sanfter. Er kam auf uns zu und begutachtete mich genau. »Ich spreche kurz mit Luca, dann bringe ich dich hier weg.«

Seine Präsenz hatte erstaunlicherweise eine beruhigende Wirkung auf mich, und jetzt, nach all dem Chaos, war sie wie ein Anker. Nachdem er mit seinem Bruder gesprochen hatte, beugte er sich zu mir und reichte mir seine Hand. Als ich aufstand, stützte er mich sanft, und für einen Moment schloss ich die Augen und ließ mich von ihm führen. Die Welt um mich herum war verschwommen, als ob ich in einer anderen Realität lebte. Ich wollte nicht nachdenken, nicht fühlen, nicht begreifen. Ich wollte nur hier weg.

Ich drehte mich zu Luca um, zwischen uns lag ein stilles Verständnis. »Danke für alles«, flüsterte ich, bevor ich mich an ihn drückte, ihn umarmte und mich von der unerbittlichen Dunkelheit des Moments zu etwas Vertrautem lenkte.

»Pass auf dich auf, Bellezza«, murmelte Luca in mein Ohr, bevor er sich aus meiner Umarmung löste. Seine Worte waren wie ein letzter Abschied. Als ich ihm die Jacke zurückgeben wollte, winkte er ab. »Behalte sie. Du kannst sie besser gebrauchen.«

Dante nahm meine Hand, als er mich zum Auto führte. Die Türen des Wagens öffneten sich, und er half mir hinein. »Du bekommst also doch noch deine Taxifahrt«, versuchte er die Stimmung aufzulockern. Doch seine Augen verrieten die Besorgnis, die sich in seinem festen Blick nicht verbergen ließ. Er wusste, was hinter mir lag, dass ich von den Geschehnissen nicht loskam.

Die Fahrt verging schneller, als ich dachte. Dante fuhr, ohne ein weiteres Wort zu verlieren, als ob er wusste, dass ich nicht darüber reden wollte. In der Stille des Wagens schwirrten meine Gedanken wild umher, doch keiner davon konnte den anderen vertreiben. Ich hatte nie für möglich gehalten, dass ich einmal in eine solche Situation geraten würde. Doch hier war ich. Fast vergewaltigt vom eigenen Freund.

Als wir vor meinem Haus anhielten, stieg Dante aus und öffnete mir die Tür. Er stand einen Moment still und seine Augen suchten meine. »Ich weiß nicht, wie ich euch danken soll«, sagte ich leise. »Ihr habt mir geholfen - schon wieder.«

Dante nickte, wissentlich, dass Worte hier nicht ausreichten. »Achte auf dich. Das wäre ein Anfang«, sagte er mit einem rauen, aber fürsorglichen Ton. Doch hinter seinen Augen lag mehr, als er preisgab – eine Dunkelheit, die mich genauso anzog, wie sie mich abstieß. Und während ich die Tür hinter mir schloss, realisierte ich, dass mein Leben sich nie wieder normalisieren würde.

Kapitel 7

EMILIA

Kaum zu Hause spürte ich die Last der vergangenen Stunden auf meinen Schultern. Alles in mir schrie nach Ruhe, nach einer Flucht aus diesem Albtraum, der sich mein Leben nannte. Die erdrückende Stille der leeren Villa war ein Segen. Lucia war bei der Wohltätigkeitsgala, die sie organisiert hatte. Ein Abend, an dem sie sich im Glanz der High Society sonnte, während sie für das Frauenhaus Spenden sammelte. Es war ein bewundernswertes Projekt, aber ich konnte mich in diesem Moment nicht dafür begeistern. Raffaele war vermutlich im Jacht Club, vertieft in seine Geschäfte, von denen ich nichts wissen wollte.

Ich schloss die Haustür hinter mir und lehnte mich dagegen. Die Kälte des Holzes drückte sich gegen meinen Rücken. Meine Gedanken waren ein Sturm, so wild und unkontrollierbar. Der Schmerz in meiner Brust war schier unerträglich und die Erinnerungen an die Ereignisse brannten wie glühende Kohlen auf meiner Seele. Flavios Gesicht blitzte immer wieder vor meinem inneren Auge auf – seine hasserfüllten Augen, die grauenvolle Härte in seinen Berührungen. Meine Hand glitt unbewusst zu meinem Hals, wo die Spuren seiner Finger zu sehen waren. Ich schloss die Augen und ließ die Tränen fließen, die ich so lange zurückgehalten hatte. Sie liefen heiß über meine Wangen. Ich eilte ins Bad. Ohne zu zögern, zog ich das zerrissene Kleid von meinem Körper und betrachtete die Spiegelung in den Fliesen. Meine Haut war gerötet von der Hitze, die sich in meinem Kopf angestaut hatte, und das Zittern in meinen Fingern wollte nicht aufhören. Ich drehte das Wasser der Dusche auf, so heiß, dass der Dampf den Raum in einen Nebel verwandelte, und stellte mich darunter. Der Strahl brannte wie Nadeln auf meiner Haut, als würde es versuchen, die schmutzigen Erinnerungen wegzuspülen. Ich schrubbte meine Haut, bis sie rot wurde und schmerzte, versuchte verzweifelt, den Schmutz von mir abzuwaschen, der sich tiefer in mein Inneres gefressen hatte, als jede Berührung es je könnte. Ich hatte keine Ahnung, wie lang ich dort stand, irgendwann lief das Wasser nur noch an meinem Körper herab, als ich reglos darunter stand und ins Leere starte.

Als ich mich aus meiner Trance riss und aus der Dusche trat, fühlte ich mich erschöpft, mein Körper schwer wie Blei. Das Spiegelbild im Bad war das einer Fremden – nasse Haarsträhnen hingen mir ins Gesicht, meine Augen rot unterlaufen und leer. Ich trocknete meinen Körper mit einem der großen Handtücher, lief zum Schrank rüber und zog ein zu großes T-Shirt an. Eines, das nach dem letzten Urlaub am Meer roch. Das brachte wenigstens Erinnerungen an einen schönen Moment in meinem Leben zurück.

Ich ließ mich auf das Bett fallen und kramte mein Handy aus der Tasche, die ich bei meiner Ankunft achtlos auf Bett geworfen hatte. Der Bildschirm leuchtete auf, als ich auch schon die vielen verpassten Anrufe und Nachrichten sah. Doch ich ignorierte sie alle, bis auf eine. Dantes Nachricht:

Falls du etwas brauchst, lass es mich wissen! Gute Nacht,
Emilia.

Diese wenigen Worte ließen mich innehalten. Warum war er so nett zu mir? Nach allem, was passiert war, war es Dante, der sich um mich sorgte, während die Menschen, die ich jahrelang Familie nannte, mich verraten hatten. War es Mitleid? Oder war da mehr? Ich konnte es nicht sagen, aber seine Worte ließen eine Wärme in mir aufsteigen, die ich fast vergessen hatte. Mit zittrigen Fingern tippte ich eine Antwort:

Danke. Ich bin versorgt.

Kaum hatte ich die Nachricht gesendet, vibrierte das Handy schon wieder. Seine Antwort kam sofort:

Du schläfst nicht?

Eine simple Frage, doch sie war voll von Sorge, die ich nicht gewohnt war. Ich schnaubte leise und antwortete:

Zu viel Chaos im Kopf, um schlafen zu können.

Diesmal dauerte es einen Moment, bevor seine Antwort kam:

Ist alles okay? Kann ich dir helfen?

Die Offenheit und die Frage nach meinem Wohlbefinden berührten mich mehr, als ich zugeben wollte. Ich wusste, dass ich mich in einem Wirbel aus Chaos und Unsicherheit befand. Doch es war nicht der richtige Zeitpunkt, um das alles zu erörtern.

Es geht schon. Außerdem hast du für jemanden, den du kaum kennst, schon mehr als nötig getan. Findest du nicht?

Seine Antwort ließ auf sich warten, und ich konnte ahnen, wie er über meine Worte nachdachte. Dann kam die Nachricht:

Ich bin ein hilfsbereiter Mensch, und wenn ich es dir anbiete, darfst du es annehmen.

Hilfsbereit. Ein Wort, das in meinem Leben selten eine Rolle gespielt hatte. Bevor ich etwas erwidern konnte, kam eine weitere Nachricht:

Wenn wir beide eh nicht schlafen können, wie wäre es mit einem Essen? Ich kenne da einen Laden, der die besten Burger in Catania macht. Und es würde dir nicht schaden.

Ich war überrascht. Nach all dem Drama der letzten Stunden war das Letzte, was ich erwartet hatte, ein Essen mit Dante Santoro. Doch die Vorstellung, für ein paar Stunden der Realität zu entfliehen, klang verlockend.

Das klingt nach einem Plan. Und jetzt wo du es sagst, hätte ich durchaus Appetit auf einen leckeren Burger.

Ich tippte ungeduldig auf meinem Handy rum, bis endlich seine Antwort kam.

Ich bin in 15 Minuten da. Und du kannst im Pyjama kommen, falls du das fragen wolltest.

Ich lächelte. Die leichte, ungezwungene Art seiner Nachricht war genau das, was ich brauchte. Ich zog eine zerrissene Jeans und einen Hoodie an und band meine Haare zu einem lockeren Dutt zusammen. Das musste reichen. Ein tiefes Motorengeräusch drang durch die Fenster und ließ mich aufhorchen. Ein Wagen hielt in der Einfahrt. Mein Herz schlug schneller, und ohne lange nachzudenken, eilte ich die Treppe hinunter zur Eingangstür.

Bevor ich sie öffnete, fiel mein Blick auf den Bildschirm der Sicherheitskamera. Das Bild zeigte mir, was ich bereits vermutete – es war Dante.

Ich öffnete die Tür und vor mir stand ein anderer Dante, als ich es bisher gewohnt war.

Er lehnte lässig an seinem Wagen, weit entfernt von der strengen Eleganz seiner sonstigen Maßanzüge. Jetzt trug er dunkle Jeans, einen sportlichen Pullover und Sneakers. Es war das erste Mal, dass ich ihn so sah, und ich konnte nicht verhindern, dass mein Blick an ihm hängen blieb.

Seine Tattoos, die sonst nur selten so deutlich zu sehen waren, traten an seinen Armen und am Hals hervor, dunkle Linien, die seine ohnehin beeindruckende Erscheinung noch intensiver machten.

Dante musterte mich mit einem ruhigen Blick, dann zuckte ein leichtes Lächeln über seine Lippen. »Du siehst gut aus, Emilia.« Seine Stimme war tief und rau, ließ eine Wärme durch meinen Körper gleiten.

Ich schluckte. »Danke ... du aber auch.«

Ein amüsiertes Funkeln lag in seinen dunklen Augen. Er stieß sich vom Wagen ab, kam mit dieser geschmeidigen, fast lauernden Bewegung auf mich zu. »Ich? Du hast mich doch noch nie so gesehen.«

»Eben deshalb«, entgegnete ich, mein Blick glitt ungewollt über ihn. Diese Seite stand ihm unverschämt gut.

Er schmunzelte, als hätte er meine Gedanken gelesen, dann öffnete er die Autotür für mich. »Steig ein. Bevor du noch länger darüber nachdenkst, ob du mich jetzt besser findest als sonst.«

Ich schnaubte leise, stieg ein – und wusste doch insgeheim, dass er genau ins Schwarze getroffen hatte.

Die Fahrt verlief in einer seltsamen Mischung aus entspannter Stille und spürbarer Spannung, während die Lichter der Stadt an uns vorbeizogen. Ich saß auf dem Beifahrersitz, die Hände im Schoß gefaltet, doch meine Gedanken waren alles andere als ruhig.

Immer wieder wanderte mein Blick zu Dante. Es war, als hätte mein Verstand keine Kontrolle über meine Augen. Sein Profil war makellos – die scharfen Linien seines Kiefers, die leicht zusammengezogenen Brauen, als würde er tief in Gedanken versunken sein. Die lockeren Ärmel seines Pullovers waren leicht hochgeschoben, sodass ich noch mehr von seinen Tattoos sehen konnte. Ich fragte mich, ob sie alle eine Bedeutung hatten oder ob manche einfach nur aus einer Laune heraus entstanden waren.

Plötzlich sprach er, ohne den Blick von der Straße zu nehmen. »Du weißt schon, dass ich dich jedes Mal dabei erwische, wenn du mich ansiehst, oder?«

Hitze schoss mir ins Gesicht. »Ich … nein, tu ich nicht.«

Er schnaubte leise, ein amüsiertes Lächeln spielte um seine Lippen. »Lüg nicht. Ich kann es spüren.«

Ich biss mir auf die Unterlippe und richtete meinen Blick demonstrativ nach vorne, doch es war zwecklos. Die Luft im

Wagen war geladen mit etwas, das ich nicht benennen konnte – oder einfach nicht benennen wollte.

Dante setzte den Blinker und bog in eine dunklere Straße ein.

»Also? Was genau fasziniert dich so an mir? Dass ich keine Anzughose trage?«

Ich verschränkte die Arme vor der Brust. »Du bist so verdammt selbstverliebt.«

Er lachte leise. »Und du bist eine schlechte Lügnerin.«

Mein Blick wanderte erneut zu ihm – diesmal herausfordernd. Doch anstatt auszuweichen, hielt er an einer roten Ampel, drehte den Kopf zu mir und fing meinen Blick mit seinen dunklen Augen ein.

»Sag mir lieber, wo wir hinfahren«, sagte ich und versuchte mir dadurch einen Ausweg aus dieser Unterhaltung zu schaffen.

Dante schmunzelte, ohne seinen Blick von der Straße abzuwenden. »In zwei Minuten sind wir da. Du wirst es mögen.«

Ich runzelte die Stirn, als die Lichter seines Casinos in der Ferne aufleuchteten.

»So so. Hier gibts den besten Burger der Stadt?«, fragte ich skeptisch.

»Du wirst überrascht sein«, antwortete er grinsend und parkte auf einem für ihn reservierten Platz. Er lief um den Wagen herum und öffnete mir die Tür, ein Gentleman in jeder Hinsicht. Dankend stieg ich aus.

Der Eingangsbereich des Casinos war eindrucksvoll. Selbst um diese späte Stunde war es voller Menschen, die sich in glamourösen Outfits über die glänzenden Marmorböden bewegten. Ich kam mir in meiner legeren Kleidung fehl am Platz vor, doch Dante schien das nicht zu stören.

»Möchtest du etwas trinken?«, fragte er, als wir uns setzten.

»Ein Wasser, bitte.« Ich musste einen klaren Kopf behalten. Es war definitiv keine Nacht für Alkohol. Dante bestellte für uns beide und während wir warteten, erzählte er mir ein wenig über Glücksspiel.

Nach einer Weile brachte der Kellner unser Essen, und ich musste zugeben, dass der Burger unheimlich lecker aussah. Der Duft von gebratenem Fleisch und frischen Brötchen stieg mir in die Nase und mir lief das Wasser im Munde zusammen. Wir aßen, und das Gespräch begann locker, doch bald drifteten wir in tiefere Themen ab.

»Dante... ich würde dich gern etwas fragen«, sagte ich, indessen mein Blick ihn fixierte. Er schmunzelte. »So ernst plötzlich? Was möchtest du wissen?«

»Meine Familie ... jetzt, wo ich weiß, was sie waren. Oder besser gesagt, was sie sind. Es hat so vieles erklärt, was ich nie verstanden habe. Die Geheimnisse, die plötzlichen Reisen, das Schweigen über manche Themen.« Ich machte eine kurze Pause und lehnte mich vor. »Aber jetzt frage ich mich ... was ist mit dir? Bist du-?«, brach ich meinen Satz ab.

Er musterte mich, als wollte er in meinem Gesicht lesen, wie weit er gehen konnte und was ich hören wollte.

»Ich bin mir sicher, dass du dir die Antwort in deinem schlauen Köpfchen schon selbst beantwortet hast. Und du hast recht. Ich bin Teil dieser Welt. So wie deine Familie es ist. So wie es viele sind, von denen du nicht einmal ahnst, dass sie dazugehören. Aber ich prahle nicht damit. Macht und Respekt gehen Hand in Hand, und beides sollte man mit Bedacht einsetzen.«

Seine Ehrlichkeit überraschte mich. Ja, ich hatte es geahnt und ich wusste, dass Dante Einfluss hatte, aber diese Offenheit ließ mich seine Worte in einem anderen Licht sehen.

»Und was bedeutet das für uns?«, fragte ich direkt.

»Für uns?« Er hob eine Augenbraue, und sein Lächeln wurde weicher. »Es bedeutet, dass du dir in meiner Nähe keine Sorgen machen musst.«

Diese Worte schickten einen Schauer über meine Haut. »Du kennst meine Familie schon lange, nicht wahr?«

»Deine Eltern waren außergewöhnliche Menschen, Emilia. Und ich erkenne einiges von ihnen in dir.« Seine Stimme war warm, fast zärtlich, und mein Herz zog sich zusammen.

»Danke«, murmelte ich, unfähig, den Kloß in meinem Hals zu schlucken. In diesem Moment fühlte ich mich ihm so nah.

Als ich auf die Uhr schaute, war es fast halb sieben. »Wow. Die Nacht ist wie im Flug vergangen«, stellte ich erstaunt fest. »Ich sollte langsam nach Hause fahren.«

»Ich bringe dich zurück«, sagte Dante und reichte mir seine Hand. Seine Berührung war sanft.

Die Rückfahrt war entspannt, und ich konnte kaum die Augen offenhalten. Die Erschöpfung forderte ihren Tribut und meine Lider wurden immer schwerer, bis ich den Kampf gegen den Schlaf verlor.

Als wir ankamen, weckte er mich sanft. »Emilia, wir sind da.«

Ich öffnete meine Augen, sah ihn an und lächelte verschlafen. »Ich bin eingeschlafen. Wie peinlich.«

Er lachte leise. »Du hast nur ein wenig geschnarcht.«

»Hey, ich schnarche nicht!«, protestierte ich.

Er beugte sich näher, unsere Atemzüge vermischten sich in der kalten Morgenluft. Sein Blick hielt mich fest, forschend, als könnte er tief in mich hineinsehen.

»Nein, tust du nicht«, sagte er leise, seine Stimme war rau und kontrolliert – aber in seinen Augen loderte etwas anderes.

Ich wusste nicht, was mich dazu trieb, vielleicht war es die Spannung zwischen uns, vielleicht war es die Art, wie er mich ansah, als wäre ich sein verdammter Schwachpunkt. Doch ehe ich es verhindern konnte, überbrückte ich die letzten Zentimeter zwischen uns und küsste ihn.

Es war ein Fehler. Es war Wahnsinn. Aber es fühlte sich verdammt richtig an.

Seine Lippen waren warm, weich, und für einen Herzschlag lang ließ er es zu, ließ mich führen, ließ mich fühlen. Doch dann kam die Erkenntnis wie ein Schlag in den Magen. Ich riss mich los, meine Finger zitterten, als ich nach dem Türgriff tastete.

»Es tut mir leid«, flüsterte ich, die Worte stolperten über meine Lippen. »Ich sollte gehen.«

Ich machte einen Schritt zurück, wollte aussteigen, diesen Moment hinter mir lassen – doch ehe ich reagieren konnte, packte er mein Handgelenk. Nicht grob, nicht schmerzhaft. Nur mit dieser unerschütterlichen Bestimmtheit, die ihn so gefährlich machte.

»Nein«

Bevor ich widersprechen konnte, zog er mich zurück, und diesmal war er es, der mich küsste. Und verdammt, dieser Kuss war nicht sanft. Er war fordernd, verlangend, ein Besitzanspruch, den ich in jeder Faser meines Körpers spürte. Seine Hand wanderte in meinen Nacken, sein Griff fest, sein Daumen strich über meine Haut, während seine Lippen mich tiefer in dieses Chaos zogen.

Als er sich schließlich löste, waren wir beide atemlos. Seine Stirn an meine gelegt und seine Stimme war nicht mehr als ein heiseres Flüstern.

»Wenn du glaubst, dass ich dich nach diesem Kuss einfach gehen lasse …« Seine Lippen strichen ein letztes Mal über meine, ein Versprechen, eine Warnung. »Dann kennst du mich noch nicht.«

Mein Herz hämmerte gegen meine Rippen, meine Finger krallten sich in den Stoff meiner Jeans, als ich ihn ansah. Ich wusste, dass ich gehen sollte. Ich wusste, dass das hier gefährlich war. Doch in diesem Moment war das Einzige, was mich wirklich erschreckte, wie sehr ich es genoss.

Schließlich drehte ich mich um und stieg aus dem Wagen. Doch als ich zur Tür lief, spürte ich seinen Blick auf mir brennen. Und ich wusste – das war nicht das Ende. Das war erst der Anfang.

Kapitel 8

EMILIA

Zwei Wochen waren vergangen. Zwei Wochen, in denen ich versucht hatte, mein Leben weiterzuführen, alles zu verdrängen, als wäre nichts passiert. Ich ging zur Uni, schrieb meine Klausuren, sprach mit meinen Kommilitonen, lachte an den richtigen Stellen – doch es war alles eine Lüge. Ein verzweifelter Versuch, die Wahrheit zu verdrängen.

Seit dieser Nacht mit Dante hatte sich etwas in mir verändert. Ich hatte mich verändert. Ich versuchte, mich davon abzuhalten, ständig an ihn zu denken, doch es war zwecklos. Sein Blick, seine Stimme, die Art, wie er mich ansah – es verfolgte mich in meinen Träumen, in den stillen Momenten zwischen Vorlesungen und in den Nächten, in denen ich wach im Bett lag und gegen diese Sehnsucht ankämpfte.

Aber so sehr mich Dante in meinen Gedanken gefangen hielt, so sehr lastete auch der Brief meiner Eltern auf mir. Seit zwei Wochen lag er unberührt in meiner Schublade, ein stilles Mahnmal der Lügen, die meine Familie mir aufgetischt hatte. Ich hatte kaum mit ihnen gesprochen, weil die Wut immer noch in mir brannte. Sie hatten mich alle belogen. Meine Eltern, meine Geschwister – Menschen, denen ich mein Leben lang vertraut hatte. Und jetzt erwarteten sie, dass ich diesen Brief einfach lese und alles verstehe? Dass ich vergebe?

Jedes Mal, wenn ich ans Telefon ging, klangen ihre Stimmen vorsichtig, angespannt. Und immer wieder kam die gleiche Frage: »Hast du den Brief schon gelesen?«

Ich hatte es jedes Mal abgeblockt, hatte Ausreden gefunden, um das Thema zu wechseln. Aber die Wahrheit war: Ich hatte Angst. Angst vor dem, was mich erwartete. Angst davor, dass sich mein Leben nach diesen Worten noch mehr verändern würde, als es ohnehin schon war.

Aber ich konnte es nicht länger aufschieben.

Mit einem tiefen Atemzug zog ich die Schublade meines Nachttischs auf. Dort lag er – der weiße Umschlag, der alles verändern konnte. Meine Finger zitterten, als ich ihn herausnahm. Mein Herz hämmerte so laut in meiner Brust, dass ich es in meinen Ohren rauschen hörte.

Ich setzte mich auf mein Bett, zog die Knie an und starrte das Papier an, als könnte ich den Inhalt mit bloßem Willen erfassen, ohne es zu öffnen. Tränen brannten in meinen Augen.

Warum hatten sie mir das angetan? Warum konnten sie mich nicht einfach ansehen und mir die Wahrheit sagen? Hatten sie wirklich geglaubt, ein Stück Papier könnte die jahrzehntelange Lüge besser machen?

Mit zitternden Fingern schob ich die Kante des Umschlags auf und zog das gefaltete Papier heraus. Ich erkannte sofort die feine, elegante Handschrift meiner Mutter.

Meine Kehle wurde trocken. Langsam entfaltete ich das Papier und begann zu lesen.

La mia bellissima figlia,

Wenn du diese Zeilen liest, sind wir nicht mehr an deiner Seite. Allein der Gedanke, dich ohne unsere Unterstützung durch diese Welt gehen zu lassen, erfüllt uns mit Angst. Es fällt weder deinem Vater noch mir leicht, diesen Brief zu schreiben. Doch es gibt Dinge, die du wissen musst. Dinge, die wir dir nicht persönlich sagen konnten, um dich zu schützen. Du hast erfahren, dass wir Teil einer der einflussreichsten Mafia-Familien Italiens sind. Das tut uns unendlich leid, Emilia. Wir haben dir diese Last nicht aufbürden wollen.

Deine Nonna, Lucia und Raffaele sind deine engsten Vertrauten. Bitte halte daran fest und sei ihnen nicht böse. Sie haben nur nach unseren Wünschen gehandelt. Wir lieben dich über alles, und nichts auf dieser Welt könnte das ändern. Doch jetzt musst du aufmerksam sein. Dein Onkel Armando wird alles tun, um unser Erbe an sich zu reißen. Er lässt uns überwachen, und wir wissen nicht, wer außer ihm selbst in seinem Spiel die Fäden zieht. Sollten wir nicht mehr an deiner Seite sein, wird Raffaele die Geschäfte bis zu deinem 21. Geburtstag übernehmen. Danach liegt es an dir, zu entscheiden, ob du in unsere Fußstapfen treten willst. Überlege es dir gut, mein Liebling. Es ist eine schwere Bürde, die auf dir lasten wird. Und bitte vergiss niemals, wie sehr wir dich lieben. Auch über den Tod hinaus. Ich wünschte, wir hätten dir diesen Leben erspart. Verzeih uns.

Pass gut auf dich auf, und folge deinem Herzen. x

In ewiger Liebe, Mama und Papa

Meine Hände zitterten, als ich den Brief zu Ende las. Tränen liefen mir unkontrolliert über die Wangen. Der Schmerz, der Verlust, das Gefühl des Verrats – all das durchdrang mich mit einer solchen Heftigkeit, dass es mir den Atem raubte. Doch tief in mir regte sich etwas anderes: eine Welle der Wut und Entschlossenheit.

Sie hatten mich belogen und im Dunkeln gelassen, um mich zu schützen. Doch dieser Schutzschirm war zerrissen, und ich stand im Licht, angreifbar und verletzlich. Dabei hätte ich es wissen müssen.

Jeden Tag hatte ich mit Kriminalität zu tun – sei es durch mein Studium oder meine Praktika in Kanzleien und bei Gericht. Ich wusste, dass es die Mafia gab. Das war nichts Neues für mich. Ich hatte mich mit ihren Strukturen beschäftigt, ihre Methoden analysiert, Fälle gesehen, in denen sie ganze Existenzen zerstörte. Und doch hatte ich die Zeichen in meiner eigenen Familie nicht erkannt. Wie blind war ich gewesen?

Auf einmal erschien es mir absurd, dass ich die ganze Zeit über meinen Uni-Aufgaben gebrütet hatte, während sich mein ganzes Leben in eine Richtung bewegt hatte, die ich nicht einmal erahnt hatte. Was brachten mir all die Strafrechtsvorlesungen, wenn ich die größte Straftäter-Organisation direkt vor meiner Nase nicht gesehen hatte? Und jetzt steckte ich selbst mittendrin. Ich war der Mittelpunkt zwischen Recht und Unrecht. Das Zünglein an der Waage für all das, was ab jetzt geschehen würde.

Ich musste eine Entscheidung treffen. Daran führte kein Weg mehr vorbei. Doch welche dies sein würde, stand noch nicht fest.

Doch vorher brauchte ich etwas Schlaf, bevor ich mich dieser lebensverändernden Aufgabe stellte.

Ich ließ mich ins Bett fallen, den Brief fest in meiner Hand haltend, als könnte er mich beschützen, und fiel in einen unruhigen Schlaf voller Albträume. Dunkle Gestalten mit den Gesichtern meiner Eltern, Dantes grüne Augen, die mich durchdrangen, und das schadenfrohe Lächeln meines Onkels, das mich verhöhnte.

Ein leises Klopfen riss mich aus dem Schlaf.

»Emilia, bist du wach?« Lucias Stimme klang sanft, aber besorgt.

Ich blinzelte müde, richtete mich langsam auf und rieb mir über das Gesicht. »Ja, komm rein«, murmelte ich heiser. Die Tür öffnete sich leise, und Lucias Blick fiel sofort auf mein zerzaustes Haar und meine verweinten Augen.

»Alles in Ordnung? Du warst nicht beim Frühstück«, sagte sie leise und trat näher an mein Bett.

»Ja, mir geht es gut.« Ich versuchte, so überzeugend wie möglich zu klingen. »Ich war nur erschöpft und musste etwas Schlaf nachholen.« Mehr konnte ich ihr nicht sagen. Noch nicht. Und ich wusste, dass sie diese Erklärung zumindest fürs Erste akzeptieren würde.

Sie musterte mich einen Moment, bevor sie zögernd nickte. »Wenn du willst, kann ich dir etwas zu essen machen.«

»Nein, danke. Ich werde mich gleich fertig machen. Ich muss mit euch sprechen.«

Lucia sah mich forschend an, dann huschte ein beinahe bedauerndes Lächeln über ihr Gesicht. »Ich sage den anderen Bescheid. Wir warten unten auf dich.«

Ich blieb noch einen Moment im Bett sitzen, während meine Gedanken rastlos um den Inhalt des Briefes kreisten. Schließlich schüttelte ich den Kopf, als könnte ich damit die dunklen Gedanken vertreiben, und stand auf.

Es war bereits Mittag. Vor dem Kleiderschrank blieb ich kurz stehen, dann zog ich ein rotes Sommerkleid heraus – schlicht, aber ausdrucksstark. Perfekt. Dazu Espadrilles. Meine Haare band ich zu einem lockeren Zopf.

Gerade als ich mich auf den Weg machen wollte, vibrierte mein Handy. Eine unbekannte Nummer.

»Hallo?«, meldete ich mich skeptisch.

»Emilia? Hier ist Luca.« Seine Stimme klang ernst, fast dringlich.

Mein Herz setzte einen Schlag aus. Was wollte er? War das die nächste Katastrophe, die auf mich wartete? Ich atmete tief durch.

»Luca? Woher hast du-?«

»Ernsthaft?«, lachte er kurz auf, genau wissend, worauf ich hinaus wollte.

»Wieso rufst du an?«, fragte ich direkt, um von meinem Fettnäpfchen abzulenken.

»Kannst du dich mit mir treffen? Es geht um deinen Ex.«

Bei der Erwähnung von Flavio zog sich mein Magen schmerzhaft zusammen. Die Erinnerung an das, was er getan hatte, schoss wie ein kalter Blitz durch meinen Körper und ließ mich für einen Moment erstarren.

»Ja«, sagte ich, meine Stimme kühler als beabsichtigt. »Ich muss vorher etwas erledigen, aber danach können wir uns treffen.«

»Gut. Komm ins Casino. Dante und ich warten dort auf dich.«

Ich zögerte kurz, dann nickte ich, obwohl er es nicht sehen konnte. »Okay. Ich beeile mich.«

Als ich auflegte, wusste ich: Ein Problem jagte das nächste. Doch Flavio musste warten. Jetzt war meine Familie dran.

Mit jedem Schritt, den ich auf die schwere Tür des Arbeitszimmers zuging, verstärkte sich die Entschlossenheit in mir. Mein Herz schlug fest in meiner Brust, aber meine Hände waren ruhig. Es gab keinen Platz mehr für Zweifel oder Angst. Ich hatte eine Entscheidung getroffen – und ich würde nicht zurückweichen. Als ich die Tür öffnete und eintrat, hoben sich drei Köpfe. Lucia, meine Nonna und Raffaele saßen bereits im Raum. Keiner sprach ein Wort, doch ihre Blicke ruhten schwer auf mir, voller unausgesprochener Fragen. Das Sonnenlicht fiel durch die halb geschlossenen Vorhänge und warf scharfe Schatten auf ihre Gesichter – ein Spiel aus Licht und Dunkelheit, das sich seltsam passend anfühlte.

Ich atmete tief durch.»Danke, dass ihr hier seid«, begann ich, meine Stimme ruhig, aber fest.»Ich hatte einige Wochen Zeit mir Gedanken zu machen und habe über alles nachgedacht. Ich habe den Brief gelesen. Und ich weiß jetzt, was zu tun ist.« Ich ließ meinen Blick über ihre Gesichter gleiten, über die feinen Falten in ihren Gesichtern, die angespannte Haltung, das undurchdringliche Mienenspiel.»Und niemand wird mich davon abhalten. Auch ihr nicht.«

Raffaele lehnte sich langsam in seinem Stuhl zurück, sein Blick blieb auf mir haften, prüfend, analysierend. Dann verschränkte er die Arme vor der Brust.»Wir hören dir genau zu. Was hast du vor?« Seine Stimme war ruhig, aber mit einem Hauch von Neugier.

Ich zögerte keine Sekunde.»Ich werde dem Wunsch meiner Eltern nachkommen und die Geschäfte übernehmen«, sagte ich mit fester Stimme.»Sobald du mich eingearbeitet hast, Raffaele. Ich werde nicht so tun, als hätte ich den totalen Durchblick. Den habe ich nicht. Zumindest noch nicht. Aber ich werde alles daran setzen, dass sich das ändert.«

Einen Moment lang schien die Zeit stillzustehen. Nur das leise Ticken der alten Standuhr durchbrach die angespannte Stille. Dann veränderte sich Raffaeles Miene zu einem stolzen Lächeln. Doch während er mich mit dieser neuen Anerkennung betrachtete, spiegelte sich in den Gesichtern meiner Nonna und Lucia etwas anderes: Besorgnis. Vielleicht sogar Angst.

Lucia war die Erste, die sprach. »Bist du dir sicher?« Ihre Stimme war kaum mehr als ein Flüstern.

Ich hielt ihrem Blick stand. »Ja. Das bin ich meinen Eltern schuldig.« Mein Herz schlug nun schneller, aber nicht aus Nervosität − sondern aus Entschlossenheit. »Armando denkt, er könnte alles kontrollieren. Er denkt, ich sei schwach, und ihm stehe alles zu. Aber er hat sich geirrt.« Ich ballte die Hände zu Fäusten. »Ich werde das Vermächtnis meiner Eltern schützen. *Koste es, was es wolle.*«

Lucia schluckte hart. Meine Nonna schloss für einen Moment die Augen, als müsste sie einen stillen Schmerz in sich aufnehmen.

Raffaele erhob sich von seinem Stuhl, trat langsam auf mich zu und legte seine großen, kräftigen Hände auf meine Schultern. Seine dunklen Augen fixierten meine, suchten nach Unsicherheit − fanden aber keine.

Dann nickte er. »Ich bin stolz auf dich, Emilia«, sagte er mit einer Ehrlichkeit, die ich selten von ihm gehört hatte. »Du hast mein vollstes Vertrauen. Egal was du brauchst, ich werde dafür sorgen, dass du es bekommst.«

Seine Arme schlossen sich um mich − eine Umarmung, die weniger familiär war als vielmehr ein stiller Pakt. Ein Schwur auf Rache und Gerechtigkeit.

Lucia und meine Nonna traten ebenfalls zu uns. Ihre Arme legten sich um mich, vorsichtiger, zögerlicher − doch sie waren da. Sie standen hinter mir, trotz all ihrer Sorgen.

Und in diesem Moment, inmitten der Wärme und der Stärke meiner Familie, wusste ich, dass es kein Zurück mehr gab.

Kapitel 9

EMILIA

Ich war überrascht, wie gut es lief. Widerstand hatte ich erwartet, vor allem von meiner Nonna. Aber als ich mich aus ihrer Umarmung löste und das erleichterte Lächeln auf ihren Lippen sah, wusste ich, dass sie mir vertraute. Das bedeutete mir mehr als alles andere, denn es gab mir den nötigen Freiraum, mich auf die bevorstehenden Herausforderungen zu konzentrieren. Und davon gab es einige.

»Jetzt, da wir das geklärt haben, muss ich schon wieder los. Hab was zu erledigen«, sagte ich hastig. »Ich kann nicht sagen, wie lange es dauern wird, aber macht euch bitte keine Sorgen.«

Raffaele, der bisher still in einer Ecke stand und mich beobachtete, trat einen Schritt auf mich zu. »Warte einen Moment«, forderte er mich auf.

Verwundert hielt ich inne, die Hand bereits an der Türklinke. »Was gibt es denn noch?«, fragte ich neugierig.

Er zog die Mundwinkel zu einem verschmitzten Lächeln nach oben. »Wir haben etwas für dich. In Zukunft wirst du für deine

Termine mit Geschäftspartnern einen Fahrer haben. Aber ich weiß, wie gern du selbst fährst. Sieh es dir selbst an.«

Wir verließen das Arbeitszimmer und machten uns gemeinsam auf den Weg nach unten.

Raffaele ging voran, seine Haltung aufrecht, seine Schritte bestimmt. Ich folgte ihm, dicht gefolgt von Lucia und meiner Nonna. Die alte Holztreppe knarrte leise unter unserem Gewicht, während wir die dunklen Stufen hinabstiegen. Das Sonnenlicht, das durch die hohen Fenster in den Flur fiel, warf lange Schatten auf den Marmorboden und ließ die goldverzierten Bilderrahmen an den Wänden aufleuchten.

Mein Herz klopfte noch immer schnell, ein Echo der Worte, die ich eben ausgesprochen hatte. Ich hatte mein Schicksal angenommen, den Weg gewählt, den ich gehen musste. Doch tief in meinem Inneren konnte ich das flaue Gefühl nicht verdrängen – dieses leise, nagende Unbehagen vor dem, was noch kommen würde.

Als wir die große Flügeltür zur Eingangshalle erreichten, öffnete Raffaele sie mit einer mühelosen Bewegung. Ein warmer Luftzug strich mir entgegen, trug den Duft nach Pinien, Benzin und dem leichten Salzgeruch des nahen Meeres mit sich.

Dann fiel mein Blick auf die Fahrzeuge vor der Villa – und mein Atem stockte.

Neben meinem schwarzen Audi parkte ein Wagen, der sofort alle Aufmerksamkeit auf sich zog. Der tiefschwarze Lack des Bugatti fing das Sonnenlicht ein und verschluckte es in seiner Mattheit, als würde das Fahrzeug die Welt um sich herum einsaugen. Ein Traum von einem Auto, den ich mir nie hätte leisten können.

Ich blieb abrupt stehen, spürte, wie meine Finger sich leicht in den Stoff meines Kleides krallten. »Das ist nicht euer Ernst!«, entfuhr es mir, meine Stimme überschlug sich fast. »Mattschwarz? Sportedition? Der muss ein Vermögen gekostet haben!«

Mein Puls raste. Ich konnte nicht glauben, was ich da sah. Ein Bugatti war nicht nur ein Auto. Er war eine Botschaft. Eine Demonstration von Macht, von unantastbarem Reichtum – und nun gehörte er mir?

Raffaele lachte leise und trat neben mich. Seine Augen funkelten amüsiert. »Dann solltest du dich besser daran gewöhnen«, sagte er gelassen. »Denn Geld wird in dieser Familie nie ein Problem sein. Und du hast mehr als genug.«

Ich riss den Blick von dem Wagen los und sah ihn verwirrt an. »Was soll das heißen?«

Er verschränkte die Arme und musterte mich mit diesem kühlen, wissenden Blick, den ich so gut kannte. »Dein Treuhandfonds«, sagte er ruhig. »Er gehört ab jetzt ganz allein dir.«

Einen Moment lang wusste ich nicht, was ich sagen sollte. Mein Herz hämmerte in meiner Brust, während ich versuchte, seine Worte zu begreifen.

»Was hast du gedacht?« Er schüttelte leicht den Kopf und zog eine Braue hoch. »Dass deine Eltern vor ihrem Tod nicht vorgesorgt haben? Dass du mittellos dastehst?«

Ich öffnete den Mund, schloss ihn wieder. Ich hatte mir nie Gedanken darüber gemacht. Mein Fokus lag immer auf anderen Dingen – auf dem Verlust, auf dem Schmerz, auf den Konsequenzen.

»Mach dir nie wieder Sorgen um Geld, Emilia«, fuhr Raffaele fort. Seine Stimme war ruhig, aber bestimmt. »Davon hat die Familie mehr als genug. Und jetzt auch du.«

Die Worte trafen mich mit einer unerwarteten Wucht. Es war nicht nur das Geld. Es war die Bedeutung dahinter. Es bedeutete, dass ich unabhängig war. Dass ich nicht auf andere angewiesen war. Dass ich mich von niemandem kaufen oder kontrollieren lassen musste. Ich spürte, wie sich ein Kloß in meiner Kehle bildete. Ich war nie jemand gewesen, der großen Wert auf Luxus gelegt hatte. Aber dieses Wissen – dass ich finanziell unantastbar war – gab mir eine neue Art von Sicherheit.

Ich atmete tief durch, ließ meinen Blick noch einmal über den Bugatti gleiten. Meine Lippen verzogen sich zu einem kleinen, ungläubigen Lächeln. Dann drehte ich mich zu Raffaele um, mein Blick fest.

»Danke«, sagte ich, und dieses Mal meinte ich es nicht nur für das Auto oder das Geld. Ich meinte es für alles.

Er nickte zufrieden.

Ich lief rüber zum Wagen und ließ meine Finger über den kalten, glatten Lack gleiten, spürte das Gewicht der Entscheidung, die ich getroffen hatte, einmal mehr auf meinen Schultern.

Dann trat ich einen Schritt zurück. »Ich muss nur schnell meine Schuhe wechseln und dann los«, sagte ich mit neuer Entschlossenheit in der Stimme. »Wir sehen uns später.«

Und mit diesen Worten wusste ich, dass ich endgültig in mein neues Leben trat.

Ich rannte die Treppe hinauf und schnappte mir meine neuen, glänzenden schwarzen Louboutins. Sie passten perfekt zu meinem roten Kleid, das heute mein Outfit krönte. Mit einem schnellen Blick in den Spiegel stellte ich sicher, dass mein Haar ordentlich saß. Dann griff ich nach meiner Handtasche und eilte runter zum Auto.

Bevor ich losfuhr, schickte ich Luca eine Nachricht, dass ich auf dem Weg ins Casino sei. Mein Herz klopfte schneller, als ich daran dachte, Dante wiederzusehen. Unser Kuss brannte noch immer wie ein lebendiges Feuer in meinen Gedanken. Doch das durfte sich nicht wiederholen. Zumindest redete ich mir das ein.

Der Motor heulte auf, als ich den Schlüssel drehte. Der Wagen vibrierte unter meinen Händen, als ich sanft aufs Gaspedal trat. Es war ein Rausch, das Auto zu fahren. Die Welt um mich herum verschwamm, als ich durch die Straßen raste. Ich fühlte mich frei, stark und unaufhaltsam.

Nach etwa zwanzig Minuten Fahrt erreichte ich das Casino und wurde sofort bemerkt. Die Besucher auf dem Parkplatz drehten ihre Köpfe nach dem dröhnenden Motor um. Ich parkte den Wagen direkt am Eingang, holte ein letztes Mal tief Luft und stieg aus. Meine roten Sohlen klickten laut auf dem Asphalt. Luca, der draußen stand und telefonierte, sah mich und schüttelte lachend den Kopf, während er seine Zigarette ausdrückte.

»Wow! Für jemanden, der nicht gern im Mittelpunkt steht, war dieser Auftritt echt Hollywood-reif«, bemerkte er grinsend. »Du siehst gut aus. Gar nicht mehr wie das schüchterne Mädchen, wie vor ein paar Tagen.«

Ich neigte meinen Kopf und schenkte ihm einen provokanten Blick. »Ich war nie schüchtern. Es bekommt nur nicht jeder diese Seite von mir zu sehen.«

Ohne ein weiteres Wort ging ich an ihm vorbei. Meine Schritte waren selbstbewusst, und ich spürte die Blicke, die mir folgten. Als ich das Casino betrat, stieg mir sofort der Geruch von teurem Alkohol, Zigarrenrauch und Parfum in die Nase. Es fühlte sich an wie ein neuer Schauplatz, auf dem ich die Hauptrolle spielen würde.

Als ich weiter entlang des Flurs lief, sah ich Dante, der im Türrahmen seines Büros stand und mich musterte. Er hatte also auch schon von meiner Ankunft Wind bekommen. Seine grünen Augen schienen im gedämpften Licht des Casinos noch intensiver zu leuchten. Als ich näher kam, konnte ich sein aufkeimendes Lächeln sehen.

»Hallo, Dante. Du siehst blass aus«, begrüßte ich ihn mit einem herausfordernden Grinsen.

Er trat näher an mich heran, sein Blick wanderte langsam über mein Gesicht. »Du spielst mit unfairen Mitteln, Emilia«, flüsterte er leise. Ich hob eine Augenbraue und lächelte verführerisch. »Ich spiele keine Spiele. Ich bin nur hier, weil ihr es so wolltet.«

Sein Lächeln erlosch, und für einen Moment huschte etwas Dunkles über sein Gesicht. »Okay, wo ist die süße, schüchterne Emilia hin?«, fragte er sarkastisch.

»Wieso fragt mich das heute jeder?« Zu schade, dass sie noch nicht die Jurastudentin in mir kennengelernt hatten, dann würden sie nicht so über mich denken.

Dante atmete schwerer, seine Finger zuckten, als ob er mich berühren wollte. Ich genoss es, dass ich scheinbar nicht die Einzige war, die nicht wusste, wie wir uns nach dem Kuss verhalten sollten.

In diesem Moment betrat Luca den Raum. »Perfektes Timing!«, rief ich ihm zu.

»Ich komme *immer* zur richtigen Zeit«, antwortete er selbstgefällig.

»Du scheinst ja sehr überzeugt von dir selbst zu sein. Lasst uns reingehen. Dann könnt ihr mir endlich sagen, warum ich herkommen musste.«

Dante nickte zustimmend und bedeutete mir, vorauszugehen. Luca und er folgten mir. Der Raum war geräumig und das Licht gedämpft. Ich nahm auf einem der großen Ledersessel mitten im Raum platz, schlug die Beine übereinander und wartete.

»Dann mal los. Worum geht es?«,fragte ich, meine Stimme fest.

Luca legte ein Bild vor mir auf den Tisch. »Kennst du sie?«

Ich betrachtete das Foto. »Ja, das ist Sofia. Eine Kommilitonin von mir. Wir kennen uns nur flüchtig. Aber sie meidet mich, und ich habe nie verstanden, warum.«

Luca grinste breit. »Dann bekommst du heute endlich Antworten auf deine Fragen. Sie hat was mit deinem Ex.«

»Sie hat *was*?« Ich hatte mit allem gerechnet, nur nicht damit.

»Nachdem ich ihn auf dem Parkplatz in die Mangel genommen habe, ist er direkt zu ihr gefahren. Erst hat sie ihn verarztet, und dann hat er sich erkenntlich gezeigt und sie gefickt. Oder sie ihn. Doktorspiele. Du verstehst.«

Dantes Blick wurde ernst, und er starrte Luca verärgert an. »Musst du immer so ein Arschloch sein?«

»Was? Sie muss die Wahrheit wissen. Es bringt ihr nichts, weiter belogen zu werden. Und gerade *du* solltest wissen, dass sie niemand mehr mit Samthandschuhen anfassen wird.«

Ich nickte. »Er hat recht. Die Mafia wird mich nicht verschonen. Also nur zu.« Meine Stimme wirkte gelassen, aber innerlich kochte ich. »Woher hast du all diese Informationen?«

Bevor er antworten konnte, wurden wir unterbrochen. Es öffnete sich die Tür, und ein Mann trat ein. Er war groß, schlank, und seine braunen Haare hatten bereits graue Strähnen. Seine Präsenz erfüllte den Raum sofort mit einer autoritären Präsenz.

»Darf ich vorstellen: Tommaso Santoro«, sagte Dante knapp. »Unser Vater.« Tommaso musterte mich eingehend, sein Blick war intensiv, als ob er meine Seele durchdringen wollte. »Emilia, die Ähnlichkeit mit deiner Mutter ist verblüffend.«

»Vielen Dank. Es freut mich, Sie kennenzulernen«, erwiderte ich höflich. »Ich muss schon sagen, ein eindrucksvoller Auftritt.«

Er lachte, ein tiefes, kehliges Lachen. »Ich mag sie jetzt schon«, sagte er anerkennend. »Direkt und ehrlich. Genau so, wie ich es mag.« Dante und Luca blieben wie versteinert stehen, ihre Gesichter ausdruckslos, aber ihre Augen beobachteten jedes Detail der Unterhaltung zwischen ihrem Vater und mir. Es war, als hätten sie diesen Moment kommen sehen, ohne zu wissen, wie er verlaufen würde. Der Raum war erfüllt von einer gespannten Stille, die nur von den fernen Geräuschen des Casinos durchbrochen wurde.

Tommaso räusperte sich und sprach weiter. Seine tiefe, ruhige Stimme drang wie ein Messer durch die Stille.»Ich wollte euch gar nicht unterbrechen, doch als ich hörte, dass du hier sein würdest, wollte ich die Gelegenheit nutzen. Ich habe einige Informationen erhalten. Dein Onkel hat einen Verbündeten. Ich weiß nicht, ob meine Söhne es schon erwähnt haben.«

»Nein, Padre. Wir haben erst angefangen, ehe du hier reingeplatzt bist.« Dante schien genervt von der Anwesenheit seines Vaters.

»Gut. Dann übernehme ich. Wo war ich stehen geblieben? Ach ja, der Verbündete ... du kennst ihn - Flavio DiSantis. Sie arbeiten eng zusammen, und es scheint, als hätten sie große Pläne. Dein Onkel will ihn in die Politik bringen, mit dem Ziel, Einfluss auf die Gesetzgebung zu gewinnen, die unser Geschäft direkt betrifft.«

Ich kniff die Augen zusammen, und ein leises, verächtliches Schnauben entwich mir.»Es sollte mich schockieren. Das tut es aber nicht«, erwiderte ich kühl.»Mein Onkel war schon immer gierig nach Macht, und Flavio klebte ihm schon länger am Arsch. Entschuldigt meine Wortwahl.« Luca lehnte sich zurück und konnte sich das Lachen nicht verkneifen. Doch Tommaso strafte ihn sofort mit einem mahnenden Blick.

Tommaso betrachtete mich eingehend, als würde er in meinem Gesicht nach Anzeichen von Unsicherheit suchen. Doch als er davon nichts erkannte, verzog sich sein Mund zu einem anerkennenden Lächeln. »Du bist ganz deine Mutter«, sagte er mit einer ungewohnten Sanftheit in der Stimme, die im Kontrast zu seiner sonst so harten Ausstrahlung stand.

Sein Lob berührte mich, aber ich ließ es mir nicht anmerken. Stattdessen hielt ich seinen Blick fest und erwiderte kühl: »Worte sind schön und gut. Aber was genau wollen Sie von *mir*?«

Er lehnte sich zurück und verschränkte die Arme vor der Brust. »Ich will, dass wir uns verbünden. DiSantis und dein Onkel sind gefährlich, aber nicht unbesiegbar. Wenn wir unsere Kräfte bündeln, könnten wir nicht nur ihre Pläne durchkreuzen, sondern sie ein für alle Mal aus dem Spiel nehmen. Du kennst die Schwächen deines Onkels besser wir, und ich habe die nötigen Verbindungen, um ihre politischen Ambitionen im Keim zu ersticken.«

Ich ließ seine Worte einen Moment lang auf mich wirken. Ein Bündnis mit den Santoros – wow. Sie hatten keine Zeit verloren, ihre Pläne nach ihren Bedürfnissen auszurichten. Doch der Gedanke an meinen Onkel, der die Vision meiner Eltern für seine eigenen gierigen Pläne ausnutzte, ließ meine Zweifel verstummen.

»Sie werden sicher verstehen, dass ich jetzt hier keine Entscheidung treffen kann. Ich verspreche, darüber nachzudenken und Ihnen bald eine Antwort zu geben«, sagte ich ruhig, aber bestimmt.

»Du bist eine intelligente, junge Frau. Du lässt dich nicht zu einem schnellen Entschluss drängen. Ich wäre enttäuscht, wenn es nicht so wäre.« Er ging zur Tür und winkte jemanden außerhalb des Büros zu sich. Auf der Stelle kam ein Kellner mit einem Tablett herein. Darauf standen vier Gläser, gefüllt mit dunklem, bernsteinfarbenem Whisky.

Tommaso reichte mir eines der Gläser.

»Lasst uns anstoßen. Auf mögliche Bündnisse und auf dich, Emilia«, sagte er, seine Augen funkelten vor Neugier und Respekt. »Auf die Frau, die die Machtverhältnisse in dieser Stadt verändern könnte.«

»Salute«, sagte ich und hob mein Glas, spürte die Blicke von Luca und Dante auf mir. Sie wiederholten den Trinkspruch, ihre Stimmen vereinten sich mit meiner. In diesem Moment fühlte es sich an, als hätten wir einen unausgesprochenen Pakt geschlossen – ein Versprechen, das nur durch zukünftige Taten erfüllt werden würde.

Ich ließ meinen Blick durch den Raum schweifen und hielt inne, als ich Dante ansah. In seinen Augen blitzte etwas auf, eine Mischung aus Bewunderung und Besorgnis. Luca hingegen wirkte nachdenklich, als würde er die Schachzüge, die folgen könnten, abwägen.

Ich wusste, dass ich in diesem Moment an einer Schwelle stand. Hier in diesem Raum, umgeben von Männern, die die Unterwelt dieser Stadt schon lange beherrschten, spürte ich eine Macht in mir aufsteigen, die ich vorher nicht kannte. Die Emilia, die ich einmal war, schien so weit entfernt. Jetzt war ich bereit, meine eigene Partie zu spielen, mit eigenen Regeln und ohne Rücksicht auf Verluste.

»Ich bin neugierig, Emilia. Was wirst du zuerst tun?«, fragte Tommaso.

Ich setzte mein Glas mit einem leisen Klirren ab und lächelte, ein kühles, berechnendes Lächeln. »Habt Geduld. Ihr werdet es schon bald erfahren.«

Kapitel 10

EMILIA

»So nett es war, ich habe einen Termin, den ich nicht verschieben kann. Wir sehen uns sicher bald wieder«, erklärte Tommaso und verließ den Raum. Kaum hatte er die Tür hinter sich geschlossen, veränderte sich die Stimmung. Es war, als ob die Luft plötzlich schwerer wurde, mit unausgesprochenen Worten und aufgestauter Spannung. Dante und Luca standen vor mir, wie zwei Jungen, die zum ersten Mal ohne die strenge Hand ihres Vaters zurechtkommen mussten. Ich lehnte mich zurück und betrachtete sie amüsiert. Die mächtigen Santoro-Brüder, die sich plötzlich so kleinlaut verhielten. Eine Gelegenheit, die ich mir nicht entgehen lassen konnte.

»Was ist los? Ihr zwei seid ja plötzlich so *schüchtern*«, kommentierte ich mit einem Grinsen, das ich mir nicht verkneifen konnte.

Luca verdrehte die Augen, seine Unbeholfenheit deutlich sichtbar. »Ich werde auch abhauen. Ich habe noch zu tun. Wichtige Geschäfte. Für Erwachsene, wenn ihr versteht.«

Ich lachte laut auf, konnte die Ironie dieser Aussage nicht ignorieren.»Na klar, Luca. Mach mal deine Arbeit für große Jungs«, entgegnete ich sarkastisch. Neben mir konnte ich sehen, wie selbst Dante ein Schmunzeln nicht unterdrücken konnte.

Luca warf mir einen letzten, halb beleidigten Blick zu, bevor er sich umdrehte und den Raum verließ. Und dann fanden wir uns in der Situation wieder, vor der ich die letzten zwei Wochen geflohen war. Nur Dante und ich blieben zurück. Der Raum schien plötzlich enger, heißer, und die Stille, die sich zwischen uns ausbreitete, drängte das Verlangen, mehr zu wollen. Ich nahm den letzten Schluck meines Whiskys, ließ den brennenden Geschmack auf meiner Zunge vergehen, bevor ich mich ebenfalls zum Gehen bereit machte.

»Da wir hier fertig sind, werde ich mich auch verabschieden. Ihr hört von mir. Ciao«, sagte ich und machte mich auf den Weg zur Tür. Doch bevor ich nach dem Türknauf greifen konnte, trat Dante vor mich, stellte sich in den Weg und verschloss die Tür mit einem lauten Klicken.

»Dante, was soll das?«, begann ich genervt und verschränkte die Arme vor der Brust.»Diese führt doch zu nichts.«

Er trat näher, sein Körper eine dunkle, unausweichliche Präsenz, bis ich seinen Atem auf meiner Haut spüren konnte. Sein Blick brannte sich in meinen, dunkel wie die tiefste Nacht, fordernd wie ein unausgesprochenes Versprechen.

»Willst du das wirklich weiter ignorieren?« Seine Stimme war rau, tief und voller Frustration.»Willst du mir weismachen, dass du nicht eine Sekunde lang an unseren Kuss gedacht hast? Denn ich habe es. Jede verdammte Sekunde.«

Mein Herz stolperte, doch ich zwang mich, die Fassade aufrechtzuerhalten. Ich hob eine Augenbraue, musterte ihn herausfordernd, obwohl mein Körper längst auf seine Nähe reagierte.

»Wo kommt das plötzlich her?« Meine Stimme klang kühl, doch wir wussten beide, dass diese Spannung zwischen uns von Anfang an da gewesen war – seit jenem Moment auf der Terrasse, als unsere Blicke sich trafen.

Er schnaubte leise, als hätte er selbst keine Antwort darauf. »Ich weiß es nicht«, gestand er, seine Stimme kaum mehr als ein raues Murmeln. Dann trat er noch näher, bis kein Raum mehr zwischen uns blieb, bis mein Rücken hart gegen die Tür stieß und ich nirgends mehr hin konnte – außer zu ihm.

»Ich bin nicht der Typ für Romantik oder liebevolle Worte.« Sein Atem strich über meine Wange, seine Hände fanden meine Taille, fest, besitzergreifend, als wollte er mich daran hindern, wieder zu fliehen. »Aber dieser Kuss ... verdammt, er hat etwas in mir geweckt. Etwas, das mich auffrisst. Etwas, das ich nicht mehr ignorieren kann.«

Ich sollte ihn wegstoßen. Ich sollte ihm sagen, dass es falsch war, dass wir ein Spiel spielten, bei dem es keinen Sieger geben konnte – nur verbrannte Erde und gebrochene Seelen.

Doch meine Lippen öffneten sich nicht, um ihn aufzuhalten.

Stattdessen nickte ich nur. Es war ein ungewollter Verrat an meiner Selbstbeherrschung.

Das war alles, was er brauchte. Ohne zu zögern, presste er seine Lippen auf meine, hungrig und fordernd. Seine Hände griffen in mein Haar, zogen leicht daran, als wollte er sicher sein, dass ich ihm nicht entkommen konnte. Ich erwiderte den Kuss ebenso leidenschaftlich, ließ meine Hände über seine Brust gleiten, spürte die harte Muskulatur unter dem Stoff seines Hemdes.

Der Kuss wurde intensiver und wilder. Ohne die Verbindung zu unterbrechen, hob er mich mühelos hoch und setzte mich auf seinem großen Schreibtisch ab. Die kalte Oberfläche gegen meine nackten Beine ließ mich erschaudern, doch es war ein angenehmer Kontrast zur brennenden Hitze in meinem Inneren.

»Du weißt, dass das falsch wäre«, keuchte ich, als er seine Lippen von meinen löste und entlang meines Halses küsste, meine Haut mit heißen Spuren überzog.

»Vielleicht«, murmelte er in mein Ohr, seine Stimme tief und rau. »Aber es fühlt sich so verdammt richtig an.« Seine Hände glitten unter mein Kleid, strichen über meine nackten Oberschenkel, bis sie auf meiner Hüfte lagen. Ich spürte seine Erregung gegen mein Bein, und ein prickelndes Gefühl durchströmte mich.

»Was machst du nur mit mir?«, flüsterte er heiser, und ich konnte den Schmerz in seiner Stimme hören. Als ob dieses Verlangen ihn genauso quälte wie mich.

»Berühr mich. Jetzt«, forderte ich.

Seine Augen funkelten, ein hungriger Ausdruck trat in sein Gesicht. »Bist du dir sicher? Ich mein wegen. -«,fragte er, seine Stimme leise und herausfordernd.

Stumm nahm ich seine Hand und führte sie zu meiner Mitte, zog mein Höschen zur Seite, sodass seine Finger direkt auf meiner feuchten Haut ruhten. Er zog scharf die Luft ein, als er meine Erregung spürte, und ein leises Stöhnen entwich seinen Lippen.

»Fuck, du bist so feucht«, murmelte er, während er mit seinen Fingerspitzen sanft über meine Pussy strich.

»Nimm mich, wann immer du willst.«

»Sei vorsichtig, mit dem, was du dir wünschst, Emilia«, warnte er mich leise. »Ich kann dir mehr geben, als du vielleicht ertragen könntest.«

Ich sah ihm direkt in die Augen, eine Herausforderung in meinem Blick. »Ich habe keine Angst vor dir.«

85

Er lachte leise, ein dunkles, tiefes Lachen, das in seiner Brust vibrierte. »Das solltest du aber«, sagte er mit einem bedrohlichen Lächeln, als ob er sich nur mühsam zurückhalten würde. Er strich eine lose Haarsträhne aus meinem Gesicht und hielt mein Kinn fest, sodass ich ihm nicht ausweichen konnte. »Ich bin nicht der Mann, den du zähmen kannst. Und ich werde dich nicht so sanft behandeln, wenn du mir so offen deine Bedürfnisse offenbarst.«

Sein Griff war fest, doch seine Berührung blieb überraschend zärtlich, während er meinen Kopf anhob, um mich wieder zu küssen. Der Kuss war dieses Mal langsamer, intensiver als wollte er jeden Moment auskosten. Ich konnte die Kontrolle spüren, die er versuchte, über sich zu bewahren. Ein Funke des Triumphes flackerte in mir auf, als mir klar wurde, wie sehr ich ihn aus der Fassung gebracht hatte. Dante Santoro, der Mann, der dafür bekannt war, kalt und berechnend zu sein, verlor hier die Kontrolle – meinetwegen. Er konnte jede Frau haben, doch er wollte nur mich.

Ich schob seine Hand von meinem Kinn und griff stattdessen nach seiner Krawatte und zog ihn näher an mich. »Du redest zu viel«, flüsterte ich mit einem herausfordernden Lächeln, »setz deine Zunge lieber anders ein.«

»Du bist unglaublich«, sagte er heiser, seine Stimme war kaum mehr als ein Raunen. »Du forderst Dinge heraus, die du nicht kontrollieren kannst.«

Seine Hand glitt hinter meinen Kopf, er griff in mein Haar und zog sanft, gerade fest genug, dass mein Kopf leicht in den Nacken ging. Ich schnappte nach Luft, überrascht von dem prickelnden Schmerz, der direkt durch meinen Körper schoss und sich in reine Lust verwandelte. »Du willst spielen, Emilia?«, fragte er leise, sein Gesicht nur einen Hauch von meinem entfernt, unsere Lippen beinahe berührend.

Ich konnte den Geschmack seines Atems auf meinen Lippen spüren.»Vielleicht.«

Dante lachte leise, ein tiefes Lachen, das in seiner Brust vibrierte.»Du wirst es bereuen, mich herauszufordern«, warnte er mich. Doch bevor ich antworten konnte, griff er nach mir, hob mich mit einer Leichtigkeit hoch, die mich überrascht aufkeuchen ließ, und legte mich sanft, aber bestimmt auf den Schreibtisch zurück.

Er beugte sich über mich, seine Hände fuhren über meinen Körper, als ob er ihn auswendig lernen wollte. Mit einer schnellen, geschickten Bewegung schob er mein Kleid nach oben und ließ meine nackte Haut sichtbar werden. Seine Augen wurden dunkel, als er mich ansah, und ich fühlte mich gleichzeitig nackt und begehrt, wie nie zuvor.

Ich zog ihn näher zu mir, zog sein Hemd aus der Hose und öffnete hektisch die Knöpfe, bis ich seine muskulöse Brust unter meinen Händen spürte. Er keuchte auf, als ich meine Nägel sanft über seine Haut kratzte»Vielleicht bin ich diejenige, die dich in die Knie zwingt«, flüsterte ich gegen seine Lippen.

»Das wirst du nicht«, raunte er zurück, seine Augen flammten auf wie ein Feuer, das mich erschreckte und gleichzeitig anzog. »Du wirst dich vor mir beugen, und du wirst es lieben.«

Ich wollte etwas erwidern, doch er ließ mir keine Zeit. Seine Lippen fanden meine, dieses Mal brutal und fordernd, seine Zunge drängte sich zwischen meine Lippen, dominierte mich. Ich spürte seine Hände auf meinem nackten Körper, spürte, wie er mir mit einer Hand mein Höschen auszog und es beiseite warf. Der kalte Luftzug auf meiner nackten, feuchten ließ mich zittern, doch die Hitze, die von ihm ausging, brannte wie Feuer auf meiner Haut.

Er zog sich kurz zurück, sein Blick wanderte über meinen nackten Körper, als wollte er mich mit seinen Augen verschlingen.

»Du siehst aus wie eine Göttin, wenn du so da liegst«, murmelte er, und in seinen Augen lag eine Mischung aus Ehrfurcht und rohem Verlangen.

Ich spreizte meine Beine einladend, sah ihn mit einem herausfordernden Blick an. »Dann verhalte dich wie ein Mann, der eine Göttin verehrt, Dante.«

Ich wusste in diesem Moment selbst nicht, was ich da redete. Natürlich hatte ich schon einiges ausprobiert, doch mein erstes Mal hatte ich bis heute aufgeschoben. Auf einmal schienen all meine Ideale nicht mehr so wichtig zu sein. Ich wollte den Moment genießen.

»Ich werde dich anbeten. Aber auf meine Art.« Seine Finger glitten über meine Klitoris, und ein keuchender Laut entwich meinen Lippen, als er ohne Vorwarnung zwei Finger tief in meine Pussy schob. Er bewegte sie quälend langsam, während er mich beobachtete, jede meiner Reaktionen genoss.

Ich griff nach seinen Armen, meine Nägel gruben sich in seine Haut, als die Lust mich zu überwältigen drohte. »Schneller«, keuchte ich, doch er schüttelte nur langsam den Kopf.

»Nein, ich genieße es, dich so zu sehen. Hilflos und mir vollkommen ausgeliefert.«

Seine Worte ließen eine Flutwelle der Lust über mich hinwegspülen. Es war, als ob mein Körper auf seine Stimme, auf seine Befehle reagierte. Ich versuchte, mich aufzubäumen, doch er hielt mich fest, seine andere Hand drückte mich an den Schreibtisch. »Geduld, Emilia«, flüsterte er. »Ich will dich schreien hören, bevor ich dir das gebe, was du wirklich willst.«

Ich biss mir auf die Lippe, fühlte, wie seine Finger sich tiefer in mich schoben, ein drängendes Bedürfnis nach mehr in mir aufstieg.

»Bitte«, flüsterte ich schließlich, meinen Stolz längst vergessen in der Flut der Lust, die er in mir auslöste.

Er grinste siegessicher. »Das wollte ich hören«, murmelte er zufrieden und zog seine Finger heraus. Ich stöhnte auf, doch bevor ich protestieren konnte, kniete er sich vor den Schreibtisch, seine Hände schoben meine Beine weiter auseinander. Der Anblick von ihm dort, kniend zwischen meinen Beinen, ließ mein Herz schneller schlagen. »Dante, was ...?« Doch ich konnte den Satz nicht beenden, als ich seine Zunge spürte, wie sie sich über meinen Kitzler legte und er ihn sanft zwischen seine Lippen zog.

Ich schrie auf, ein lautes, keuchendes Stöhnen, das den Raum erfüllte. Seine Hände hielten meine Hüften fest, fixierten mich, während er mich mit seiner Zunge quälte, mich auf eine Art und Weise schmeckte, die mich vor Lust beinahe den Verstand verlieren ließ. »Oh Gott«, stöhnte ich, meine Hände griffen in sein Haar, zogen daran, doch er ließ sich nicht ablenken.

Er grinste gegen meine Haut, das Vibrieren seiner Lippen schickte weitere Wellen der Lust durch meinen Körper. Ich wollte mich wehren, wollte ihm nicht die Genugtuung geben, doch mein Körper reagierte schneller als mein Verstand. »Dante«, flehte ich, mein Kopf fiel zurück, als ich spürte, wie sich der Orgasmus in mir aufbaute, bereit, mich zu überrollen. »Bitte, hör nicht auf!«

Seine Zunge wurde schneller, schob erneut erst einen Finger, dann zwei in mich, und das reichte. Ich spürte, wie die Welt um mich herum explodierte, ein gleißendes Licht hinter meinen geschlossenen Augenlidern. Mein Körper spannte sich an, zitterte, und ein lautes, kehliges Stöhnen entkam mir, als ich kam, so heftig wie nie zuvor.

Er zog sich zurück, und ich sah ihn mit halb geöffneten Augen an. Sein Gesicht war ein Bild roher, unverfälschter Lust, seine Lippen glänzten von mir, und er leckte sich provokativ über die Lippen. »Du schmeckst noch besser, als ich es mir vorgestellt habe«, murmelte er rau und stand auf, seine Augen noch immer voller Verlangen.

Ich lag nach Luft ringend da, unfähig, etwas zu sagen, während er mich betrachtete. Dann zog er mich zu sich hoch, küsste mich, ließ mich meinen eigenen Geschmack auf seinen Lippen schmecken. »Das war nur der Anfang«, flüsterte er in mein Ohr. »Ich werde dir zeigen, wie intensiv dieses Verlangen werden kann.« Ich atmete schwer, mein Körper zitterte noch immer von den Nachwirkungen, aber ich konnte ein herausforderndes Lächeln nicht unterdrücken.

»Ich bin gespannt.«

»Oh, du wirst es bald herausfinden und du wirst es lieben.«

Kapitel 11

EMILIA

Dante beugte sich zu mir rüber, sein Blick tief und durchdringend, als ob er in die Tiefen meiner Seele blicken wollte. »Ich habe heute noch einen geschäftlichen Termin. Und ich möchte, dass du mich begleitest. Es wäre mir eine Ehre, deine Gesellschaft zu genießen.«

Seine Worte waren höflich und charmant, aber ich konnte den Hauch von Herausforderung darin hören, als ob er wissen wollte, ob ich mich in seiner dunklen Welt behaupten konnte. Ein lebhaftes, fast verspieltes Funkeln schimmerte in seinen Augen. Er wusste genau, was er tat – wusste, dass es mir schwerfallen würde, ihm zu widerstehen. Die Einladung war wie eine Falle, sorgfältig ausgelegt, und ich war bereit, hineinzutreten, ohne zu wissen, welche Konsequenzen es haben würde.

»Natürlich. Ich begleite dich gern«, antwortete ich mit einem frechen Lächeln, meine Augen fixierten seine. »Vielleicht kannst du ja sogar noch etwas von mir lernen.«

»Oh, da bin ich mir sicher«, erwiderte er mit einem leichten Nicken. »Von dir gibt es sicher vieles, das ich lernen kann. Ich bin gespannt, was dieser Abend bereithält.«

Für einen Augenblick erfüllte eine schwere, unausgesprochene Spannung den Raum zwischen uns. Seine Augen, dunkel wie ein Sturm über dem Meer, ließen mich nicht los. Sie waren wie ein endloser Abgrund, in den ich mich stürzen könnte, ohne je den Boden zu erreichen. Und ich wusste, dass dies genau der Moment war, in dem ich eine Entscheidung traf – eine Entscheidung, die ich vielleicht eines Tages bereuen würde.

»Ich muss nur einen Anruf tätigen«, fügte Dante hinzu und seine Stimme war jetzt kühler und geschäftsmäßiger. »Danach können wir los.« Er zog sein Handy aus der Tasche, seine Finger, schlank und geschickt, glitten über das Display. Er wandte sich von mir ab, als ob er eine unsichtbare Barriere zwischen uns errichten wollte, um seine Gedanken zu ordnen.

Ich beobachtete ihn aus dem Augenwinkel, wie er in sein Handy sprach. Er gab präzise Anweisungen, jeder Satz war wie ein Befehl, der keinen Widerspruch duldete. Sein Gesicht war ausdruckslos, eine steinerne Maske, die keinen Einblick in seine Gedanken gewährte.

Während ich auf ihn wartete, konnte ich nicht anders, als mich zu fragen, worauf ich mich eingelassen hatte. Ein geschäftlicher Termin, hatte er gesagt - aber nichts an Dante war einfach. Hinter jedem seiner Worte, hinter jedem seiner Blicke verbarg sich eine Welt, die ich kaum zu verstehen begann. Ein Netz aus Lügen, Macht und dunklen Geheimnissen, die sich vor mir ausbreiteten wie ein Labyrinth, aus dem es keinen Ausweg gab. Doch statt Angst verspürte ich eine unheimliche Aufregung. Ich wollte wissen, was hinter diesen verschlossenen Türen lag, wollte die Dunkelheit berühren, die ihn umgab.

Als er das Gespräch beendete und sich mir wieder zuwandte, war sein Gesicht wie ausgewechselt. Ein sanftes Lächeln lag auf seinen Lippen, als ob er die finstere Kälte, die ihn eben noch umhüllte, mit einem Fingerschnippen verdrängt hätte. »Alles erledigt«, sagte er, und seine Stimme hatte nun einen verspielten Unterton. »Bist du bereit? Ich denke, dieser Abend könnte eine interessante Feuerprobe sein.«

Ich schmunzelte, legte den Kopf leicht schief und verschränkte die Arme vor der Brust. »Ich bin immer bereit. Ich hoffe, du bist es auch. Wer weiß, vielleicht wird dieser Abend für dich eine größere Herausforderung, als du denkst.« Ich richtete mein Kleid und hob meinen Slip vom Boden auf, den ich provokant, ohne meinen Blick von ihm abzuwenden, in meine Tasche steckte.

Sein Lachen hallte leise durch den Raum. »Das hoffe ich doch«, murmelte er, mehr zu sich selbst als zu mir. Dann reichte er mir seine Hand, und ich zögerte nur kurz, bevor ich sie ergriff. Seine Finger waren warm und fest, ein Griff, der keine Zweifel zuließ.

Dante lenkte den Wagen geschmeidig über die regennassen Straßen und die Lichter der Stadt spiegelten sich auf dem Asphalt wieder wie verwischte Farbflecken auf einer Leinwand. Die Atmosphäre im Auto war angespannt. Dante konzentrierte sich auf die Straße, sein Blick war finster, die Kiefer angespannt. Ich hingegen starrte aus dem Fenster, verlor mich in den vorbeiziehenden Lichtern, versuchte, das Chaos in meinem Kopf zu ordnen.

Die Ereignisse des heutigen Tages spielten sich immer wieder vor meinem inneren Auge ab. Dantes Berührungen, seine Nähe, seine Blicke, die tiefer gingen, als es irgendjemand zuvor gewagt hatte. Es fühlte sich verboten und aufregend an. Doch gleichzeitig war es falsch. Ein gefährliches Spiel, das ich nicht gewinnen konnte.

Ich spürte, wie sich mein Magen zusammenzog. Es lenkte mich ab, und das konnte ich mir nicht erlauben. Ich musste mit ihm sprechen, jetzt, bevor diese Gefühle die Oberhand gewannen.

»Dante?«, sprach ich in die Stille.

Er drehte den Kopf leicht zu mir, ohne den Blick von der Straße zu nehmen. »Was ist los?«, fragte er mit einer Mischung aus Neugier und Ungeduld.

Ich atmete tief durch, bevor ich die Worte aussprach, die mir auf der Zunge brannten. »So etwas wie heute darf nicht mehr passieren.«

Seine Augenbraue hob sich leicht, ein amüsiertes Lächeln spielte sich um seine Lippen. »Aber ... ich dachte, es hat dir gefallen?« Seine Stimme war tief und rau.

»Darum geht es nicht«, entgegnete ich entschlossen und sah ihn direkt an. »Es geht darum, dass ich einen Plan habe. Mein Leben ist in den letzten Wochen aus den Fugen geraten. Und was vorhin passiert ist, hat mir gezeigt, dass ich mich wieder zusammenreißen muss.«

Er schüttelte langsam den Kopf, als könnte er meine Worte nicht nachvollziehen. »Du weißt, dass ich dich immer unterstützen werde, oder?«, sagte er mit einer Selbstverständlichkeit, die mich ärgerte.

Ich schüttelte den Kopf. »Ich will ernst genommen werden und mir Respekt verschaffen. Sie sollen wissen, dass ich jetzt mitmische. Nicht als hübsches Detail eines Mannes, sondern als eigene Spielerin. Anders werden sie mich nie ernst nehmen.«

Ein Lächeln huschte über seine Lippen, kühl und berechnend. »Du wirst deinen Weg gehen, da bin ich mir sicher. Mein Vater hat das auch gesehen. Es wird spannend, zu beobachten, wie alle an dir scheitern.«

»Gut, jetzt, da du meine Meinung kennst, habe *ich* eine Frage.«

»Nur zu«, grinste er frech.

»Worum geht es bei diesem Treffen?« Ich konnte die Anspannung in meiner Stimme nicht verbergen.

»Wir treffen uns mit den Russen, die über uns ihr Geld waschen«, erklärte er, seine Stimme wurde kühler. »Sie haben keine eigenen Kanäle hier und sind deshalb auf uns angewiesen. Aber sie sind im Verzug.«

»Russen? Klingt nicht nach einem entspannten Kaffeekränzchen«, entgegnete ich sarkastisch. »Italiener und Russen, die über Geld streiten – das wird sicher mein Highlight des Tages.«

»Könnte eine interessante Erfahrung werden«, meinte Dante ernst. »Du wirst sehen, worauf du dich in Zukunft einlässt. Die Russen sind berüchtigt für ihre schmutzigen Geschäfte. Und Frauen gegenüber haben sie keinen Funken Respekt.«

»Wie ist sein Name?«

»Grigorij Petrow«, antwortete er, und seine Augen verengten sich. »Er ist einer der gefährlichsten Männer in unserem Geschäft. Nicht weil er Einfluss hat. Er ist sich für nichts zu schade. Eine hinterhältige Ratte, der dich für Geld über die Klinge springen lässt. Frauen behandelt er wie sein Spielzeug – wenn er mit ihnen fertig ist, schmeißt er sie weg. Viele überleben es gar nicht erst.«

»Das klingt ja nach einem echten Traummann. Ich kann es kaum erwarten, ihn zu treffen.«

Wir bogen in eine schmale Einfahrt ein und parkten vor einer Villa. Zwei bullige Männer standen am Eingang, ihre Gesichter ausdruckslos, aber ihre Augen waren wachsam. Er öffnete das Handschuhfach und zog eine Pistole heraus.

»Eine Waffe? Werden sie dir die nicht direkt am Eingang abnehmen?«, fragte ich.

»Hör auf, Fragen zu stellen«, zischte er plötzlich gereizt.

»War nur eine Frage. Entspann dich.«

Er stieg aus, ging um das Auto herum, öffnete mir die Tür und legte eine Hand auf meine Hüfte. Sein Griff war fest, fast besitzergreifend. »Eine letzte Sache: Du wirst *nicht* reden. Keine Diskussion«, befahl er knapp.

Ich schluckte meine Erwiderung herunter und folgte ihm. Die Türsteher funkelten uns misstrauisch an. »Ich will zu Petrow«, sagte Dante fordernd, sodass einer der Männer auf Russisch in sein Headset sprach, ehe er uns stumm zunickte und uns Zugang zur Villa gewährte. Der Geruch im Inneren war eine widerliche Mischung aus Zigarettenrauch, Alkohol und billigem Parfüm.

Dante führte mich durch einen dunklen Flur zu einer schweren, roten Tür, die ebenfalls bewacht wurde. Einer von Petrows Männern, überprüfte ihn auf Waffen. Er nahm sie ihm nicht ab. Als der Typ sich mir zuwandte, streckte Dante sofort seinen Arm aus, um ihn davon abzuhalten, sich mir zu nähern. »Sie gehört zu mir. Kein Grund, sie zu überprüfen«, machte er ihm unmissverständlich klar, dass er mich nicht anfassen solle.

»Ich muss sicherstellen, dass—«, begann er, doch Dante schnitt ihm das Wort ab.

»Dass was? Dass du endlich mal eine andere Frau, statt eurer dreckigen Nutten anfassen darfst? Vergiss es. *Niemand* fasst sie an. Jetzt lass uns durch.« Sein Ton war unnachgiebig und gab keinen Raum für Diskussionen. Der Mann zögerte kurz, wich dann aber zur Seite und klopfte an die Tür. Eine Art Signal, uns anzukündigen.

Die Tür öffnete sich und ein weiterer Russe starrte in unsere Gesichter, ließ uns aber sofort eintreten. Der Raum war schummrig beleuchtet, an den Wänden hingen Bilder von nackten Frauen, und die Luft war schwer vor Rauch. Es war widerlich. Einen Puff zu besuchen konnte ich zumindest von meiner Bucketlist streichen.

Petrow saß hinter seinem Schreibtisch, ein Glas Wodka in der Hand und ein paar seiner Handlanger, saßen auf einem schwarzen Sofa in der Ecke des Raumes.

»Dante«, rief er und erhob sich, ein breites, falsches Lächeln auf seinen Lippen. »Lange nicht gesehen.«

»Grigorij«, erwiderte er kalt. »Du weißt, warum ich hier bin.«

Petrows Blick wanderte zu mir und er musterte mich abfällig. »Du bringst deine eigene Hure mit?«, fragte er mit hartem russischen Akzent und leckte sich provokativ über die Lippen. »Du weißt, ich habe genug Frauen hier, die dir nur zu gern einen Gefallen tun würden.«

Dantes Körper spannte sich an, seine Hand wanderte unwillkürlich zu seiner Waffe. »Sprich nicht so über jemanden, der an meiner Seite steht. Ich habe kein Problem damit, dir für deine Respektlosigkeit eine Kugel zu verpassen«, fauchte er, und in seiner Stimme lag eine tödliche Entschlossenheit.

Petrow lachte kehlig, als wäre das die lustigste Bemerkung, die er je gehört hatte. »Oh, ich verstehe. Die Schlampe muss es dir gut besorgen, wenn du sie in Schutz nimmst«, sagte er und grinste mich an.

»Wen nennst du hier Schlampe?«, entgegnete ich kühl, trat einen Schritt vor und starrte ihm direkt in die Augen.

Petrow hob eine Augenbraue. »Mutig. Das gefällt mir.«

»Ich schlage vor, du überlegst dir gut, wie du mit mir sprichst.« Er lief um seinen Schreibtisch herum und verringerte den Abstand zwischen uns, während er sein Glas lässig in der Hand kreisen ließ.

»Wer ist sie, Dante?«, fragte er, ohne seine Augen von mir abzuwenden.

»Emilia d'Amico«, sagte er, seine Stimme triefte vor Stolz und einer seltsamen Mischung aus Ärger und Bewunderung. Petrows Augen weiteten sich. »D'Amico?«, murmelte er und lachte dann. »Interessant.«

Die Spannung im Raum ließ nach, aber das Misstrauen blieb in der Luft hängen wie dichter Nebel. Petrow nickte einem seiner Männer zu, der eine schwarze Tasche auf den Tisch legte.

»Hier ist dein Geld«, sagte er und lehnte sich an seinen Schreibtisch »Du kannst nachzählen, wenn du willst.«

»Das wird nicht nötig sein, aber ich rate dir, dass es nicht noch einmal vorkommt. Ein zweites Mal werde ich nicht so nachsichtig sein.«

»Natürlich nicht, mein Freund. Wir wollen unsere Zusammenarbeit ja nicht gefährden, nicht wahr?« Die Art, wie Petrow sprach, verpasste mir eine Gänsehaut. Es war klar, dass das hier noch nicht vorbei war. Dante winkte ab, legte seine Hand an meinen Rücken und wies mich mit dieser stummen Geste an, den Raum zu verlassen.

»Hat mich gefreut, Emilia!«, rief er hinter uns her. Ich drehte meinen Kopf in seine Richtung und sein dreckiges Grinsen verriet mir, dass das nichts Gutes bedeuten konnte.

Kaum waren wir aus der Villa herausgetreten, konnte ich endlich wieder durchatmen. Dante sprach allerdings kein Wort mit mir und ich konnte nur erahnen, wie sauer er war. Mit einem einzigen Knopfdruck öffnete er sein Auto und schweigend stiegen wir ein.

Doch sobald die Türen geschlossen waren, explodierte er förmlich. »Bist du wahnsinnig geworden?«, schrie er, seine Stimme war voller Zorn. »Du hättest uns beide umbringen können!«

Ich drehte mich zu ihm und sah ihn fest an. »Ich habe mir Respekt verschafft. Du selbst hast doch gesagt, wie wichtig das in dieser Welt sei.«

»Respekt?«, fauchte er. »Du hast gegen jede meiner Regeln verstoßen. Das war purer Wahnsinn!«

»Deine Regeln gelten *nicht* für mich, Dante. Wenn du denkst, dass ich schweigend dastehe, wenn ein Mann mich eine Hure nennt, irrst du dich«, entgegnete ich kühl. »Ich habe für mich eingestanden. Mir egal, was du davon hältst.«

»Du verstehst nicht, worauf du dich einlässt, Emilia.«

»Oh, ich verstehe vielleicht noch nicht alles«, sagte ich leise. »Aber ich lasse mir nicht von dir oder jemand anderem vorschreiben, wie ich mich zu verhalten habe.«

Dante lachte bitter. »Du hast keine Ahnung, wann du schweigen solltest. Er hätte dir eine Kugel in den Kopf jagen können.«

Ich lehnte mich zurück und lächelte ihn an, ein Lächeln, das meine Augen nicht erreichte. »Und du bist ein Mann, der denkt, er hätte alles unter Kontrolle. Aber das hast du nicht.« Damit beendete ich das Gespräch.

Die restliche Fahrt verlief schweigend. Er brachte mich zu meinem Auto, parkte und stieg aus, um die Beifahrertür zu öffnen. Ich tat es ihm gleich und lief geradewegs zu meinem Wagen.

»Emilia, warte«, sagte er, seine Stimme war sanfter geworden, fast flehend.

Ich sah ihn an, und in diesem Moment konnte ich den Sturm in seinen Augen erkennen – den inneren Kampf, den er mit sich selbst ausfocht. »Was willst du jetzt noch von mir?«, rief ich ihm zu. Es war mir egal, wer uns hören konnte.

»Ich will, dass du mich verstehst.«

»Vielleicht tue ich das bereits«, erwiderte ich und stieg in mein Auto. »Vielleicht mehr, als dir lieb ist. Ich glaube, du willst, dass ich jemand bin, der ich nicht sein kann.«

Ohne ein weiteres Wort zu sagen, schloss ich die Tür und fuhr davon, ließ ihn in der Dämmerung zurück, ein Schatten auf dem Gehweg, der langsam kleiner wurde, bis er ganz verschwand.

Kapitel 12

DANTE

Diese Frau trieb mich in den Wahnsinn. Sie war wie ein Sturm, der alles mit sich riss, was sich ihm in den Weg stellte. Ihre Energie, ihre unbändige Willenskraft – es war faszinierend und gleichzeitig absolut frustrierend. Hat sie nur einen Moment darüber nachgedacht, was alles hätte passieren können, als sie vor Petrow für sich einstand? Sie hatte keine Ahnung, in welche gefährlichen Gewässer sie sich begab. Es ist, als ob sie sich beweisen wollte, als ob sie der ganzen Welt zeigen wollte, dass sie in einer Liga spielte, von der sie keine Ahnung hatte. Aber wozu, um Himmels Willen? Sie ahnte nicht, wie tief die Dunkelheit reichte. Mit ihrer Art, sich selbst ins Zentrum des Geschehens zu stellen, grub sie sich doch nur ihr eigenes Grab.

Dabei übersah sie völlig, dass wir sie beschützen wollten. Ihre Sturheit blendete sie. Wir – mein Vater und ich – wir hatten andere Pläne für sie. In ihr sah ich eine Verbündete, einen wertvollen Schachzug in diesem Spiel. Und mittlerweile war es mehr als das. Es ging mir um sie. Doch Emilia rannte kopflos in das Feuer, ohne zu wissen, dass sie verbrennen könnte. Trotz der Wut, die ihr Verhalten bei den Russen in mir ausgelöst hatte, war ich dennoch beeindruckt, wie sie Petrow die Stirn bot. Sie hatte keine Angst gezeigt. Es war ein gefährlicher Zug, aber verdammt, sie hatte etwas erreicht, was nur wenige Frauen in dieser Welt je wagen würden. Emilia war anders. Eine wilde, ungezähmte Macht inmitten einer Welt voller berechnender Monster. Aber sie sollte sich mehr Zeit nehmen, um diese Welt besser zu verstehen, bevor sie ihr zum Opfer fiel.

Ich knallte die Tür meines Büros hinter mir zu und atmete tief durch. Der Ärger mit den Russen war fürs Erste geklärt, aber die Anspannung in mir brodelte weiter. Ich musste meine Gedanken ordnen. Zumindest hatte ich Petrows Respekt zurückgewonnen, und das war entscheidend. Er durfte nicht das Gefühl haben, dass ich ihm so etwas durchgehen lassen würde.

Gerade als ich mich in meinen Sessel sinken ließ, öffnete sich die Tür, und mein Vater trat ein. Ohne zu klopfen, wie immer. Ein untrügliches Zeichen, dass etwas im Argen lag.

»Padre, zwei Besuche an einem Tag. Womit habe ich das denn verdient? Was kann ich für dich tun?«, fragte ich direkt. Er kam selten ohne Grund.

»Ich habe gehört, die Sache mit Petrow ist geregelt. Gut gemacht!«

Ich zuckte mit den Schultern und schenkte mir einen Drink ein. »Ja, Padre. Petrow musste daran erinnert werden, dass man nicht die Hand beißt, die einen füttert«, sagte ich kühl und nahm einen tiefen Schluck. Der Whisky brannte angenehm in meiner Kehle, ein Gefühl, das ich oft brauchte, um meine Gedanken zu ordnen.

»So ist es, mein Sohn«, stimmte er mir zu, während er sich in einen der Sessel vor meinem Schreibtisch setzte. »Was ist mit Emilia? Ich hab ihren Abgang beobachtet.«

Ich überlegte kurz, wie viel ich ihm sagen sollte.»Sagen wir, sie war bei Petrow etwas *offensiv*. Sie hat sich selbst in die Schusslinie gebracht und ich musste ihr klarmachen, welche Konsequenzen ihr Verhalten haben könnte. Das hat ihr natürlich nicht gefallen. Aber es gibt keinen Grund zur Sorge.«

»Das sehe ich anders. Du verlierst das Ziel aus den Augen. Lässt dich zu sehr von deinen Emotionen leiten, seitdem sie in dein Leben getreten ist. Wir haben alles mit ihrer Familie geplant und ich erwarte von dir, dass du dich darum kümmerst, dass sie die richtigen Entscheidungen trifft.« Mein Vater glaubte wirklich, dass ich Emilia in Ketten legen könnte und sie mir aufs Wort gehorchen würde.

»Tut mir leid, dich enttäuschen zu müssen. Sie wird sich nicht einfach kontrollieren lassen. Sie ist keine der Figuren auf deinem Schachbrett.«

Er lehnte sich zurück, die Hände in seinem Schoß gefaltet. »Weißt du, Dante... die d'Amicos waren immer treue Freunde unserer Familie. Ich möchte nicht, dass sich das ändert. Du wirst dich zusammenreißen und das regeln.«

»Si, Padre.« Doch in meinem Inneren tobte ein Sturm. Diese Frau wird sich niemals kontrollieren lassen. Weder von mir, noch von meinem Vater.

»Gut. Eine letzte Sache: Morgen Abend lädt der oberste Richter zu einer Gala ein. Alle Familien werden anwesend sein, auch wir. Eine kleine Aufmerksamkeit für den Richter, und wir sichern unsere Beziehungen. Sei bitte anwesend und sag deinen Bruder Bescheid.«

Ich zwang mich zu einem Lächeln.»Wir werden da sein. Ich rufe ihn gleich an.«

Mein Vater nickte zufrieden und erhob sich. »Dann haben wir alles besprochen. Ich muss los. Wir sehen uns dann morgen!« Und wie immer verließ er mein Büro, ohne ein weiteres Wort.

Für einen Moment blieb ich sitzen, sah in das leere Glas in meiner Hand und ließ die Gedanken kreisen. Emilia. Die Gala. Luca. Das Bündnis. Es war ein endloses Spiel, und ich spürte, wie die Fäden sich immer enger um mich zusammenzogen.

Bevor ich mich dem Tagesgeschäft widmete, nahm ich mein Handy und wählte Lucas' Nummer über die Schnellwahltaste. Er nahm nach dem dritten Klingeln ab, seine Stimme klang verschlafen und genervt.

»Was willst du, Nervensäge? Ich hoffe, es ist wichtig, denn ich habe gerade ... Besuch.«

»Das interessiert mich herzlich wenig«, antwortete ich genervt. »Morgen ist die Gala des Richters. Padre hat klargemacht, dass wir *beide* dort sein müssen. Keine Ausreden.«

»Schon wieder eine verdammte Gala?« Seine Stimme klang gereizt, wie immer, wenn es um offizielle Anlässe ging. »Können wir nicht einmal eine auslassen?«

»Heul nicht rum, Luca. Du wirst da sein. Ende der Diskussion.« Ich legte auf, bevor er weiter jammern konnte.

Luca war ein verdammter Wirbelwind, genau das Gegenteil von mir. Während er sich durch die Nächte feierte, war ich derjenige, der die Zügel in der Hand hielt. Einer von uns musste die Geschäfte im Blick behalten, und ich vertraute niemandem außer mir selbst.

Ich lehnte mich zurück und schloss die Augen. Morgen würde ich mit hoher Wahrscheinlichkeit Emilia wiedersehen, und ich wusste, dass dieses Wiedersehen explosiv werden könnte. Sie würde sich nicht so leicht besänftigen lassen. Ich spürte, wie die Anspannung in mir zunahm, das Gefühl eines nahenden Gewitters.

Die dunklen Wolken zogen bereits auf, und ich war bereit, in den Sturm zu ziehen. Diese Frau war ein Rätsel, das ich lösen wollte – nein, das ich lösen musste. Sie war wie eine Droge, süß und verführerisch, aber mit einem bitteren Nachgeschmack, der tief in mir brannte. Ich erhob mich und sah aus dem Fenster, von dem aus ich einen perfekten Blick über die Skyline und den Ätna hatte. Das Licht der untergehenden Sonne tauchte die Straßen in ein blutiges Rot, wie ein Vorbote dessen, was kommen würde. Es war, als ob die Stadt selbst den Atem anhielt, in Erwartung der Dinge, die unausweichlich waren.

Kapitel 13

EMILIA

Ich wollte nur weg. Die Wut kochte in mir, loderte heiß und unaufhaltsam, wie ein Feuer, das sich unbändig in meinem Inneren ausbreitete. Dante hatte es geschafft, mich an den Rand des Wahnsinns zu treiben. Seine Worte, sein Verhalten – alles an ihm war darauf aus, mich zu provozieren, meine Schwächen zu entlarven und mir zu zeigen, wie wenig er von mir hielt. In seinem Blick lag diese verfluchte Mischung aus Überlegenheit und Verachtung, als wäre ich nichts weiter als ein Spielzeug, das er nach Belieben herumstoßen konnte. Warum musste er mich so herausfordern? Wieso wollte er mich unbedingt ändern? Ich dachte er mag mich.

Warum musste ich mich immer und überall beweisen? Ständig gegen diese unsichtbaren Mauern ankämpfen, die mich umgaben. War es das wert, mich all dem zu stellen, was auf mich zukommen würde? Die Gedanken drehten sich in meinem Kopf, wie ein Strudel, dessen Sog mich zu verschlingen drohte. Doch am meisten quälte mich die Frage: Wie sollte ich mit all dem umgehen?

Die Antwort war einfach. Ich brauchte Abstand. Ich musste meine Gedanken sortieren und meinen Kopf frei bekommen, bevor ich weiter in dieses gefährliche Leben eintauchte. Ich machte mich auf den Weg zu meinem Rückzugsort, dem einzigen Ort, an dem ich einen Moment der Ruhe finden konnte: mein Lieblingscafé. Ein kleines, unscheinbares Café am Rande der Stadt, das selten von der Geschäftswelt gestört wurde. Hier konnte ich mich verlieren, ohne dass die Welt mich einholte.

Meinen Wagen parkte ich wenige Gehminuten entfernt und konnte so einen kleinen Spaziergang durch die Altstadt genießen, als ich endlich das Café erreichte. Es war wie immer gut besucht, aber zu meinem Glück war mein Stammplatz in der Ecke frei. Ich setzte mich an den Tisch und griff nach der Getränkekarte, die am Rand lag. Bevor ich mich entscheiden konnte, kam eine Kellnerin an meinen Tisch und lächelte mich freundlich an.

»Ciao. Haben Sie schon gewählt?«, fragte sie.

»Einen Latte macchiato, bitte.«

»Kommt sofort«, antwortete sie und verschwand Richtung Theke.

Während ich wartete, zog ich mein Handy aus der Tasche, entsperrte das Display und scrollte durch meine Nachrichten - nichts Neues. Irgendwie hatte ich auf eine Nachricht von Dante gehofft, in der er sich bei mir entschuldigt. Ein dummer Gedanke. Dafür war Dante zu kontrolliert, zu impulsiv und unnachgiebig.

Nach ein paar Minuten kam die Kellnerin zurück, stellte den Latte macchiato behutsam vor mir ab und nickte höflich. »Genießen sie ihn.«

»Danke«, murmelte ich, doch sie war schon wieder auf dem Weg zum nächsten Gast.

Ich versuchte etwas abzuschalten, Ruhe in meine Gedanken zu bringen, doch mein Kopf war ein einziges Chaos. All die

Erlebnisse überschlugen sich, in einem ständigen Fluss, der mich zu erdrücken drohte. Wie konnte ich in dieser Welt von Männern, die mit Blut und Macht handelten, jemals bestehen? Ich musste unbedingt mit Raffaele sprechen und mich von ihm vorbereiten lassen, wenn ich die Geschäfte offiziell übernehmen wollte. Doch der Gedanke, wie meine Familie, vor allem mein Onkel, mein Cousin und Vittoria, auf diese Entscheidung reagieren würde, brachte mich zum Schmunzeln. Sie unterschätzten mich und das wollte ich zu meinem Vorteil machen. Sie glaubten, dass ich nur eine verzogene junge Frau war, die mit der Welt der Männer spielen wollte. Sie würden bald merken, dass ich nicht spielte.

Mein Handy vibrierte auf dem Tisch und riss mich aus meinen Gedanken. Santo hatte mir geschrieben, mein zuckersüßer Cousin, der immer ein gutes Wort für mich hatte, auch wenn er wusste, dass er sich in meiner Nähe oft auf dünnem Eis bewegte.

Erde an Emi! Bist du vom Erdboden verschluckt worden? Seit Tagen höre ich nichts von dir, und auf meine Nachrichten antwortest du nicht. Ist bei dir alles okay?

Wann immer ich mit ihm sprach, besserte sich meine Laune augenblicklich. Er hatte ein Herz aus Gold. Dazu kam, dass er einer der wenigen in der Familie war, der mich verstand.

Entschuldige. Seit der Party ist so viel passiert. Mein Leben steht völlig kopf, ich muss so viele Dinge neu ordnen.

Die Worte, die ich tippte, kamen direkt aus meinem Inneren. Ich wusste, dass er mir nie einen Vorwurf machen würde. Santo war der Einzige, der nie versuchte, mich zu verändern. Der mich nahm, wie ich war – stark, aber auch zerbrechlich.

Das kann ich mir vorstellen. Wir sollten mal wieder was zusammen unternehmen, wenn die neue Mafia-Braut Zeit für mich findet.

Ich lachte auf. Auch wenn er es scherzhaft meinte, wusste ich genau, was hinter diesen Worten steckte. Wir hatten immer eine Verbindung, die weit über das Offensichtliche hinausging.

Sehr witzig, Santo. Für dich habe ich immer Zeit.

Perfekt! Dann haben wir morgen ein Date für die Gala des Richters. So muss ich nicht mit meinen Eltern und Meo hingehen. Aber auch nicht allein!

Die Gala! Ich hatte vergessen, dass diese Veranstaltung morgen war. Es war ein jährliches Event, bei dem sich die hochrangigen Persönlichkeiten der Stadt versammelten, um ihre Beziehungen zu pflegen. Politiker, Geschäftsleute, Verbrecher – alle kamen an diesem Abend zusammen, als wäre es das Natürlichste der Welt. Es führte kein Weg daran vorbei. Ich selbst war nie da, doch dieses Jahr erhielt ich vom Richter persönlich eine Einladung, als ich einige Wochen unter seiner Leitung im Gericht arbeitete. Dies war meine Chance, mich in die obersten Kreise der Stadt einzubringen. Ich brauchte Aufmerksamkeit. Wenn ich die Geschäfte übernehmen wollte, musste ich das Interesse dieser Menschen auf mich ziehen.

Klar, wir gehen zusammen. Aber dann muss ich mir heute noch ein Kleid besorgen! Ich hole dich morgen um 19 Uhr ab – sei pünktlich.

Auch wenn ich ungern im Mittelpunkt stand, war mir klar, dass ich alles tun musste, um nicht in der Versenkung zu landen. Es war unerlässlich, dass sie mich wahrnahmen. Sie mussten wissen, dass eine neue Spielerin mit ihnen am Tisch saß.

Eilig steckte ich mein Handy wieder ein und nahm die letzten Schlucke meines Latte macchiatos und genoss den warmen, cremigen Geschmack. Dann griff ich nach meiner Tasche, stand auf und ging zur Theke, um schnell zu bezahlen. Mit einem kurzen Dankeschön verließ ich das Café und machte mich auf den Weg in die Stadt. Dort wollte ich ein paar Boutiquen aufsuchen, um ein passendes Kleid zu finden.

Glücklicherweise gab es auf der Einkaufsmeile einige davon. Ich brauchte etwas, das mich repräsentierte. Etwas, das Stärke ausstrahlte. Nachdem ich sämtliche Möglichkeiten abgewogen hatte, schien kein einziges Kleid *das eine* zu sein – das Kleid, das perfekt für die Gala wäre. Mein Blick schweifte über die Auslagen und Schaufenster, doch nichts konnte mich überzeugen. Es war frustrierend. Schließlich blieb mir am Ende der Gasse ein letztes Geschäft.

Als ich die Tür öffnen wollte, fiel mir etwas aus dem Augenwinkel auf: Ein Kleid im Schaufenster, das mich augenblicklich in seinen Bann zog. Wunderschön, in einem satten Rot, mit feiner Spitze und einem eleganten, rückenfreien Schnitt. Es war genau das, wonach ich gesucht hatte.

Ich betrat das Geschäft, und eine ältere Dame, die hinter dem Tresen stand, begrüßte mich mit einem freundlichen Lächeln.

»Buonasera. Kann ich Ihnen helfen, meine Liebe?«, fragte sie warm.

»Ja«, erwiderte ich und deutete auf das Schaufenster. »Ich möchte das rote Kleid dort.«

Sie schien überrascht. »Oh«, erwiderte sie und warf mir einen prüfenden Blick zu. »Das ist ein besonderes Stück. Die edelsten Stoffe aus aller Welt. Ich hole es Ihnen gern von der Puppe, damit Sie es anprobieren können. Der Preis liegt bei 7500 Euro.«

Ich zögerte. Nicht ein Teil in meinem Kleiderschrank kam diesem Preis auch nur im Traum nahe. So viel würde ich niemals für ein Kleid ausgeben – das war absurd. Es mangelte mir zwar nicht an finanziellen Mitteln, aber so viel Geld für ein Kleid?

Ein weiteres Mal sah ich es mir an. Es war atemberaubend, perfekt.

Die Verkäuferin bemerkte mein Zögern und lächelte verständnisvoll. »Wenn Sie nicht sicher sind, probieren Sie es doch an«, schlug sie vor. »Wir haben es auch in Schwarz, falls Sie eine Alternative möchten.«

Dann tat ich etwas, was ich nie zuvorgetan hatte. Ich sah sie an und sagte: »Ich nehme es in beiden Farben. Bitte packen Sie sie mir ein.«

Sie hielt in ihrer Bewegung inne, sah mich irritiert an und fragte zögernd: »Sind Sie sich sicher? Sie können es doch in Ruhe anprobieren.«

»Ja, ich bin mir sicher. Ich nehme sie so mit.«

»Gut, dann mache ich alles für Sie fertig. Wir bieten einen Schneiderservice an, falls Änderungen nötig sind.«

»Das wäre ideal. Danke«, erwiderte ich.

Sie lächelte und zog eine Visitenkarte aus der Schublade hinter der Theke. »Hier – das ist die Kontaktnummer unserer Schneiderin. Rufen Sie an, wenn Sie ihre Dienste in Anspruch

111

nehmen möchten. Sie ist absolut zuverlässig und es ist ein kostenloser Service unseres Hauses.«

»Vielen Dank«, sagte ich, nahm die Karte entgegen und verstaute sie sorgfältig in meiner Tasche.

Die Verkäuferin begann, die beiden Kleider behutsam in passende Kleidersäcke zu legen, während ich wartete. Als sie fertig war, schob sie die Säcke zu mir herüber und nannte den Betrag: »15.000 Euro.«

Ich zückte meine Kreditkarte, reichte sie ihr und wartete, bis die Transaktion abgeschlossen war. Ein sanfter Piepton bestätigte den erfolgreichen Zahlungsvorgang, und sie lächelte höflich. »Ich danke Ihnen und wünsche Freude mit den Kleidern. Sie werden toll darin aussehen.«

»Dankeschön, ich bin sicher, sie werden perfekt sein«, sagte ich und nahm die Kleidersäcke entgegen. Mit einem kurzen Nicken verließ ich das Geschäft, bereit, mich auf die nächsten Schritte vorzubereiten.

Der Abend war bereits angebrochen, mein Herz raste nicht nur vor Aufregung über das, was ich heute Abend getan hatte, sondern auch wegen dem, was morgen auf mich zukam.

Es fühlte sich eigenartig an, so viel Geld auszugeben, aber zugleich war ich sicher, dass die Kleider die richtige Wahl waren.

Mit diesem Gedanken schlenderte ich weiter durch die Stadt. Als ich nach einer Weile mein Auto erreichte und die Kleidersäcke auf der Rückbank verstauen wollte, spürte ich plötzlich eine Hand auf meiner Schulter. Ein Schauer lief mir über den Rücken, und erschrocken fuhr ich herum.

Doch die Angst wich augenblicklich, als ich sah, wer vor mir stand. »Luca«, rief ich überrascht, und ein erleichtertes Lächeln breitete sich auf meinem Gesicht aus.

Er grinste, die Hände lässig in den Taschen seiner Jacke. »Hab ich dich erschreckt?«, fragte er mit einem leicht schuldbewussten Ton, doch der Schalk in seinen Augen verriet, dass er es genau darauf angelegt hatte.

»Ja. Was machst du hier?«

»Ich war in der Nähe und dachte, ich schau mal, ob ich dich finde«, erklärte er. »Und siehe da – ich hatte Glück.«

»Du hast was?«, fragte ich geschockt, da ich wusste, dass er das tun würde.

»Beruhig dich. War nur ein Scherz. Ich hab gesehen, wie du auf den Parkplatz zugelaufen bist.«

»Was haben wir gelacht. Dir traue ich eben alles zu. Und ich meine damit alles.«

Sein Blick wanderte kurz zu den Kleidersäcken auf der Rückbank. »Einkaufstour?«, fragte er.

»Für die Gala«, antwortete ich knapp, mein Lächeln nun etwas breiter. »Und du?«

»Sagen wir, ich hatte denselben Gedanken. Aber ich glaube, du bist schon besser vorbereitet als ich.« Sein Ton war leicht, doch sein Blick blieb auf mir haften, als wolle er etwas sagen, das er sich aber fürs Erste verkniff. »Du reservierst mir doch einen Tanz, oder?«

»Oh, ich habe gehört, die älteren Damen freuen sich schon auf dich. Dein Ruf eilt dir voraus.«

Er lachte leise, bevor er mit ernstem Blick antwortete: »Mir ist egal, was man über mich sagt, Emilia. Lass die alten Schachteln reden. Wir zwei, sehen uns morgen auf der Tanzfläche.« Er zwinkerte mir zu, ein schelmisches Lächeln auf den Lippen, und drehte sich um, um zu gehen. Ohne ein weiteres Wort ließ er mich allein zurück. Typisch Luca – immer geheimnisvoll unterwegs.

Ich seufzte leise, schüttelte den Kopf und öffnete die Fahrertür. Langsam ließ ich mich auf den Sitz sinken, startete den Motor und lehnte mich kurz zurück, bevor ich losfuhr. Die Straßen glitten still an mir vorbei, und mit jedem Kilometer näherte ich mich meinem Zuhause – der Ort, der mir Ruhe und etwas Zeit zum Nachdenken versprach.

Kurz bevor ich die Einfahrt der Villa erreichte, bemerkte ich die blendenden Lichter eines Polizeiwagens im Rückspiegel. Mein Herzschlag beschleunigte sich und Panik durchzuckte mich. Die Straßen waren leer und so still, dass die Motorengeräusche des heranfahrenden Wagens unheimlich laut wirkten. Was sollte das? Ich hatte nichts falsch gemacht. Ich fuhr auf den Seitenstreifen und stellte den Motor ab, beobachtete im Rückspiegel, wie zwei Polizisten langsam ausstiegen. Ihre Schritte hallten in der kühlen Abendluft wider, als sie auf mein Auto zukamen.

Der ältere der beiden war dünn, seine grauen Schläfen schimmerten im Mondlicht. Sein Gesichtsausdruck war kalt, distanziert – fast gelangweilt. Er beugte sich zum Fenster herunter, und ich ließ die Scheibe nur einen Spalt breit herunter, genug, um sein abschätzendes Grinsen zu erkennen.

»Buonasera, Signorina«, begrüßte er mich, seine Stimme gespielt freundlich und schneidend zugleich. »Schickes Auto für so eine junge Frau. Sind Sie oft zu so später Stunde unterwegs?«

Ich hielt seinem Blick stand, zwang mich zur Ruhe, auch wenn in mir Unbehagen aufkeimte. »Was kann ich für Sie tun? So spät ist es doch gar nicht und ich habe nichts falsch gemacht. Das Haus meiner Familie gleich da drüben.« Meine Stimme klang gelassen, doch ich spürte, wie meine Fingernägel sich in meine Handflächen bohrten.

Der zweite Polizist, deutlich jünger, trat näher und musterte mich mit einem Lächeln, das nichts Freundliches an sich hatte. »Manchmal passieren auf diesen Straßen ... Unfälle. Meist abends, wenn die Sicht schlecht wird.« Seine Worte klangen beiläufig, fast gleichgültig, doch ich konnte die Drohung dahinter deutlich spüren. Es war, als ob sie mir eine Botschaft senden wollten, ohne sie auszusprechen. Ein Spiel der Macht, ein Versuch, mich einzuschüchtern.

Ich lächelte kühl, obwohl mein Herz raste. »Dann werde ich extra vorsichtig fahren, um Unfälle zu vermeiden. Ist das alles, oder gibt es einen Grund, warum Sie mich angehalten haben?«

Der ältere Polizist musterte mich einen Moment, dann trat er einen Schritt zurück und klopfte zweimal leicht auf das Dach meines Autos. »Fahren Sie vorsichtig, Signorina d'Amico. Die Nächte sind voller Gefahren, und nicht jeder, der in dieser Stadt unterwegs ist, meint es gut.«

Seine Worte hallten nach, als ich den Motor startete und langsam losfuhr. Sie wussten, wer ich war. Sie wollten mir angst machen. Sie wollten, dass ich mich beobachtet und verfolgt fühlte. Doch das Einzige, was sie in mir auslösten, war Wut. Ich wusste, dass dies nur ein weiterer Schachzug meines Onkels sein konnte, um mich einzuschüchtern, mich dazu zu bringen, mich zurückzuziehen. Aber sie unterschätzten mich.

Zu Hause angekommen, stürmte ich sofort in Raffaeles Büro. Die Tür flog krachend auf, und er blickte von seinen Papieren auf, als ich wie ein Wirbelwind hereinbrach. Seine Augen verengten sich leicht, und er lehnte sich zurück, das Kinn mit der Hand stützend, als würde er ein interessantes Schauspiel beobachten.

»Wer hat damals gegen meine Übernahme gestimmt?« Meine Stimme war gefasst und meine Augen funkelten vor Zorn.

Raffaele wirkte völlig überrumpelt. Doch seine Antwort folgte augenblicklich.»Du kennst die Namen längst, Emilia. Armando, Vittoria ... und Bernardo DiSantis. Oberhaupt des DiSantis-Clans und Bruder des Polizeipräsidenten. Aber was ist denn überhaupt los? Beruhige dich erst mal.«

Die Bestätigung ließ meinen Blutdruck in die Höhe schnellen. Flavios Vater.»Sie haben mir gedroht, Raffaele. Ich war schon vor der Einfahrt, als sie mich anhielten.« Meine Stimme zitterte vor aufgestauter Wut.»Glaubt Armando, dass mich so etwas aufhält?«

»Das hoffen sie, Emilia. Sie wollen sehen, ob du den Mut hast, dich gegen sie zu stellen. Sie wissen, dass du eine Bedrohung für sie bist. Und sie haben Angst. Aber bitte sei vorsichtig.«

Ich atmete tief ein, um mich zu sammeln. Der Gedanke, dass diese Männer, die sich seit Jahren sicher in ihrer Macht wähnten, vor mir, einer Frau, zurückschrecken könnten, brachte mich zum Lächeln.

»Dann werde ich ihnen zeigen, dass ihre Angst berechtigt ist. Nach der Gala morgen werde ich die Übernahme offiziell machen. Ich will, dass jeder weiß, dass ich die Kontrolle habe. Kein Zögern mehr, keine Rücksicht.«

Raffaele lehnte sich vor, seine Augen funkelten im Licht.»Du weißt, dass das einen Krieg auslösen könnte. Sie werden nicht kampflos aufgeben.«

»Dann sollen sie kommen«, sagte ich kühl.»Du wirst mir helfen, dass ich alles, was wissen muss, so schnell es geht, lerne. Ich bin bereit, das Andenken meiner Eltern zu schützen.«

Die Entschlossenheit in meiner Stimme ließ keinen Raum für Zweifel. Ich würde meinen Anspruch auf die Führung der Familie durchsetzen, egal, was es kosten würde. Die Machtspiele, die Drohungen, all das waren für mich nur weitere Prüfungen. Und ich würde diese Prüfungen bestehen – denn ich hatte etwas, was sie nicht hatten: nichts zu verlieren und alles zu gewinnen.

Ich verließ Raffaeles Büro und zog mich in mein Zimmer zurück. Die Dunkelheit der Nacht schien mich zu umhüllen, als ich am Fenster stand und auf die funkelnden Lichter der Stadt blickte. Diese Stadt, die sich so mächtig und unerschütterlich gab, würde bald meine Stärke kennenlernen. Der Gedanke an die bevorstehende Gala ließ meine Nerven prickeln. Es würde mein erster öffentlicher Auftritt als zukünftiges Oberhaupt sein, und ich würde nicht zulassen, dass jemand diese Gelegenheit ruiniert.

Noch bevor der Morgen graute, wusste ich, dass ich schwer in den Schlaf finden würde. In dieser Nacht schmiedete ich Pläne, dachte an jedes mögliche Szenario, jeden Verrat, jede mögliche Wendung. Ich arbeitete mich durch alle Unterlagen, die Raffaele mir bereitgestellt hatte. Morgen würde ich ihnen zeigen, dass die Zeit der alten Männer vorbei war. Eine neue Ära würde beginnen – und ich… ich würde an ihrer Spitze stehen, mit Feuer in den Augen und dem Willen, alles niederzubrennen, was sich mir in den Weg stellte.

Kapitel 14

EMILIA

Als ich an diesem Morgen wach wurde, war die Uhrzeit kaum von Bedeutung, doch ein flüchtiger Blick zeigte mir, dass es erst sechs Uhr war. Dennoch fühlte ich mich erstaunlich erholt, als hätte die Nacht meine Sorgen verschluckt. Vielleicht war es die Vorfreude auf den Abend, die mir ungewohnte Energie verlieh.

Ich zog eine Leggings und einen Hoodie an und band meine Haare zu einem lockeren Dutt. Ein flüchtiger Blick in den Spiegel zeigte mir Augenringe, die ich sorgfältig mit kühlenden Augenpads zu kaschieren versuchte. Die Vorstellung, mich mit diesen Schatten im Gesicht zu präsentieren, war jetzt nicht so überzeugend.

Ich brauchte dringend Kaffee, bevor ich was anderes tun konnte. Also führte der erste Gang des Tages in die Küche. Die morgendliche Stille des Hauses nahm mich ein. Die ersten Sonnenstrahlen malten ein goldenes Band über den Garten, und für einen Moment fühlte ich mich zurückversetzt in vergangene Tage. Mein Vater, meine Mutter und ich, wie wir gemeinsam den Sonnenaufgang am Strand bewunderten. Die Erinnerungen an sie waren wie ein bittersüßer Schmerz, der sich tief in mein Herz bohrte.

Mit diesen Gedanken betrat ich die Küche und sah Lucia am Tresen sitzen, mit einer Tasse Cappuccino in der Hand.

»Guten Morgen, Emilia«, sagte sie sanft und lächelte. »Du siehst erfrischt aus.«

»Ich fühle mich auch so«, erwiderte ich und lehnte mich an die Arbeitsfläche, während ich den Kaffeeduft einsog. »Ich dachte, ich mache Pancakes.«

Lucia nickte zustimmend. »Klingt köstlich. Weißt du schon, was du heute Abend tragen wirst?«

»Ich habe etwas zur Auswahl. Mal sehen«, gab ich zu, während ich den Teig rührte.

Lucia beobachtete mich mit einem wissenden Lächeln. »Ich glaube, jemand wird besonders beeindruckt sein«, meinte sie mit einem Hauch von Verschwörung in der Stimme.

»Wovon redest du, Lucia«, fragte ich unschuldig.

»Ach, Emilia, du bist vielleicht gut im Verstecken, aber ich sehe doch, was zwischen dir und Dante passiert«, entgegnete sie sanft, ohne ihre Augen von mir abzuwenden.

Ihre Worte trafen mich wie ein Dolchstoß. Ehe ich antworten konnte, durchzuckte mich eine Welle aus Verwirrung und Zorn. Was wusste Lucia schon? Dante und ich ... Wir waren wie Feuer und Eis, gefangen in einem endlosen Spiel aus Hass und Anziehung, das uns beide zerstören würde, wenn wir es zu weit trieben.

»Du liegst falsch«, sagte ich scharf. »Zwischen uns gibt es nichts außer Streit und Missverständnissen.« Doch selbst während ich diese Worte aussprach, fühlte ich diese Lüge schwer auf meiner Zunge. Ich versuchte, während des Frühstücks dem ganzen Thema

119

auszuweichen, und bat Lucia dann, meine Haare für den Abend zu machen.

Nach dem Essen ging ich wieder rauf in mein Zimmer. Als ich die Augenpads abnahm und die letzten Spuren meiner Müdigkeit beseitigte, ging ich die Gästeliste der Gala durch. Die Namen der üblichen Gäste glitten an mir vorbei, bis ich bei den Santoro-Brüdern hängen blieb. Luca würde da sein und Dante ... Es war, als könnte ich seinen Blick schon jetzt auf meiner Haut spüren. Ein Teil von mir freute sich darauf, ihn herauszufordern. Doch ein anderer Teil wollte nur fliehen.

Später am Nachmittag kam Lucia, um mir die Haare zu machen. Sie drehte jede Strähne auf, während wir über Belangloses plauderten. Doch mein Kopf war schwer von unausgesprochenen Gedanken, von einem Verlangen, das ich nicht aussprechen konnte. Als sie fertig war, sah ich in den Spiegel und erkannte kaum die Frau, die mich dort anblickte. Die Wellen fielen perfekt über meine Schultern und der Ausdruck in meinen Augen war entschlossen. Ich würde heute Abend nicht schwach sein.

Um 18 Uhr war ich endlich fertig. Ich schlüpfte in das rote Kleid, das ich ausgewählt hatte – eng anliegend, die Spitze wie ein Netz aus Leidenschaft und Geheimnissen, das meine Haut umhüllte. Als ich mich im Spiegel betrachtete, konnte ich nicht leugnen, wie ich danach lechzte, dass Dante mich so sehen würde.

Zufrieden und fest entschlossen meinen Plan durchzuziehen, machte ich mich auf dem Weg zu meinem Auto.

Die Fahrt zu Santo dauerte nicht lang und ich lenkte mich mit Musik ab, die aus den Lautsprechern meines Wagens dröhnte. Ich war entspannter als erwartet, was mich selbst überraschte. Nur noch wenige Hunderte Meter trennten mich vom Anwesen meines Onkels. Schließlich parkte ich am Straßenrand davor, denn eines stand fest - keine zehn Pferde brachten mich dazu, nur einen Fuß auf dieses Gelände zu setzen. Stattdessen griff ich nach meinem Handy, um Santo eine Nachricht zu schicken.

Ich warte draußen.

Während ich wartete, ließ ich meinen Blick über das imposante Tor des Anwesens gleiten. Es wirkte wie der Schutz einer Festung, die man so oder so nicht betreten wollte. Mein Handy vibrierte. Eine kurze Nachricht von Santo:

Bin gleich bei dir.

Ich legte mein Handy zur Seite und trommelte ungeduldig mit meinen Fingern auf dem Lenkrad. Nach wenigen Minuten öffnete sich endlich das Tor, und Santo trat hinaus. Er beugte sich leicht zu meinem Fenster herunter, als er ankam. »Du siehst aus, als würdest du lieber überall woanders sein, als hier«, sagte er mit einem amüsierten Unterton.

»*Oh*, wie kommst du nur darauf? Steig ein, damit wir hier verschwinden können.«

Santo ging ums Auto herum, öffnete die Tür und ließ sich auf den Beifahrersitz sinken.

»Wow«, musterte es mich mit großen Augen »Du siehst aus wie die Königin der Unterwelt.«

»Ist das nicht das Ziel?«

Ich startete den Motor, der laut zu surren begann. Die Fahrt zum Landsitz des Richters dauerte eine halbe Stunde. Santo erzählte mir währenddessen von seinen Tagen an der Uni. Es war schön, mal etwas anderes als über die Mafia zu hören. Noch schöner war es aber, dass er glücklich zu sein schien. Gar nicht so einfach bei so einer Familie.

Als wir unser Ziel endlich erreicht hatten, wartete eine Reihe luxuriöser Autos vor dem Eingang. Wenige Augenblicke später waren wir dran und ein junger, schlaksiger Typ, öffnete mir die Tür, damit ich aussteigen konnte und er den Wagen für uns parkte. Mein Blick fiel sofort zu dem auffällig gestalteten Arrangement. Alles hier schrie nach Geld. Wir liefen die große Treppe hinauf, die uns direkt zum Eingang des Hauses führte. Wobei, Palast es eher treffen würde. Das Foyer erstreckte sich weit und hoch, die Decken trugen, den prunkvollen Kronleuchter wie ein Juwel, das in goldenem Licht erstrahlte, und Schatten in alle Richtungen warf. Der Marmor unter unseren Füßen glänzte wie schwarzes Glas, reflektierte die Lichter und verlieh jedem Schritt eine drohende Endgültigkeit. In der Mitte stand ein massiver Tisch, darauf das Gästebuch wie ein stummer Wächter, der jedes Detail über die Besucher in sich aufnehmen wollte, als gehörte selbst ihre Anwesenheit zum Spiel.

Ich spürte, wie Santo nach meiner Hand griff. Seine Finger schlossen sich fest um meine, als wollte er mich daran erinnern, dass ich nicht allein war in diesem Nest aus Intrigen. »Komm schon, Emilia«, murmelte er mir zu, sein Grinsen wie das eines kleinen Schuljungen. »Lass uns diese Maskerade hinter uns bringen.«

Ich riss mich los und schüttelte den Kopf. »Entspann dich, Santo«, entgegnete ich trocken. »Du bekommst dein Drama früh genug.« Ein kühles Lächeln huschte über mein Gesicht, doch ich konnte den eisigen Hauch der Nervosität nicht verbergen. Die Luft war schwer, geladen mit unausgesprochenen Worten, stummen Blicken und geheimen Absprachen.

Vor dem Eingang zum großen Saal wurden wir von zwei Frauen in eleganten schwarzen Kleidern empfangen. Sie lächelten uns an, doch ihre Augen waren kalt, wie die von Raubtieren, die den Rang und Status ihrer Beute abwägten. »Signorina d'Amico«, sagte eine von ihnen und sah in ihre Liste. »Sie sitzen am Tisch des Richters. Tisch 1. Willkommen und viel Spaß heute Abend.« Ihre Stimme war samtig, doch in ihr schwang ein Hauch von Ironie mit. Tisch 1, der Platz, an dem die Augen sich sammelten, wo jede Bewegung zur Schau gestellt wurde.

Ich warf Santo einen Blick zu. »Ein weiterer Grund, ein paar Shots zu trinken«, flüsterte ich, während ich mir auf die Unterlippe biss.

Santo schüttelte nur lächelnd den Kopf. »Schluss mit der Flucht«, sagte er, leise genug, dass nur ich es hören konnte. »Heute wickelst du sie alle um den Finger.«

Als die schweren Türen des Saals aufschwangen, wurden wir in ein Meer aus gedämpften Lichtern, funkelnden Kleidern und Gesprächen gezogen. Der Raum verstummte für einen winzigen Moment, als wir eintraten, und alle Augen richteten sich auf uns. Ein leises Murmeln durchbrach die Stille, die Gäste flüsterten aufgeregt. Ich konnte ihre Blicke spüren, wie kleine Stiche auf meiner Haut. Richter DeLuca erhob sich von seinem Platz, ein breites Lächeln auf seinem Gesicht.

»Emilia, es ist mir eine Freude, dass Sie meiner Einladung gefolgt sind«, begrüßte er mich und streckte seine Hand aus. Sein Griff war fest, zu fest, als wollte er mir seine Macht demonstrieren.

»Richter DeLuca, die Freude ist ganz meinerseits«, erwiderte ich höflich, doch mein Blick wanderte weiter. Er glitt über die Tische und blieb schließlich an ihm hängen – Dante. Seine Augen fixierten mich, kalt und durchdringend, als wollte er mein Innerstes lesen, als gäbe es keinen Ort, an dem ich mich vor ihm verstecken könnte. Wir setzten uns, und das Getuschel um uns herum war in vollem Gange. Wenn man am Tisch des Richters saß, war man selbst das Hauptthema des Abends. Nachdem wir uns allen am Tisch vorgestellt hatten und weiterem Small Talk, wurden die ersten Gänge serviert. Santo versuchte, mich mit kleinen Scherzen abzulenken, aber meine Gedanken kreisten nur um Dante. Er saß am Nachbartisch, Luca an seiner Seite. Während dieser mir ein freundliches Lächeln zuwarf, war Dantes Miene hart, seine Augen ließen mich keinen Moment los. Es war, als wäre der gesamte Saal nur ein Bühnenbild, und wir wären die Darsteller in einem Stück, das nur für uns geschrieben wurde.

Als ich mich weiter umsah, entdeckte ich meinen Onkel, der mit meiner Tante und Meo an einem der hinteren Tische saß.

Ich stieß Santo leicht an und deutete auf seinen Vater. Er verdrehte genervt die Augen. »Hoffen wir, dass mein Vater sich wenigstens heute zusammenreißen kann.«

Nachdem alle Gänge serviert waren, wurde das Geschirr abgeräumt und Gläser mit Champagner verteilt.

Und dann wurde unsere Aufmerksamkeit schnell wieder auf das Wesentliche gerichtet. Die Auktion begann, und die Gespräche verstummten. Hochpreisige Kunstwerke und Schmuckstücke wechselten den Besitzer. Millionen wurden hier innerhalb von Minuten ausgegeben, doch dann hob der Auktionator ein kleines Medaillon in die Höhe. Mein Herz setzte für einen Moment aus, als ich es erkannte.

»Das letzte Stück des Abends«, begann der Auktionator, seine Stimme hallte durch den Raum »ist ein Erbstück der Familie d'Amico. Es war der letzte Wunsch von Valerio und Carlotta, dass dieses Medaillon im Beisein ihrer Tochter versteigert wird, wenn sie ihre erste große Gala besucht.« Mir schnürte sich die Kehle zu. Das war neu. Mein Blick huschte zu Santo, der mir einen warnenden Blick zuwarf. Doch es war zu spät. Die Erinnerungen an meine Eltern, das Medaillon meiner Mutter, durchfluteten mich wie eine eisige Welle.

Die Gebote begannen, und ausgerechnet meine Tante Vittoria bot unverschämt hohe Summen, als wolle sie mir demonstrieren, wer hier das Sagen hatte. Wut brodelte in mir auf, eine alte, tief verwurzelte Wut, die ich lange unterdrückt hatte. Ohne nachzudenken, sprang ich auf.»Einhunderttausend«, rief ich laut.

Stille. Der ganze Saal wandte sich mir zu, doch ich blieb stehen, meine Hände zitterten nicht. Der Auktionator blickte mich überrascht an.»Einhunderttausend Euro sind geboten, von der Dame in Rot. Tochter von Valerio und Carlotta d'Amico.«

Der Schock ging durch den Raum und das Getuschel nahm wieder zu.»Bietet jemand einhundertfünfzigtausend? Niemand? Sie lassen sich hier eine wahre Kostbarkeit entgehen, meine Damen und Herren.« Doch niemand überbot mich.»Zum Ersten... zum Zweiten... Verkauft an Emilia d'Amico für einhunderttausend Euro.« Der Hammer knallte auf das Pult und die Menge applaudierte ungehalten.

»Scheiße, Emi. Was war das denn?«, fragte Santo ungläubig, aber mit einem Anflug von Stolz in seiner Stimme. Ich konnte es selbst nicht glauben, dass das passiert war. Aber niemals hätte ich meiner Tante das Medaillon meiner Mutter überlassen.

Richter DeLuca erhob sich und applaudierte leicht, ein aufrichtiges Lächeln auf seinen Lippen.»Eine großzügige Geste, Emilia, und das Medaillon bleibt in ihrer Familie. Was ein gelungener Abend für Sie«, sagte er, doch ich hörte ihn kaum. Meine Gedanken waren bei meinen Eltern und dem Medaillon, das endlich wieder zu mir gehörte.

Santo drückte meine Hand und grinste triumphierend. »Gut gemacht. Hast du den dämlichen Blick meiner Mutter gesehen? Das werde ich nie vergessen.«

Damit war die Auktion vorbei und ich um einhunderttausend Euro leichter. Wer hätte das ahnen können?

Ich stellte einen Scheck über die gebotene Summe aus und bat darum, das Medaillon am nächsten Tag nach Hause zu liefern.

Vollkommen in meiner Gedankenwelt gefangen, setzte die Musik ein und die Gäste folgten der Aufforderung des DJs, sich auf die Tanzfläche zu begeben. Santo war mehr als bereit, den angenehmen Teil des Abends in Angriff zu nehmen. »Komm schon, lass uns feiern. Du hast meiner Mutter gerade einen gesellschaftlichen Dämpfer verpasst. Morgen ist sie wieder Klatsch Thema Nummer eins in einem, ihrer Frauen Clubs.«

Doch ich zögerte, meine Augen suchten die Menge ab und blieben an Dante hängen. Er stand am Rand der Tanzfläche, seine Augen fixierten mich mit einem Blick, der vor Verlangen strotzte. Wir hatten seit der Sache bei Petrow nicht mehr miteinander gesprochen und ich war nicht bereit, nachzugeben.

Bevor er mich berührte, wusste ich, dass er da war – eine düstere, fordernde Präsenz, die sich über mich legte wie ein Schatten. Dann war er hinter mir, sein Körper so nah, dass ich seine Wärme durch den dünnen Stoff meines Kleides spüren konnte.

Seine Finger streiften meine Schulter, sanft genug, um einen Schauer über meine Haut zu jagen. Er beugte sich tiefer, sein Atem heiß und fordernd an meinem Hals.

»Du siehst atemberaubend aus.« Seine Stimme war rau, sein Ton gefährlich ruhig – die Art von Ruhe, die einen Sturm ankündigte. »Jeder Mann hier sieht dich an. Jeder verdammte Blick auf dir, jede Sekunde, die sie dich zu lange betrachten…« Er machte eine

Pause, seine Lippen nur einen Hauch von meiner Haut entfernt. »Es macht mich wahnsinnig.«

Seine Worte waren eine dunkle Warnung, besitzergreifend und voller ungesagter Drohungen. Ich spürte, wie sich seine Muskeln anspannten, während er die Menge musterte. Die unausgesprochene Wut, die Eifersucht, die er mit jeder Faser seines Körpers ausstrahlte, lag wie eine lodernde Hitze in der Luft.

Ich wusste, dass er es hasste. Dass er es nicht ertrug, mich so zu sehen – in diesem Kleid, in diesem Raum, umgeben von Männern, die nicht wussten, wem ich gehörte.

Doch ich ließ mich nicht einschüchtern.

Langsam drehte ich mich zu ihm um. Mein Blick fand seinen. Die Welt um uns verschwamm, wurde zu nichts als einer unwichtigen Kulisse.

Ich ließ meine Fingerspitzen über den Stoff seines Jacketts gleiten, genoss die Härte seines Körpers unter dem edlen Stoff. Ein Spiel mit dem Feuer – und wir beide wussten es.

»Früher oder später müssen wir reden, Emilia«, sagte er trügerisch sanft. Doch da war ein Raunen in seiner Stimme, ein schwelender Zorn, eine Ungeduld, die gefährlich an der Oberfläche kratzte. »Du kannst mir nicht ewig aus dem Weg gehen.«

Mein Herz schlug schneller, aber ich ließ es mir nicht anmerken. Ich hielt seinem Blick stand, hob mein Kinn, als wollte ich ihn noch mehr provozieren.

»Das denkst du.« Meine Stimme war ruhig, kühl, doch die Spannung zwischen uns flackerte gefährlich. »Aber ich habe andere Pläne.«

Seine Augen verdunkelten sich, seine Miene versteinerte. Ich konnte die Kontrolle spüren, die er sich aufzwingen musste – ein Mann, der es gewohnt war, zu bekommen, was er wollte. Und doch stand ich hier, unnachgiebig und unbeugsam.

Sein Kiefer mahlte, seine Finger ballten sich zu Fäusten. Ich hatte ihn gereizt – genau wie ich es wollte.

Und genau wie er es hasste.

Mit einem entschlossenen Schritt wandte ich mich von ihm ab und suchte in der Menge nach seinem Bruder. Luca stand ein paar Meter entfernt und lachte mit einer Gruppe junger Frauen, die ihn anhimmelten. Ohne zu zögern, ging ich auf ihn zu, legte meine Hand auf seinen Unterarm und zog ihn zu mir. »Lass uns tanzen«, forderte ich und sah ihm direkt in die Augen. Es war keine Bitte.

Luca zog eine Augenbraue hoch, ein amüsiertes Lächeln auf seinen Lippen. »Wieso so eilig, Emilia? Ein bisschen Romantik, bitte.« Sein Ton war spielerisch, doch ich bemerkte das Funkeln in seinen Augen.

»Romantik?« Ich schnaubte leise, zog ihn entschlossen auf die Tanzfläche. »Die kannst du dir woanders suchen. Ich bin nicht hier, um dein Herz zu erobern.«

Er lachte, ein warmes, ehrliches Lachen, das für einen Moment den eisigen Knoten in meiner Brust lockerte. »Du bist eine harte Nuss«, sagte er, während er meine Taille umfasste und mich sanft führte. »Aber genau das macht dich so faszinierend.«

Ich versuchte, mich auf den Tanz zu konzentrieren, doch mein Blick wanderte immer wieder zu seinem Bruder. Er stand immer noch da, wo ich ihn hatte stehenlassen, seine Hände zu Fäusten geballt, die Kiefermuskeln angespannt, als würde er jeden Moment explodieren. Seine Augen folgten jeder unserer Bewegungen, und ich spürte, wie seine Eifersucht wie eine dunkle Welle über uns schwappte und mich in den Strudel seiner Gefühle zog. Es war ein gefährliches Spiel, das ich spielte, aber es fühlte sich an, als hätte ich keine andere Wahl.

Während ich mich umdrehte und in Lucas Arme fiel, nutzte ich die Gelegenheit, um mich loszureißen. »Ich brauche eine Pause«, sagte ich leise und entfernte mich von ihm, bevor er widersprechen konnte. Ohne zurückzusehen, lief ich durch die Menge und schlüpfte aus dem Saal, in die relative Stille des Korridors.

Ich atmete tief ein, legte eine Hand an meine Brust, um den Sturm in mir zu beruhigen. Doch ich hatte kaum Zeit, meine Gedanken zu ordnen, als Dante vor mir auftauchte. Er war mir gefolgt, seine Augen blitzten vor unterdrücktem Zorn.

»Was soll das mit meinem Bruder? Versuchst du, mich eifersüchtig zu machen?«

Dantes Stimme war ein gefährliches Zischen, seine Fassade aus Selbstbeherrschung war längst gefallen. Seine Augen brannten vor Wut, sein Kiefer war hart angespannt. Er trat näher, so nah, dass ich seinen heißen Atem auf meiner Haut spüren konnte.

Ich funkelte ihn an, spürte, wie mein Herz raste, doch ich weigerte mich, mich zurückzuziehen. »Nicht alles dreht sich um dich, Dante!«, fauchte ich zurück, hob mein Kinn herausfordernd.

Seine Hände schnellten nach vorne, packten meine Hüften fest, und besitzergreifend. Seine Finger gruben sich in den Stoff meines Kleides, als würde er sich selbst daran hindern, weiterzugehen.

»Lüg mich nicht an, Emilia«, sagte er leise, sein Blick so intensiv, dass er mich fesselte, mich einhüllte wie ein dunkler Sturm. »Ich sehe es in deinen Augen. Du willst mich genauso, wie ich dich will. Hör auf, diese Spielchen zu spielen.«

Ich spürte, wie sich mein Atem beschleunigte, doch ich weigerte mich, ihm nachzugeben. »Und wenn ich es doch tue? Was dann?«, provozierte ich, meine Stimme weicher, aber voller Herausforderung.

Er zog mich näher an sich, bis unsere Körper fast vollständig aneinanderpressten. »Dann werde ich dir verdammt noch mal zeigen, wem du gehörst.«

Und dann küsste er mich.

Hart. Fordernd. Besitzergreifend.

Seine Lippen stießen gegen meine, als wollte er mich bestrafen, mich beanspruchen, mich unterwerfen. Doch ich war kein Spielzeug, keine Eroberung. Ich wehrte mich, ließ meine Hände an seine Brust schlagen, doch es war zwecklos. Er war stärker, seine Wut machte ihn unnachgiebig. Und verdammt, ich hasste es, wie sehr ich genau das wollte.

Meine Finger krallten sich in seinen Nacken, zogen ihn näher, ließen mich in ihn hineinfallen, als wäre er das Einzige, was in diesem Moment existierte. Mein Verstand schrie nach Distanz, nach Kontrolle – doch mein Körper tat das Gegenteil.

Dann–

»Na, das hat ja nicht lange gedauert.«

Die spöttischen Worte rissen uns auseinander. Ich keuchte leicht, meine Lippen noch von seinem Kuss brennend, als ich über seine Schulter hinwegblickte.

Flavio stand dort. Neben ihm Sofia, die sich an seinen Arm klammerte, ihre Augen voller stummer Vorwürfe.

Dante drehte sich langsam um, sein Blick kälter als zuvor. »Was wollt ihr hier?« Seine Stimme schnitt durch den Raum wie eine Klinge, dunkel und tödlich. Ich sah, wie sich sein Kiefer verspannte, wie er sich mit aller Kraft beherrschen musste, um nicht die Kontrolle zu verlieren.

Flavio lachte trocken, seine Augen blitzten höhnisch. »Oh, ich wollte nur sehen, wie schnell du deine Fassade verlierst, wenn Emilia im Spiel ist.«

Dann richtete er seinen Blick auf mich, musterte mich mit Verachtung. »So schnell also? Plötzlich bist du für jedermann zu haben. Interessante Wendung, Emilia.«

Mein Atem ging schneller. Meine Hände zitterten leicht, aber ich ballte sie zu Fäusten, ließ mir nichts anmerken.

»Was ich tue oder nicht tue, geht dich nichts an, Flavio.« Meine Stimme war fest, doch ich hörte selbst den Hauch von Unsicherheit darin. »Kümmere dich um dein Flittchen.«

Sofia, die sich bis jetzt zurückgehalten hatte, trat einen Schritt nach vorne, ihre Augen funkelten vor Bitterkeit. »Pass auf, was du sagst.« Ihre Stimme war kalt, gefährlich. »Du könntest es früher oder später bereuen.«

Kapitel 15

EMILIA

Ich wollte nur weg, doch kaum hatte ich ein paar Schritte gemacht, tauchte plötzlich Flavio vor mir auf. Sein Gesicht war eine Maske aus Zorn, die Muskeln in seinem Kiefer zuckten.

»Wie hast du sie genannt?«, brüllte er, seine Augen leicht zusammengekniffen.

Ich blieb stehen und verschränkte die Arme vor der Brust. »Du hast mich schon verstanden«, sagte ich kalt. »Oder willst du mir etwa erklären, was ihr sonst so getrieben habt, während wir zusammen waren? Immerhin warst du ständig bei ihr.«

Einen Moment lang wirkte Flavio irritiert, als hätte er nicht erwartet, dass ich es wusste. Seine Augen weiteten sich, und ein Hauch von Unsicherheit flackerte in seinem Blick auf. Doch es dauerte nicht lange, bis er sich wieder gefangen hatte, sein Gesicht wurde hart.

»Oh, hast du wirklich gedacht, ich wüsste es nicht?« Ich machte einen Schritt auf ihn zu, mein Blick fokussiert »Du widerst mich nur an, Flavio. Jetzt geh mir aus dem Weg.«

Er lächelte kalt und stellte sich mir erneut in den Weg, sodass ich keinen Schritt weiterkam. »Du willst schon gehen? Jetzt wird es doch erst interessant.«

Bevor ich etwas erwidern konnte, erschien Dante an meiner Seite. Seine Augen waren dunkel, voller unbändiger Wut. »Nimm dein Anhängsel und verpiss dich«, warnte er.

Flavio lachte spöttisch, sein Blick verächtlich. »Ach, Dante. Immer noch so verbittert? Bist du nicht darüber hinweg?« Er trat einen Schritt näher, als wolle er ihn direkt provozieren.

Dante spannte die Kiefer an, sein ganzer Körper vibrierte vor unterdrückter Aggression. »Halt dein Maul, oder ich sorge dafür, dass du es nie wieder aufmachst.« Flavio lachte laut auf.

»Erzähl ihr doch, warum du so empfindlich reagierst.« Er warf mir einen abschätzigen Blick zu, genoss seinen Auftritt in vollen Zügen.

»Was ist hier los? Was sollst du mir erzählen?« Mein Blick richtete sich auf Dante und ich blendete alles um mich herum aus.

»Sofia ist meine Ex. Und sie hat mich mit diesem Wichser betrogen.« Er deutete mit einem provokanten Nicken auf Flavio. Ich spürte, wie mir das Blut in den Kopf schoss, das Adrenalin durch meine Adern pumpte und stolperte nach hinten. Ich wollte sofort von hier verschwinden. Sie hatten mich alle belogen.

Doch als ich an ihnen vorbeilaufen wollte, packte Flavio plötzlich mein Handgelenk, seine Finger gruben sich schmerzhaft in meine Haut.

»Lass mich los!«, schrie ich, riss mich los und holte mit der freien Hand aus. Die schallende Ohrfeige, die ich ihm verpasste, hallte durch den Korridor. Sein Kopf flog zur Seite, und als er sich wieder zu mir umdrehte, war sein Blick von purer Wut erfüllt. Für einen Moment sah ich den Hass in seinen Augen, bevor er die Kontrolle verlor.

In einer fließenden Bewegung holte er aus und schlug mir mit voller Wucht ins Gesicht. Der Schlag so fest, dass ich das Gleichgewicht verlor und zu Boden stürzte. Mein Kopf prallte hart auf den Marmorboden, und ein scharfer Schmerz durchfuhr mich. Sekunden später sah ich das Blut, das von meiner Stirn tropfte, sich dunkelrot auf dem Boden ausbreitete.

»Und das, Emilia«, brüllte Flavio, »ist nur der Anfang!« Sofia stand daneben und lachte dreckig, als würde sie jede Sekunde meines Schmerzes genießen. Ihr Lachen war wie das giftige Zischen einer Schlange, das in meinen Ohren widerhallte.

Dante zögerte keine Sekunde. Er stürzte sich auf Flavio, seine Fäuste zum Schlag erhoben.

»Ich mach dich fertig«, brüllte er, während er auf Flavio losging. Die Wut, die sich so lange in ihm aufgestaut hatte, brach endlich hervor, wie ein Sturm, der alles auf seinem Weg mit sich riss.

Doch in dem Moment, als Dantes Faust Flavios Gesicht treffen sollte, ertönte ein lauter Knall. Ein Schuss. Der Klang hallte durch das ganze Haus, ließ die Zeit für einen endlosen Moment stillstehen. Ich spürte, wie alles um mich herum in eine eisige Stille tauchte. Die Welt verschwamm vor meinen Augen, meine Ohren klingelten, und ich kämpfte darum, die Kontrolle über meinen benommenen Verstand zu behalten.

Dante stoppte mitten in der Bewegung, drehte sich langsam um, als wäre er aus einem Albtraum erwacht. Sein Blick fiel auf den Mann, der den Schuss abgegeben hatte. Richter DeLuca, hielt die Waffe erhoben, seine Augen weit aufgerissen.

»Jeder bleibt, wo er ist!«, brüllte er, seine Stimme klang fast hysterisch. Die Gäste im Ballsaal begannen zu schreien, das Foyer füllte sich mit aufgeregtem Gemurmel und hektischen Bewegungen. Flavio ließ von mir ab, seine Hände in die Luft gehoben, als wollte er seine Unschuld beteuern.

Dante ließ sich von nichts aufhalten. Er trat auf Flavio zu, langsam, wie ein Raubtier, das seine Beute fixiert.

»Das hier ist nicht vorbei, DiSantis!« Das gedämpfte Licht des Kronleuchters flackerte leicht, während sich die Menge um uns versammelte. Der Raum war gefüllt mit leisen Gesprächen, die wie das Rauschen des Meeres in meinen Ohren klangen. Ein metallischer Geschmack breitete sich in meinem Mund aus, während ich das warme Blut spürte, das von meiner Stirn über meine Schläfe rann.

»Ich dulde keine Gewalt in meinem Haus!« Die Stimme des Richters hallte von den Wänden wieder, ließ alle verstummen. Seine Augen waren vor Zorn verengt, und seine Hände zitterten leicht. »Was zur Hölle geht hier vor sich?«

Flavio war der Erste, der reagierte. Er packte Sofia am Arm und zog sie zu sich, sein Gesicht zu einer arroganten Grimasse verzogen. »Nichts, worum Sie sich sorgen müssen, Richter«, sagte er mit einem überheblichen Lächeln. »Nur ein kleines Missverständnis.«

»Ein Missverständnis?«, brüllte Dante. Er stand dicht neben mir, seine Fäuste immer noch geballt, bereit, sich erneut auf Flavio zu stürzen. »Du hast sie geschlagen, du verdammtes Arschloch!«

Ich sah das Funkeln in Flavios Augen, als er Sofia mit sich zog und den Korridor entlang verschwand. »Das wird nicht das letzte Mal sein, dass wir uns sehen, Dante«, rief er ihm über die Schulter hinweg zu, seine Worte von purer Bosheit durchtränkt.

Dante ignorierte ihn, als wären seine Worte nur bedeutungslos. Stattdessen drehte er sich zu mir um und fiel auf die Knie. Seine Hände zitterten, als er vorsichtig mein Gesicht berührte, seine Finger sanft über die Wunde streichen ließ, aus der Blut sickerte. »Scheiße«, fluchte er leise, seine Stimme voller Panik. »Halt still. Du hast dir den Kopf angeschlagen.«

Sein Blick war so intensiv, so voller Besorgnis, dass es mir für einen Moment den Atem raubte. Die sonst so harte Fassade, die er immer aufrechterhielt, fiel in diesem Moment in sich zusammen. Er wirkte verletzlich, fast zerbrechlich.

»Dante…«, begann ich, doch die Worte blieben mir im Hals stecken, als der Schmerz durch meinen Schädel pochte. Alles um mich herum begann, sich zu drehen. Die Lichter verschwammen zu einem einzigen schwindelerregenden Fleck, und ich musste die Augen schließen, um nicht die Kontrolle zu verlieren.

In diesem Augenblick stürmte Luca auf uns zu, seine Augen weit vor Schock. »Fuck, was ist hier los?« Er kniete sich neben Dante, seine Hände fest auf dessen Schulter gelegt, als wollte er ihn davon abhalten, Flavio zu verfolgen.

»Nicht jetzt, Luca«, blaffte Dante ihn an, ohne den Blick von mir abzuwenden. »Hol, Raffaele und Lucia. Wir brauchen Hilfe, sofort!«

Luca zögerte, sah mich an, dann Dante, bevor er nickte und davonlief, seine Schritte hallten durch den Flur. Die Gäste, die sich um uns versammelt hatten, flüsterten aufgeregt, einige machten Fotos oder filmten heimlich mit ihren Handys. Die morbide Faszination der High Society für Dramen und Skandale war kaum zu übersehen.

Dante hob vorsichtig meinen Kopf an und legte ihn auf seinen Schoß. Seine Hand glitt beruhigend durch mein Haar, während er leise sprach. »Alles wird wieder gut«, flüsterte er. Doch seine Stimme klang hohl, als ob er selbst nicht daran glaubte. Die Dunkelheit, die in seinen Augen lauerte, war tief und unergründlich. Eine Dunkelheit, die von einer Vergangenheit sprach, die ich nicht kannte, und von Geheimnissen, die er nie preisgeben wollte.

»Mir… mir wird schwarz vor Augen«, murmelte ich, mein Blick glasig, während sich die Realität von mir entfernte. Mein Kopf schien zu explodieren, und ich konnte den Schmerz nicht mehr verdrängen. Das Blut rann weiter über mein Gesicht, sammelte sich in einer kleinen Pfütze auf dem Marmorboden. Dante sah mich an. So wie ich ihn noch nie zu Gesicht bekommen hatte – verletzlich und hilflos.»Bleib bei mir, Emilia. Hörst du? Versuch wach zu bleiben.« Doch ich konnte seine Worte kaum hören. Die Welt um mich herum wurde immer dunkler, die Geräusche dumpf, als wäre ich in Wasser getaucht. Ich versuchte, seine Hand zu greifen, wollte mich an ihm festhalten, doch meine Finger schlossen sich ins Leere. Mein Bewusstsein schwand, und alles, was ich sah, war das flackernde Licht über mir, bevor es komplett erlosch.

5 Tage später …

Ich öffnete meine Augen, das Licht war grell und schmerzte in meinen Augen. Der Geruch von Desinfektionsmittel und steriler, frischer Bettwäsche schlug mir entgegen. Ich blinzelte, kämpfte gegen die Schwere meiner Lider, und als sich meine Sicht klärte, erkannte ich die sterile Umgebung eines Krankenhauszimmers.

Neben meinem Bett saß Dante, den Kopf in den Händen vergraben. Seine Schultern waren gesenkt, als würde die gesamte Last der Welt auf ihnen ruhen. Es war seltsam, ihn so zu sehen, so verletzlich und verloren.

»Dante?«, flüsterte ich heiser, meine Stimme war kaum mehr als ein Krächzen.

Er hob den Kopf, und in dem Moment, als unsere Blicke sich trafen, entspannte sich sein Gesicht ein wenig. Er griff sofort nach meiner Hand, hielt sie fest, als hätte er Angst, mich wieder zu verlieren. »Du bist endlich wach«, sagte er leise, fast erleichtert. »Gott, Emilia, ich dachte...«

Ich schüttelte den Kopf. »Was ist passiert?«

»Du bist auf der Gala mit dem Kopf aufgeschlagen. Das war vor fünf Tagen. Du hast eine Gehirnerschütterung, aber du wirst wieder gesund«, erklärte er hastig. Doch ich konnte den Ausdruck in seinen Augen sehen, die tiefe Sorge, die sich darin spiegelte. »Flavio...«, begann er, und der Hass, der in seiner Stimme mitschwang, war fast greifbar. »Ich hätte ihn umbringen sollen.«

Ich presste meine Lippen zusammen und schloss kurz die Augen, versuchte, die Bilder aus meinem Kopf zu vertreiben – Flavios wütendes Gesicht, das schallende Geräusch der Ohrfeige, die schmerzhafte Landung auf dem Marmorboden. »Fünf Tage? Ich muss hier raus. Ich muss sofort nach Hause. Es gibt so viel zu erledigen. Und Flavio. Wo ist er?«

Dante sah zur Seite, biss sich auf die Lippen. »Hey! Nicht so schnell. Bevor die Ärzte nicht hier waren, gehst du nirgendwo hin. Flavio ist verschwunden. Niemand weiß, wo er ist. Aber glaub mir, ich werde ihn finden.«

Ich spürte, wie ein kalter Schauder meinen Körper durchzog. »Und Sofia?«

Sein Gesicht verfinsterte sich. »Sie ist bei ihm.« Eine lange Stille breitete sich zwischen uns aus. Ich wusste, dass in diesem Moment nichts mehr gesagt werden konnte, dass die Geschehnisse rückgängig machen würde. Doch eines wusste ich mit Sicherheit: Dieser Krieg, der hier entfacht worden war, würde nicht so leicht enden.

»Dante«, begann ich schwach, meine Stimme zitterte. »Ich will, dass du mir die Wahrheit sagst. Alles.«

Er sah mich an, und in seinen Augen lag eine Entscheidung, die er treffen musste. Eine Entscheidung, die alles ändern würde. »Okay«, sagte er. »Ich erzähle dir alles. Aber nicht hier. Nicht jetzt.«

Ich nickte langsam, zu erschöpft, um weiter zu fragen. Doch ich wusste, dass ich mich in ein Spiel verstrickt hatte, das ich nicht mehr kontrollieren konnte. Und Dante war der Einzige, der wusste, wie es gespielt wurde.

Kapitel 16

EMILIA

Ich starrte an die Decke des Krankenhauszimmers, unfähig, nur einen Moment Ruhe zu finden. Die Nacht war ein endloses Auf und Ab meiner Gedanken gewesen. Immer wieder kreisten die Worte, die Blicke, die unerwarteten Geständnisse und die kalten, schmerzhaften Enthüllungen durch meinen Kopf. Jedes Mal, wenn ich die Augen schloss, sah ich Dante und Luca vor mir – Männer, denen ich vertraut hatte, die mich aus irgendeinem Grund belogen hatten.

Die Schmerzmittel, die ich bekommen hatte, schienen nachzulassen. Ein dumpfer Schmerz pochte in meiner Seite, als würde er mich daran erinnern, was ich in den letzten Tagen alles durchgemacht hatte. Mein Körper fühlte sich schwer an, doch es war nichts im Vergleich zu dem Gewicht, das meine Seele erdrückte. Der Gedanke, dass weder Dante noch Luca mir die Wahrheit über Sofia gesagt hatten, brannte tief in mir. Es wäre so einfach gewesen, mich einzuweihen. Stattdessen hatte ich wieder einmal gemerkt, wie in dieser Welt die kleinste Lüge den größten Verrat auslösen konnte.

Ein leises Klopfen riss mich aus meinen Gedanken. Ich wandte den Kopf zur Tür, und Lucia steckte vorsichtig den Kopf herein. Ihr Gesichtsausdruck war besorgt, aber erleichtert, als sie mich wach sah.

»Hey, du bist wach«, sagte sie leise und trat langsam ein.

»Ja, bin ich. Hast du hier gewartet?«

Sie nickte und setzte sich an den Stuhl neben meinem Bett. »Wir waren alle hier. Jeden Tag und jede Nacht. Dante ist dir keine Sekunde von der Seite gewichen. Er hat uns auch gebeten, dir eine Nacht für dich zu geben, damit du alles erst mal verarbeiten kannst. Der Sturz war ganz schön heftig und wir hatten große Angst um dich, als du nicht aufgewacht bist.« Ihre Stimme klang warm, aber ich konnte die Anspannung dahinter hören. »Wie geht es dir jetzt?«

Ich atmete tief durch und fuhr mir mit der Hand durchs Haar. »Wie solls mir schon gehen? Mein Körper fühlt sich an, als wäre ich von einem Laster überfahren worden, und mein Kopf...« Ich schüttelte ihn leicht, »mein Kopf hört nicht auf zu dröhnen.«

Sie nickte mitfühlend. »Die Schwester meinte, dass der Arzt später noch mal vorbeikommt. Er wird entscheiden, ob du heute endlich nach Hause kannst.«

Ich nickte nur. Nach Hause. Der Gedanke an die vertrauten Wände, die Stille meines eigenen Zimmers, brachte mir für einen Moment etwas Ruhe. Doch gleichzeitig wusste ich, dass ich mich der Realität stellen musste, sobald ich das Krankenhaus verließ.

»Lucia«, sagte ich leise, »was weißt du über Sofia?« Sie zögerte. Ihr Blick wich meinem aus, und sie spielte nervös mit ihren Händen.

»Ich habe nur gehört, dass sie sich mit Flavio getroffen hat, hinter deinem Rücken. Aber ich dachte, du wüsstest Bescheid.«

»Wieso sollte ich das gewusst haben?«, entgegnete ich scharf, wobei die Worte härter klangen, als ich es beabsichtigt hatte. »Wieso sollte ich gewusst haben, dass es mich die ganze Zeit betrogen hat?«

»Ich habe es auch nur zufällig mitbekommen. Und ich dachte, dass Luca oder Dante es dir sagen würden. Ich hätte es selbst tun sollen...«

Ich schluckte schwer und schloss die Augen. »Nein, Lucia. Es ist nicht deine Schuld. Es ist meine, dass ich überhaupt jemanden vertraut habe.«

Ein leises Klopfen unterbrach unser Gespräch, und die Schwester trat herein, gefolgt vom Arzt. »Guten Morgen, Signorina d'Amico«, begrüßte er mich freundlich. »Wie fühlen Sie sich heute?«

»Besser«, log ich. »Ich möchte nach Hause.«

Der Arzt nickte verständnisvoll und überprüfte meine Akte. »Ich sehe, dass Ihre Wunde gut versorgt ist. Aber ich rate Ihnen, es langsam anzugehen. Keine anstrengenden Aktivitäten, und ruhen Sie sich aus.«

»Verstanden«, sagte ich knapp. »Ich kann also nach Hause?«

»Ja«, bestätigte er. »Wir werden die Papiere vorbereiten. In etwa einer Stunde können Sie entlassen werden.«

»Das klingt doch gut. Santo hat dir ein paar frische Klamotten eingepackt und vorbeigebracht«, warf Lucia ein und zeigte zum Tisch, auf dem eine kleine Reisetasche stand. »Mach dich in Ruhe fertig, dann können wir schon bald los.«

Eine Stunde später saß ich endlich in Lucias Wagen, den Blick aus dem Fenster gerichtet. Die Stadt zog an uns vorbei, doch meine Gedanken waren weit entfernt. Ich konnte Dantes Gesicht vor mir sehen, während er mir ins Gesicht log. Ich sah die Bilder von Sofia und Flavio vor meinem geistigen Auge. Die Wut in mir brodelte, doch ich zwang mich, ruhig zu bleiben.

»Was wirst du jetzt tun?«, fragte Lucia leise, als wir in die Einfahrt unseres Hauses bogen.

»Ich werde reden. Mit Dante, mit Luca, mit allen, die mir nicht die Wahrheit gesagt haben«, antwortete ich kalt. »Und dann werde ich entscheiden, wie es weitergeht.« Lucia nickte und hielt den Wagen an.

»Ich verstehe. Willst du, dass ich bleibe? Ich hab zwar einen Termin, aber ich kann ihn verlegen.«

»Nein«, sagte ich sanft. »Danke, dass du mich abgeholt hast. Ich brauche jetzt etwas Zeit für mich.« Sie legte ihre Hand auf meine. »Ich bin da, wenn du mich brauchst, Emilia. Vergiss das nicht.«

»Das werde ich nicht«, erwiderte ich und stieg aus, beobachtete, wie sie davonfuhr, bevor ich tief Luft holte und ins Haus ging.

Drinnen war es still. Ich zog meine Jacke aus und ließ mich auf die Couch fallen. Der Schmerz in meiner Seite pochte, aber ich ignorierte ihn. Stattdessen griff ich mein Handy und tippte eine Nachricht an Dante:

Wir müssen reden.

Es dauerte nicht lange, bis er antwortete:

Ich bin auf dem Weg.

Ich lief auf und ab, immer wieder dieselben Schritte, das gleiche Tempo. Meine Gedanken drehten sich im Kreis, vermischten sich, wurden lauter und wieder leiser, als würde jemand den Lautstärkeregler in meinem Kopf hin- und herschieben. Der

Teppich unter meinen Füßen war weich, aber das beruhigte mich kein Stück. Das Wohnzimmer war in das warme, goldene Licht der Sonne getaucht, doch in mir tobte ein Sturm. Wie sollte ich anfangen? Was sollte ich überhaupt sagen? War ich wütend, verletzt, enttäuscht – oder alles zusammen? Dann klingelte es. Der schrille Ton riss mich aus meinen Gedanken und ließ mich zusammenzucken. Ich holte tief Luft, strich mir nervös eine Haarsträhne aus dem Gesicht und öffnete die Tür.

Dante stand da, eine Mischung aus Besorgnis und Unsicherheit auf seinem Gesicht. Er sah mich mit großen Augen an, als wollte er sofort wissen, wie es mir ging. Seine Hände zuckten leicht, als wolle er mich umarmen, doch ich hob die Hand und wich einen Schritt zurück.

»Nicht«, sagte ich fest, ohne ihm Zeit zu geben, etwas zu sagen. »Ich will jetzt keine Umarmung, kein Mitleid. Ich will Antworten.«

Er atmete hörbar aus und fuhr sich mit einer Hand durch sein zerzaustes Haar. »Ich wollte es dir sagen«, begann er leise, fast flehend, als wolle er sich rechtfertigen, bevor ich ihn weiter angriff.

»Ach ja?« Ich verschränkte die Arme vor der Brust und sah ihn herausfordernd an. »Und wann genau? Nachdem ich ihn mit ihr zusammen im Bett erwischt hätte? Oder erst wenn es schon alle anderen wussten?«

Dante verzog schmerzlich das Gesicht. »Es ist nicht so einfach«, murmelte er und senkte den Blick.

»Nicht so einfach?«, fuhr ich ihn an. Meine Stimme zitterte, während ich versuchte, die Tränen zurückzuhalten. »Du wusstest, dass er mich betrügt. Und du hast nichts gesagt. Nichts! Und das Schlimmste ist: Es war mit ihr. Deiner Ex-Freundin. Die mich von Anfang an gehasst hat. Jetzt weiß ich warum. Ihr wusstet alle wer sie ist und habt nichts gesagt.«

Er hob langsam den Kopf und sah mir direkt in die Augen. Es war ein Schmerz darin, ein Ausdruck von Schuld, der mir fast schon leidtat, aber ich biss die Zähne zusammen und zwang mich, die Fassung zu bewahren.

»Ich wusste nicht, wie ich es dir sagen sollte«, flüsterte er. »Ich wollte dich nicht verletzen.«

»Nicht verletzen ... hm«, schnaubte ich bitter. »Dafür ist es zu spät. Verstehst du nicht, dass es schlimmer ist, die Wahrheit nicht von euch zu erfahren, sondern es auf diese Weise herauszufinden?«

Er trat einen Schritt näher, seine Hand streckte sich zögernd in meine Richtung aus, doch ich wich erneut zurück. Dante schwieg. Er schien sich unter meinem Blick zu winden, als hätte ich ihn geschlagen. Dann senkte er den Kopf. »Ich hab's vermasselt«, murmelte er. »Es tut mir leid. Ich hätte es dir sagen müssen.«

»Ja, das hättest du«, sagte ich kalt. »Und jetzt weiß ich nicht mal, wer schlimmer ist – er, weil er mich betrogen hat, oder ihr alle, weil ihr es wusstet und nichts gesagt habt.«

Die Stille zwischen uns war bedrückend. Ich konnte meinen eigenen Herzschlag hören, das Blut rauschte in meinen Ohren. Dante sah aus, als wollte er etwas sagen, aber ihm fehlten die Worte. Zum ersten Mal schien er nichts dagegen sagen zu können.

»Du hättest mich warnen sollen«, bemerkte ich und die erste Träne lief meine Wange hinunter. »Schon auf der Party.«

Er schluckte schwer, und ich sah, wie seine Augen glänzten. »Ich weiß«, sagte er leise. »Und es tut mir leid.«

Ich nickte langsam, unfähig, länger in seine Augen zu sehen. Dann wandte ich mich ab, drehte ihm den Rücken zu und atmete tief durch. »Geh jetzt, bitte. Ich will allein sein.«

Er zögerte, dann hörte ich seine Schritte, wie er sich entfernte. Die Tür fiel hinter ihm ins Schloss, und ich blieb allein zurück, mit meinen Gedanken, meinen Gefühlen und einem Schmerz, der sich tiefer anfühlte, als ich erwartet hatte. Ich schnappte mir meine Sachen und lief die Treppe hinauf.

Mein Kopf war ein einziges Durcheinander, Gedanken, die sich überschlugen, Erinnerungen, die ich nicht verdrängen konnte. Planlos lief ich ins Badezimmer, schloss die Tür hinter mir und lehnte mich dagegen. Der kalte Fliesenboden unter meinen Füßen brachte mich zurück in die Realität. Ich atmete tief durch, stützte mich am Waschbecken ab und blickte in den Spiegel.

Mein Spiegelbild sah mich an, und ich erkannte mich kaum wieder. Die Wunde an meiner Stirn, genäht und leicht geschwollen, zog sich wie eine blasse Narbe über die Haut. Ich erinnerte mich an den Moment, als ich auf den Boden aufgeschlagen war, das dumpfe Geräusch, den metallischen Geschmack von Blut im Mund. Die Erinnerung an den gestrigen Abend war wie ein Film, der immer wieder abgespielt wurde, ein endloser Albtraum, aus dem ich nicht erwachen konnte.

Ich drehte den Wasserhahn auf und ließ das kalte Wasser über meine Hände laufen, bevor ich es mir ins Gesicht spritzte. Die kühle Erfrischung half mir loszulassen. Dann zog ich mich aus, Stück für Stück, und ließ die Klamotten achtlos auf den Boden fallen. Ich stieg in die Dusche, stellte das Wasser auf heiß und lehnte meinen Kopf gegen die kühlen Kacheln.

Das heiße Wasser prasselte auf mich herab, lief über meinen Nacken, meinen Rücken und spülte den Schmutz des Erlebten weg. Ich fühlte, wie sich die Anspannung in meinen Muskeln allmählich löste, doch in meinem Inneren brodelte es weiter. Meine Finger krallten sich in die Fugen der Fliesen, und ich biss die Zähne zusammen, um nicht laut loszuschreien. Die Hitze des Wassers vermischte sich mit der Hitze meiner Wut, die mich von innen heraus verbrannte.

Immer wieder tauchten die Bilder in meinem Kopf auf – wie ich ihn gesehen hatte, mit ihr, seinen Händen auf ihrem Körper, ihren Lippen auf seinen. Ein stechender Schmerz durchzog mich, und ich presste die Augen zusammen, als würde das die Bilder vertreiben. Doch sie waren da, klarer und deutlicher als je zuvor.

Nach einer Weile drehte ich das Wasser ab, atmete schwer und stand für einen Moment nur da, bevor ich aus der Dusche stieg. Ich griff nach dem Handtuch und wickelte es fest um meinen Körper. Meine Haut, rot gefärbt von der heißen Dusche, aber ich fühlte mich kein bisschen besser. Ich trat vor den Spiegel und betrachtete erneut die Wunde an meiner Stirn. Ein Andenken daran, dass ich verletzt wurde – nicht nur körperlich, sondern seelisch.

»Was mache ich jetzt?«, fragte ich mein Spiegelbild, aber die stumme Antwort war nur die Leere in meinen Augen. Dann kam mir ein Gedanke. Sofia.

Sofia, die gestern bei ihm war, die Sofia, die Teil dieses ganzen Chaos war. Ein Lächeln, kalt und hart, stahl sich auf meine Lippen. Die Schlampe verdiente es, dass ich ihr eine Lektion erteilte. Sie fühlte sich zu sicher an Flavios Seite. Ich wollte ihr aber zeigen, dass sie sich von nun an immer umsehen müsse.

Wie praktisch, dass wir an derselben Uni studierten und ich ihre Kurse kannte. Ich wusste genau, wo ich sie finden konnte. Sie würde bei ihrer Lerngruppe sein. In der Bibliothek, wo sie regelmäßig war.

Ich ließ das Handtuch fallen, zog mir schnell frische Klamotten an – ein Shirt und eine Jeans. Meine Hände zitterten leicht, während ich in meinen Kalender sah und mir bestätigte, was ich schon wusste: Lerngruppen-Zeit.

Ohne lange zu überlegen, lief ich in Raffaeles Büro. Ich wusste, wo er den Schlüssel zum Tresor versteckte, aber ich brauchte ihn nicht. Raffaeles Passwort für den Tresor war zu einfach – mein

Geburtstag. Ich gab das Datum ein, und der Tresor klickte leise auf. Meine Hand zitterte etwas mehr, als ich die Tür öffnete und die 9mm herausnahm. Die Waffe wirkte wie neu und ich drehte sie in meiner Hand, um sie zu betrachten. Sie fühlte sich schwer und doch seltsam vertraut in meiner Hand an. Ein weiteres Puzzleteil, das sich zusammenfügte. Jetzt wusste ich, warum Raffaele mich immer wieder zum Schießstand mitgenommen hatte. Nicht nur aus Spaß, sondern um mich vorzubereiten. Für Momente wie diesen.

Ich schob die Waffe in den Hosenbund meiner Jeans, nahm mir eine Jacke und zog meine Sneaker an. Entschlossen schnappte ich mir meine Schlüssel und ging hinaus, ohne zurückzublicken.

Im Wagen legte ich meine Hände ans Steuer und atmete einmal tief durch, bevor ich den Motor aufheulen ließ. Dann fuhr ich los, mit nur einem Ziel vor Augen. Die Bibliothek der Uni. Dort würde ich sie finden. Und dieses Mal musste sie mir zuhören – ob sie wollte oder nicht.

Ohne auf die Geschwindigkeit zu achten, raste ich über die Landstraße, die direkt zur Universität führte. Immer wieder spielte ich in Gedanken durch, was ich sagen wollte. Aber das war nicht genug. Sie hatte andere Dinge verdient als nur ein paar drohende Worte. Sie musste wie alle anderen lernen, was es ab jetzt bedeutete, sich mit mir anzulegen. Diese Nummer hier war nur der erste Schritt.

Wenig später erreichte ich den Parkplatz und suchte eine freie Stelle, die nicht weit vom Eingang der Bibliothek entfernt war. Der Motor verstummte und eine unheimliche Stille breitete sich im Inneren des Wagens aus, als ich mich auf mein Vorhaben konzentrierte. Meine Hände fest um das Lenkrad geklammert, als würde ich Halt suchen, bevor ich mich in den Sturm wagte. Der Himmel war grau, wie das dumpfe Gefühl in meinem Kopf. Ein kalter, schneidender Wind blies über den Parkplatz, als ich ausstieg und die Tür zuschlug. Die Kälte biss in meine Haut, doch ich spürte sie kaum. Die Wut in mir war heiß genug, um alles andere auszublenden.

Zwanzig Minuten Fahrt hatten mir Zeit gegeben, meine Gedanken zu sortieren und meine Wut in einen klaren Fokus zu lenken. Ich war fest entschlossen. Mit jedem Schritt, den ich in Richtung Bibliothek machte, spürte ich mein Herz schneller schlagen. Der Gedanke daran, was ich gleich tun würde, ließ meine Hände zittern – nicht vor Angst, sondern vor Adrenalin. Das hier war kein Spiel, das wusste ich. Doch ich würde nicht zurückweichen.

Als ich die schweren Glastüren der Bibliothek aufstieß, bemerkte ich, wie still es war. Der Raum war fast leer, nur ein paar Studenten saßen verstreut an den Tischen, die Köpfe über ihre Bücher gesenkt. Perfekt. Kein Publikum, nur die Stille und ich. Ich wusste, wo ich sie finden würde – hinten, im Bereich für Gruppenarbeit, wo sie sich immer mit ihren Freundinnen zum Lernen traf.

Ich bahnte mir meinen Weg durch die Regale, meine Schritte leise auf dem Teppichboden. Dann sah ich sie. Sofia stand dort, ihre blonden Haare fielen ihr über die Schultern, während sie sich zu ihrer Freundin neigte und leise tuschelte. Sie lachten, als wäre die Welt in perfekter Ordnung. Als hätte sie nicht alles zerstört.

Doch als sie mich bemerkte, gefror ihr Lächeln. Ihre Augen weiteten sich, und sie wurde blass, als würde sie einen Geist sehen. Ihre Freundin drehte sich verwirrt zu mir um, doch ich ließ ihr keine Zeit, Fragen zu stellen.

»Verpiss dich«, sagte ich emotionslos, ohne den Blick von Sofia abzuwenden. Das andere Mädchen blinzelte überrascht, bevor sie hastig aufstand und davoneilte.

»Was zur Hölle willst du hier?«, fuhr Sofia mich an, ihre Stimme war eine Mischung aus Angst und Trotz.

»Überrascht mich zu sehen?« Ich ließ mich von ihrer Fassade nicht beeindrucken. Langsam zog ich die Pistole aus dem Hosenbund, die metallische Kälte in meiner Hand war beruhigend, fast tröstlich. Ich hob die Waffe und richtete sie direkt auf ihren Kopf. Sie erstarrte. Ihre Augen wurden riesig, und ich konnte sehen, wie die Farbe aus ihrem Gesicht wich. Ihre Hände begannen zu zittern, und sie machte einen Schritt zurück, bis sie mit dem Rücken gegen das Regal stieß.

Sie schluckte, versuchte, ihre Fassung zu bewahren, doch ihr Blick war panisch. »Was willst du hier? Solltest du nicht im Krankenhaus jammern, wie schlimm alles ist?« Sie spottete, doch ihre Stimme zitterte, und ich sah, wie ihre Fassade bröckelte.

»Keine Sorge«, sagte ich mit einem kalten Lächeln. »Mir gehts bestens. Und gleich noch besser.« Ich trat näher, bis der Lauf der Pistole ihre Stirn berührte. Sie sog scharf die Luft ein, und ich konnte sehen, wie ihr Atem sich beschleunigte.

»Sag keinen Ton«, befahl ich. »Du hörst mir jetzt genau zu.«

Ihre Augen funkelten vor Wut, doch ich sah die Angst dahinter. »Lässt Dante dich seine Drecksarbeit erledigen?«, stieß sie höhnisch hervor.

Daraufhin drückte ich die Pistole fester gegen ihre Stirn, und ihr höhnisches Lächeln verschwand mit einem Schlag. »Noch ein einziges Wort«, sagte ich gefährlich leise, »dann wirst du dir wünschen, nicht so eine große Klappe gehabt zu haben. Hast du das verstanden?«

Sie nickte hastig, ihre Augen groß vor Panik. Ich konnte sehen, wie ihr Atem sich beschleunigte, das Zittern in ihren Händen beobachten. Sie wusste nicht, dass die Waffe ungeladen war, und das war mein Vorteil. Die Macht, die ich in diesem Moment über sie hatte, fühlte sich berauschend an.

»Und richte Flavio das Gleiche aus«, fügte ich hinzu. »Ich bin keine Frau, die man hintergeht, ohne Konsequenzen zu spüren. Du willst Flavio für dich? Bitte. Behalt ihn. Aber kommt ihr mir noch einmal zu nahe, bleibt es nicht bei einer Warnung.«

»Spielst dich hier auf. Dante will dich doch gar nicht.«

Ich lachte leise. Dann trat ich näher, so nah, dass ich ihr Zittern spüren konnte, auch wenn sie es verzweifelt zu verbergen versuchte. Ich ließ mir Zeit, ließ meinen Blick langsam über sie gleiten, als würde ich überlegen, ob sie es überhaupt wert war, dass ich mir ihre Worte anhörte. Dann neigte ich meinen Kopf leicht zur Seite und sah ihr direkt in die Augen.

»Dante?« Meine Stimme war süß, fast sanft, aber eiskalt in ihrer Unnachgiebigkeit. »Falsch! Er will mich mehr als alles andere in seinem Leben.«

Ich ließ ihre Stille auf mich wirken, spürte, wie meine Worte in ihr sickerten, wie Gift, das langsam ihre Lügen von innen heraus zerfraß. Sie wollte sich wehren, wollte etwas erwidern, doch ich gab ihr keine Chance.

»Oh, das tut weh, nicht wahr? Zu wissen, dass du dich jetzt an einen Mann klammern musst, der immer mich vor Augen hat, egal, wie oft er dich fickt. Dass du in jedem Kuss schmeckst, dass du niemals ich sein wirst. Du bist nicht die Einzige. Du bist die, die sich einredet, dass es reicht. Die, die sich mit dem zufriedengibt, was ich längst weggeworfen habe.«

Ich trat noch näher, zwang sie, sich nicht zurückzuziehen. Ich konnte sehen, wie ihr Atem schneller ging, konnte spüren, wie meine Worte sich wie Schlingen um ihren Hals legten.

»Du warst nie mehr als die zweite Wahl. Nie mehr als der Trostpreis. Du kannst dich schminken, dich aufspielen, dich an seinen Arm hängen und so tun, als wärst du angekommen – aber du wirst es immer wissen. Tief in deinem Inneren. Jede. Einzelne. Sekunde. Weil ich es bin, an die er denkt, wenn er dich ansieht. Weil mein Name in seinem Kopf brennt, während er dich berührt. Weil du es spürst, jede verdammte Nacht, wenn du neben ihm liegst und weißt, dass du nur ein billiger Ersatz bist.«

Ich sah, wie ihre Lippen bebten, wie ihre Finger sich so fest ballten, dass ihre Knöchel weiß wurden. Doch es war zu spät. Ich war längst dort angekommen, wo es wehtat. Also senkte ich meine Stimme, ließ meine letzten Worte leise in ihre Haut schneiden, wie eine Klinge, die sie für immer zeichnen würde.

»Und das Sofia wird dich für den Rest deines Lebens zerstören.«

Ich ließ die Waffe sinken, steckte sie zurück in meinen Hosenbund und wandte mich ab. Ihre zitternde Gestalt blieb wie angewurzelt zurück, während ich mich umdrehte und aus der Bibliothek ging.

Mein Herz hämmerte in meiner Brust, als ich wieder in meinen Wagen stieg. Meine Hände krallten sich in das Lenkrad, während ich versuchte, tief durchzuatmen und das eben Geschehene zu realisieren. Ich hatte es wirklich getan. Eine eisige Ruhe breitete sich in mir aus.

Ich wusste, dass ich einen Stein ins Rollen gebracht hatte, einen, der nicht mehr aufzuhalten war. Jetzt blieb mir nur abzuwarten, wie Flavio reagieren würde. Ob er die Nachricht verstand. Ob er verstand, dass ich nicht diejenige war, die man unterschätzen sollte.

Kapitel 17

EMILIA

Die Stille der Villa war erdrückend, aber sie bot mir eine eigenartige Form der Ruhe. Ohne zu zögern, ging ich direkt zum Safe im Arbeitszimmer. Die schwere Tür öffnete sich mühelos, als ich die vertraute Kombination erneut eingab. Meine Finger umschlossen den kalten Metallgriff der Waffe, bevor ich sie behutsam wieder hineinlegte. Natürlich hatte ich nie vorgehabt, Sofia etwas anzutun. Doch sie sollte es glauben. Sie musste verstehen, dass ich keine halben Sachen machte. Menschen wie sie lernten nur durch Angst.

Die letzten Wochen bestanden aus Verrat und unerwarteten Wendungen. Alles, was ich geglaubt hatte zu wissen, war in sich zusammengefallen, und ich fand mich in einem neuen Leben wieder, in dem ich die Kontrolle übernehmen musste. Ich hatte keine Ahnung, wo Raffaele sich gerade aufhielt, aber ich musste mit ihm reden – über meine Pläne, über die nächsten Schritte. Doch er war nicht da, und ich konnte es mir nicht leisten, zu warten.

Also beschloss ich, eine andere Angelegenheit in Angriff zu nehmen. Tommaso Santoro, wartete auf eine Entscheidung von mir. Seine Erwartung lag wie ein Schatten über mir - eine weitere Aufgabe, die auf Erledigung drängte.

Ich wusste, dass ein Besuch im Casino heute nicht ohne Risiko sein würde. Die Wahrscheinlichkeit, Dante dort anzutreffen, war hoch. Und obwohl ich ihn am liebsten nicht sehen wollte, spürte ich tief in mir diese ungesunde Sehnsucht nach seiner Präsenz. Es war, als ob mein Körper nach ihm verlangte, als ob ein Teil von mir ohne ihn unvollständig war. Aber diese Schwäche durfte ich mir nicht eingestehen.

Ich wählte ein Outfit, dass Eleganz und Autorität zugleich ausstrahlte. Ein schwarzer, figurbetonter Blazer, kombiniert mit einem seidigen Top und einer eleganten Hose. Sanfte Wellen fielen mir über die Schultern, das offene Haar bildete einen Kontrast zur kühlen Eleganz meines Outfits. Ein Hauch roter Lippenstift setzte ein Statement, während der Blick in den Spiegel eine Frau zeigte, die genau wusste, was sie wollte.

Der Weg zum Casino schien länger als sonst. Jeder Gedanke in meinem Kopf schien sich nur um Dante zu drehen. Was würde er sagen, wenn er mich sah? Würde er wieder versuchen, mir zu erklären, warum er mich belogen hatte? Selbst wenn - es würde nichts ändern.

Als ich auf dem Parkplatz des Casinos ankam, war der Andrang enorm. Das pulsierende Licht der Neonreklamen tauchte die Umgebung in ein schummriges, verführerisches Licht. Eine Erinnerung daran, dass hier in den dunklen Ecken dieser Stadt die wahren Geschäfte abgeschlossen wurden. Ich stellte meinen Wagen etwas abseits ab, weit genug, um nicht direkt im Sichtfeld zu sein, aber nah genug, um das Geschehen am Eingang zu beobachten. Schon von hier aus konnte ich die Blicke spüren.

Drei Männer lehnten an der Wand neben dem Eingang, rauchend und laut lachend. Ihre Augen verfolgten jede meiner Bewegungen, als ich auf sie zuging. Männer wie sie, die glaubten, dass Frauen nur für ihre Unterhaltung existierten. Ihr lüsternes Tuscheln war unüberhörbar, und einer von ihnen pfiff mir hinterher. Ohne nur einen Blick in ihre Richtung zu werfen, zog ich die Lippen zu einem herablassenden Lächeln und schritt selbstbewusst an ihnen vorbei. Ich konnte förmlich spüren, wie ihre Blicke mir weiter folgten. Es war nicht das Erste und nicht das letzte Mal, dass ich mit solchen Männern zu tun hatte.

Am Eingang erwartete mich Giacomo, der Türsteher, den ich vom letzten Mal kannte. Er musterte mich mit einer Mischung aus Neugier und Respekt. »Signorina d'Amico, immer ein Vergnügen Sie hier zu sehen«, sagte er und hielt mir die Tür auf.

»Ciao Giacomo. Schön, Sie wiederzusehen. Ich hoffe, Sie haben eine entspannte Schicht heute. Scheint einiges los zu sein.«

»Nicht solange Sie hier den Männern den Kopf verdrehen, Signorina. Genießen Sie den Abend«, antwortete er mit einem Lächeln.

Ich nickte ihm zu und trat ein. Die Geräuschkulisse des Casinos schlug mir entgegen – das Klirren von Gläsern, das Klackern der Roulettekugel, das gedämpfte Murmeln der Spieler. Alles hier strahlte eine gewisse Macht und Dekadenz aus, und ich fühlte mich zu meiner Überraschung sofort wie zu Hause.

Ohne direkt ins Büro zu gehen, schlenderte ich zur Bar. Der Barkeeper erkannte mich wieder und kam mit einem charmanten Lächeln auf mich zu. »Was darf es sein?«

»Whisky, pur«, sagte ich kurz angebunden und lehnte mich an den Tresen. Der Barkeeper war schnell, doch als er mir das Glas reichte, bemerkte ich, dass er kurz zu jemandem im Raum hinüberblickte. »Von dem Herrn dort drüben«, erklärte er, und seine Augen zuckten in die Richtung eines Mannes am anderen Ende der Bar.

Neugierig drehte ich mich um, um zu sehen, wer dieser Mann war. Mein Blick traf den eines attraktiven Mannes, etwa um die 30, mit blondem Haar, Tattoos, blauen Augen und einem maßgeschneiderten Anzug, der seinen athletischen Körper perfekt betonte. Er wirkte nicht wie jemand, der sich beweisen musste. Aus der Ferne prostete er mir zu, ich tat es ihm gleich und drehte mich wieder um.

Ich ließ meinen Blick über die voll besetzten Spieltische schweifen und entschied mich für Blackjack. Wieso sollte ich nicht auch mal mein Glück versuchen? Die Luft war erfüllt vom Knistern der Spannung und dem leisen Klirren der Chips – eine Symphonie aus Nervenkitzel und Gier. Ich nahm Platz, legte 1000 Euro auf den Tisch und wechselte sie in Jetons. Der Dealer, ein unscheinbarer Mann mit maskenhaftem Lächeln, erklärte mechanisch die Regeln, als würde er das jeden Tag tausendmal tun. Ich nickte nur knapp, während meine Augen auf die Karten gerichtet waren.

»Ist der Platz frei?« Eine tiefe, rauchige Stimme riss mich aus meinen Gedanken. Ich sah auf und traf auf die blauen Augen des Mannes von der Bar. Sein herausforderndes Lächeln brachte meine Haut zum Kribbeln.

»Ja, ist er«, erwiderte ich und richtete meinen Fokus wieder auf das Spiel. Er setzte sich neben mich, und ich konnte seine Präsenz förmlich spüren. Er strahlte eine Mischung aus Gelassenheit und tödlicher Entschlossenheit aus, die mich unwillkürlich aufhorchen ließ.

Mein erster Einsatz: 500 Euro. Der Dealer begann, mit geübter Präzision die Karten auszuteilen. Meine erste Karte, ein Ass. Ich spürte, wie sich die Spannung im Raum verdichtete, als die zweite Karte folgte – ein König. »Black Jack«, verkündete der Dealer, und ein Hauch von Anerkennung lag in seiner Stimme. Die Spieler um uns herum klopften auf den Tisch, ein Zeichen von Respekt. Ein Lächeln legte sich auf meine Lippen. »Da hat jemand einen guten Abend vor sich«, murmelte der Unbekannte neben mir, während er ebenfalls seine Einsätze machte.

»Anfängerglück«, entgegnete ich.

In der nächsten Runde verteilte der Dealer erneut die Karten. »Ihre erste Karte ist eine Fünf«, sagte er. »Ihre zweite Karte eine Vier. Sie liegen bei neun.« Seine Augen musterten mich kurz, suchten nach einem Hinweis, was ich tun würde. Er selbst zog eine Sieben und für mich eine Acht. Die anderen Spieler am Tisch wechselten nervöse Blicke.

»Karte«, forderte ich entschlossen. Es ging ein leises Raunen durch die Menge. Viele hätten an diesem Punkt gezögert, aber ich wollte das Risiko, ich liebte das Adrenalin. Der Dealer zog langsam eine Karte und legte sie vor mir ab – eine Vier.

»Einundzwanzig«, sagte er mit einem kaum wahrnehmbaren Lächeln. »Black Jack. Sie gewinnen erneut.«

Lautes Klatschen kam von den Spielern am Tisch, und ich konnte den Hauch von Neid in ihren Augen sehen. Der Mann von der Bar lehnte sich zurück und betrachtete mich mit einem neuen, intensiveren Blick.

Ich ließ mir den Gewinn auszahlen und stand auf, bereits darauf konzentriert gleich auf Dante zu treffen.

»Das war beeindruckend«, sprach Mr. Unbekannt hinter mir. Ich blieb stehen und wandte mich ihm zu.

157

»Mein erstes Mal. Blackjack, meine ich. Es war also Glück«, erwiderte ich mit einem kühlen Lächeln und blickte ihm direkt in die Augen.

»Oder Sie sind eine gute Spielerin«, sagte er und hob eine Augenbraue. »Aurelio Venturi«, stellte er sich vor, während er mir seine Hand entgegenstreckte. Bei der bloßen Erwähnung seines Namens wusste ich ihn sofort zuzuordnen.

Die Venturis waren nicht irgendein Mafiaclan. Sie waren berüchtigt und ebenso angesehen wie meine Familie. Es wunderte mich, dass keiner von ihnen bei meiner Party und nicht auf der Gala war.

»Ein Sohn des Venturi-Clans«, bemerkte ich mit einem Grinsen.

Aurelios Augen funkelten belustigt, als ob ihm das Gespräch jetzt schon amüsierte. »Und wer sind Sie, wenn ich fragen darf?«

»Der Ruf Ihrer Familie eilt Ihnen voraus. Ich bin sicher, Sie finden es selbst heraus.« Ohne eine weitere Erklärung wandte ich mich ab und ließ ihn stehen.

Hinter mir hörte ich sein Lachen. »Ich freue mich drauf«, rief er mir nach, seine Stimme von einer unerklärlichen Vorfreude getränkt.

Mit einem kaum merklichen Schmunzeln machte ich mich auf den Weg zu Dantes Büro. Die Türen des Casinos schienen sich fast ehrfürchtig vor mir zu öffnen, als ich den Gang entlangging. Doch bevor ich klopfen konnte, stand Dante in der Tür, die Augen scharf auf mich gerichtet, als ob er auf mich gewartet hätte.

»Emilia«, begrüßte er mich mit einem verschmitzten Lächeln. »Hattest du Spaß?« Die Frage klang wie eine Herausforderung.

»Und wie«, erwiderte ich leichtfüßig. »Dein Casino ist jetzt um ein paar Tausend Euro ärmer.« Ein Lächeln zupfte an meinen Lippen, aber ich wusste, dass unser Gespräch in eine andere Richtung gehen würde, sobald die Tür hinter uns geschlossen war.

Seine Miene verfinsterte sich augenblicklich. Ohne Vorwarnung griff er nach meinem Handgelenk und zog mich hinter sich her in sein Büro.

»Lass mich los!«, forderte ich. »Ich kann selbst laufen.«

Er ignorierte meinen Protest, ließ mich erst los, als wir mitten im Raum standen, und drehte sich abrupt zu mir um.

»Was hast du mit Venturi zu schaffen?« Die Eifersucht in seiner Stimme war kaum zu überhören.

Ich hob eine Augenbraue, nicht bereit, ihm nur einen Hauch von Schwäche zu zeigen.

»Er hat sich vorgestellt«, entgegnete ich mit gespielter Gleichgültigkeit. »Ich bin hier, weil ich deinem Vater eine Antwort schulde.«

Dante verzog das Gesicht. »Mein Vater ist nicht hier«, sagte er, seine Stimme kalt und schneidend.

»Dann kannst du ihm ausrichten, dass das Bündnis vom Tisch ist.«

Seine Augen weiteten sich, Schock und Enttäuschung spiegelten sich in ihnen wider. »Was? Warum?«

»Weil ich nicht mit Menschen zusammenarbeite, die mich belügen«, sagte ich eisig. Meine Stimme war ruhig, aber es lag ein unüberhörbarer Vorwurf darin. In dieser Welt war Lügen ein Spiel, doch es gab Grenzen, selbst in der Unterwelt.

Dante kam näher, blieb nur wenige Zentimeter vor mir stehen. Seine Hände legten sich um mein Gesicht. »Emilia«, flüsterte er heiser, fast flehend. »Du weißt, warum ich es getan habe. Ich wollte dich schützen.«

Ich entfernte seine Hände von meinem Gesicht, meine Miene hart. »Das ändert nichts an der Tatsache, dass es eine Lüge war.« Ich konnte den Schmerz in seinen Augen sehen, aber es rührte mich nicht. Vertrauen war in dieser Welt alles, und er hatte es gebrochen.

»Ich ... Ich muss jetzt gehen«, sagte ich und wandte mich zur Tür.

»Emilia, warte!«, rief er, doch ich drehte mich nicht mehr um. Sein Flehen war bedeutungslos in diesem Moment.

Draußen erwartete mich Giacomo. Er nickte mir respektvoll zu, und ich verabschiedete mich kurz, während ich schnellen Schrittes zu meinem Auto lief. Mein Herz schlug schneller als gewöhnlich, aber ich ließ mir nichts anmerken. Die Kälte des Abends schlich sich wie ein Vorbote von etwas Unheilvollem in meine Gedanken.

Kaum saß ich im Wagen, vibrierte mein Handy. Eine neue Nachricht. Ich entsperrte den Bildschirm und las:

Emilia d'Amico. Es hat länger gedauert, aber jetzt weiß ich, wer Sie sind. – Aurelio.

Diese verdammten Männer der Mafia. Ein Schmunzeln zog über meine Lippen. Er hatte es herausgefunden, schneller als erwartet. Ich steckte mein Handy zurück in die Tasche und startete den Motor. Mein Kopf voller Pläne, die ich ins Rollen bringen musste. Als ich nach einer Weile an der Villa ankam, stimmte etwas nicht.

Schon aus meinem Wagen heraus sah ich, dass die Eingangstür offen stand. Augenblicklich durchfuhr mich ein ungutes Gefühl. Es war nicht üblich, dass jemand die Tür offen stehen ließ. Ich sprang aus dem Auto und eilte die Treppen zum Haus hinauf. Dort entdeckte ich Blut, das sich auf den weißen Marmorstufen verteilte. Ohne weiter nachzudenken, lief ich in das Innere der Villa, die von purer Stille dominiert wurde. Kein Laut war zu hören, keine Spur von meiner Familie. Im Foyer lag ein Brief auf der Anrichte neben der Treppe, ein einzelnes Polaroid daneben. Ich hob es auf – darauf abgebildet waren Raffaele und Lucia, beide gefesselt und blutend.

Panik schoss durch meinen Körper, eisig und stechend wie ein Dolch ins Herz. Meine Finger zitterten, doch ich zwang mich zur Ruhe. Mir blieb keine Zeit, um auszuflippen. Ich musste handeln, schnell und überlegt. Und ich wusste genau, wer mir helfen würde.

Kapitel 18

EMILIA

»Luca? Du musst sofort herkommen!«, rief ich atemlos in den Hörer, als ich, das vertraute Knacken in der Leitung hörte. Wir durften keine Zeit verlieren. Mein Puls raste, und jede Zelle meines Körpers schrie nach Bewegung, nach einer schnellen Lösung für das Desaster, das sich hier abspielte.

»Emilia? Was ist passiert? Geht es dir gut?«

»Sie haben meine Familie! Die Tür war aufgebrochen, und es war Blut vor der Villa«, sprudelte es aus mir heraus. Meine Stimme zitterte, als ich versuchte, die Panik unter Kontrolle zu bringen. Für einen Moment war am anderen Ende der Leitung Stille, dann hörte ich Luca tief einatmen. »Bleib ruhig. Ich bin unterwegs. Pack ein paar Sachen zusammen und bleib in der Nähe der Einfahrt. Ich werde nicht lange brauchen.«

Fokussiert und doch wie in Trance, lief ich die Treppe hinauf in mein Zimmer. Alles fühlte sich unwirklich an, als ob ich durch einen Albtraum wandern würde, aus dem ich jeden Moment erwachen könnte. Aber das war real. Viel zu real. Ich riss den Kleiderschrank auf und stopfte wahllos Kleidung und persönliche Gegenstände in eine große Ledertasche. Mein Kopf arbeitete fieberhaft. Es musste ein Hinterhalt gewesen sein, und ich wusste genau, wonach sie suchten. Erinnerungen an das Gespräch mit Raffaele nach meinem Geburtstag kamen mir in den Sinn. Damals hatte er mich in die Geheimnisse der Familie eingeweiht, »für den Fall, dass etwas passierte«, hatte er gesagt. Wie sich jetzt zeigte, hatte ich es nicht ernst genug genommen, und jetzt bereute ich es bitter.

Nachdem ich meine Sachen gepackt hatte, ging ich ins Büro meines Vaters rüber. Die Schränke waren aufgerissen, Papiere lagen wild verstreut auf dem Boden. Ich kniete mich hin und suchte das kleine Stück Parkett, das sich lösen ließ. Dahinter verbarg sich ein eingelassener Safe. Mit zitternden Fingern gab ich die Kombination ein und zog die wichtigen Dokumente sowie eine kleine Schatulle mit Waffen heraus, steckte alles in meine Tasche und eilte zurück in mein Zimmer.

Plötzlich erschien Luca im Türrahmen, wie ein stiller Schatten. Sein Anblick ließ mich aufschrecken. »Oh, mein Gott, Luca! Mach das nie wieder!«, blaffte ich ihn an, mein Herz schlug mir bis zum Hals.

»Ist alles in Ordnung? Erzähl mir, was passiert ist«, fragte er sanft, aber seine Augen waren scharf, suchend.

»Ich habe keine Ahnung. Ich war im Casino. Als ich ankam, sah ich Blut auf der Treppe draußen. Die Tür stand offen, das Haus war leer. Dann fand ich einen Brief und habe dich sofort angerufen, weil ich nicht wusste, wen—.« Meine Stimme versagte, und ich hielt einen Moment inne, um die aufsteigende Panik zu unterdrücken.»Das ist alles, was ich weiß.«

»Wann hast du deine Familie zuletzt gesehen?«, fragte er, ohne zu zögern.

»Heute Morgen. Danach war ich den ganzen Tag unterwegs.« Luca nickte, sein Blick wanderte durch den Raum, als ob er nach weiteren Hinweisen suchte. Schließlich nahm er meine Hand, ein überraschend beruhigender Griff, und führte mich nach draußen. »Wir wissen nicht, ob es hier sicher ist. Hast du alles, was du brauchst?«

»Ja, ich habe alles.« Meine Stimme klang brüchig, und ich musste mich zwingen, den aufkommenden Tränen nicht nachzugeben.

»Steig ein. Ich bringe dich hier weg. Du kommst mit zu mir«, entschied Luca, woraufhin ich, ohne zu widersprechen, in seinen Wagen stieg.

»Ich kann ins Hotel gehen. Du musst nicht meinen Babysitter spielen.«

Er drehte sich zu mir, seine Augen waren kalt und unerbittlich. »Ich sagte, du kommst mit zu mir. Kein Hotel. Dort wärst du selbst ein leichtes Ziel.« Er startete den Motor und wir fuhren los. Eine Zeit lang schwiegen wir uns an, während die Landschaft an uns vorbeizog. Das Rauschen der Reifen auf dem Asphalt beruhigte mich ein wenig.

»Es war mein Onkel«, sagte ich plötzlich, meine Stimme fest. »Davon bin ich überzeugt. Flavio hätte zwar ein Motiv, aber er hat keinen Zugriff auf die Geschäfte.«

»Das dachte ich mir«, murmelte Luca, ohne den Blick von der Straße zu nehmen. »Wir werden jemanden auf ihn ansetzen, sobald wir bei mir sind. Aber du musst dir darüber im Klaren sein, Emilia: Es gibt kein Zurück mehr.«

Ich nickte stumm. Das wusste ich. Mein bisheriges Leben, die Sicherheit, die ich als selbstverständlich angesehen hatte, war vorbei. Ab jetzt musste ich kämpfen.

»Weißt du, ehrlich gesagt, mache ich mir weniger Sorgen um dich, nachdem du Sofia diesen kleinen Schrecken eingejagt hast«, sagte er und grinste.

»Du weißt davon?«, fragte ich erstaunt.

»So was spricht sich schnell rum«, lachte er. »Sofia ist nicht gut darin, den Mund zu halten. Das war schon immer so. Ich konnte sie nie leiden. Aber ich bin beeindruckt. Das zeigt, dass du bereit bist, dich zu behaupten.«

Mehr sagte er nicht und plötzlich hielten wir vor einem hohen, eisernen Tor, das sich langsam öffnete. Dahinter standen unzählige Männer in schwarzen Anzügen und bewaffnet. Luca fuhr direkt vor den Eingang des Anwesens. »Willkommen zu Hause, Bellezza«, sagte er und stieg aus.

Ich folgte ihm ins Haus, ein Ort voller Eleganz und Maskulinität. Er führte mich zu einem großen Gästezimmer. »Fühl dich wie zu Hause. Ich werde mich kurz um etwas kümmern und komme dann wieder.«

Mein Blick wanderte durch das minimalistisch eingerichtete Zimmer. Jedes Element passte perfekt zusammen und ließ keinen Zweifel daran, dass hier ein Mann wohnte.

Während ich die Dokumente, die ich mitgenommen hatte, durchblätterte, fiel mir ein Anhang auf, den ich zum ersten Mal sah. Es war ein Zusatzbericht über den Unfall meiner Eltern. Die Worte *kein Unfall* und der Name meines Onkels sprangen mir ins Auge. Meine Hände begannen zu zittern und ich ließ das Papier sinken. Der Verdacht, der mich seit Jahren quälte, schien sich zu bestätigen. Es war kein Unfall.

Ich lief die Treppe hinunter, die Blätter fest umklammert. Luca telefonierte, aber als er mich sah, winkte er mich zu sich. »Das ist Dante«, sagte er leise. »Willst du es ihm selbst sagen?«

»Ja, aber nicht jetzt. Sie dir das an.«

Luca beendete das Gespräch und sah mich ernst an. »Was hast du da?«

»Das ist ein Teil des Berichts über den Unfall meiner Eltern, der nie veröffentlicht wurde. Hier steht, dass es kein Unfall war und mein Onkel als Verdächtiger genannt wird. Jemand hat dafür gesorgt, dass diese Seite verschwindet. Und Raffaele hat sie gefunden.« Meine Stimme war fest, doch innerlich bebte ich.

»Das heißt, es geht nicht nur um die Geschäfte. Sie wollen diesen Bericht. Wir müssen sofort handeln. Du musst dich mit deinem Onkel treffen, um ihn zur Rede zu stellen.«

Ich schüttelte den Kopf. »Nein, das wäre Wahnsinn. Er würde sofort Verdacht schöpfen. Zuerst muss ich mit Santo sprechen und ihn in Sicherheit bringen. Dann werde ich meine Tante kontaktieren. Sie wird nicht damit rechnen, dass ich sie um Hilfe bitte.«

»Okay, so machen wir es. Ich helfe dir. Mein Vater hat dieses Bündnis nicht ohne Grund gewollt, Emilia. Deine Familie war uns immer loyal, und das werden wir niemals vergessen. Aber bevor du dich mit Santo triffst, müssen wir Dante einweihen.«

Tief durchatmend, versuchte ich, die Furcht niederzukämpfen, die in mir aufstieg. »In Ordnung.«

Ohne weiter darüber nachzudenken, wählte ich Dantes Nummer. Mein Herz raste, als das Telefon nur ein einziges Mal klingelte, bevor er abhob.

»Emilia?« Seine Stimme war tief, aber angespannt. »Ist alles in Ordnung?«

Ich presste die Lippen zusammen, um das Zittern zu unterdrücken.»Nein. Kannst du herkommen? Ich bin bei Luca. Ich ... ich kann es nicht am Telefon erklären.«

Kurze Stille folgte. Dann hörte ich nur ein scharfes Ausatmen, bevor die Leitung abrupt unterbrochen wurde.

»Er ist unterwegs. Glaube ich zumindest«, verkündete ich Luca, während ich versuchte, die Nervosität in meiner Stimme zu verbergen. Doch ich wusste, dass er es spüren konnte.

Ein amüsiertes Grinsen zog über Lucas Gesicht.»Natürlich ist er das. Das Gespräch abzubrechen ... das ist so typisch für ihn.« Er lehnte sich an den Türrahmen, seine Augen blitzten verschmitzt. »Weißt du, Dante ist ... nun ja, sagen wir, er ist ein sehr besitzergreifender Mann. Und die Vorstellung, dass du ausgerechnet hier bei mir bist, hat ihm sicher nicht gefallen.«

»Er hat kein Recht, eifersüchtig zu sein. Da ist nichts zwischen uns. Das weiß er.«

»Ach ja?« Luca trat einen Schritt näher, seine Präsenz wie ein dunkler Schatten, der mich umhüllte.»Selbst ein Blinder würde sehen, dass da etwas zwischen euch ist, Emilia. Und ich kenne meinen Bruder. So etwas hat er nie für eine Frau empfunden.« Sein Lächeln war ein wenig zu selbstgefällig für meinen Geschmack.

Ich drehte mich von ihm weg, spürte jedoch seinen durchdringenden Blick auf meinem Rücken brennen.»Ich bleibe dabei. Da ist nichts, und du solltest besser mit deinen Spielchen aufhören. Dante hat sich schon auf der Gala darüber aufgeregt.«

Er trat näher, und ich konnte seine Wärme fast auf meiner Haut spüren.»Aufhören? Womit denn?« Sein Ton war gefährlich ruhig, die Worte ein sanftes, spöttisches Streicheln.

Seine Provokation funktionierte. Langsam drehte ich mich zu ihm um und erfasste seinen Blick.»Du weißt genau, was du tust,

Luca. Ich werde keinen Krieg zwischen euch provozieren, nur damit du deinen Spaß hast.«

»Entspann dich, Bellezza. Du bist eh nicht mein Typ.« Luca lachte erneut auf, doch ich konnte das Funkeln in seinen Augen nicht ignorieren - er genoss jedes bisschen dieses Spiels.

In diesem Moment hörte ich das Brummen eines Motors vor dem Haus, gefolgt von einem heftigen Türenschlagen. Dante war da. Ich wandte mich zum Eingang, als die Tür aufgerissen wurde und er völlig aufgebracht ins Haus kam.

»Du konntest mir nicht sagen, dass sie hier ist?«, ging er auf Luca los. Seine Augen blitzten vor Wut, die Adern an seinem Hals traten hervor.

Luca hob lässig eine Augenbraue, völlig unbeeindruckt von der Aggression seines Bruders. »Beruhige dich. Sie hat es dir doch selbst gesagt. Wirst du jetzt etwa paranoid?«

Bevor die Situation eskalieren konnte, stellte ich mich zwischen die beiden »Genug! Ihr benehmt euch wie zwei kleine Jungs auf dem Schulhof. Ich habe andere Probleme, als mich hier mit euren Streitigkeiten zu beschäftigen.«

Dante warf mir einen scharfen Blick zu, seine Augen verengten sich, doch er sagte nichts. Stattdessen atmete er tief durch und schien sich zu sammeln. »Was ist passiert?«

Ich erzählte ihm alles, was in den letzten Stunden geschehen war, ließ keine Details aus - nicht einmal den Vorfall mit Sofia. Dante hörte mir schweigend zu, seine Miene undurchdringlich, aber ich konnte das Spiel seiner Gedanken in seinen Augen erkennen.

»Du hast sie mit einer Waffe bedroht? Woher hattest du die überhaupt?«

Ein selbstgefälliges Lächeln spielte auf meinen Lippen. »Sie war nicht geladen. Aber das wusste sie nicht.« Ich konnte sehen, wie

Lucas Augen bei meiner Antwort aufleuchteten, als würde ihm das gefallen.

Dante hingegen, verdrehte die Augen, doch der Anflug eines Lächelns zog über seine Lippen. »Kann man dich überhaupt allein lassen, ohne dass du direkt mit einer Waffe auf meine Ex losgehst?« Jetzt war ich es, die bei seiner Bemerkung die Augen verdrehte und versuchte, nicht weiter darauf einzugehen.

»Können wir uns um die wichtigen Dinge kümmern?«, fuhr ich fort. »Armando muss der Erste auf unserer Liste sein. Wir haben keine Zeit zu verlieren.«

»Meine Männer werden sich darum kümmern«, versicherte er mir. Doch dann verhärtete sich sein Blick. »Was ist jetzt dein Plan? Du kannst nicht losziehen und auf eigene Faust handeln.«

»Ich werde nicht danebenstehen und zusehen, wie er meiner Familie etwas antut. Das kannst du vergessen. Ich muss ihn aufhalten.«

Er musterte mich lange, bevor er weitersprach. »Du willst mir sagen, dass du bereit bist, zu töten? Deinen eigenen Onkel?«

»Wenn es sein muss, ja. Ich werde mich nicht verstecken.«

Luca mischte sich ein. »Dante, sie hat recht. Wenn wir sie nicht unterstützen, wird sie allein kämpfen. Und wir beide wissen, dass du das nicht zulassen wirst.«

Dante zögerte, dann nickte er langsam, seine Augen ließen meine nicht los. »Scheiße! Keine Alleingänge. Du wirst immer einen von uns informieren. Hast du das verstanden?«

»In Ordnung!« Dann drehte ich mich um und ging zur Treppe. »Ich muss Santo anrufen. Klärt das hier unter euch.«

Ich rannte die Treppe hinauf, lief in das Gästezimmer und schnappte mir mein Handy, um Santo anzurufen. Er nahm nach dem ersten Klingeln ab.

»Emi, bist du wieder zu Hause? Wie gehts deinem Kopf?«

»Santo, hör mir zu. Wir müssen uns treffen. Es ist wichtig.«
Seine Stimme klang besorgt. »Was ist los?«

»Nicht am Telefon«, erwiderte ich schnell. »Wir treffen uns in einer Stunde am Pavillon im Park.«

Ich legte auf und als ich mich umdrehte, stand Dante im Türrahmen. Sein Blick war sanft, seine sonst so harte Miene wie ausgelöscht. »Geht es dir gut«

»Nein«, sagte ich genervt und wandte mich ab. »Aber ich habe keine Zeit, darüber nachzudenken.«

Er trat näher, seine Hände fanden meine Schultern. »Emilia«, murmelte er, seine Stimme dunkel und rau. »Lass es mich bitte erklären. Gib mir fünf Minuten, damit du verstehst, warum ich gelogen habe.«

Dass er in so einer Situation nur an das dachte, was zwischen uns stand, machte mich wütend, weshalb ich mich seinem Griff entzog »Hör auf damit.«

»Du weißt, dass ich nicht aufgebe.« Dann verließ er den Raum, seine Worte schwebten in der Luft und hinterließen ein Brennen in meiner Brust.

Niemals durfte ich zulassen, dass er jetzt meine Mauern einreißen würde. Nicht jetzt, wo ich mich auf das vorbereiten musste, was als Nächstes kam.

Mit einem entschlossenen Atemzug lief ich die Treppe hinunter. »Luca, ich brauche ein Auto.«

Er hob den Blick von seinem Laptop, ein Grinsen breitete sich über sein Gesicht aus. »Und warum sollte ich dir eines geben?«

»Weil du mich in deinem hergebracht hast und ich es jetzt brauche.«

Er lachte leise, bevor er einen Schlüssel aus der Schublade nahm und ihn mir zuwarf. »Nimm den Porsche. Aber mach keine Kratzer rein.«

»Geht doch. Wir sehen uns später«, rief ich, als ich schon zur Tür hinauslief. Per Knopfdruck öffnete ich die Zentralverriegelung des Wagens und setzte mich hinters Steuer. Der Motor brüllte laut auf, als ich aufs Gas trat. Egal, was mich erwartete - ich würde bereit sein. Glaubte ich zumindest.

Kapitel 19

EMILIA

Die Straßen verschwammen vor meinen Augen, doch mein Ziel war klar: der Park. Ich hatte nicht viel Zeit, Santo zu überzeugen unterzutauchen, bevor die Situation weiter eskalierte.

Die Erinnerungen an unsere Kindheit flackerten auf wie kurze, helle Blitze. Der Pavillon im Park war schon immer unser Treffpunkt - ein stiller Rückzugsort, wenn das Chaos der Familie uns zu ersticken drohte. Jetzt schien es der einzige sichere Ort in dieser aufgewühlten Welt, die sich über Nacht verändert hatte. Santo war wie ein kleiner Bruder für mich, und ihn in all das hineinzuziehen, wäre ein Fehler, den ich mir nie verzeihen würde.

Als ich den Park erreichte, war die Dunkelheit wie ein schwerer Mantel über die Bäume gesunken. Ich parkte den Porsche und stieg aus, das Knirschen des Kieses unter meinen Stiefeln war das einzige Geräusch in der stillen Nacht. Ein kühler Wind strich durch die Äste, die Blätter flüsterten Geheimnisse, die nur der Wind verstand. Ich zog meinen Mantel enger um mich und ging schnellen Schrittes auf den Pavillon zu.

Ich war pünktlich, sogar ein wenig zu früh, doch die vertraute Silhouette von Santo zeichnete sich im Zwielicht ab. Er stand mit verschränkten Armen da, sein Gesicht in einem halb schelmischen, halb besorgten Ausdruck verborgen.

»Ciao!«, rief ich ihm zu, und er drehte sich um, ein breites Lächeln auf den Lippen.

»Cousinchen!«, begrüßte er mich und zog mich in eine liebevolle Umarmung. Seine gute Laune schien wie ein heller Lichtstrahl in dieser düsteren Nacht zu sein. »Sieht so aus, als ob wir gleich einen ordentlichen Schauer abbekommen. Was hältst du davon, wenn wir ins Café gehen? Es müsste geöffnet sein«, fragte er und deutete auf das kleine Lokal am Rande des Parks.

Ich nickte, froh über seine unbeschwerte Art, die mir half, die Anspannung für einen Moment zu vergessen. »Gute Idee. Aber nur wenn du mir versprichst, keinen Kakao mit Streuseln zu bestellen«, neckte ich ihn, während wir losgingen.

Santo lachte, ein unbeschwerter Klang, der sich in die Nacht ergoss. »Ach komm schon, Emi. Du weißt doch, dass mein Kakao erst mit Streuseln perfekt schmeckt. Das kannst du mir nicht antun.«

»Von mir aus«, schnaubte ich gespielt. »Trink deinen Kakao, wie du willst, mein Kind.« Ich konnte ein Grinsen nicht unterdrücken. Alles fühlte sich auf einmal so normal an, als wäre dies ein Spaziergang und nicht ein geheimer Treffpunkt inmitten einer drohenden Katastrophe.

Als wir das Café betraten, verdunkelte sich der Himmel weiter, und es dauerte keine fünf Minuten, bis der Regen in Strömen fiel. Die Tropfen prasselten auf die Fensterscheiben wie ein wildes Trommelfeuer, das die Welt draußen in ein verschwommenes Grau tauchte. »Ich hole die Getränke. Such du schon mal einen Platz«, sagte ich zu Santo und tätschelte ihm flüchtig den Arm. Er nickte grinsend und verschwand in einer nicht so belebten Ecke des Cafés.

Ich stellte mich an die Theke und bestellte seine übliche Tasse Kakao mit, extra Streuseln und für mich einen Latte macchiato. Als ich die Tassen entgegennahm und mich umdrehte, krachte ich frontal mit jemandem zusammen. Ein warmer Schwall Kaffee spritzte über meine Hand, und ich fluchte leise, bevor ich aufsah. »Verdammt. Es tut mir leid. Das war meine-.« Ich richtete meinen Blick auf die Person vor mir. »Aurelio?«

»So schnell sieht man sich wieder.« Sein Grinsen war breit, fast amüsiert, als hätte er genau auf diesen Moment gewartet.

Mein Herz setzte einen Schlag aus, als ich ihn musterte. Groß, mit dieser Aura um sich, die jedem sofort signalisierte, dass er in einer anderen Liga spielte. Sein maßgeschneiderter Anzug wirkte hier zwischen den abgetragenen Jeans und zerknitterten Hemden der Studenten, wie ein exotischer Raubvogel unter Spatzen.

»Sie hätte ich hier nicht erwartet. Ist dieses Café nicht etwas unter Ihrem Niveau?« Meine Stimme klang herausfordernd, fast spöttisch.

Er lachte leise, der Klang tief und rau, und musterte mich mit einem Blick, der mir durch Mark und Bein ging. »Das Gleiche könnte ich von Ihnen behaupten. Die Tochter einer so einflussreichen Familie, mitten unter Studenten?« Seine Augen funkelten gefährlich, als wollte er mehr sagen, als seine Worte vermuten ließen.

»So abwegig ist das nicht«, konterte ich. »Ich studiere Jura, sechstes Semester. Stehe kurz vor meinem Bachelor. Außerdem…«, ich zeigte auf die Tasse in meiner Hand, »gibt es hier den besten Kaffee der Stadt.«

»Jura?« Er zog eine Augenbraue hoch und musterte mich erneut, dieses Mal mit unverhohlenem Interesse. »Ich bin beeindruckt.

174

Nicht nur bildschön, sondern auch noch intelligent. Eine gefährliche Kombination für die Kriminellen da draußen.« Sein Grinsen wurde schärfer, fast wie eine Herausforderung.

»Ich würde gern weiter plaudern, aber mein Cousin wartet auf mich«, sagte ich kühl und wandte mich ab. Ich hatte genug Erfahrung mit Männern wie ihm, um zu wissen, dass sie immer eine Agenda verfolgten. Es war besser, das Gespräch schnell zu beenden, bevor er mich weiter in seine Spielchen zog.

Doch bevor ich nur einen Schritt machen konnte, spürte ich seine Hand um mein Handgelenk. Seine Berührung war fest, gerade so, dass ich nicht loskam, aber nicht schmerzhaft. Seine Finger fühlten sich heiß auf meiner Haut an, und mein Puls beschleunigte sich unwillkürlich.

»So lassen wir das nicht stehen, Emilia«, sagte er leise, seine Stimme ein raues Flüstern, das mich seltsam elektrisierte. Seine Augen, dunkel und intensiv, bohrten sich in meine. »Es war nett, Sie hier zu treffen. Und ich hoffe, es war nicht das letzte Mal.« Seine Worte klangen wie eine versteckte Drohung, wie eine unausgesprochene Vereinbarung, die ich unwissentlich eingegangen war.

Ich hielt seinem Blick stand und schluckte schwer. »Schönen Abend noch«, antwortete ich gezwungen, auch wenn mir innerlich der Atem stockte. Er ließ mein Handgelenk los, und ich spürte die Stelle, an der seine Finger mich gehalten hatten, lange nach seinem Griff.

Mit klopfendem Herzen ging ich zurück zu Santo, der mich mit einem verwunderten Blick musterte. »Wer war das denn?« Die Schärfe seiner Worte waren nicht zu überhören. Er hatte Aurelio gesehen, und da war mir klar, dass er nicht lockerlassen würde.

»Nur ein weiterer verwöhnter Mafiasohn, der die Frauenwelt aufmischt. Habe ihn im Casino kennengelernt. Und nein, da ist nichts. Wir haben nur geplaudert. Nichts von Bedeutung.« Ein schiefes Lächeln huschte über Santos Lippen. »Ein Mafioso, der nur plaudert? Du merkst selbst, wie dumm das klingt, oder? Du scheinst in letzter Zeit die Männerwelt ganz schön aufzumischen. Haben sie etwa endlich die wilde Emilia geweckt, die tief in dir schlummert?« Er lachte, ein lauter, keckernder Ton, der mehrere Köpfe in unsere Richtung drehen ließ.

»Pscht!« Genervt beugte ich mich vor und senkte meine Stimme. »Kannst du etwas leiser sein? Das muss ja nicht gleich die ganze Welt wissen.« Ich mahnte ihn, weil ich keine Lust hatte, dass jeder wusste, dass wir zur Mafia gehörten. Wer weiß, was in so einem Fall mit uns passieren würde.

»Spaßbremse!«

»Hör zu. Ich habe dich aus einem bestimmten Grund hierher bestellt.«

Sein Lächeln erstarb augenblicklich, und die Leichtigkeit wich aus seinem Gesicht. Jetzt war da nur Besorgnis, gemischt mit einer Ahnung, die ihm sichtlich Unbehagen bereitete. »Okay, was ist los? Was hat mein Vater jetzt wieder getan?«

»Meine Familie ist verschwunden, Santo. Die Tür zur Villa stand offen, alles durchwühlt. Auf der Anrichte lag ein Brief – sie fordern, dass ich die Geschäfte abstoße. Und darunter lag ein Foto von Lucia und Raffaele ... Er war zugerichtet, kaum wiederzuerkennen. Von Nonna fehlt jede Spur.«

Sein Gesichtsausdruck änderte sich schlagartig. Zorn und Fassungslosigkeit mischten sich in seinen Augen. »Fanculo! Was kann ich tun?« Seine Stimme war scharf, und er knallte seine Faust auf den Tisch, sodass die Kaffeetassen klirrten.

Unsicher, ob uns jemand hören konnte, vergewisserte mich, dass niemand in unserer Nähe war. Der Raum schien uns zu verschlingen, der Lärm verblasste, bis nur wir beide übrig waren in dieser Blase aus Anspannung und Angst. »Sie wollen mir wehtun, indem sie euch schaden. Du musst mir jetzt genau zuhören, verstanden?«

Er fixierte mich, die Verwirrung in seinem Gesicht wich langsam einer kalten Wut, die nur selten bei ihm zu sehen war. »Ich höre dir zu, Emi. Was muss ich tun?«

»Du musst untertauchen. Jetzt sofort. Ich weiß nicht, wie lange, aber sie dürfen dich nicht finden. Du bist für mich wie ein Bruder, und das wissen sie. Sie werden dich benutzen, um mich zu brechen, um mich zu manipulieren. Das werde ich nicht zulassen.«

Santo starrte mich an, die Anspannung in seinem Kiefer deutlich sichtbar. Er öffnete den Mund, wollte etwas sagen, doch bevor er antworten konnte, erschien jemand anderes an unserem Tisch. Mein Magen zog sich schmerzhaft zusammen, als ich ihn erkannte.

»Brüderchen, da bist du ja«, sagte Meo mit einem schmierigen Grinsen auf seinen Lippen. Er lehnte sich lässig an unseren Tisch, als ob er unser Gespräch nur zufällig unterbrochen hätte, aber ich wusste es besser.

»Was willst du hier?«, zischte ich, versuchte, die aufsteigende Panik zu verbergen. »Hast du nichts Besseres zu tun? Zum Beispiel deinem Vater weiter in den Arsch zu kriechen?«

Er grinste breiter, seine Augen mit Spott und Hass gefüllt »Ich bin hier, um meinen kleinen Bruder abzuholen. Padre findet, dass du kein guter Umgang für ihn bist.«

»Verpiss dich, Meo!«, schrie Santo und sprang auf, sein Stuhl kippte nach hinten. Meo blickte ihn verwundert an und hob seine Hand, als wollte er Santo packen.

177

Instinktiv griff ich nach seinem Handgelenk und hielt es fest, meine Finger wie Klauen um sein Gelenk geschlungen. »Fass ihn an, und ich schwöre dir, du wirst es bereuen.«

Seine Augen verengten sich zu Schlitzen, und er packte mein Kinn grob, zwang mich, ihn anzusehen. »Du kleine Schlampe«, zischte er, sein Atem heiß und faulig an meiner Wange. »Du wirst mir nicht sagen, was ich zu tun habe. Du bist ein Niemand, und ich werde dich zerschmettern, wenn du mir im Weg stehst.«

Ich wollte etwas erwidern, doch plötzlich erklang eine kühle, tiefe Stimme hinter ihm. »Gibt es hier ein Problem?« Aurelio stand da, sein Blick war hart wie Granit, die Kälte in seinen Augen ließ mir einen Schauer über den Rücken laufen.

Meo fuhr herum, schäumend vor Wut. »Was mischst du dich ein? Das hier geht dich nichts an!«

»Hat dein Vater dir nicht beigebracht, wie man mit Frauen spricht? Lass sie sofort los. Das ist keine Bitte.«

Meo funkelte ihn an, doch dann drehte er sich abrupt zu Santo um. »Du! Geh zum Wagen und warte dort. Sofort!«

»Er wird nirgendwo hingehen!«, schrie ich, die Wut kochte in mir über. »Wenn dein Vater etwas zu sagen hat, soll er selbst kommen und nicht den missratenen Bastard der Familie schicken.«

In dem Moment spürte ich einen scharfen, brennenden Schmerz. Die Ohrfeige traf mich so heftig, dass ich mein Gleichgewicht verlor. Der Raum drehte sich für einen Augenblick, und ich musste mich am Tisch festhalten, um nicht zu Boden zu fallen.

»Du verdammter Wichser!«, brüllte Santo, aber bevor er reagieren konnte, griff Aurelio ein. Seine Faust traf Meos Gesicht, und das Geräusch des Aufpralls hallte durch das Café. Er schlug zu, ein zweites Mal, ein drittes Mal, dann packte er Meo an der Jacke und schleifte ihn zur Tür hinaus. Die Gäste starrten uns an, einige standen wie angewurzelt da, andere wichen zurück. Doch ich sah nur Aurelio und Meo, die wie zwei Raubtiere draußen im Regen standen.

»Verschwinde!« Aurelios Stimme war wie ein Knurren. »Und wenn ich dich noch einmal in ihrer Nähe sehe, habe ich kein Problem damit, dich umzubringen.«

»Du weißt nicht, mit wem du dich hier anlegst«, drohte Meo ihm, Blut tropfte aus seiner Nase, sein Gesicht verzerrt vor Zorn.

Ich folgte ihnen nach draußen und Aurelio richtete seine Aufmerksamkeit auf mich, seine Augen suchten meinen Blick. »Geht es dir gut?«

»Ja«, antwortete ich knapp und wandte meinen Blick ab. »Du hättest dich nicht einmischen sollen.«

Ein kurzes Lächeln huschte über seine Lippen, eine Andeutung von Belustigung. »Mein Vater würde mich umbringen, wenn er erfährt, dass ich einer Frau in Not nicht geholfen habe.«

»Natürlich«, murmelte ich. »Danke für deine Hilfe.«

Ich wollte ihn stehen lassen, aber etwas zog mich zurück. Ein ungutes Gefühl breitete sich in mir aus. Wo war Santo?

Ich sah mich hektisch um, rannte ins Café zurück, doch er war nirgends zu sehen. Die Panik ergriff mich, ich zog mein Handy aus der Tasche und wählte seine Nummer. Keine Antwort - versuchte es erneut, doch auch dieses Mal meldete sich nur die Mailbox.

»Verdammt, Santo!«, fluchte ich leise.

Ich eilte zurück nach draußen, der Regen hatte inzwischen zugenommen und prasselte in dicken Tropfen herab. Aurelio stand immer noch da, betrachtete mich mit besorgtem Blick. »Was ist?«

»Ich muss Santo finden«, stieß ich keuchend hervor. »Ich darf nicht zulassen, dass sie ihn mitnehmen.«

In dem Moment vibrierte mein Handy. Eine Nachricht von Santo leuchtete auf dem Display.

Emilia, ich weiß, was ich tue. Mach dir um mich keine Sorgen.
Du weißt, ich würde nie etwas tun, was dir schadet. Vertrau mir.

Es fühlte sich an, als hätte mir jemand den Boden unter den Füßen weggezogen. Das war nicht sein Ernst! Ich tippte hastig eine Antwort.

Santo, bitte, tu das nicht. Bleib, wo du bist. Ich komme sofort zu
dir.

Doch die Nachricht blieb ungelesen, nur ein grauer Haken. Mein Atem beschleunigte sich, die Angst schnürte mir die Kehle zu. Ich sah zu Aurelio, dann zurück zum Café. »Ich danke dir, aber ich muss gehen.«

Ich rannte los, mein Herz hämmerte in meiner Brust. Der Regen schlug mir ins Gesicht, die Tropfen vermischten sich mit meinen Tränen, als ich zum Parkplatz eilte.

Plötzlich ertönte ein Knall. Ich blieb abrupt stehen, mein Herz setzte aus. Dann ein zweiter Schuss.

»Nein!«, schrie ich, als ich rannte, schneller als je zuvor. Meine Beine trugen mich über den nassen Asphalt, jeder Schritt brachte mich näher an die Quelle des Geräuschs.

Als ich endlich den Parkplatz erreichte, sah ich Meos Auto. Die Türen standen offen. Doch niemand saß im Inneren. Und dann sah ich es.

Santo lag auf dem Boden, seine Augen weit aufgerissen, das Blut lief über sein Gesicht. Meo kniete neben ihm, eine Pistole in der Hand, sein Atem ging schwer. Ich fühlte, wie sich die Luft in meinen Lungen auflöste, als ich auf ihn zulief, das Blut vermischte sich mit dem Regenwasser zu einem roten Strom auf dem Asphalt.

»Santo«, schrie ich, kniete neben ihm nieder, mein Körper bebte, als ich sein Gesicht in meine Hände nahm. Er versuchte zu lächeln, doch sein Atem war flach, seine Lippen blutverschmiert. »Emi«, flüsterte er, seine Stimme kaum hörbar »Es tut mir leid...«

»Nein! Wage es nicht. Ich rufe Hilfe. Du wirst mich nicht verlassen! Hast du das verstanden?« Meine Stimme war ein verzweifeltes Flehen, Tränen mischten sich mit dem Regen auf meinem Gesicht. »Bleib bei mir, Santo. Ich bringe dich hier weg. Das verspreche ich dir!«

Doch seine Augen begannen, ins Leere zu starren, der Ausdruck wurde glasig. »Perdonami«, war das letzte Wort, das über seine Lippen kam, bevor sein Körper erschlaffte.

Kapitel 20

EMILIA

Schmerz, der so tief ging, dass er mich beinahe lähmte, durchfuhr meinen Körper. Mein Blick glitt zu Meo, der mittlerweile einige Meter entfernt auf dem Boden lehnte. Er hatte eine blutende Wunde am Oberschenkel, die wahrscheinlich von einem der Schüsse stammte. Seine Hände presste auf die Wunde, sein Gesicht war schmerzverzerrt, doch als er mich sah, verzog sich sein Mund zu einem hämischen Grinsen.

»Schau dir an, was deine Arroganz dir eingebracht hat. Dein kleiner Santo ist tot, und du wirst ihm schon bald folgen.«

Ich löste mich von Santo, mein Herz schien in meinem Brustkorb zu zerspringen. Langsam stand ich auf, ohne meinen Blick von Meo abzuwenden. Er bemerkte die Veränderung in meiner Haltung, sein Grinsen verschwand, als er die Kälte in meinen Augen sah.

»Was willst du jetzt tun?«, spottete er, aber ich hörte die Unsicherheit in seiner Stimme.

Meine Hände zitterten nicht mehr. In dieser Sekunde wollte ich Vergeltung. Mein Hass richtete sich auf Meo und verdrängte jedes andere Gefühl. Er verdiente es nicht, weiterzuleben. Mein Blick fiel zur Pistole auf dem Boden, die einige Meter von Meo entfernt lag. Ich hob sie auf und richtete sie auf seinen Kopf.

»Emilia«, hörte ich Aurelios Stimme, tief und warnend, als er plötzlich auf dem Parkplatz auftauchte. Er trat auf mich zu, eine Hand ausgestreckt, als wollte er mich zurückhalten. »Tu das nicht. Er wird seine Strafe bekommen. Dafür sorgen wir. Aber nimm jetzt bitte die Waffe runter.«

»Nein. Komm mir nicht zu nahe!«, schrie ich ihm entgegen. Meine Stimme war schneidend, scharf, ein Echo meines gebrochenen Herzens. »Er hat Santo umgebracht! Er muss dafür bezahlen.« Aurelio folgte meinen Worten und bliebt stehen.

»Siehst du, niemand traut dir was zu. Und sie haben recht damit!« Meo lachte, seine Stimme drang durch den Regen wie ein Gift, das sich in meinen Gedanken ausbreitete. Sein blutverschmiertes Grinsen verzerrte sich zu einem höhnischen Lachen, das in meinen Ohren dröhnte.

Doch dann hörte ich selbst nur noch den Schuss. Es war, als hätte die Welt einen Moment den Atem angehalten, bevor alles wieder in Bewegung geriet. Meos Kopf kippte zur Seite, und sein Lachen erstickte im Bruchteil einer Sekunde. Eine dunkle, rote Linie zog sich von seiner Stirn hinunter, bis sein Blut sich mit dem Regen vermischte und über den Asphalt floss. Sein Körper fiel schlaff zur Seite, das Leben ausgelöscht von einem einzigen, kalten Schuss.

»Brenn in der Hölle, du Bastard!«, flüsterte ich, mehr zu mir selbst als zu irgendjemand anderem. Meine Stimme war brüchig, voller Hass und Verzweiflung, die sich in diesem Moment ihren Weg bahnte. Die Waffe entglitt meinen Händen, fiel schwer auf den Boden, als wäre sie ein Stein, der mich in die Tiefe ziehen wollte. Meine Knie gaben nach, und ich sank auf den kalten, nassen Asphalt.

Die Realität brach über mich herein wie eine unaufhaltsame Flut. Ich fühlte mich, als würde ich ertrinken, die Luft in meinen Lungen wurde dünn, meine Hände zitterten unkontrolliert. Tränen liefen über meine Wangen, während ich starr auf den reglosen Körper von Santo blickte, der wie ein gebrochener Engel dalag, umhüllt von der Dunkelheit, die ihn sanft zu umarmen schien.

Plötzlich spürte ich, wie starke Arme mich umfingen, mich hochzogen, bevor ich endgültig den Boden berührte. Aurelio war direkt an meiner Seite, seine Augen voller Besorgnis und Schmerz. Er hielt mich fest, sein Griff war zugleich sanft und verzweifelt.

»Ich hab dich! Halt dich an mir fest«, sagte er mit einer Intensität, die ich nie erlebt hatte. Doch seine Worte erreichten mich kaum. Es war, als würde ich durch eine dichte Wand aus Schmerz und Taubheit dringen müssen, um ihn zu hören. Meine Gedanken kreisten nur um Santo.

»Lass mich zu ihm, bitte«, flehte ich, meine Stimme zitterte und ich schrie fast. »Er kann es vielleicht noch schaffen.« Das redete ich mir ein, obwohl ich wusste, dass er längst tot war. Ich versuchte, mich aus Aurelios Griff zu befreien, um zu Santo zu gelangen, ihn ein letztes Mal zu berühren, seine Wärme zu spüren, bevor sie endgültig verschwand.

Doch er hielt mich zurück, sein Blick traf meinen, voller Mitgefühl und einer Verzweiflung, die mein eigenes Spiegelbild zu sein schien. »Emilia, ich weiß genau, wie schwer das jetzt für dich ist«, sagte er, seine Stimme mitfühlend, als würde es ihm selbst das Herz zerreißen. »Aber du musst hier weg. Irgendjemand wird die Polizei gerufen haben! Ich verspreche dir, ich kümmere mich um Santo.«

Seine Worte durchbrachen die Wand der Taubheit, ein kalter, harter Schlag, der mich in die Realität zurückholte. Er hatte recht. Die Sirenen könnten jeden Moment heulen, das blaue Licht würde uns verraten, unsere Schuld offenbaren. Die Waffe, die ich fallen ließ, lag auf dem Boden, ein stummer Zeuge meines Zorns.

»Bitte kümmere dich um ihn«, stieß ich unter Tränen hervor, meine Stimme kaum mehr als ein Flüstern. »Und sag mir sofort Bescheid, was sie mit ihm machen!« Meine Augen flehten ihn an, als wären sie der einzige Teil von mir, der noch etwas fühlte.

Aurelio nickte entschlossen, ein Funken seiner sonst so ruhigen und kontrollierten Art schimmerte durch. »Ich verspreche es dir. Jetzt geh. Sie werden bald hier sein.«

Er half mir aufzustehen, hielt mich fest und seine Augen bohrten sich in meine, als wolle er all den Schmerz, die Wut und die Trauer in sich aufnehmen, um mich zu entlasten. Doch ich konnte seine Wärme nicht mehr fühlen. Ich war nur ein Schatten meiner selbst, eine leere Hülle, die durch die Bewegung getrieben wurde, weil ich musste, nicht weil ich wollte.

Ich stolperte zurück, mein Blick wanderte ein letztes Mal zu Santo. Sein Gesicht war friedlich, fast wie im Schlaf. Der Gedanke, dass er nie wieder seine Augen öffnen, nie wieder mit seinem frechen Lächeln zu mir blicken würde, schnitt durch mich hindurch, wie eine Messerklinge.

Ich wandte mich ab, meine Beine trugen mich taumelnd zum Auto. Der Regen peitschte mir ins Gesicht, doch ich fühlte nichts. Der Schmerz hatte alles in mir ausgelöscht. Mit letzter Kraft zog ich die Tür auf, setzte mich hinein und ließ den Motor aufheulen.

Als ich losfuhr, war der Parkplatz von der Dunkelheit verschluckt, und hinter mir verschwand Aurelio mit Santo in der Kälte der Nacht.

Während ich die nassen Straßen entlang raste, schrie ich, so laut ich konnte, doch die lauten Geräusche des Motors, erstickten meine Schreie. Der Schmerz hallte nur in meinem Inneren wider, ungehört und untröstlich.

Auf der Landstraße angekommen, raste ich vorbei an den hohen, dunklen Bäumen, die wie stumme Zeugen der Nacht in den Himmel ragten. Der Regen trommelte gegen die Windschutzscheibe und ich sah kaum etwas. Meine Augen waren verschwommen, nicht vom Regen, sondern von den Tränen, die ich nicht zurückhalten konnte.

Jeder Baum, der an mir vorbeizog, war wie ein stummer Vorschlaghammer in meinem Kopf. Ein Gedanke, der sich in meinen Verstand bohrte: *Fahr dagegen. Beende es. Mach Schluss.* Doch ich biss die Zähne zusammen, presste meine Finger so fest um das Lenkrad, dass meine Knöchel weiß hervortraten. Denn so sehr ich es wollte, so sehr mein Körper nach Erlösung schrie – es brachte Santo nicht zurück. Sein Lächeln, seine warme Stimme, die Art, wie er mich ansah, als wäre ich die einzige Person in seinem Universum – all das war ausgelöscht und für immer verloren.

Wie konnte mein Onkel so etwas tun? Wie konnte er seinen eigenen Sohn, sein eigenes Blut opfern, nur um seine Macht zu sichern? Er hatte nicht nur Santo verloren, er hatte mich zu seinem größten Feind gemacht. Und mit mir seine einzige Hoffnung auf Vergebung, falls es jemals so etwas wie Vergebung für ihn gegeben hätte.

Aber Reue über den Mord an Meo? Nein, ich empfand nichts. Keine Spur von Schuld, keine Reue, nur eine kalte, tiefe Befriedigung. Er hatte es verdient, dieses elende Stück Dreck. Und selbst der Tod durch meine Hand war eine Gnade, die er nicht verdient hatte. Sein Blut, das in die Erde sickerte, war der einzige Preis, den er zahlen konnte, aber es würde nicht der Letzte sein.

Mein Onkel würde seine gerechte Strafe bekommen, das schwor ich mir. Keine Gefängnismauer, keine Kugel in seinem Kopf könnten nur annähernd das ausgleichen, was er getan hatte. Was ich mit ihm machen würde, würde ihn langsam zerbrechen, ihn alles verlieren lassen, was er sich je genommen hatte. Und wenn er sich danach Erlösung wünschte, würde ich dafür sorgen, dass er sie niemals findet.

Ich fuhr geradeaus, ohne Ziel, ohne Plan. Der Schmerz zog sich wie ein schwerer Nebel durch meinen Körper. Ich bemerkte nicht einmal, wo ich hinfuhr. Meine Hände steuerten den Wagen fast selbstständig, mein Verstand war taub.

Nach endlosen Minuten, vielleicht Stunden, erreichte ich Lucas Haus. Die großen Tore öffneten sich, die Wachmänner ließen mich durch, ohne Fragen zu stellen. Sie sahen den Porsche, sahen mein Gesicht – und wussten, dass jetzt nicht der Moment war, mich aufzuhalten.

Ich parkte direkt vor der Tür und legte meine Stirn gegen das Lenkrad, meine Schultern bebten, als die Tränen erneut aus mir herausbrachen. Alles fühlte sich nur wie eine leere Hülle an, hohl und doch schwer wie Blei. Ich saß einfach da. Meine Hände zitterten, als ich den Schlüssel aus dem Zündschloss zog. Die Tür öffnete sich wie von selbst, und ich stieg aus.

Die Kälte, die durch meinen Körper zog, war ein stummer Begleiter, der mich nicht losließ. Am Eingang angekommen, öffnete ich die Tür zum Haus.

Kaum hatte ich den Flur betreten, fielen die Blicke von Luca und Dante sofort auf mich. Sie standen mitten im Raum, die Gesichter von einer Mischung aus Besorgnis und Schock gezeichnet. Die Luft war erfüllt von unausgesprochenen Fragen, die in ihren Augen brannten, doch sie blieben beide still, als sie mich ansahen. Der Anblick von mir, blutüberströmt und durchnässt, sprach für sich.

»Emilia! Fuck. Was ist passiert?« Dantes Stimme war drängend, voller Panik. »Bist du verletzt?« Seine Hände tasteten sofort meinen Körper ab, suchten nach Wunden, aber fanden nur den klebrigen Schleier von Santos Blut. Ich schüttelte stumm den Kopf, unfähig, Worte zu finden, und dann brach ich erneut in Tränen aus. Mein Körper zitterte, meine Beine gaben nach, und ich fiel schwer zu Boden.

Dante und Luca griffen beide nach mir. Sie beugten sich zu mir herunter, und ich sah in ihre Gesichter – voller Angst, voller Fragen, doch sie hielten inne, ließen mir den Raum, den ich brauchte.

»Bevor wir überhaupt etwas erfahren, muss sie aus den nassen Klamotten raus«, sagte Luca und legte eine Hand auf meine Schulter, als wolle er mich beruhigen. Er war blass, seine Augen suchten meinen Blick, doch ich konnte ihn kaum ansehen.

»Schmeiß die Dusche an, damit sie sich erst mal aufwärmen kann. Sie ist eiskalt«, befahl Dante mit einem entschlossenen Nicken und hob mich dann behutsam auf seine Arme. Ich fühlte mich wie ein Kind, hilflos und zerbrechlich, als er mich zum Badezimmer trug.

Der Raum war in weichen Nebel gehüllt, der von dem heißen Wasser aufstieg. Dante setzte mich sanft unter dem warmen Strahl ab, ohne sich um meine durchnässte Kleidung zu kümmern. Ich ließ mich sofort zu Boden sinken, das Wasser hämmerte auf mich ein, als würde es mehr als den Schmutz und das Blut wegspülen, das an meiner Haut klebte. Doch der Schmerz in meiner Brust blieb, unnachgiebig, ein brennendes Loch, das sich nicht füllen ließ.

Meine Knie bis zur Brust gezogen, vergrub ich mein Gesicht in ihnen und weinte - die Schluchzer laut und hemmungslos, während das Wasser um mich herum lief und den Abfluss hinunter wirbelte, sich rot färbend von all dem Blut.

Dante setzte sich zu mir, zog mich in seine Arme. Seine Kleidung wurde ebenso nass wie meine, doch er sagte nichts. Er hielt mich einfach fest, drückte mich an seine Brust, als könne er den Schmerz aus mir herausziehen, nur durch die Kraft seiner Umarmung.»Ich bin hier«, flüsterte er, seine Stimme brüchig, aber sanft.»Und ich werde nicht gehen. Das verspreche ich dir.«

Ich konnte seine Wärme spüren, das Pochen seines Herzens gegen meine Wange, und trotzdem fühlte ich mich, als wäre ich kilometerweit von ihm entfernt. Wie sollte ich ihnen nur erklären, was ich getan hatte? Wie sollte ich die Worte finden, um zu sagen, dass ich Santo verloren und Meo getötet hatte?

»Das Blut ... ich muss es abwaschen«, stammelte ich.»Es klebt an mir ... es geht nicht weg.«

Dante zog mich etwas näher an sich heran, seine Hände strichen über mein Haar, während das Wasser unaufhörlich auf uns niederprasselte.»Es ist nur Blut, Emilia«, sagte er sanft, doch ich hörte den Kummer in seinen Worten.»Du wirst es abwaschen. Du wirst stark genug sein, das durchzustehen. Und ich bin hier, um dir zu helfen, verstehst du?«

Ich nickte stumm, mein Kopf immer noch an seine Brust gedrückt. Ich wollte ihm glauben. Ich wollte glauben, dass ich stark genug sein würde, das zu überstehen. Doch inmitten des dampfenden Wassers fühlte ich mich, als wäre ich am Ertrinken, als würde ich von den Wellen des Schmerzes und der Schuld verschlungen.

Doch Dante hielt mich fest, ließ mich nicht los, und in seiner stillen Stärke fand ich einen kleinen Funken Hoffnung. Vielleicht würde ich eines Tages den Schmerz überwinden. Vielleicht würde ich Rache nehmen können, ohne mich selbst dabei zu verlieren. Aber heute Nacht, in seinen Armen, war ich nur ein gebrochenes Mädchen, das versuchte, das Blut ihres Cousins von sich abzuwaschen.

Kapitel 21

EMILIA

Ich weiß nicht, wie lange wir dort saßen, wie lange der heiße Wasserstrahl über uns prasselte. Doch Dante wich wie versprochen keine Sekunde von meiner Seite. Ohne zu wissen, was passiert war, versuchte er, mir Trost zu spenden. Sein Atem war gleichmäßig, als wäre er der einzige Anker, der mich davon abhielt, in der Dunkelheit zu versinken.

Luca war inzwischen in sein Arbeitszimmer gegangen. Ich hörte leise, gedämpfte Gesprächsfetzen. Er telefonierte und versuchte Antworten zu finden. Aber es schien bisher keiner etwas zu wissen. Niemand wusste, dass Santo tot war. Niemand hatte die Schreie gehört, den letzten Atemzug eines Jungen, der alles für mich riskiert hatte.

»Emilia«, sagte Dante leise an meinem Scheitel, seine Stimme warm und sanft wie eine Decke, die mich umhüllte. »Wir sollten dich langsam hier raus holen, damit du dir etwas Trockenes anziehen kannst.«

Ich schüttelte nur stumm den Kopf, klammerte mich fester an ihn. Die Vorstellung, ihn loszulassen, fühlte sich an wie der freie

Fall, in dem mich die Dunkelheit endgültig verschlucken würde. Mein Körper zitterte, ob vor Kälte oder vor Angst, konnte ich nicht sagen.

»Geh bitte nicht!« Meine Stimme brach, verzweifelt, als ich meine Finger tiefer in sein Hemd krallte. »Ich flehe dich an!« Dante seufzte schwer. »Ich lasse dich nicht allein. Versprochen.« Seine Hand strich beruhigend über meinen Rücken, als wollte er all meine Ängste und Zweifel mit sanften Berührungen wegstreichen. »Willst du mir sagen, was passiert ist?«

Mein Herz zersprang ein weiteres Mal in eine Million Stücke. »Er ist tot«, sprach ich wie hypnotisiert. Die Worte verließen meine Lippen, als hätte sie jemand anderes ausgesprochen. Dante blickte mich fassungslos an, seine Augen weiteten sich, und er nahm mein Gesicht sanft in seine Hände.

»Wer ist tot, Emilia?«, fragte er leise. »Du kannst es mir sagen.«

Ich konnte ihm nicht in die Augen sehen. Die Scham und die Schuld, sie schnürten mir die Kehle zu. Ich löste mich aus seinem Griff und senkte den Blick. Meine Stimme zitterte, als ich es endlich aussprach: »Santo! Er ist tot!« Die Worte brachen aus mir heraus wie ein Fluch. »Und das ist alles meine Schuld. Ich habe ihn nicht beschützt. Es war meine Aufgabe, Dante und ich habe versagt.« Meine Stimme brach, und die Tränen flossen weiter.

Dante schüttelte heftig den Kopf, seine Augen voller Entsetzen und Schmerz. »Nein«, sagte er mit rauer Stimme. »Nichts davon ist deine Schuld. Hör auf, dir das einzureden. Du hast ihn geliebt wie einen Bruder. Das weiß ich. Du hättest alles getan, um ihn zu schützen.« Seine Worte waren wie ein verzweifelter Versuch, mich aus dem tiefen Loch der Selbstvorwürfe herauszuziehen.

Dann drehte er sich um, ohne mich loszulassen, und schrie aus voller Kehle: »Luca, komm sofort her.« Das Beben seiner Stimme hallte durch den Raum und jagte mir durch den Körper.

»Was ist los?«, fragte er entsetzt.

»Gib mir den Bademantel«, befahl er Luca mit Nachdruck. Dann sah er wieder zu mir, seine Stimme wurde sanft.

»Emilia, du musst aus den nassen Sachen raus. Ich warte mit Luca direkt vor der Tür. Komm raus, wenn du so weit bist. Ich bin hier, okay?«

Ich nickte, unfähig, etwas zu sagen. Die beiden verließen das Badezimmer und schlossen die Tür hinter sich. Ihre gedämpften Stimmen drangen aus dem Flur zu mir. »Santo ist tot«, hörte ich Dante draußen flüstern, als wäre er selbst nicht in der Lage, die Worte zu begreifen. »Mehr weiß ich nicht. Aber hier läuft irgendeine abgefuckte Scheiße.«

»Was sollen wir jetzt tun?«, fragte Luca leise.

»Wir fangen damit an, dass wir für sie da sind«, erwiderte Dante entschlossen. »Sie muss uns erzählen, was passiert ist. Vorher können wir nichts tun.«

Luca seufzte. »Ich hab mich umgehört. Bisher hat sich nichts herumgesprochen. Irgendwer versucht, das zu vertuschen.«

Zitternd stand ich in der Tür, die nassen Haare klebten an meinem Gesicht, als ich mit gebrochener Stimme sagte: »Aurelio!«

Beide Männer drehten sich ruckartig zu mir um. »Venturi?«, platzte es aus Dante heraus. »Er war es?«

Ich holte tief Luft, wusste, dass ich ihnen alles erzählen musste, was geschehen war, auch wenn es mir das Herz zerriss. »Nein«, sagte ich leise. »Nein. Er war dort, als es passiert ist.«

Verwirrung machte sich in ihren Gesichtern breit. Zuerst erzählte ich ihnen, wie Santo und ich uns getroffen hatten, das Café aufgesucht und dort auf Aurelio gestoßen waren. »Aber dann kam Meo. Er verlangte von Santo, mit ihm nach Hause zu kommen. Es sei ein Befehl von meinem Onkel gewesen. Santo weigerte sich und es kam zum Streit.«

Luca und Dante warfen sich einen besorgten Blick zu. Sie sagten nichts, hörten nur aufmerksam zu. »Meo wollte auf Santo losgehen, aber ich habe ihn davon abgehalten«, fuhr ich fort, meine Stimme leise und brüchig. »Dann kam Aurelio dazwischen und prügelte auf Meo ein. Der Streit verlagerte sich nach draußen.« Die Erinnerung daran, wie ich auf dem Parkplatz stand, die Schreie, das Blut - es schnürte mir erneut die Kehle zu. Ich brachte kaum Luft in meine Lungen. Dante merkte es sofort, kam an meine Seite und strich beruhigend über meinen Rücken.

»Du machst das großartig«, flüsterte Dante. »Wenn du eine Pause brauchst, sag es mir.«

»Nein! Ich schaffe das«, sagte ich, meine Stimme zitternd, aber fest entschlossen. Ich holte tief Luft, obwohl die Tränen nicht aufzuhalten waren. »Draußen hat er uns bedroht, und dann konnte ich Santo nicht mehr finden. Er schrieb mir eine Nachricht...« Meine Stimme brach, als ich mich daran erinnerte. »Dann hörte ich die Schüsse.« Die Erinnerung ließ mich beinahe zusammenbrechen, doch ich kämpfte weiter, um die Geschichte zu Ende zu bringen.

»Ich bin zum Parkplatz gerannt und sah Santo am Boden liegen«, fuhr ich fort. »Meo hatte eine Kugel ins Bein bekommen. Ich dachte, ich hätte Zeit, aber als ich Santo sah ...«, sagte ich schluchzend. »Es war zu spät.« Die Worte brannten auf meiner Zunge, als ich sie aussprach. Luca zog mich in seine Arme.

»Und woher hast du das Veilchen unter deinem Auge?«, fragte er vorsichtig, seine Stimme kaum kontrolliert.

Ich wischte mir die Tränen weg und antwortete leise: »Von Meo. Er hat mich geohrfeigt, als ich ihn daran hinderte, Santo im Café zu schlagen.«

Dante sprang auf, seine Augen funkelten vor Wut. »Figlio di puttana! Ich bringe ihn um, diesen Bastard!«, schrie er und ballte die Fäuste.

»Das musst du nicht mehr«, sagte ich wie ferngesteuert, was ihn sofort verstummen ließ.

Er drehte sich zu mir, seine Wut wich plötzlich einem verwirrten Ausdruck. »Wovon redest du?«

»Ich habe ihn erschossen«, gestand ich. »Dieser emotionslose Blick, als er über Santo sprach.« Die Erinnerung ließ meinen Körper erzittern. »Ich konnte nicht anders. Er hat seinen eigenen Bruder getötet! Santo war wie ein kleiner Bruder für mich. Und jetzt ist er für immer weg!« Meine Stimme brach endgültig, und ich fiel in mich zusammen.

»Komm her, setz dich hin«, sagte er beruhigend. »Ich hol dir ein Glas Wasser.«

Während ich versuchte, meinen Atem zu beruhigen, spürte ich, wie sich die Realität um mich herum veränderte. Der Raum schien sich zu drehen, aber ich wusste, dass ich stark bleiben musste, um ihnen alles zu erzählen. Als Luca zurückkam, nahm ich einen großen Schluck Wasser und begann weiterzusprechen.

»Aurelio hat mich weggeschickt«, erklärte ich mit meiner erstickten Stimme. »Er hat gesehen, wie ich Meo eine Kugel in den Kopf gejagt habe und sagte, ich müsse verschwinden, dass er sich um alles kümmern würde.« Die Worte kamen mühsam über meine Lippen. »Und dann bin ich hierher gefahren.«

Die beiden wechselten einen schnellen Blick, woraufhin Dante sein Handy aus der Tasche zog, seine Augen kalt und entschlossen. »Venturi«, murmelte er. »Luca, pass auf sie auf. Ich muss telefonieren.« Seine Stimme hatte einen Befehlston, der keinen Widerspruch duldete.

»Was tut er?«, fragte ich panisch, mein Herz raste.

»Ich weiß es nicht«, antwortete Luca sanft und zog mich wieder in seine Arme. »Aber wir werden es bald herausfinden. Wichtig ist jetzt, dass du dich ausruhst. Um alles andere kümmern *wir* uns.« Ich schüttelte den Kopf. »Ich muss wissen, was mit Santo passiert ist. Wo er jetzt ist. Ich habe ihn dort zurückgelassen...« Meine Stimme war nicht mehr als ein Flüstern, ein verzweifeltes Flehen.

»Emilia«, sagte Luca und strich mir beruhigend über das Haar, »du konntest nicht dortbleiben. Aurelio hatte absolut recht. Du musstest da weg. Jetzt können wir gemeinsam überlegen, was wir tun werden.«

»Komm, wir bringen dich nach oben. Du solltest etwas schlafen«, sagte er sanft. »Sobald ich Neuigkeiten habe, werde ich es dir sofort sagen.«

Ich wusste, dass ich keine Ruhe finden würde, dass der Frieden für mich unerreichbar war. Wie könnte ich jemals mit dieser Last leben? Mein schöner, unschuldiger Santo, tot, und ich war diejenige, die ihn nicht beschützen konnte.

»Mi dispiace, mio Bello. Ti amo«, flüsterte ich vor mich hin, als ich mich von Luca die Treppe hinaufführen ließ. In meinem Herzen wusste ich, dass der Weg zur Vergeltung lang und dunkel sein würde. Aber ich würde ihn gehen, für Santo.

Kapitel 22

EMILIA

Seit Stunden lag ich regungslos auf meinem Bett und starrte in die Dunkelheit. Luca schaute immer wieder nach mir, brachte mir etwas zu essen, doch ich rührte nichts davon an. Wie konnten sie mich umsorgen, wo ich mich doch für Santos Tod verantwortlich fühlte?

Laute Stimmen drangen von unten nach oben in mein Zimmer und unterbrachen meine Gedanken. Dante klang wütend, während Luca versuchte, ihn zu beruhigen. Wieso stritten die beiden sich?

Langsam stand ich auf und öffnete die Tür einen Spalt, um besser hören zu können, was sie sagten.

»Was wollte Aurelio da? Erst hängt er ihr im Casino ständig am Arsch und jetzt soll es ein Zufall sein, dass er in einem Studentencafé auftaucht? Wer soll den Scheiß denn glauben?«, brüllte Dante aufgebracht.

Luca schien die Geduld mit Dante zu verlieren. Seine Stimme klang gereizt, als er ihn zurechtwies: »Reiß dich endlich zusammen! Hör auf mit deiner verdammten Eifersucht! Kannst du nicht sehen, dass Emilia mit anderen Sorgen zu kämpfen hat? Du denkst ernsthaft, dass sie sich in diesem Moment um deine Kontrollsucht schert?« Dantes Verhalten ließ mich innerlich aufschreien. Warum stritten sie sich jetzt ausgerechnet über Aurelio? Mein Kopf pochte heftig, als würde er gleich explodieren. »Warst du bei ihr? Hat sie etwas gesagt?« Seine Stimme klang gepresst und unsicher, was mich überraschte. Er war verschwunden, nachdem ich ihm von Santo erzählt hatte.

Tief durchatmend sprach Luca: »Ich glaube, sie ist irgendwann eingeschlafen. Sie hat die ganze Zeit nur geweint. Ich habe ihr etwas zu essen gebracht, aber es sieht nicht so aus, als hätte sie nur einen Bissen davon angerührt.« Es klang, als wolle er Dante beruhigen, ihn zurück auf den Boden der Tatsachen holen.

Er hatte sich Mühe gegeben, sich um mich zu kümmern, aber nichts konnte diese lähmende Leere in mir vertreiben. Ich fühlte mich so entsetzlich allein. Meine Familie hatte sich von mir abgewandt, und nun war Santo tot. Der einzige Lichtblick in dieser Dunkelheit war ebenfalls erloschen.

Luca unterbrach die Stille, die sich nach seinen Worten ausgebreitet hatte, und mahnte Dante: »Vielleicht solltest du jetzt zu ihr gehen. Das ist das Mindeste, nachdem du abgehauen bist, anstatt für sie da zu sein.« Seine Stimme klang vorwurfsvoll, fast enttäuscht.

»Ich habe versucht, Informationen zu beschaffen. Aurelio hat die Leichen in ein Leichenschauhaus bringen lassen. Die Polizei wurde geschmiert, damit sie nicht ermitteln. Jetzt liegt es an uns, wie es weitergeht.«

Für einen Moment herrschte völlige Stille, nur unterbrochen vom leisen Ticken einer Uhr im Haus. Ich konnte kaum glauben, was ich hörte. Die Leichen waren abtransportiert, und Aurelio hatte dafür gesorgt, dass die Sache unter den Teppich gekehrt wurde. Was hatte das zu bedeuten?

»Was ist mit ihrem Onkel?«

Dante schnaubte verächtlich und ballte die Hände zu Fäusten, bevor er antwortete: »Dieser elende Mistkerl hat die Leiche seines ältesten Sohnes abholen lassen. Santo ist ihm egal. Er war nichts weiter als ein Kollateralschaden.«

Bei diesen Worten zog sich mir schlagartig der Magen zusammen, und ohne einen weiteren Gedanken zu verlieren, stürmte ich ins Badezimmer. Kaum hatte ich mich über das Waschbecken gebeugt, überkam mich Übelkeit, und ich erbrach mich. Das blieb nicht unbemerkt. Innerhalb von Sekunden stand Dante hinter mir.

»Warte, ich helfe dir!«, sagte er und kam näher, um meine Haare zurückzuhalten. Seine Hand griff sanft mein Haar, während ich mich noch einmal übergeben musste. Der Anblick meiner eigenen Schwäche machte mich wütend und beschämt zugleich. Was mussten sie von mir denken?

»Du musst das nicht tun…«, begann ich mit zittriger Stimme, doch bevor ich meinen Satz beenden konnte, überrollte mich erneut die Übelkeit. Ich fühlte mich wie ein Häufchen Elend, unendlich klein und zerbrechlich. Dante schüttelte nur den Kopf und sprach, während er weiter meine Haare hielt: »Emilia, es ist keine Schande, sich helfen zu lassen.«

Langsam richtete ich mich auf, wischte mir den Mund mit einem Handtuch ab und flüsterte fast tonlos: »Kann ich ein Glas Wasser bekommen?« Ohne ein weiteres Wort stand Dante auf, um mir das Wasser zu holen. Als er zurückkam, musterte er mich kurz, seine Augen voller unausgesprochener Sorgen.

»Sieh mich nicht so an«, sagte ich leise. »Ich weiß, dass ich wie ein Häufchen Elend aussehe. Ich brauche dein Mitleid nicht.«

Sein Gesicht verzog sich bei meinen Worten, als hätte ich ihn geschlagen. Er kniete sich vor mich und hob mein Kinn an, zwang mich, ihm in die Augen zu sehen. »Niemand hier hat Mitleid mit dir«, sagte er ernst. »Mitgefühl, ja. Aber das ist etwas anderes. Du konntest nicht wissen, dass dieser Bastard dort auftaucht. Niemand hätte das ahnen können. Das ist nicht deine Schuld.«

Tränen stiegen mir wieder in die Augen. Ich hatte das Gefühl, bereits alle Tränen der Welt vergossen zu haben, und doch kamen sie immer wieder.

Er nahm mein Gesicht sanft in seine Hände, seine Daumen strichen über meine feuchten Wangen. »Komm«, sagte er leise. »Ich bringe dich rüber ins Schlafzimmer. Wenn du nicht allein sein möchtest, bleibe ich bei dir.«

Zögerlich legte ich meine Hand in seine, und zusammen gingen wir langsam in mein Schlafzimmer. Dort angekommen, schlug er die Decke auf und deutete, mich hinzulegen. »Du solltest etwas essen. Du brauchst Kraft, um das alles durchzustehen«, sagte er und hielt mir ein Sandwich unter die Nase. Doch allein der Gedanke ans Essen schnürte mir die Kehle zu.

»Ich habe keinen Appetit«, antwortete ich. »Ich möchte nur meinen Kopf abstellen und schlafen. Ich kann das nicht mehr.«

Dante nickte, stellte das Tablett wieder beiseite und setzte sich in den Sessel neben dem Kleiderschrank. »Leg dich hin. Ich bleibe hier, bis du eingeschlafen bist.«

Ich wusste, dass es keinen Sinn hatte, zu widersprechen. Ich gehorchte ihm und zog die Decke bis zum Kinn. Die Stille im Raum war erdrückend, und meine Gedanken drehten sich unaufhörlich.

»Ist es wahr, dass sie Santo nicht abholen werden?«

»Ja, ist es«, sagte er leise. »Armando lässt die Leiche seines ältesten Sohnes abholen. Santo nicht. Ich wusste, dass Armando ein herzloser Bastard ist, aber das hier ... das ist selbst für ihn ein neuer Tiefpunkt.«

Seine Worte trafen mich wie ein Schlag ins Gesicht. Mir wurde kalt, trotz der warmen Decke, die mich umhüllte. Der Schmerz und die Erkenntnis, wie wenig er seinem eigenen Vater bedeutet hatte, schnürten mir erneut die Kehle zu. Die Tränen flossen stumm über meine Wangen, während ich die Decke fester um mich zog, als könnte sie mich vor der grausamen Welt draußen beschützen.

»Ich möchte ihn beerdigen. Ich möchte ihm den Abschied geben, den er verdient«, sagte ich leise. Die Worte kamen nur zögerlich über meine Lippen, als wäre ich mir selbst nicht sicher, ob ich die Kraft dafür aufbringen konnte. Aber der Gedanke, Santo in dieser kalten, lieblosen Umgebung zurückzulassen, war unerträglich.

Dante sah mich mit verständnisvollem Blick an und nickte. »Und ich helfe dir dabei«, versprach er sanft. »Aber jetzt solltest du versuchen zu schlafen. Du brauchst Ruhe.«

Die Angst, alleine mit meinen Gedanken durch die Nacht gehen zu müssen, wich ein kleines Stück zurück. Ich schloss die Augen und versuchte, mich auf seine Nähe zu konzentrieren, die wie ein Schutzschild um mich lag. Und kurz darauf driftete ich in einen, unruhigen, aber dringend benötigten Schlaf ab.

Doch mitten in der Nacht schreckte ich plötzlich hoch, mein Herz raste, und ich war schweißgebadet. Die Bilder meines Traums waren so real gewesen, dass ich kaum atmen konnte. Ich sah Santo wieder vor mir, blass und leblos. Ein Schrei blieb mir im Hals stecken, als ich die Dunkelheit des Zimmers um mich herum wahrnahm.

»Hey, alles ist gut. Es war nur ein Traum«, hörte ich Dantes beruhigende Stimme neben mir. Dieses Mal war nicht gegangen, hatte die ganze Zeit an meiner Seite ausgeharrt. Seine Anwesenheit holte mich langsam aus dem Schreckensszenario zurück in die Realität. Mein Atem beruhigte sich ein wenig.

»Ich weiß, was ich gesagt habe. Ich sollte das gar nicht fragen, aber ... kannst du neben mir schlafen?«, fragte ich zögerlich. Es fühlte sich wie eine Schwäche an, ihn um so etwas zu bitten, aber ich konnte nicht anders. Ich wusste, dass ich die Nacht sonst nicht überstehen würde.

Er zögerte keine Sekunde, stand auf, umrundete das Bett und legte sich vorsichtig auf die andere Seite. Sanft zog er mich in seine Arme, und ich fühlte seine Wärme und den gleichmäßigen Rhythmus seiner Atmung.

»Wenn es dir hilft, schlafen zu können, dann machen wir das«, flüsterte er und drückte mich leicht an sich.

»Danke... für alles.« Meine Stimme war kaum mehr als ein Hauch gegen seinen Körper. Ich spürte die Wärme seines Körpers, das leise Heben und Senken seiner Brust, als er tief einatmete. Unsere Blicke trafen sich und dann küssten wir uns.

Es war falsch. Unvernünftig. Es hätte nicht passieren dürfen. Doch in diesem Moment war es das Einzige, was sich richtig anfühlte. Seine Lippen waren warm, fordernd, und als er die Berührung erwiderte, zog er mich noch näher, als könnte er mich in sich aufnehmen. Meine Finger krallten sich in den Stoff seines Hemdes, meine Welt schrumpfte auf diesen einen Moment zusammen – auf ihn, seinen Geschmack, seinen Atem, seine Hände, die sich an meinen Rücken pressten, als wollte er mich nicht mehr loslassen.

Als er sich löste, blieb sein Gesicht nur einen Hauch von meinem entfernt. Sein Atem strich über meine Lippen, heiß und schwer. Seine Finger glitten langsam über meine Wange, sein Blick bohrte sich in meinen, dunkel und voller unausgesprochener Worte.

»Gute Nacht, Emilia.«

Seine Stimme war leise, rau, und doch lag darin eine Zärtlichkeit, die mich für einen Moment alles vergessen ließ – den Schmerz, die Zweifel, die Schatten, die mich verfolgten. Nur er war da.

Die Nacht verging schneller, als ich es erwartet hatte. Der Schlaf war nicht tief, eher ein Dämmerschlaf, aber er schenkte mir zumindest ein wenig Erholung. Als ich am Morgen die Augen öffnete, fühlte ich mich trotzdem wie überfahren. Der kurze Moment der Verwirrung, in dem ich hoffte, alles sei nur ein Traum gewesen, verflog schnell, als die Bilder des letzten Tages wieder in meinen Kopf zurückkehrten. Die Realität setzte sich wie ein schwerer Schleier auf meine Brust.

Ich drehte mich zur Seite und sah das leere Laken neben mir. Dante war aufgestanden. Ein kleines Gefühl der Enttäuschung machte sich breit, obwohl ich wusste, dass er nur ein wenig Raum schaffen wollte. Trotzdem war es ihm zu verdanken, dass ich überhaupt ein paar Stunden Schlaf gefunden hatte.

Auf dem Nachttisch lag mein Handy, akkurat hingelegt, als hätte einer der beiden es mir dort platziert, damit ich es gleich sehen konnte. Zögernd griff ich danach, unsicher, ob ich den Kontakt zur Außenwelt aufnehmen wollte oder ob ich die Ruhe des Morgens länger bewahren konnte. Doch schon der bloße Anblick des Handys erinnerte mich daran, dass ich mich der Realität stellen musste, so grausam sie sein mochte.

Mein Blick fiel auf eine Nachricht von Aurelio. Ich wollte nur nach der Uhrzeit sehen, doch seine Worte sprangen mir sofort ins Auge:

Emilia, ich werde keine passenden Worte für deinen Verlust finden, aber falls du jemanden zum Reden brauchst, bin ich da. - Aurelio.

Die Nachricht war knapp, aber sie traf mich mitten ins Herz. Er hatte recht. Es gab keine Worte, die diesen Schmerz lindern konnten, und doch fühlte ich mich ihm gegenüber dankbar. Nicht nur für diese Nachricht, sondern für alles, was er gestern für mich getan hatte. Er hatte gehandelt, als ich selbst nicht dazu fähig war. Trotzdem fühlte ich mich nicht bereit, ihm zu antworten. Ich schob das Handy zur Seite und atmete tief durch. Es war erst sieben Uhr. Die Zeit schien seit dem Vorfall stillzustehen.

Ich entschied mich, zu duschen, in der Hoffnung, die trüben Gedanken, zumindest für ein paar Minuten abzuwaschen. Beim Anblick meines Spiegelbildes erschrak ich. Meine Augen waren gerötet und geschwollen vom vielen Weinen. Wie sollte es jetzt weitergehen? Ich hatte keine Antwort.

Nachdem ich ausgiebig geduscht hatte, wickelte ich mich in meinen Bademantel und putzte mir die Zähne. Ein kleiner Versuch, wieder etwas Normalität zu finden. Danach ging ich zurück ins Schlafzimmer, um mir etwas anzuziehen.

Doch bevor ich überhaupt den Kleiderschrank öffnen konnte, durchbrach das Klingeln meines Handys die Stille. Ich zuckte zusammen und griff zögerlich danach. Als ich den Namen meiner Tante auf dem Display erkannte, schnürte sich mir der Hals zu. Panik stieg in mir auf, ein kalter Schauer lief mir über den Rücken.

Ich wusste, dass dieser Anruf früher oder später kommen würde. Doch ich hatte gehofft, dass ich mehr Zeit hätte, mich darauf vorzubereiten. Niemals hätte ich gedacht, dass sie es sein würde, die mich zuerst kontaktiert. Meine Tante und ich hatten nie ein gutes Verhältnis. In meiner Kindheit war sie eine liebevolle und herzliche Frau gewesen, die mir oft die fehlende mütterliche Wärme gegeben hatte. Doch in den letzten Jahren hatte sich etwas verändert. Die harte Hand meines Onkels hatte aus ihr jemanden gemacht, den ich kaum wiedererkannte. Ihr Lächeln war verschwunden, und ihre Stimme hatte einen scharfen, kalten Klang angenommen. Ich hörte schon als junges Mädchen, wie die anderen Frauen sie immer die *la regina di ghiacci* nannten. Die Eiskönigin.

Mit zittrigen Händen nahm ich den Anruf entgegen und brachte nur ein zurückhaltendes »Hallo?« heraus.

»Emilia«, ertönte ihre Stimme am anderen Ende, ruhig und dennoch distanziert. »Ich habe gehört, was passiert ist.«

Mir stockte der Atem. Ich wusste nicht, was ich sagen sollte. Die Worte blieben einfach aus.

»Es ... es tut mir leid«, stammelte ich. Es war das Einzige, was ich in diesem Moment hervorbringen konnte. Ich wusste, dass Entschuldigungen nichts heilen würden, aber es fühlte sich wie das Mindeste an, was ich sagen konnte.

Ich hörte sie schwer atmen, als ob sie mit sich selbst kämpfte.

»Erzähl mir, was passiert ist«, sagte sie, ihre Stimme leise, fast flehend. »In Ordnung. Wann und wo?«, stimmte ich ihrem Vorschlag zu und war gespannt auf den Ort.

»Ich komme zu dir. Schick mir die Adresse! Ich weiß, dass du es vorher absprechen wirst. Meine Nummer hast du ja!«, sagte sie und beendete das Gespräch ohne ein weiteres Wort.

Ich wusste, dass ich ihr die Wahrheit sagen musste, aber ich hatte Angst vor ihrer Reaktion. Angst davor, dass sie mir die Schuld geben würde, genauso wie ich es tat. Aber ich musste mich dieser Angst stellen.

Das alles verwirrte mich, dass ich keinen klaren Gedanken fassen konnte. Ich entschied mich dazu, mich anzuziehen und dann nach unten zu gehen, um mit Luca und Dante zu sprechen.

Ich wollte die erste Stufe nach unten nehmen, da hörte ich Dantes Stimme. Er schien mal wieder zu telefonieren. Ich wollte nicht lauschen, doch das Gespräch war nicht zu überhören.

»Padre, er wird so oder so nicht locker lassen. Egal, was wir tun. Und du würdest sie ebenso wenig im Stich lassen«, sagte er mit Nachdruck.

Was sein Vater ihm antwortete, konnte ich nicht hören.

»Ja, ich rede mit ihr. Aber gib mir etwas Zeit. Santos Tod hat sie schwer getroffen. Si, Padre. Ciao.«

Er beendete das Telefonat abrupt. Sein Blick war finster, als er das Handy auf die Theke legte, und ich konnte die Anspannung in seinem Kiefer sehen. Er hatte keine Ahnung, dass ich ihn belauscht hatte, bis ich den Raum betrat.

»Du willst mit mir reden?«, schnitt ich ihm scharf das Wort ab.

Er wirbelte zu mir herum, sichtlich überrascht. Doch er erholte sich schnell. »Ich wusste nicht, dass du schon wach bist. Geht es dir–?«

»Verschone mich mit deiner falschen Fürsorge«, fauchte ich. »Ich ertrage diese Geheimnistuerei nicht länger. Wenn du etwas zu sagen hast, dann leg endlich die Karten auf den Tisch!«

Sein Ausdruck veränderte sich, wurde dunkler, härter. Er versuchte es ein letztes Mal auf die sanfte Tour. »Setz dich. Lass uns reden.«

»Ich stehe lieber. Du redest doch nur um den heißen Brei herum.«

Dante seufzte schwer, seine Augen fixierten mich mit einer Mischung aus Frustration und Sorge. »Mein Vater wollte wissen, wie es dir geht. Und er wollte sicherstellen, dass du verstehst, was kommen wird. Dein Onkel wird nicht ruhen, bis er seinen Durst nach Rache gestillt hat.«

Ich schnaubte verächtlich. »Großartig. Noch mehr leere Worte. Glaubst du, ich wüsste das nicht längst? Was steckt wirklich dahinter?«

In einem plötzlichen Anflug von Zorn packte er mein Handgelenk und zog mich zu sich heran. Seine Berührung war fest, fast schmerzhaft, und seine Augen funkelten bedrohlich. »Vorsicht, Emilia. Ich verstehe, dass du wütend bist. Aber glaub nicht, dass ich endlos Geduld mit dir habe. Andere hätten sich längst Konsequenzen eingehandelt.«

»Lass mich los«, zischte ich und versuchte mich aus seinem Griff zu befreien, doch er hielt mich eisern fest. »Du hast dich in mein Leben gedrängt, nicht andersrum. Hör auf, so zu tun, als wäre ich das schwache kleine Mädchen, das dich braucht. Das tue ich nicht. Ihr alle glaubt, ich wäre verloren ohne eure Hilfe. Gib es doch zu!«

Sein Blick verhärtete sich, und ich konnte sehen, wie die Beherrschung in ihm riss. »Du denkst, du wüsstest, worauf du dich einlässt? Dieses Leben, Emilia, es frisst dich auf. Jede falsche Bewegung kann die Letzte sein. Und du willst mir sagen, dass du dafür bereit bist?«

»Bereit? Ich habe das Blut meines eigenen Cousins an meinen Händen gespürt! Ich habe getötet, um zu überleben! Um Santo zu rächen. Wage es nicht, mir zu sagen, dass ich nicht verstehe, was dieses Leben bedeutet!« Meine Stimme bebte, doch ich ließ ihn nicht aus den Augen.

Er machte einen Schritt auf mich zu, seine Finger zuckten, als wollte er mich berühren, mich beruhigen. Doch ich wich zurück, hob die Hand, um ihn zu stoppen. »Nein! Spar dir deine Worte. Ich brauche keine Erklärungen mehr.«

Ich griff nach dem Autoschlüssel auf der Theke, drehte mich um und lief zur Tür. Er rief mir nach, als ich hinaus trat, doch ich ignorierte ihn. Ich stieg in den Wagen, startete den Motor und trat das Gaspedal durch.

Der Schmerz, der Zorn, die Verwirrung - alles brodelte in mir, während ich den Asphalt hinter mir ließ. Ich hatte genug von den Lügen, genug von den Geheimnissen. Hauptsache weg, dachte ich. Weg von ihm, weg von allem, was mich in den Abgrund ziehen wollte.

Kapitel 23

EMILIA

Dante musste verdammt wütend sein. Ich konnte es mir bildlich vorstellen, wie sein Gesicht sich vor Zorn verzog. Er hasste es, wenn jemand nicht seinen Befehlen folgte, und ich wusste genau, dass meine kleine Flucht ihn rasend machen würde. Mein Handy vibrierte ununterbrochen in der Konsole. Sein Name leuchtete wieder und wieder auf dem Display auf, aber ich ignorierte jeden Anruf. Was hätte ich ihm sagen sollen? Er würde es nicht verstehen.

Der Gedanke an das bevorstehende Treffen mit meiner Tante ließ meine Anspannung nicht abklingen. Vittoria, würde keine Zeit für Nettigkeiten haben. Ich schrieb ihr schnell eine Nachricht, bevor ich es mir anders überlegen konnte:

Treffen in dreißig Minuten in der Manchetti Villa.

Kaum hatte ich die Nachricht abgeschickt, vibrierte mein Handy erneut. Diesmal war es ihre Antwort:

Ich werde da sein. Bis dann.

Es war ein Spiel mit dem Feuer. Vielleicht würde ich Antworten bekommen, vielleicht aber auch eine Kugel in den Kopf. Egal, wie es ausging, ich hatte keine Wahl. Wenn ich die Wahrheit wollte, musste ich mich der Gefahr stellen. Und tief in mir drin spürte ich, dass ich keine Angst mehr davor hatte.

Ich bog von der Hauptstraße ab und nahm die Route zur Villa. Die leere Landstraße war wie eine endlose Stille, die mich zwang, über alles nachzudenken. Die Bilder von gestern schossen mir unwillkürlich durch den Kopf: Blut, Schreie, Dantes verzweifelter Blick, als er mich festhielt.

»Scheiß drauf«, flüsterte ich, während ich versuchte, die Erinnerungen beiseitezuschieben. Nur einen Moment wollte ich nicht traurig sein. Nicht jetzt.

Nach etwa zwanzig Minuten Fahrt tauchte mein Zuhause vor mir auf. Die hohen Mauern, das imposante Eisentor – alles sah genauso aus wie beim letzten Mal. Ein kalter Schauer lief mir über den Rücken. Hier hatten so viele Treffen stattgefunden, so viele dunkle Geschäfte, und jetzt stand ich hier, um der Wahrheit ins Gesicht zu sehen, von der ich keine Ahnung hatte. Es war nicht mehr das Zuhause, wie ich es früher einmal gesehen hatte.

Ich sah mich um, aber Vittoria war nicht da. Die Ruhe vor dem Sturm. Ich nutzte den Moment, um tief durchzuatmen und dann schnell meine Nachricht an Aurelio zu tippen.

Hallo Aurelio. Tut mir leid, dass ich erst jetzt antworte. Ich konnte nicht. Danke für alles. Ich wüsste nicht, was ich gestern sonst getan hätte.

Kaum hatte ich auf *Senden* gedrückt, schloss ich für einen Augenblick die Augen. Es war, als könnte ich wieder atmen, bevor der nächste Kampf begann.

Seine Antwort folgte nur wenige Augenblicke später.

Entschuldige dich nicht. Ich verstehe es. Kannst du dich etwas ausruhen?

Seine Worte strahlten diese beruhigende Wärme aus, die ich so dringend brauchte. Es war verrückt, wie dieser Mann, der inmitten dieses Chaos so ruhig blieb, mir das Gefühl geben konnte, nicht völlig verloren zu sein.

Ich bin auf dem Weg zu einem Treffen! Ich muss einige Dinge klären! Ich wollte dir aber wenigstens meinen Dank für deine Taten aussprechen!

Erneut vibrierte mein Telefon, aber die Nachricht musste warten. Denn jetzt sah ich den schwarzen Wagen meiner Tante in der Einfahrt der Villa.

Mein Herzschlag beschleunigte sich. Es war so weit. Der Sprung ins Ungewisse. Ich spürte den kalten Kloß in meinem Magen, als ich aus dem Auto stieg. Dies war der Moment, an dem ich Vittoria in die Augen sehen musste. Die Frau, die ihre einzigen Söhne verloren hatte. Und ich war verantwortlich für einen dieser Verluste.

Ich atmete tief durch, um den Schwindel in meinem Kopf zu vertreiben, und beobachtete, wie sie ebenfalls ausstieg. Im ersten Augenblick schien die Luft vor Spannung zu knistern. Sie war allein, zumindest schien es so. Doch in dieser Welt wusste man nie, wer im Schatten lauerte.

Mit langsamen, entschlossenen Schritten kam sie auf mich zu. Ich bereite mich mental auf den Schlag, den Schmerz oder zumindest auf eine kalte, hasserfüllte Begrüßung vor. Stattdessen überraschte sie mich völlig, indem sie mich umarmte. Ihre Arme schlangen sich fest um meinen Körper, ihr Gesicht vergrub sich an meiner Schulter. Sie umarmte die Frau, die ihren Sohn erschossen hatte. Mein Verstand setzte aus. Was passierte hier? Vittoria, die *regina di ghiaccio*, umarmte mich. Die Frau, die ihren Hass auf alles richtete, was ihre Familie bedrohte, zeigte mir plötzlich eine emotionale Nähe, die ich nicht verstand.

»Vittoria«, flüsterte ich, meine Stimme kaum hörbar. Die ganze Härte, die ich aufgebaut hatte, schmolz unter dieser unerwarteten Geste dahin. Ich konnte den Kloß in meinem Hals kaum herunterschlucken.

Sie zog sich langsam zurück, hielt mich aber an den Schultern fest, als sie mich ansah. Ihre Augen waren gerötet, die Spuren von Tränen deutlich sichtbar. »Du bist nicht die Einzige, die jemanden verloren hat, Emilia. Meine Söhne sind tot. Aber ich weiß, dass du keine Wahl hattest«, sagte sie leise.

Hatte sie mir vergeben? Oder war das hier der letzte Trick einer Frau, die mehr Masken trug als irgendjemand sonst in dieser verfluchten Familie?

»Warum bist du hier?«, fragte ich sie, meine Stimme zitterte trotz meines besten Versuchs, ruhig zu bleiben.

»Weil es Dinge gibt, die du nicht weißt. Und weil wir, trotz allem, eine Familie sind«, antwortete sie, bevor sie ihre Arme wieder sinken ließ. »Komm, lass uns drinnen sprechen. Wir haben einiges zu klären.«

Ich nickte stumm und folgte ihr. Mein Kopf war ein einziges Durcheinander aus Schmerz, Schuldgefühlen und ungläubiger

Erleichterung. Was immer dieser Tag bringen würde, es würde alles verändern.

Ich war wie betäubt, als ich Vittoria folgte. Ihre Umarmung, ihre Worte — alles fühlte sich an, als hätte ich einen Albtraum betreten, aus dem ich nicht erwachen konnte. In meinem Kopf tobten ein Sturm aus Schuldgefühlen und eine Wut, die ich nicht greifen konnte. Als wir den Garten erreichten, setzten wir uns schweigend an den massiven Holztisch, von dem aus man die weite, gepflegte Landschaft der Manchetti-Villa überblicken konnte. Die Sonne schien warm auf uns herab, doch in mir war es eisig.

Ich war es, die das Schweigen brach.»Vittoria, ich kann nicht in Worte fassen, wie sehr mir dein Verlust leidtut. Und noch weniger, dass ich dafür verantwortlich bin.« Meine Stimme war belegt, und ich konnte die Tränen, die mir in die Augen stiegen, nicht zurückhalten.»Ich kann mir nicht vorstellen, wie du dich fühlen musst.«

Vittoria musste schwer Luft holen, ihre Brust hob sich heftig, bevor sie endlich sprach.»Danke, Emilia«, begann sie leise. Ihre Stimme klang brüchig.»Es ist das Schlimmste, was einer Mutter passieren kann. Ich muss meine beiden Söhne zu Grabe tragen.« Sie machte eine kurze Pause, ihr Blick starrte ins Leere, bevor sie mich wieder ansah, in ihren Augen ein Schmerz, der mich wie ein Messer traf.»Ich werde nie wieder glücklich sein. Sie waren mein ganzes Glück. Ohne sie ... wäre ich heute längst nicht mehr hier.«

Ihre Worte ließen mich verstummen. Ich wollte etwas sagen, irgendetwas, das den Schmerz lindern konnte, doch ich wusste, dass es keine Worte gab, die ausreichten. Dann, unerwartet, sprach sie weiter, und ihre Stimme nahm einen entschlossenen Ton an.»Emilia, ich wäre heute nicht hier, wenn ich nicht wüsste, dass die Schuld nicht bei dir liegt. Du hast dir dieses Leben nicht ausgesucht. Genauso wenig wie Santo oder ich! Leider ... ist Meo das Ebenbild seines Vaters geworden.« Ihre Stimme brach, als sie zu ihren Händen hinabblickte, die sie fest ineinander verschränkt hielt.

Ich spürte, wie sich mein Herz zusammenzog, als ich diese neue Wahrheit aufnahm. »Was hat das zu bedeuten? Ich verstehe nichts mehr, Vittoria«, brachte ich endlich heraus, meine Stimme kaum mehr als ein Flüstern.

Sie hob den Kopf und sah mir direkt in die Augen. »Die Ehe zwischen deinem Onkel und mir war nicht aus Liebe, sie war arrangiert«, begann sie, und ich spürte die Bitterkeit in jedem einzelnen Wort. »Meine Eltern verkauften mich an seine Familie, um ihre Schulden zu begleichen. Mein Schicksal war von Anfang an besiegelt. Die Wahl, die mir blieb, war entweder, mich anzupassen und Erben zur Welt zu bringen - oder zu sterben.«

»Eine Zwangsehe?«, flüsterte ich, unfähig, mehr als diese zwei Worte herauszubringen.

Vittoria nickte, ein trauriges Lächeln zog über ihre Lippen. »Ja, eine Zwangsehe. Und ich habe vieles über mich ergehen lassen.« Ihr Blick wurde plötzlich weich, als würde sie sich an etwas Kostbares erinnern. »Aber als ich mit meinen Söhnen schwanger war, schwor ich mir, ihnen ein besseres Leben zu ermöglichen. Ich wollte, dass sie frei entscheiden können – anders als ich.«

»Und trotzdem…«, begann ich, meine Stimme brüchig vor Verzweiflung, »trotzdem hat Meo den Weg seines Vaters eingeschlagen.«

»Ja«, sagte sie leise, ihre Stimme kaum mehr als ein Hauch. »Er war zu jung, zu beeinflussbar. Dein Onkel hat ihn in dieses Leben gezogen, und ich konnte nichts tun, um ihn aufzuhalten. Santo ... er war anders. Er wollte raus, wollte das alles hinter sich lassen. Doch diese Welt lässt niemanden los, der einmal damit in Berührung kam.«

Ich schluckte schwer, fühlte die bittere Galle in meiner Kehle aufsteigen.»Und jetzt? Was wird aus uns?«, fragte ich, meine Stimme zitternd vor Angst vor der Antwort, die ich ahnte.

Vittoria sah mich lange an, ihr Blick bohrte sich in meine Seele. »Jetzt, Emilia, kämpfen wir ums Überleben. Du und ich. Denn wenn wir nicht stark sind, wird uns diese Welt verschlingen.«

Vittoria lehnte sich auf dem Stuhl zurück, ihr Blick glitt über den Garten der Villa, als würde sie in der Ferne nach Antworten suchen.»Sie hatten alles, was sie brauchten. Und es fehlte ihnen an nichts«, sprach sie langsam, ihre Stimme klang wie von weither, kalt und emotionslos, während sie in die Erinnerungen an ihre Söhne eintauchte.»Doch als Armando begann, Meo in seine Geschäfte einzuweihen, veränderte sich alles. Meo war nicht mehr mein kleiner Junge. Er sog die Macht wie Gift in sich auf und wurde zum Spiegelbild seines Vaters. Santo hingegen ... mein kleiner Sonnenschein, hatte nie Interesse daran.« Sie schüttelte leicht den Kopf, ein Hauch eines traurigen Lächelns erschien auf ihren Lippen.»Das machte mich glücklich. Aber tief im Inneren wusste ich, dass er niemals den Respekt seines Vaters erlangen würde.«

Bei der Erwähnung von Santo brach etwas in mir. Ich konnte die Tränen nicht länger zurückhalten. Sie liefen heiß und unkontrolliert über meine Wangen. Mein Herz zog sich schmerzhaft zusammen, als würde es ein weiteres Mal brechen.»Es tut mir so unendlich leid«, brachte ich unter Tränen hervor.»Ich hätte ihn beschützen müssen. Ich hätte da sein müssen…«

Vittoria streckte ihre Hand über den Tisch aus und nahm meine in ihre eigene. Ihre Berührung war sanft, aber in ihren Augen lag eine Härte, die mich traf wie ein Schlag.»Emilia«, sagte sie ruhig, aber mit Nachdruck,»ich bin heute hier, weil ich nicht will, dass dasselbe Schicksal dich ereilt. Was du vielleicht nicht weißt, ist,

215

dass ich deine Eltern immer bewundert und gemocht habe. Deine Mutter und ich ... wir pflegten eine Freundschaft.« Sie hielt inne, als ob sie in den Erinnerungen an eine vergangene Zeit schwelgte, bevor sie weitersprach.»Aber seit meinem achtzehnten Lebensjahr kontrolliert dein Onkel jeden Aspekt meines Lebens. Dein Vater ... er war vielleicht sein Bruder, aber für Armando war er nur ein Hindernis, das es aus dem Weg zu räumen galt. Er kennt keine Gnade. Für ihn zählt nur eines: Macht. Und dafür geht er über Leichen, auch wenn sie zur eigenen Familie gehören.«

Ich hatte immer geglaubt, Vittoria sei die kalte, herzlose Frau, die Seite an Seite mit meinem Onkel diese schreckliche Welt mit regierte. Doch ich verstand, dass sie genauso ein Opfer seiner Machtgier war wie ich.»Ich wusste nicht, dass du und meine Mutter befreundet waren«, flüsterte ich, immer noch benommen von dieser neuen Offenbarung.

»Natürlich wusstest du das nicht«, sagte sie leise, ein bitteres Lächeln auf den Lippen.»Armando wollte, dass du mich nur als die böse Tante siehst, als die Frau, die seine Entscheidungen unterstützt. Aber ich hatte keine Wahl. Und jetzt, Emilia, sitze ich dir gegenüber und sehe in dir dieselbe Frau, die deine Mutter einmal war. Eine Frau, die ihre Freiheit und ihre Familie schützen will. Und dabei werde ich dich unterstützen.«

Meine Gedanken rasten, ich versuchte, die Flut der neuen Informationen zu verarbeiten. Doch eine Frage brannte mir auf der Zunge, etwas, das ich wissen musste, um weiter planen zu können.»Vittoria, weißt du, wo meine Familie ist? Weißt du, ob es ihnen gut geht?« Meine Stimme war zittrig, voller Angst und Hoffnung zugleich.

Vittoria seufzte schwer und senkte den Blick.»Er hält sie gefangen. Wo genau, weiß ich nicht. Aber es geht ihnen so weit gut. Wie lange Armando es dabei belassen wird, weiß ich nicht. Du solltest wissen, dass Flavio ihm hilft. Er ist die rechte Hand deines Onkels in all diesen dreckigen Angelegenheiten.«

Wut kochte in mir hoch. Natürlich war Flavio involviert. »Das überrascht mich nicht« ,sagte ich, »Ich werde mich auch um ihn kümmern. Doch zuerst muss ich herausfinden, wo Armando meine Familie versteckt hält. Und dann…« Ich hielt kurz inne, als mir ein weiterer schmerzhafter Gedanke durch den Kopf schoss. »Dann werde ich alles dafür tun, dass Santo ein anständiges Begräbnis bekommt.«

Ich sah Vittoria in die Augen, suchte nach einem Anzeichen ihrer Zustimmung. »Ich habe von Dante und Luca gehört, dass Armando nur eine Beisetzung für Meo plant. Santo wird vergessen, als hätte er nie existiert. Aber das kann ich nicht zulassen. Wäre es für dich in Ordnung, wenn ich die Beerdigung für Santo ausrichte?«

Vittoria blickte mich an, Tränen glänzten in ihren Augen, die sie tapfer zurückhielt. Sie schloss die Augen für einen Moment, als ob sie betete, und nickte dann langsam. »Ja, Emilia«, flüsterte sie mit brüchiger Stimme. »Das wäre schön. Auch wenn ich an diesem Tag nicht dabei sein kann«, schluchzte Vittoria, ihre Stimme brüchig und voller Trauer. »Aber du wirst mir sagen, wo sein Grab sein wird, nicht wahr?« Sie hielt meine Hand fest, als wolle sie mir die ganze Schwere ihrer Worte und die unausgesprochene Liebe übertragen. »Und bitte, vergiss niemals, wie sehr er dich geliebt hat. Für ihn warst du wie eine Schwester. Er hat immer zu dir aufgesehen, hat dich bewundert. Er glaubte an deine Stärke, selbst wenn du es nicht tatest. Du musst stark bleiben. Für dich selbst, für Santo. Aber vertraue nur dir allein. Denn in dieser Welt ist Vertrauen ein tödlicher Luxus.«

Ihre Worte brannten sich in mein Herz wie ein Brandmal. Ich schluckte schwer, die Emotionen brodelten in mir wie ein tosendes

Gewitter. »Das werde ich«, versprach ich mit bebender Stimme. »Für Santo, für uns alle. Für all die, die sie uns genommen haben.« Ich drückte ihre Hand noch einmal, bevor sie langsam losließ.

Vittoria nickte mir zu, doch bevor sie sich abwandte, hielt sie inne. Ihre Schultern sanken leicht herab, als trug sie die Last einer ganzen Welt auf ihnen. Sie drehte sich halb um, die Augen voller einer Mischung aus Schmerz und einem Funken, der wie eine unterdrückte Hoffnung wirkte. »Ich hoffe, dass wir eines Tages die Möglichkeit bekommen, all das hinter uns zu lassen«, sagte sie fast flehend. Dann wandte sie sich ab und verschwand aus dem Garten, ihre Schritte leise und doch schwer auf dem Kiesweg.

Ich blieb allein zurück, wie vom Sturm gebeutelt, den Kopf voller Gedanken und das Herz schwer von einer bittersüßen Mischung aus Trauer und neu entfachter Hoffnung. War das wirklich passiert? Hatte sie mir all das gesagt? All die Jahre hatte ich geglaubt, Vittoria würde mich verachten, mich für den Tod ihrer Söhne verantwortlich machen. Doch jetzt, nach allem, was ich gehört hatte, verstand ich endlich: Sie war genauso eine Gefangene dieser Welt wie ich.

Tränen rannen über meine Wangen, und diesmal ließ ich sie fließen. Denn mitten in all der Dunkelheit und dem Schmerz hatte Vittoria mir etwas geschenkt, das ich längst verloren geglaubt hatte: Hoffnung.

Ich wusste, dass dies erst der Anfang war, dass der Weg vor mir dunkel und gefährlich sein würde. Doch ich würde nicht aufgeben. Nicht jetzt. Nicht, nachdem Santo und Vittoria an mich geglaubt hatten.

Es war Zeit, mich meinem Schicksal zu stellen und all das zurückzuholen, was uns genommen worden war. Für Santo. Für meine Familie. Für mich selbst.

Kapitel 24

EMILIA

Nachdem, was ich zuletzt alles erfahren hatte, brauchte ich Abstand von all dem Schmerz, der Trauer und vor allem von Dante. Zurück zu Lucas Haus fahren? Das war keine Option. Allein der Gedanke, wieder in einem Raum mit Dante zu sein, ließ mir das Blut in den Adern kochen. Dankbarkeit hin oder her, er verhielt sich wie das größte Arschloch, das mir je begegnet war. Die ständige Bevormundung, die starren Blicke, die unterschwelligen Drohungen - ich hatte genug.

Ich atmete tief durch, die kalte Herbstluft füllte meine Lungen, und ich versuchte, mich zu sammeln. Ein paar meiner Sachen, packte ich notdürftig zusammen, warf sie in eine kleine Reisetasche und machte mich auf den Weg zum Auto. Endlich allein. Zumindest für diesen Moment.

Kaum saß ich hinter dem Steuer, fiel mir ein, dass ich die Nachricht von Aurelio lesen musste. Ein kleines Aufleuchten des Displays verriet mir die kurze, knappe Mitteilung.

Triff mich in der Stadt, wenn du alles erledigt hast.

Kein Grund, nur eine Anweisung. Ein Mann weniger Worte, der nicht mehr sagte als unbedingt nötig. Aber wenn ich ehrlich war, war mir das lieber als jeder emotionale Ausbruch von Dante. Ich tippte schnell eine Antwort in mein Handy:

Ich bin auf dem Weg. Schick mir die Adresse.

Nicht lange danach vibrierte mein Handy und eine Nachricht mit der genauen Adresse erschien auf dem Bildschirm. »Keine weiteren Erklärungen. Bloß nicht kommunizieren«, murmelte ich vor mich hin. »Warum sollte mich interessieren, wo genau ich jetzt hinfahre?« Ich gab die Adresse ins Navigationssystem ein. In circa fünfundzwanzig Minuten würde ich am Ziel sein. Ein Nachtclub. Natürlich. Die Mafiosi erfüllten das Klischee perfekt - wo sonst würden sie sich treffen, wenn nicht in einem dieser zwielichtigen Etablissements?

Um der bedrückenden Stille im Auto zu entkommen, drehte ich das Radio auf. Eine melancholische Melodie erfüllte den Innenraum, doch sie schaffte es nicht, meine düsteren Gedanken zu vertreiben. Die Fahrt verlief fast schon zu ruhig, als hätte die Welt sich eine Pause von all dem Chaos genommen. Der Moment der Ruhe war bittersüß. Einerseits genoss ich die Einsamkeit, andererseits war sie momentan mein größter Feind. Denn allein mit meinen Gedanken zu sein, bedeutete, mich all dem Schmerz stellen zu müssen, den ich so verzweifelt zu verdrängen versuchte.

Als ich die Stadtgrenze erreichte, änderte sich das Bild. Die Straßen füllten sich mit teuren Autos, eine Parade des Reichtums. Die Einkaufsmeile war gesäumt von Luxusgeschäften, die Menschen hetzten mit prall gefüllten Tüten umher. Cafés und

Restaurants waren voller lebhafter, sorgloser Menschen, die ihre Drinks genossen, als gäbe es keine dunkle Seite dieser Stadt.

Das Navi meldete sich und wies mich auf mein Ziel hin. Vor mir lag der Club - ein imposantes Gebäude mit dunklen, getönten Fenstern. Ich hatte von diesem Ort gehört, ein Treffpunkt für die Reichen und Mächtigen, wo Geschäfte im Verborgenen abgewickelt wurden und wo die Oberflächlichkeit des Luxus eine gefährliche Realität verbarg.

Den Wagen parkte ich vor dem Eingang, was sofort die Aufmerksamkeit eines Mannes auf sich zog, der wie ein wandelnder Berg aus Muskeln aussah. Der Türsteher kam auf mich zu, seine Miene war grimmig, und seine Augen musterten mich abschätzig.

»Park deinen Wagen woanders, Püppchen! Wir haben geschlossen, und du siehst nicht aus, als würdest du hierher gehören«, blaffte er mich an. Seine Stimme klang wie das Brüllen eines wütenden Tieres, und er stellte sich mir in den Weg, die Arme verschränkt.

Ich atmete tief durch, denn ich hatte keinen Nerv für einen Kampf mit einem auf Steroiden gepushten Türsteher. »Hör mal zu, du Möchtegern-Hulk«, zischte ich und verschränkte ebenfalls die Arme vor der Brust. »Ich bin hier verabredet, und es wäre äußerst unhöflich von mir, zu spät zu kommen.«

Sein Gesicht verzog sich zu einer Grimasse. Doch bevor er überhaupt den Mund öffnen konnte, um eine weitere Drohung auszusprechen, öffnete sich die schwere Tür des Clubs.

Aurelio trat heraus, sein Blick war so scharf wie eine Rasierklinge. »Was ist hier los?«, fragte er, während er sich ihm näherte.

Der Typ schrumpfte förmlich unter Aurelios Blick zusammen und stammelte: »Sie sagt, sie sei hier verabredet.«

In einer blitzschnellen Bewegung packte Aurelio ihn am Kragen und zog ihn dicht an sich heran.»Und statt nachzufragen, ziehst du es vor, respektlos gegenüber einer Frau zu werden? Kommt das noch mal vor, haben wir beide ein Problem.« Seine Stimme war leise, aber tödlich, wie das Zischen einer Schlange kurz vor dem Biss. Der Türsteher nickte hastig, sichtlich eingeschüchtert, und wagte es nicht, Aurelio in die Augen zu sehen.

Überrascht von dieser Seite Aurelios, konnte ich mir ein Lächeln nicht verkneifen. Diese Männer waren eben nicht nur irgendwelche Türsteher oder Clubbesitzer. Sie waren Mafiosi, und in ihrer Welt bedeutete Respekt alles – was meist nicht für Frauen galt.

»Du bist hier.« Aurelio drehte sich zu mir und streckte mir seine Hand entgegen.»Komm mit!«

Ohne zu zögern, ergriff ich seine Hand und ließ mich von ihm ins Innere des Clubs führen. Dem Türsteher, der nervös am Eingang stand, zwinkerte ich provokant zu.

»Weißt du«, sagte ich mit einem sarkastischen Unterton, als wir durch den abgedunkelten Korridor schritten,»ich hätte das allein regeln können. Ich brauche keinen Ritter in goldener Rüstung.«

Aurelio hielt plötzlich inne, drehte sich langsam zu mir um und schaute mir tief in die Augen. Die Dunkelheit des Clubs schien seine Gesichtszüge zu verschärfen, und ein Lächeln spielte um seine Lippen.»Ich bin alles andere als ein Ritter, Emilia. Ich bin kein guter Mensch. Das solltest du wissen.« Seine Stimme war ein tiefes, dunkles Grollen, das durch die stille Luft schnitt.»Aber ich dulde so etwas in meiner Anwesenheit nicht.«

Sein Tonfall schickte mir einen Schauer über den Rücken, und doch konnte ich meinen Blick nicht von ihm abwenden.»Bisher kann ich nicht sagen, dass du kein guter Mensch bist«, erwiderte ich leise, fast schon herausfordernd. Ich wollte ihm zeigen, dass ich keine Angst vor ihm hatte. Vielleicht war es töricht, aber ich hatte nichts mehr zu verlieren.

Er trat einen Schritt näher und hob seine Hand, sein Griff sanft, aber bestimmt. Dann ließ er seine Finger zärtlich über mein Kinn gleiten, hob mein Gesicht an und musterte mich eindringlich. »Vorsicht«, flüsterte er. »Vertrau niemals darauf, was du siehst. Nur darauf, was du ganz sicher weißt. Ich entscheide selbst, wer welche Seite von mir zu sehen bekommt.« Er ließ mein Kinn los, seine Hand glitt langsam von meinem Gesicht herab, als wollte er die Spur seines Griffs in meiner Haut hinterlassen.

Ich spürte, wie mein Herz schneller schlug, nicht aus Angst, sondern aus etwas anderem, das ich nicht zu benennen wagte. Dante und Aurelio - sie waren sich so ähnlich. Beide umgaben sich mit einer Aura der Gefahr, beide waren besitzergreifend und beschützend zugleich. Und beide schienen zu glauben, dass ich sie brauchte und ohne ihren Schutz verloren wäre.

Sie täuschten sich. Beide unterschätzten mich, doch das war mein Vorteil. Ich würde die Frau sein, die sich aus den Fängen dieser Männer befreit. Die Frau, die sich nicht mehr von Geheimnissen und Machtspielen ersticken ließ.

»Vielleicht hatte ich bisher Glück«, sagte ich und lächelte kühl, »aber ich bin nicht hier, um auf Glück zu vertrauen.«

Wir gingen tiefer in den Club hinein, und je weiter wir kamen, desto offensichtlicher wurde, dass dies kein gewöhnlicher Ort war. Alles strahlte Luxus aus: die schweren Samtvorhänge, die funkelnden Kronleuchter, die teuren Ledermöbel. Selbst die Luft schien nach Reichtum zu duften. Hier feierte die Elite der Reichen und Mächtigen, und es war nicht schwer zu erkennen, warum.

»Faszinierend. Hier feiert die Elite, während draußen die Welt brennt«, murmelte ich, mehr zu mir selbst als zu Aurelio. Ein scharfes Lächeln huschte über seine Lippen, als hätte er meine Gedanken gelesen.

»Du solltest heute Abend kommen«, sagte er beiläufig, als wäre es die selbstverständlichste Sache der Welt. »Es ist eine exklusive Party mit vielen einflussreichen Menschen. Könnte nützlich für dich sein. Und etwas Ablenkung schadet bestimmt auch nicht. Ich bin mir sicher, so mancher Gast wird dir aus der Hand fressen.« Seine Augen funkelten amüsiert, als wüsste er genau, welche Wirkung ich auf die Männer dieser Welt hatte.

»Ich denke darüber nach.« Die Idee, mich in diesen Kreisen zu bewegen, war verlockend. Nicht weil ich feiern wollte - dazu war ich zu aufgewühlt, sondern weil ich wusste, dass ein Netzwerk in dieser Welt oft der Schlüssel zur Macht war. Hier konnte ich Verbündete finden, Informationen sammeln und meinem Plan einen Schritt näher kommen.

Kurz darauf führte mich Aurelio in einen großen Saal. Die schweren Türen öffneten sich, und ein weiterer Mann wartete auf uns. Er war groß, gut gebaut, mit einem charmanten Lächeln, das nicht ganz seine Augen erreichte.

»Aurelio, da bist du ja!«, begrüßte er ihn mit einer herzlichen Umarmung. »Bereit für etwas Farbe?«, fragte er euphorisch, und es schien, als würde nur er allein verstehen, wovon er sprach.

»Vincenzo mein Freund, darf ich vorstellen: Das ist Emilia«, Aurelio schob mich sanft an meiner Hüfte nach vorn, und ich spürte seine Wärme durch den dünnen Stoff meiner Bluse.

Vincenzo musterte mich, ein Lächeln spielte um seine Lippen.

»Ciao, Emilia. Ich bin Vincenzo«, sagte er freundlich, während er meine Hand ergriff und sie leicht drückte. Sein Blick wanderte über mein Gesicht, als würde er mich abschätzen, wie ein Bildhauer, der das Potenzial eines rohen Marmors erkundet.

Ich erwiderte den Händedruck fest und zog meine Hand langsam zurück. »Freut mich, dich kennenzulernen« Die Art, wie er mich ansah, machte mich neugierig, aber auch ein wenig misstrauisch.

»Sie könnte ein wenig Farbe vertragen, meinst du nicht auch?« Er sprach mit Aurelio, aber seine Augen ruhten weiter auf mir.

»Farbe?«, fragte ich verwirrt, als ich die beiden beobachtete, wie sie sich über mich hinweg unterhielten.

»Keine Strähnchen wie beim Friseur. Wir reden über Tattoos. Echte Kunst auf der Haut«, klärte mich Aurelio auf, während Vincenzo seine Tattoo-Ausrüstung hervorzog.

»Tattoos?« Ich war ein wenig überrascht. »Du willst dich hier im Club tätowieren lassen?«

»Warum nicht? Sich abzulenken und den Kopf frei kriegen, ist keine schlechte Sache«, grinste er und knöpfte sein Hemd auf. Sein Oberkörper war ein einziges Kunstwerk aus Tinte und Muskeln. All die verschiedenen Motive und Symbole erzählten ihre eigene Geschichte, von den Narben und Erlebnissen, die ihn gezeichnet hatten.

Ich ließ seine Worte auf mich wirken. »Und was, wenn ich gar keine Ablenkung will? Was, wenn ich mich meinem Schmerz stellen muss«, fragte ich ihn, ein wenig trotzig.

Er legte den Kopf leicht schief, als würde er mich abwägen. »Dann bist du mutiger als die meisten Menschen, Emilia«, sagte er ruhig. »Aber selbst die Mutigsten brauchen manchmal eine Pause. Und genau das wollte ich dir heute geben. Ein paar Stunden, um loszulassen, und in denen du du selbst sein kannst.«

Sein Tonfall war ernst, ehrlich, und irgendwie trafen seine Worte mich genau dort, wo ich es am meisten spürte. Tief in meinem Inneren, wo die Trauer, die Schuld und die Wut miteinander kämpften. Ich atmete tief ein und nickte langsam. »Vielleicht hast du recht«, gab ich schließlich zu. »Vielleicht brauchte ich das wirklich. Auch wenn es auf den ersten Blick nicht so aussah.«

Aurelio lächelte sanft, fast erleichtert, als er sah, dass ich seine Intention verstanden hatte. »Ich dachte mir schon, dass du es verstehen würdest«, sagte er leise. »Manchmal sind die besten Entscheidungen die, die wir nicht geplant haben.«

»Danke, Aurelio. Für diese ... unkonventionelle Ablenkung.«

Er zuckte mit den Schultern, das typische Grinsen wieder auf seinen Lippen. »Immer gern. Manchmal muss man sich drauf einlassen, weißt du? Und du hast es getan. Du bist hier.«

Aurelio legte sein Hemd zur Seite und legte sich auf die Liege. Vincenzo begann sofort mit der Arbeit, seine Hände bewegten sich schnell und präzise. Ich beobachtete die beiden aufmerksam, wie sie sich über Motive und Designs unterhielten, und je länger ich zusah, desto mehr faszinierte es mich.

Als Vincenzo nach einer Stunde fertig war und Aurelios Tattoo verband, kam mir eine verrückte Idee in den Kopf. Ohne lange nachzudenken, stellte ich die Frage: »Würdest du mich tätowieren, Vincenzo?«

Beide Männer drehten sich überrascht zu mir um. Aurelio hob eine Augenbraue, und ein kleines, amüsiertes Lächeln spielte um seine Lippen. »Bist du dir sicher?«, fragte er. »Ein Tattoo ist etwas Dauerhaftes. Du solltest dir das gut überlegen.«

»Ich habe mir schon etwas überlegt. Eine Königskobra. Sie steht für Heilung, Wiedergeburt, aber auch für Tod und Zerstörung. Für mich symbolisiert sie alles, was ich in letzter Zeit erlebt habe. Den Verlust, die Rache, und die Stärke, die ich in mir finden musste.«

Vincenzo lächelte und nickte anerkennend. »Eine großartige Wahl«, sagte er, »und ich glaube, ich weiß genau, wie ich es umsetzen werde.«

»Setz dich«, wies mich Aurelio an, »und bereite dich vor. Das wird schmerzhaft, aber ich bin mir sicher, du kannst es ertragen.«

Ich setzte mich auf die Liege und atmete tief durch, als Vincenzo sich erkundigte, welche Stelle an meinem Körper ich für das Tattoo ausgewählt habe. »Ich will, dass die Schlange meine Wirbelsäule ziert - eine Art Symbol dafür, dass sie mir Rückhalt und Stärke verleiht.«

»Das ist ein toller Gedanke. Ich werde alles versuchen, um deine Erwartungen zu übertreffen. Ich bereite schnell alles vor. Du kannst schon mal deinen Rücken freimachen. Ich bin gleich für dich da.«

Mein Blick wanderte zu Aurelio, der mich intensiv musterte. »Könntest du dich dann bitte umdrehen? Wir mögen unkonventionell sein, aber man muss es ja nicht übertreiben.« Er begann zu lächeln und kurz wirkte es so, als wollte er etwas sagen, doch dann biss er sich auf die Lippe und drehte sich von mir weg.

Ich zog meine Bluse aus und legte sie sorgfältig auf die Liege, bevor ich mich selbst darauf niederließ. Mein Herz schlug etwas schneller, als ich den Verschluss meines BHs öffnete, die Träger sanft über meine Schultern gleiten ließ und ihn beiseitelegte.

»Bereit?« Ich zuckte zusammen, weil ich nicht bemerkt hatte, dass Vincenzo schon zurück war. Er bemerkte meine Unsicherheit. »Keine Sorge. Ich hab das schon oft genug gesehen. Aber deine sind besonders schön«, lachte er und so seltsam der Moment war, nahm es etwas von meiner Anspannung.

»Du kannst dich jetzt hinlegen, damit ich das Motiv anzeichnen kann.«

»Was zur Hölle treibt ihr da?«, unterbrach uns Aurelio. Er klang angespannt. Gereizt.

Ich hatte das Bedürfnis, ihn etwas zu necken.

»Vincenzo hat mir nur ein Kompliment über meine Brüste gemacht. Mehr nicht«, sagte ich mit einer süßlich gespielten Stimme.

Plötzlich drehte er sich um. »Du hast was gemacht?«, trat er an Vincenzo heran, wirkte dabei alles andere als erfreut. »Beruhige dich, mein Freund. Ich bin schwul. Ihre Brüste sind schön, aber sie interessieren mich nicht.« Ein lautes Lachen hallte durch den Raum und ich konnte mir ein Schmunzeln nicht verkneifen, als ich sah, wie fassungslos Aurelio dastand und den Kopf schüttelte. Nachdem wir uns diesen kleinen Spaß erlaubt hatten, ging es los. Vincenzo ließ die Nadel der Tätowiermaschine über meine Haut gleiten. Der Schmerz war scharf und durchdringend, aber es fühlte sich befreiend an. Es war, als würde ich all den Schmerz und die Trauer, die ich in mir trug, auf meiner Haut verewigen. Jeder Stich der Nadel war wie ein kleiner Abschied von der Angst, die mich gelähmt hatte.

Aurelio stand die ganze Zeit neben mir, seine Hand ruhte leicht auf meiner Schulter. »Du machst das toll«, flüsterte er mir zu. »Und jetzt wirst du immer etwas bei dir haben, das dich daran erinnert, wer du bist und wofür du kämpfst.« Als Vincenzo fertig war, nahm ich meine Bluse, um mich zu bedecken. Beim Blick in den Spiegel konnte ich es kaum glauben. Die Königskobra schlängelte sich elegant über meine Wirbelsäule, ihr Kopf erhoben, die Zähne gebleckt. Sie wirkte lebendig, kraftvoll und Furcht einflößend. Genau das, was ich wollte.

»Sie ist perfekt. Ich danke dir vom Herzen. Es ist schöner geworden, als in meiner Vorstellung«, dankte ich ihm und war immer noch fasziniert, dass mich dieses Tattoo jetzt ein Leben lang begleiten würde.

»Jederzeit wieder, Bella!«, sprach er mir strahlend entgegen. Er deckte das Tattoo mit einer dafür vorgesehenen Klebefolie ab und erklärte mir, worauf ich achten sollte und wie ich es zu pflegen hatte. Dann packte er alles zusammen und verabschiedete sich von uns.

»Warte, ich muss dich bezahlen«, rief ich ihm zu.

Doch er winkte ab »Ein Geschenk für eine Freundin, Emilia. Ciao, meine Freunde«, verließ er gut gelaunt den Club. Weg war er.

»Ist er immer so?«, fragte ich amüsiert.

»So wie heute nicht«, erwiderte er, scheinbar immer noch leicht mitgenommen von der Situation zuvor.

Und dann bemerkte ich, dass wir allein in dem großen Saal waren. Aurelio kam auf mich zu und streifte mit seinen Fingern über die Folie an meiner Haut »Hier beginnt deine Geschichte«, flüsterte er und blickte mir tief in die Augen. »Und ich hoffe, dass ich dich heut Abend hier wiedersehe.«

Das war das Mindeste, was ich tun konnte, um ihm für diese Erfahrung zu danken.

»Dann sollte ich mal los und mich etwas für den Abend vorbereiten«, lächelte ich ihm kaum merklich zu. Ich wandte mich von ihm ab, zog meine Bluse über und während ich sie zuknöpfte, spürte ich Aurelios Blicke auf mir.

»Ich kann es kaum erwarten, Signorina d'Amico!«

Mein Herz schlug schneller, als ich den Club verließ. Die kühle Luft traf mich wie eine Welle und brachte mich zurück in die Realität. Der Gedanke, mich auf diese Party vorzubereiten, ließ mich etwas nervös werden, aber zugleich erfüllte mich eine seltsame Vorfreude. Aurelio hatte mir einen Einblick in seine Welt gegeben, und heute Abend würde ich weiter darin eintauchen.

Ich lief zu meinem Auto, ließ mich in den Sitz gleiten, legte die Hände kurz auf das Lenkrad und atmete tief durch. »Hier beginnt deine Geschichte«, wiederholte ich seine Worte leise für mich. Es klang so bedeutungsvoll, so endgültig. Als hätte ich eine unsichtbare Linie überschritten, von der es kein Zurück mehr gab.

Das Tattoo unter der Folie brannte leicht, erinnerte mich an die Entscheidung, die ich getroffen hatte – eine Entscheidung, die mich an meine Vergangenheit erinnerte und mich gleichzeitig antrieb, stärker zu werden. Ich wusste, dass ich heute Abend nicht nur als Beobachterin in den Club zurückkehren würde. Nein, ich würde als eine neue Version von mir selbst auftreten. Eine, die sich nicht mehr so leicht einschüchtern ließ.

Kapitel 25

EMILIA

Was ein verrückter Tag. Erst der Streit mit Dante, dann das Treffen mit Vittoria und auf einmal hatte ich mein erstes Tattoo. Ein Kunstwerk, das so bedeutungsvoll und eindrucksvoll war, dass es unmöglich war, es vor Dante und Luca zu verstecken. Und warum sollte ich überhaupt? Es war mein Körper, meine Entscheidung. Sollten sie es doch sehen – sie selbst hatten genug Tattoos, um ganze Geschichten auf ihren Hautflächen zu erzählen.

Aber bevor ich mich einem Verhör oder Dantes spitzen Kommentaren stellen würde, hatte ich eine Mission: Ich brauchte ein Kleid. Das schwarze Kleid, das ich für die Gala in Betracht gezogen hatte, lag zu Hause in der Villa. Es war perfekt – schlicht, elegant und genau die Art von Kleid, die ich brauchte. Warum sollte ich mich durch die Stadt quälen und ein neues kaufen, wenn ich noch mal zur Villa fahren konnte, um es zu holen? Es würde mir Zeit und Mühe sparen.

Doch selbst als ich die Entscheidung traf, spürte ich diesen leichten Stich der Unsicherheit. Luca und Dante würden nicht erfreut sein, wenn sie wüssten, dass ich alleine zur Villa fuhr. Sie waren übervorsichtig geworden, seit wir nichts mehr von meiner Familie gehört hatten.

Aber ich war müde davon, mich ständig in diesem Netz aus Angst und Vorsicht zu verheddern. Vielleicht war es der Trotz oder der Wunsch, wieder die Kontrolle über mein eigenes Leben zu haben. Ich hatte entschieden. Ich würde fahren.

Die Straße zur Villa war leer, und die Dämmerung legte sich wie ein weicher Schleier über die Landschaft. Mein Auto schnurrte leise, während die Musik durch die Lautsprecher dröhnte, eine raue Melodie, die meine Gedanken übertönen sollte. Doch trotz des Lärms driftete mein Verstand immer wieder zurück – zu Luca, der mich mit diesem vorwurfsvollen Blick durchbohren würde und zu Dante, dessen dunkle Augen nichts außer kalter Missbilligung verraten würden. Sie wollten mich schützen, sagten sie. Doch manchmal fühlte es sich eher an, als hielten sie mich gefangen.

Als die Villa in Sicht kam, verspürte ich Erleichterung. Die hohen Eisenzäune ragten wie stumme Wächter in den Himmel, und das große Anwesen wirkte so verlassen. Kein Licht, keine Bewegung, nur die Stille, die hier ein wenig schwerer zu wiegen schien. Alles war genauso, wie ich es verlassen hatte. Nichts Ungewöhnliches.

Ich stieg aus dem Auto, ließ den Motor laufen, nur für den Fall, dass ich schnell wieder verschwinden musste, und ging zügig zur Tür. Der Schlüssel drehte sich leicht im Schloss, und das Knarren der Tür hallte durch die Eingangshalle. Der vertraute Geruch von Holz und altem Parfüm umfing mich, und ich zwang mich, meine Schritte zu beschleunigen.

Die Treppe knarzte leicht unter meinen Schritten, und ich hielt unwillkürlich den Atem an, lauschte. Doch nichts rührte sich. Kein Laut, außer meinem eigenen Herzschlag, der in meinen Ohren pochte. Ich erreichte mein Zimmer und schob die Tür auf, lief geradewegs zum Kleiderschrank und meine Hände griffen gezielt nach dem schwarzen Kleid. Der Stoff fühlte sich kühl und glatt unter meinen Fingern an. Ich drapierte das Kleid über meinen Arm, wandte mich um und eilte aus dem Zimmer. Meine Schritte waren schneller, fast hastig, als ich die Treppe hinunterlief und zur Tür zurückkehrte. Mein Atem ging schneller, obwohl alles so war wie immer.

Ich warf das Kleid auf den Beifahrersitz, setzte mich hinter das Steuer und schloss die Tür, als hätte ich damit eine unsichtbare Grenze zwischen mir und der Villa gezogen.

Der Motor brummte vertraut, und ich lenkte den Wagen auf die Auffahrt, die zurück zur Landstraße führte. Mein Herzschlag entspannte sich, aber mein Blick wanderte unwillkürlich in den Rückspiegel, als ich das Grundstück hinter mir ließ.

Während der Fahrt dachte ich darüber nach, wie es weitergehen sollte. Schließlich konnte es kein dauerhafter Zustand sein, dass ich bei Luca wohnte. Dieses Haus war für mich eher eine Art komfortabler Käfig. Ein Gedanke, der nach dem Streit mit Dante nur deutlicher geworden war.

Ich musste etwas ändern.

Ich wollte keine Babysitter, die mich ständig beobachteten oder Entscheidungen für mich trafen. Ich brauchte Raum, um selbstständig zu handeln, und das bedeutete, dass ich morgen einen klaren Schlussstrich ziehen musste.

Aber all das konnte warten. Heute Abend lag mein Fokus auf meinem Plan. Der Club und die Menschen dort waren der Schlüssel. Wenn ich es schaffte, die richtigen Kontakte zu knüpfen, konnte ich Informationen sammeln, die mir halfen, meine Ziele voranzubringen. Und danach musste ich mich um die Beerdigung und die Firma kümmern – beides Baustellen, die ich bisher beiseitegeschoben hatte. Doch für heute hatte ich meine Prioritäten gesetzt.

Die Fahrt verging wie im Flug, meine Gedanken wirbelten wie ein Sturm in meinem Kopf. Plötzlich war ich schon da. Ich parkte vor dem Haus und bemerkte erleichtert, dass niemand da zu sein schien. Kein Dante, kein Luca, kein Verhör. Perfekt.

Ich schloss die Tür hinter mir und lauschte für einen Moment. Alles war still. Ein leises Lächeln huschte über mein Gesicht. Das bedeutete, ich musste mich weder erklären noch vor Fragen schützen. Die Sache mit dem Club hätte sie nur alarmiert, und sie hätten alles daran gesetzt, mich davon abzuhalten.

Ich lief die Treppe hinauf in mein Zimmer, zog die Tasche mit dem Kleid enger an mich und begann, mich auf den Abend vorzubereiten. Doch zuerst wollte ich unter die Dusche. Es war ein langer Tag gewesen, und das heiße Wasser würde mir helfen, mich zu entspannen.

Ich stellte die Dusche an, da das Wasser anfangs etwas brauchte, um warm zu werden.

In der Zeit suchte ich mir Unterwäsche raus. Da es ein sehr enges Kleid war, musste es etwas Feines sein. Also entschied ich mich kurzerhand für ein schwarzes Spitzen Set.

Es war ja nicht so, dass es zum Einsatz kommen würde.

Bevor ich in die Dusche stieg, bekam ich eine Nachricht von Aurelio.

Ich schicke dir einen Fahrer. Sei um 20 Uhr fertig!

»20 Uhr?« Ich hab zwar nie so die Nacht zum Tag gemacht, aber selbst ich wusste, dass das etwas früh für den Club war.

Ich hatte zwei Stunden Zeit. Genug, um mich fertigzumachen und mich mit meinen Gedanken auseinanderzusetzen. Warum ließ ich mich auf all das ein? Aber gleichzeitig wusste ich, dass es die einzige Möglichkeit war, die Kontrolle zurückzugewinnen, die mir in den letzten Tagen so abhandengekommen war.

Ich stieg unter die Dusche und ließ das warme Wasser vorsichtig über meinen Körper fließen, weil das frisch gestochene Tattoo nicht nass werden sollte, auch wenn ich die schützende Folie trug. Es half mir, den Kopf freizubekommen, mich von all den wirbelnden Gedanken zu lösen. Als ich unter dem Wasser stand, schloss ich für einen Moment die Augen und versuchte, mich auf den Moment zu konzentrieren. Ich wusste, dass dieser Abend wichtig war, dass er mein Leben verändern würde. Und vielleicht war es das, was ich gebraucht hatte.

Nachdem ich mich abgetrocknet hatte, trocknete ich meine Haare und entschied mich, sie offenzulassen. Es war ein simples, aber elegantes Styling, das es mir ermöglichte, sie später hochzustecken, wenn ich es wollte. Das Make-up hielt ich dezent – etwas Mascara, ein Hauch von Rouge, und ein wenig Lipgloss. Alles sollte schlichte Eleganz ausstrahlen, nichts zu aufdringlich, aber doch mit einer gewissen Wirkung.

Ich zog das schwarze Spitzen-Set an und schlüpfte dann in das eng anliegende Kleid, das mich auf den ersten Blick fast ein bisschen nervös machte. Es war ein Kleid, das Blicke auf sich zog, ohne zu viel preiszugeben. Ein tiefes, aber nicht zu offensichtliches Dekolleté, der Schnitt betonte meine Figur und ließ mich größer erscheinen, als ich war.

Dann suchte ich nach passenden Schuhen – hohe, schwarze Absätze, die perfekt zum Kleid passten. Dazu eine kleine schwarze

Clutch und ein kurzer Blick in den Spiegel. Ich sah gut aus. Besser, als ich es mir selbst zugetraut hatte.

Die Uhr zeigte 19:45 Uhr. Ich hatte noch etwas Zeit. Ich war mir nicht sicher, was mich an diesem Abend erwarten würde. Der Club, Aurelio, all die Menschen, die er kannte – es fühlte sich alles wie ein neues Kapitel an, und ich war gespannt, was es bringen würde.

In diesem Moment vibrierte mein Handy auf dem Tisch. Es war eine Nachricht von Aurelio.

Der Fahrer ist da. Er wartet unten.

Ich atmete tief ein, fuhr mir mit einer Hand durch meine Haare und machte mich dann auf den Weg nach unten. Als ich die Treppe hinunterging, fühlte ich ein leichtes Zittern in den Beinen, aber das war normal, oder? Jeder große Schritt in diese Welt brachte eine gewisse Nervosität mit sich. Doch je näher ich dem Ziel kam, desto sicherer wurde ich. Ich war bereit, das zu tun, was nötig war.

Vor der Tür stand der Fahrer in einem eleganten schwarzen Anzug. »Guten Abend, Signorina d'Amico«, begrüßte er mich und öffnete mir die Tür. Ich begrüßte ihn ebenfalls und mit einem dankenden nicken stieg ich ein. Die Straßen zogen an mir vorbei, während der Wagen durch die Nacht glitt. Der Fahrer hielt sich an die Verkehrsregeln, doch ich spürte den Puls der Stadt in jedem vorbeiziehenden Licht, in jeder dunklen Gasse, die uns umgab. Der Club, der vor mir lag, war mehr als nur ein Ort zum Feiern – er war ein Treffpunkt, ein Zentrum der Macht, ein Ort, an dem Entscheidungen getroffen wurden, die über Leben und Tod bestimmten. Und ich war auf dem Weg dorthin, mit dem klaren Ziel, meinen Platz in dieser Welt zu finden.

Ich schaute aus dem Fenster und atmete die frische Nachtluft ein. Heute konnte alles passieren, und tief in meinem Inneren wusste ich, dass dies eine Entscheidung war, die weit über diesen Abend hinaus Auswirkungen auf mein Leben haben würde. Der Club, dieser Ort des Einflusses, würde mir einen neuen Blickwinkel auf die Welt eröffnen – und die Möglichkeit, alles, was ich verloren hatte, zurückzuerobern.

Der Wagen fuhr vor dem Club vor, der in grellen Lichtern erstrahlte. »Wir sind da«, sagte der Fahrer freundlich, während er die Tür öffnete.

Ich stieg aus, spürte, wie der elegante Duft des Clubs in die Luft stieg. »Es war mir ein Vergnügen, Signorina d'Amico. Signor Venturi bat mich, Ihnen mitzuteilen, dass Sie schon reingehen sollen. Sie werden genau wissen, wo Sie hinmüssen.«

Ich war überrascht über seine Worte, aber ich nickte ihm dankend zu und machte mich auf den Weg ins Innere.

Als ich das Gebäude betrat, war es so gut wie dunkel, bis auf ein paar Kerzen, die am Rand des Bodens standen. Der Fahrer meinte, ich würde erkennen, wo ich hinmuss, und scheinbar, waren die Kerzen mein Wegweiser. Ich folgte ihnen durch den kompletten Flur, bis ich vor einer geschlossenen Tür zum Stehen kam.

Ohne jegliche Ahnung, was hier los war, holte ich ein letztes Mal Luft, bevor ich an die Tür klopfen wollte. Doch bevor es dazu kam, öffnete sich die Tür und Aurelio stand mit einem Lächeln im Türrahmen. Er trug einen schwarzen, maßgeschneiderten Anzug mit einem weißen Hemd, das perfekt seine athletische Figur hervorhob.

»Keine Sekunde zu früh.«, kommentierte er meine Ankunft. »Komm rein, Emilia. Ich freue mich, dass du meiner Einladung gefolgt bist. Du siehst toll aus.«

»Das Kompliment gebe ich gern zurück. Nachdem du mir geholfen und mir heute einen erlebnisreichen Tag beschert hast, war es das Mindeste.«

»Man soll doch den Tag nicht vor dem Abend loben. Und der Tag ist längst nicht vorbei. Ich dachte, bevor die anderen Gäste hier auftauchen und alles mal wieder im Chaos versinkt, könnten wir etwas zusammen essen.«

»Ein Essen? Geschäftlich oder privat?«, schmunzelte ich vor mich hin.

»Fühlst du dich etwa unwohl in meiner Nähe?«, fragte er plötzlich.

Keine Ahnung wo dieser Gedanke her kam.

»Nein, wieso sollte ich?«

»Du wirkst etwas nervös und angespannt. Falls du dich unwohl fühlst, sag es mir, bitte«, bat er zurückhaltend.

»Nein, ich fühle mich nicht unwohl. Absolut nicht. Es ist nur etwas ungewohnt. Ich war nicht allzu oft bei einem Abendessen mit einem Mann.«

»Ist das so? Interessant. Für mich ist es kein geschäftliches Abendessen. Das war es doch, was du wissen wolltest, oder?« Er musterte mich.

Ich sah verlegen zu Boden, als ich antwortete: »Ich würde gern mit dir zu Abend essen.«

Wir liefen zu einem kleinen gedeckten Tisch, der mitten in Aurelios Büro stand. Alles war sorgfältig arrangiert: der Tisch, das feine Porzellan und die leuchtenden Kristallgläser, die wie von unsichtbarer Hand platziert schienen. Aurelio zog mir den Stuhl zurecht, bevor er auf der anderen Seite Platz nahm.

Er schenkte uns beiden Champagner ein. Die prickelnde Flüssigkeit glitzerte im Glas. Der Druck, nicht wie eine Anfängerin zu wirken, war spürbar. Doch in Aurelios Anwesenheit fühlte sich alles gleichzeitig aufregend und unangemessen vertraut an.

Wir unterhielten uns über die verschiedensten Themen, die man eben so ansprach, wenn man sich besser kennenlernte.

»Warum bist du so nett zu mir? Warum hilfst du mir?«, fragte ich aus dem Nichts und die Worte drangen ungefiltert aus mir heraus. »Ich meine, du kennst mich nicht. Du hast eine der schlimmsten Situationen meines Lebens miterlebt und jetzt bin ich hier, in deinem Büro. Was willst du von mir?«

Ich brauchte Antworten. Die Fragen schwirrten mir im Kopf, und je länger ich nachdachte, desto klarer wurde mir, dass ich nicht darauf vertrauen konnte, was er mir bis jetzt gesagt hatte.

Aurelio stellte sein Glas ab und lehnte sich zurück. Ein schiefes Lächeln breitete sich auf seinem Gesicht aus, während er mich aufmerksam musterte. »Wie du schon bemerkt hast, läuft unser Leben nicht wie das vieler anderer Menschen«, begann er, seine Stimme ruhig und kontrolliert, aber mit einer gewissen Schwere.

»Ja, das kann man so sagen.«

»Wir haben unsere eigenen Regeln«, fuhr er fort. »Wir gehen nicht nach dem Gesetz. Wir töten, wenn es sein muss. Wir verdienen unser Geld mit Dingen, die illegal sind. Und glaube mir, wenn ich dir sage - ich habe in meinem Leben schon viele Menschen kennengelernt, die man lieber nicht treffen möchte. Und dann tauchst du auf, vollkommen anders als alle anderen. Du wurdest in diese Welt reingeschubst, hast absolut keine Ahnung, was da alles auf dich zukommen wird, und hast so viele Verluste hinnehmen müssen. Dennoch bist du hier, ohne die geringste Spur von Angst. Im Gegenteil, du weißt gar nicht, wie du auf andere Menschen wirkst.«

Ich war überrascht von seiner Offenheit. Hatte er mich so gut durchschaut, oder war das seine Art, wie er Gespräche führte? Vielleicht war er ein guter Beobachter. Doch die Art, wie er das sagte, ließ mich innehalten. Diese Welt war härter, als ich es mir je vorgestellt hatte, und dennoch hatte ich keinen Moment gezweifelt, dass ich es schaffen würde, mich in ihr zurechtzufinden. Irgendetwas an seiner Aussage ließ mich nachdenklich werden.

»Wie wirke ich denn, Aurelio?«, fragte ich, lehnte mich provokant nach vorn, meine Augen auf seine Lippen gerichtet und wollte es genau wissen. Ich war neugierig, was er von mir hielt, was er in mir sah, und was ihn so fesselte, mich in diesen Moment zu ziehen.

Er beugte sich ebenfalls nach vorn, seine Miene wurde für einen Moment ernster, bevor sich die Ecken seiner Lippen zu einem breiten, fast unverschämten Grinsen formten. Es war der typische Blick, den er immer dann hatte, wenn er sich überlegen fühlte, aber gleichzeitig wusste, dass er mich herausforderte.

»Du bist nicht nur eine bildschöne Frau«, begann er, seine Stimme tief und ein wenig rau. »Du bist außerdem klug. Du wurdest von heute auf morgen in die dunkelste Ecke der Welt gedrängt und verlierst trotzdem dein Strahlen nicht. Du bist frech! Ja, das bist du. Das habe ich gleich bei unserer ersten Begegnung festgestellt und du gibst dich gerne unnahbar.«

Er lehnte sich zurück und betrachtete mich wie ein Kunstwerk, als würde er jede meiner Bewegungen studieren. »Du bist ein Rätsel, Emilia. Und das ist es, was mich interessiert. Du bist ... gefährlich auf eine Art, die man nicht gleich sieht. Du spielst mit den Regeln, aber weißt nicht einmal, dass du es tust. Das macht dich so interessant.«

»Gut zu wissen, wie man auf andere Menschen wirkt. Ich sehe mich überhaupt nicht so.«

»Ich wünschte, du könntest dich nur für eine Sekunde mit meinen Augen sehen, dann würdest du erkennen, dass alles stimmt, was ich eben sagte.«

Seine Augen hatten nicht ein einziges Mal von mir abgelassen. Diese Intensität, die er ausstrahlte, ließ mein Herz schneller schlagen. Es war, als würde er jeden Teil von mir sehen, als ob er hinter meine Fassade blickte. Und etwas in mir fragte sich, ob er nicht mehr verstand, als er preisgab.

»Und was ist mit dir? Was muss ich über dich wissen?«, fragte ich, die Neugier und das Bedürfnis, mehr zu erfahren, überwogen endgültig.

Seine Augen verengten sich leicht, als er antwortete, und ich spürte, wie sich die Atmosphäre zwischen uns verdichtete. »Nein, Emilia! So läuft das nicht. Das musst du selbst herausfinden und dir dann deine eigene Meinung bilden. Aber ich habe schlimme Dinge in meinem Leben getan und ich werde in Zukunft noch viel schlimmere Dinge tun. Jedoch weiß ich immer, was ich will.«

Seine Worte trafen mich, wie ein kalter Windstoß. Ich wusste, dass er nichts beschönigte, dass er in dieser Welt ein Mann war, der sich nie an die Normen hielt, sondern nach seinen eigenen Gesetzen lebte. Ich hatte das Gefühl, dass er mir ein Stück seiner Dunkelheit offenbart hatte, aber gleichzeitig wollte ich wissen, wie tief diese Dunkelheit ging. Was trieb ihn an? Was war es, dass ihn so unaufhaltsam machte?

Ich spürte die Hitze, die sich zwischen uns gebildet hatte. Sie war greifbar, fast elektrisierend. Und trotz der Warnungen in meinem Kopf konnte ich nicht anders, als die Frage zu stellen, die mir die ganze Zeit auf der Zunge brannte.

»Und was willst du? Was genau will ein Mann wie Aurelio Venturi?«

Die Worte waren raus, bevor ich sie hatte kontrollieren können, und es war, als hätten sie die Luft zwischen uns zerrissen. Ein Moment der Stille, dann stand er plötzlich auf, in einer fließenden Bewegung, die mich gleichzeitig erschreckte und faszinierte.

Er kam direkt auf mich zu, seine Schritte ruhig und bestimmt. Ohne ein weiteres Wort lehnte er sich vor, seine Präsenz so dicht, dass ich keinen Ausweg mehr sah. Dann legte er seinen Daumen sanft auf meine Unterlippe, fast zärtlich, aber in seinem Blick lag eine Wildheit, die mich in ihren Bann zog.

»Du stehst ganz oben auf meiner Liste.«

Kapitel 26

EMILIA

Aurelio ließ seinen Daumen auf meiner Lippe verweilen. Er genoss die Macht, die er in diesem Moment über mich hatte. Sein Blick war unnachgiebig, seine Augen funkelten, als hätte ich eine Frage gestellt, die ihn gleichermaßen amüsierte wie herausforderte.

»Das bedeutet, dass ich dich will, Emilia. Nicht als eine flüchtige Bekanntschaft, nicht als Teil eines Bündnisses oder dreckigen Spiels. Ich will alles von dir. Deine Stärke, deinen Verstand, deinen Kampfgeist – und all die Dinge, die du selbst noch nicht entdeckt hast.«

Ich war sprachlos, gefangen zwischen dem, was ich hören wollte, und dem, was ich wusste, dass ich nicht hören sollte. Sein Geständnis war so direkt, so unverhohlen, dass ich nicht wusste, wie ich darauf reagieren sollte. War das eine Herausforderung? Ein Bekenntnis? Oder nur eine weitere Facette dieses Mannes, den ich nicht einschätzen konnte?

»Du bist sehr sicher, dass du das bekommst, was du willst«, erwiderte ich, meine Stimme fester, als ich mich fühlte. Ich konnte nicht zulassen, dass er sah, wie mich diese Worte aus der Fassung gebracht hatten. Ich durfte jetzt keine Schwäche zeigen!

»Was ist, wenn mein Herz schon einem anderen gehört?«, wurde ich jetzt etwas mutiger.

Er nahm seinen Daumen von meiner Lippe und entfernte sich von mir. Scheinbar hatte ihn das gebremst. Aber da täuschte ich mich. Er stand auf, ging ein paar Schritte und blieb hinter mir stehen. Ich spürte seine Hand an meinen Haaren und wie er sie zur Seite legte.

»Dann wärst du nicht hier! Oder, er ist unfähig, sich zu nehmen, was er will«, flüsterte er mir diese Worte fast bedrohlich zu.

Ich stand auf, um Aurelio jetzt direkt in die Augen zu sehen.

»Und du tust das? Dir nehmen, was du willst?« Wortlos kam er näher, drückte mich gegen die Wand. Sein Körper berührte meinen und die Hände neben meinem Kopf an der Wand platziert.

»Ich bekomme immer, was ich will«, sagte er, seine Worte ein gefährliches Versprechen. Ich lachte leise, ein verzweifelter Versuch, die Spannung zu brechen. »Du scheinst mich ja gut zu kennen, obwohl wir uns kaum kennen.«

»Ich habe ein Talent dafür, Menschen zu durchschauen. Du hingegen bist ein Rätsel, aber eines, das ich gerne lösen möchte.«

Sein Geständnis ließ mich unsicher zurück, und doch spürte ich diese unbestreitbare Anziehungskraft, die wie ein unsichtbares Band zwischen uns lag. »Und was, wenn ich nicht will, dass du dieses Rätsel löst?«

»Dann werde ich dich trotzdem nicht aufgeben«, entgegnete er, seine Stimme wurde weicher, aber seine Entschlossenheit blieb ungebrochen. »Denn ich glaube, dass dir selbst gar nicht klar ist, wie sehr du willst, dass dich endlich jemand sieht.«

Seine Worte ließen mich innehalten. Da war Wahrheit in ihnen, mehr, als ich bereit war, zuzugeben. Aber bevor ich etwas erwidern konnte, zog er sich zurück, als hätte er alles gesagt, was gesagt werden musste.

»Der Abend ist jung«, sagte er und reichte mir seine Hand. »Komm mit. Ich habe dir die Elite dieser Stadt versprochen, und ich halte mein Wort. Wer weiß, vielleicht wirst du heute Nacht deine ersten Verbündeten finden.«

Ich sah seine ausgestreckte Hand an, die Entscheidung, die vor mir lag, war klar: zurückweichen oder mich auf diese Welt einlassen, die so gefährlich und verführerisch zugleich war. Und ohne zu zögern, legte ich meine Hand in seine.

Die Tore zum heutigen Abend waren geöffnet. Ich nippte an meinem Whisky, während ich mich vom Tresen abwandte und den Saal musterte. Die Menschen strömten in Scharen herein, jeder schien seine Rolle perfekt zu spielen. Frauen in funkelnden Kleidern, Männer in makellos sitzenden Anzügen – sie alle trugen die Aura von Reichtum und Macht, ebenso von Gefahr und Intrigen.

Die Musik setzte ein, ein tiefer Bass, der sich in den Raum legte und die ersten Tanzenden auf die Fläche lockte. Aurelio bewegte sich zwischen den Gästen, der perfekte Gastgeber, der seine Präsenz spüren ließ, ohne sich aufzudrängen. Er war in seinem Element, das wurde mir jetzt noch klarer.

Ich nahm einen weiteren Schluck und beobachtete, wie er einem älteren Mann die Hand schüttelte, dann einer Frau mit einem aufwendigen Diamantcollier charmant zulächelte. Es war faszinierend, wie er mit diesen Menschen umging. Ein bisschen Small Talk hier, ein Kompliment da und die Menschen fraßen ihm aus der Hand.

»Noch einen, Signorina?« Die Stimme des Barkeepers riss mich aus meinen Gedanken.

»Ja, warum nicht«, antwortete ich und hielt ihm mein leeres Glas hin.

Mit meinem frischen Whisky in der Hand beschloss ich, mich ein wenig umzusehen. Der Club war größer, als ich erwartet hatte, mit verschiedenen Ebenen und privaten Bereichen, die nur den einflussreichsten Gästen vorbehalten waren. Hier betrat man eine Welt, die fernab des Gesetzes war.

Plötzlich spürte ich wieder diese Präsenz. Ohne mich umzusehen, wusste ich, dass Aurelio hinter mir stand. Seine Art, sich lautlos anzuschleichen, war beeindruckend – und irritierend zugleich.

»Du bist gut im Beobachten. Was siehst du?«, fragte er und lehnte sich mit einem Arm lässig an die Theke, während sein Blick dem meinen folgte.

»Ich sehe eine Menge Masken. Und darunter noch mehr Geheimnisse«, antwortete ich ehrlich.

Er lachte leise, ein dunkler, kehliger Ton, der unter die Haut ging. »Das stimmt. Du bist nicht so naiv wie einige hier denken.«

»Ich bin nicht naiv«, entgegnete ich scharf und sah ihm direkt in die Augen. »Es mag neu für mich sein, aber ich weiß, wie diese Welt funktioniert. Kriminelle sind mir nicht unbekannt. Und ich weiß, was Menschen wie du bereit sind zu tun, um zu bekommen, was sie wollen.«

Er hielt meinem Blick stand, aber sein Lächeln verschwand. »Menschen wie ich? Das klingt, als würdest du uns verurteilen. Aber du bist hier, Emilia. Denk darüber nach, warum.«

Ich zuckte nicht einmal zusammen. Aurelio schien es sich zur Gewohnheit gemacht zu haben, mich aus dem Nichts zu überraschen. Seine Hand auf meiner Taille war eine Mischung aus

Besitzanspruch und Schutz – eine Geste, die mich gleichzeitig nervte und beruhigte.

»Ein Urteil?« Ich ließ meinen Blick über das Geschehen schweifen. Die Tänzerin warf ihre Haare zurück, während die Männer sich um ihre Aufmerksamkeit rissen. An den Tischen wurde heftig diskutiert, geflirtet und gefeilscht. »Die hier scheinen nicht schwer zu durchschauen zu sein. Machtgierig, gelangweilt, skrupellos. Habe ich was vergessen?«

Aurelio lachte leise, ein kehliges, fast gefährlich klingendes Geräusch. »Das ist die Oberfläche. Aber darunter...« Er ließ die Worte in der Luft hängen, als wollte er mir die Möglichkeit geben, sie zu vervollständigen.

Ich drehte mich zu ihm um und hob eine Augenbraue. »Darunter verbergen sich dieselben Dinge, nur besser verpackt. Ich kann mich nicht entscheiden, wer gewinnt. Die notgeilen Opas mit den Nutten auf dem Schoß, oder die Junkies, die sich eine Line Koks nach der anderen ziehen.«

Er lachte auf. Ich glaube, er hatte erwartet, dass mich das hier alles mehr verstören würde.

Als ich dann sah, wie einer der alten Männer einer Frau seine Hand unter das Kleid schob, hatte ich definitiv genug gesehen.

»Nicht schlecht. Aber unterschätze sie nicht. Manche von ihnen haben mehr erreicht, als du dir vorstellen kannst.«

Ich zuckte mit den Schultern. »Mag sein. Aber hier oben, in diesem Moment, sind sie alle gleich. Sie haben Geld, sie haben Macht, und sie haben die Illusion, unantastbar zu sein.«

»Illusion? Glaubst du etwa, dass sie doch Konsequenzen fürchten müssen?«

»Jeder sollte das. Zu glauben, man sei unantastbar, ist der größte Fehler.« Meine Stimme war fester, als ich erwartet hatte. Es war eine Überzeugung, die ich mir in den letzten Jahren während meines Studiums hart erarbeitet hatte.

Aurelio neigte leicht den Kopf, als ob er meine Worte abwog. »Interessanter Gedanke. Vielleicht sollten wir dafür sorgen, dass sich hier niemand zu sicher fühlt.«

Ich schnaubte. »Ich dachte, das ist deine Aufgabe.«

Er lachte erneut, diesmal etwas lauter. »Du bist anders als die meisten hier. Die meisten Frauen hier hätten entweder Angst vor mir oder würden sich bemühen, mir zu gefallen. Aber du...« Er musterte mich, sein Blick scharf und doch mit einem Hauch von Belustigung. »...du siehst mich an, als würdest du überlegen, wie du mich ausmanövrieren kannst.«

»Vielleicht tue ich das«, entgegnete ich trocken und hob mein Glas für einen weiteren Schluck.

Er trat ein Stück näher, bis sein Duft meine Sinne umnebelte – eine Mischung aus teurem Parfüm und etwas Unverkennbarem, das nur Aurelio gehörte. »Wenn das so ist, bin ich gespannt, wie du es anstellst. Aber sei vorsichtig. Ein Spiel mit mir kann gefährlich werden.«

»Ich habe nie behauptet, dass ich nicht bereit bin, Risiken einzugehen. Sonst wäre ich nicht hier. Einen Tag, nachdem mein Cousin getötet wurde.«

Die Anziehung zwischen uns wurde immer intensiver, doch bevor ich die Spannung weiter spüren konnte, ließ er seine Hand von meiner Taille gleiten und trat zurück.

»Ich liebe Frauen, die bereit sind, etwas zu riskieren. Aber heute Abend solltest du ein wenig abwarten. Beobachte weiter. Es gibt einiges, das du lernen kannst.«

Die Nacht hatte erst begonnen, und ich hatte das Gefühl, dass dies einer dieser Abende war, die man nicht so schnell vergaß. Mit einem letzten Schluck aus meinem Glas mischte ich mich unter die

Gäste, ohne die Aufmerksamkeit auf mich zu ziehen. Aurelio hatte recht – die Kontakte, die ich hier knüpfte, könnten eines Tages von unschätzbarem Wert sein. Ich sprach mit einem renommierten Anwalt, einem Händler für Rohstoffe und sogar einem Künstler, der bekannt dafür war, seine Werke mit Blut und Gold zu signieren. Doch irgendwann brauchte ich eine Pause von den Gesprächen und suchte die Damentoilette auf, schloss die Tür hinter mir und ließ den Lärm des Clubs draußen zurück. Für einen Moment lehnte ich mich gegen das Waschbecken und atmete tief durch. Meine Hände strichen über die kühle Keramik, während ich meinen Blick langsam hob und mich selbst im Spiegel betrachtete.

Die Frau, die mich anblickte, war kaum wiederzuerkennen. Die dunklen Augen voller Entschlossenheit, das glänzende Haar, das sich über meine Schultern legte, das schwarze Kleid, das wie eine zweite Haut an mir saß – das war nicht die Emilia, die ich vor Wochen gewesen war. Es war eine Version von mir, die gezwungen wurde, in einer neuen, kalten Welt zu überleben.

Solltest du nicht trauern? Zu Hause sein und weinen?, flüsterte eine leise Stimme in meinem Kopf.

Doch ich biss die Zähne zusammen und schüttelte diesen Gedanken ab. Ich erinnerte mich an Santos Worte, die er mal zu mir sagte: »Wenn jemandem von uns etwas passiert, dann muss der andere leben. Für uns beide.«

Er hätte nicht gewollt, dass ich zusammenbreche. Aber ich war nicht hier, um mich zu amüsieren. Ich war hier, um mich zu behaupten, um herauszufinden, wie ich in dieser Welt Fuß fassen konnte. Diese dunkle Welt, die ihn mir genommen hatte.

Ich starrte weiter in den Spiegel, meine Finger umklammerten die kalte Kante des Waschbeckens. »Ich verspreche es dir, Santo«, flüsterte ich. »Ich werde dich rächen. Egal, was es mich kostet.«

Mit einem letzten Blick auf mein Spiegelbild richtete ich mich auf, zückte mein Handy und entsperrte es. Der Bildschirm leuchtete auf, und die endlose Liste an Benachrichtigungen sprang mir ins Auge. Verpasste Anrufe, Nachrichten. Die meisten davon kamen von Dante.

Seine Worte waren, wie immer, unverblümt und drohend:

Emilia. Wo zur Hölle bist du?
Geh an dein Scheiß Handy!
Wenn du nicht sofort antwortest, wirst du es bereuen.
Letzte Warnung. Ich werde dich finden.

Ich schnaubte leise. Glaubte er, dass er mich kontrollieren konnte? Wie lächerlich. Ich öffnete die Nachrichten-App, mein Mund verzog sich zu einem selbstgefälligen Lächeln.

Ich bin ausgegangen. Habe etwas zu erledigen.
Und hör auf, mir zu drohen, Dante. Das wird dir nichts
bringen.

Dann machte ich ein Foto von mir im Spiegel. Das Kleid betonte jede Linie meines Körpers, mein Blick war herausfordernd. Ich ließ mir Zeit, bevor ich es abschickte. Perfekt.

Mach dir keine Sorgen, ich komme schon klar.

Ich wusste genau, dass dieses Bild ihn zur Weißglut treiben würde. Sollte es doch. Er sollte fühlen, wie wenig Macht er über mich hatte.

Mein Handy vibrierte fast sofort danach wieder. Er rief an, doch ich ignorierte es, steckte mein Handy in meine Tasche und richtete ein letztes Mal mein Kleid, bevor ich mich wieder auf den Weg in den großen Saal machte.

Doch als ich wieder zurückwollte, zog mich jemand an meinem Handgelenk zurück.

»Sieh an. Wen haben wir denn da?« Diese Stimme, ich würde sie immer erkennen. Und allein bei dem Klang seiner Stimme kam die Wut in mir hoch. Als ich mich umdrehte, schaute ich ihm direkt in die Augen.

»Lass mich sofort los, Flavio!«, drohte ich ihm.

»Wer wird denn gleich so zornig? Ich will nur mit dir reden!« Sein Blick war eine Mischung aus Überlegenheit und Belustigung.

»Und ich habe dir nichts zu sagen. Also verpiss dich!« Sein Blick änderte sich sofort. Ich sah ihm an, dass ihn meine Worte wütend machten.

Er griff fester um mein Handgelenk. »Hör mal zu du kleine Hure! Du denkst, ich lasse so mit mir reden? Muss ich dir erst wieder zeigen, was Respekt bedeutet?«

»Ich habe keine Angst vor dir. Geh weiter, Armandos Schwanz lutschen. Das passt zu dir.«

Mit voller Wucht knallte er mich gegen die Wand. »Vorsicht! Ansonsten kannst du Santo und deinen Eltern bald Gesellschaft leisten«, drohte er mir.

Bei diesen Worten legte sich erneut der Schalter in meinem Kopf um und ich schubste ihn weg.

»Fass mich an und ich werde kein Problem damit haben, auch dir eine Kugel zwischen die Augen zu verpassen«, schrie ich ihn an, was den anderen Gästen nicht entging.

»Wir wissen beide, dazu hast du nicht den Mut«, provozierte er mich.

»Witzig. Meo sagte etwas Ähnliches. Wo ist er heute? Und er war mein Cousin. Was glaubst du, wie leicht es mir bei dir fallen wird?« Ich konnte spüren, wie ein Sturm des Zorns in ihm tobte.

»Du überschätzt dich, Emilia. Gib deinem Onkel die Geschäfte und alle können in Frieden weiterleben. Und du kannst endlich aufhören, wie eine Hure von einem Mafioso zum anderen zu hüpfen.«

Da brannte mir eine Sicherung durch. Ich ohrfeigte ihn mit aller Kraft, die ich hatte.

»Puttana!«, fluchte er. »Komm mir noch einmal zu nahe und ich werde dich töten, das verspreche ich dir.!«

Ich drehte mich zum Gehen um, da lief ich in jemanden rein.

»Emilia, was ist hier los?« Aurelio musterte mich. Sein Blick ließ klar erkennen, dass er wütend war.

»Frag diesen Bastard. Ich muss hier raus«, sprach ich voller Wut mit Blick auf Flavio.

»Du läufst jetzt nicht weg«, stellte er sich mir in den Weg.

»Und wie ich gehen werde. Ich bleibe hier keine Sekunde länger, um mir die Scheiße von ihm anzuhören.«

Aurelio ging auf Flavio zu, packte ihn und schmetterte ihn mir voller Wucht gegen die Wand. »Du sagst mir auf der Stelle, was hier los ist, DiSantis!?! Sofort!«

»Entspann dich, Venturi. Wir haben uns nur unterhalten. Sie übertreibt. Scheint nicht über mich hinweg zu sein.«

Das war doch jetzt nicht sein Scheiß ernst. Ich werde ihn so fertig machen, dass er sich wünscht, mich nie kennengelernt zu haben.

»Das ist dein Ex?«, sagte Aurelio zu mir, während er mich irritiert ansah.

»Mein Ex, der mich im Auto vergewaltigen wollte, weil ich ihn nicht rangelassen habe.«

Ich konnte die Wut über meine Worte, in seinen Augen flackern sehen. Und dann schlug er auf ihn ein. Immer und immer wieder, bis das Blut über sein Gesicht lief. »Toni! Schmeiß ihn raus! Sonst prügle ich das Leben aus ihm raus.«

Von der anderen Seite kam direkt einer von Aurelios Männern, packte Flavio und zog ihn zum Ausgang.

»Wir sind noch nicht fertig, Emilia. Das verspreche ich dir. Du wirst sehen, was du davon hast«, schrie er bei seinem Abgang.

Ich war so aufgebracht wegen dieser Situation. Allein seine Anwesenheit. Es widerte mich an.

»Ich brauche frische Luft! Dringend!«

»Komm mit.« Aurelio nahm meine Hand und zog mich in sein Büro. Dort öffnete er eine weitere Tür, die zu einer kleinen Terrasse führte.

»Setz dich. Ich hole dir was zu trinken.« Warum waren all diese Männer so versessen darauf, mir alles abnehmen zu wollen, als würde ich gleich zusammenbrechen. Das musste aufhören.

»Mir geht es gut. Ich brauche nur einen Moment!« Ich holte ein paar Mal tief Luft und konnte mich etwas beruhigen.

Aurelio schaute mich einen Moment lang an, als ob er meine Worte abwägen würde, bevor er mit einem leichten Seufzen den Kopf schüttelte. »Du bist stur, weißt du das?«

»Ja, weiß ich«, antwortete ich knapp und ließ mich auf der kleinen Bank nieder, die auf der Terrasse stand. Der kühle Wind beruhigte mich ein wenig, doch meine Gedanken wirbelten weiterhin in alle Richtungen. Flavio. Mein Onkel. Dante.

Aurelio wich mir nicht von der Seite, lehnte sich an die Wand und verschränkte die Arme vor der Brust. »Stimmt es? Hat er versucht-«, wollte er es aussprechen, aber ich unterbrach ihn sofort.

»Ja, und er hat dafür ordentlich bluten müssen. Schlimmer ist aber, dass er mich die ganze Zeit hintergangen hat. Er arbeitet für meinen Onkel, um in die Politik aufzusteigen.« Es war still für einen Moment. Aurelio lief auf und ab und setzte sich dann auf seinen Schreibtisch.

»Willst du gehen, Emilia?«, fragte er plötzlich in die angespannte Stille.

»Was? Nein, der Club ist voll und es ist erst 1 Uhr.«

Er sah mich mit durchdringendem Blick an und überlegte kurz, bevor er weitersprach. »Das Einzige, was voll ist, sind die Gäste. Der eine durch Alkohol, der andere durch Koks. Die Nutten sind beschäftigt. Es läuft alles seinen gewohnten Weg. Von mir aus können wir gehen. Fällt eh nicht auf.«

»Es ist alles in Ordnung, Aurelio«, versicherte ich ihm mit Nachdruck.

»Dann eben so. Ich werde gehen und du begleitest mich.« Er ließ nicht locker und ich verdrehte, ohne es selbst zu merken, meine Augen.

Bevor ich antworten konnte, hob er mich hoch und legte mich über seine Schulter.

»Aurelio, lass mich sofort runter«, protestierte ich und versuchte, mich gegen seinen Griff zu wehren. Doch er reagierte nicht, setzte stattdessen seinen Weg durch den Club fort.

»Tut mir leid, Emilia. Ich kann dich hier unten nicht hören«, sagte er mit gespieltem Bedauern, und ich hörte das spöttische Lächeln in seiner Stimme.

»Ich meine es ernst! Lass. Mich. Runter. Ich werde schreien! Die Leute werden denken, du entführst mich!«, drohte ich, obwohl ich selbst wusste, dass es hier niemanden interessieren würde.

»Du erinnerst dich, wo du bist?«, erwiderte er trocken. »Hier sieht das jeder eher als Tagesgeschäft. Nur zu – schrei. Vielleicht gefällt ihnen die Show.«

Trotz meiner Wut musste ich zugeben, dass er recht hatte. Diese Einsicht nahm ein wenig die Spannung aus meinem Körper, und Aurelio bemerkte das sofort.

»Manchmal muss man sich treiben lassen«, kommentierte er gelassen, während er mich weiter durch die Menge trug.

»Leicht gesagt, wenn man nicht derjenige ist, der wie ein Sack Kartoffeln, durch den Club geschleppt wird«, konterte ich bissig.

Einige Gäste schauten uns belustigt nach, andere grinsten, und ich spürte, wie mein Gesicht vor Scham heiß wurde. »Ciao!«, brachte ich heraus, peinlich berührt über die Aufmerksamkeit, die wir erregten.

»Halt die Stellung!«, rief Aurelio Toni zu, der an der Bar stand und ihm salutierte, als hätte er einen wichtigen Befehl erhalten. »Kümmere dich um alles. Du weißt, wie du mich erreichst.«

»Si, capo!«, kam prompt die Antwort.

Ohne anzuhalten, trat Aurelio durch den Hinterausgang nach draußen. Die kühle Nachtluft schlug mir ins Gesicht, und endlich setzte er mich ab. Ich stand für einen Moment wackelig, doch dann gab ich ihm einen spielerischen Klaps auf den Arm.

»Machst du das immer so, wenn sich jemand deinen Regeln widersetzt?«, fragte ich herausfordernd.

Er grinste breit. »Nein, normalerweise kennen die meisten Menschen meine Regeln und halten sich daran. Aber keine Sorge, du wirst es auch noch lernen.«

Ich verschränkte die Arme vor der Brust. »Das wird nicht passieren. Ich spiele nicht mehr nach den Regeln anderer. Das habe ich zu lange getan, und es hat mir nichts außer Problemen eingebracht.«

»Das werden wir ja sehen«, entgegnete er, selbstbewusst wie immer, während er die Schlüssel aus seiner Hosentasche zog und sein Auto entriegelte. Mit einer lässigen Geste öffnete er die Beifahrertür. »Steig ein.«

Ich hob eine Augenbraue. »Oh, auf einmal doch ein bisschen Gentleman?«, fragte ich mit einem Hauch Provokation, bevor ich mich in den Sitz gleiten ließ.

»Wenn du das so sehen willst«, sagte er und schloss die Tür hinter mir. Sein selbstsicheres Grinsen ließ keinen Zweifel daran, dass er die Kontrolle über die Situation hatte.

Er lief um das Auto herum, nahm auf dem Fahrersitz Platz und startete den Motor. Die Stille im Inneren des Wagens war für einen Moment fast greifbar, bis ich fragte: »Und wohin gehts jetzt?«

»Schon vergessen? Manche Sachen muss man auf sich zukommen lassen«, antwortete er geheimnisvoll. Sein Gesicht lag im Schatten, doch das teuflische Lächeln auf seinen Lippen war nicht zu übersehen.

Ich lehnte mich zurück, beobachtete die Lichter der Stadt, die durch die Fenster flackerten, und erwiderte: »In Ordnung. Dann überrasch mich.«

Kapitel 27

EMILIA

Die dunklen Straßen flogen an uns vorbei, und die pulsierenden Lichter der Stadt spiegelten sich auf der glänzenden Oberfläche von Aurelios Wagen. Ich lehnte mich gegen den kühlen Sitz und sah ihn aus den Augenwinkeln an. Trotz seiner scheinbar entspannten Haltung strahlte er diese Beherrschung aus, die gleichzeitig faszinierend und einschüchternd war.

»Willst du mir jetzt verraten, wo wir hinfahren?« Die Neugier überwog und die Stille machte mich wahnsinnig.

Er warf mir einen kurzen Blick zu, bevor er wieder auf die Straße schaute. »Du musst geduldiger werden«, sagte er mit einem leichten Lachen, das mich reizte.

»Geduldiger?« Ich grinste herausfordernd. »Geduldiger als ich es eh schon mit euch Mafia-Typen bin? Das wird schwer.«

»Ja, sehr viel geduldiger« Seine Stimme klang auf einmal ernst, als ob er mir eine wichtige Lektion beibringen wollte. »Du bist jetzt ein Teil dieser Welt. Bald wirst du mehr Aufsehen erregen, als dir lieb ist. Geduld und Besonnenheit sind unerlässlich. Du musst jede Entscheidung überlegt treffen – niemals nur aus einer Emotion heraus.«

Ich wusste genau, worauf er anspielte. »Meinst du damit, dass das mit Meo ein Fehler war? Er hatte es nicht anders verdient. Selbst wenn ich länger nachgedacht hätte, wäre das Ergebnis genau dasselbe gewesen.«

Er nahm sich einen Moment, bevor er antwortete. »Ich sage nicht, dass es falsch war. Was ich sage, ist, dass solche Entscheidungen Konsequenzen haben. Du hast dir Respekt verschafft, ja. Aber du hast dir genauso Feinde gemacht. Und glaub mir, es wird Männer geben, die es dir in dieser Welt schwerer machen werden. Ich will nur, dass du darauf vorbereitet bist.«

Seine Worte hallten in mir nach. Ich wusste, dass er recht hatte, auch wenn es mich nervte, dass er so belehrend klang.

»Denkst du, ich schaffe es?«, fragte ich, meine Stimme leiser als beabsichtigt. »Ich meine, mich durchzusetzen? Respektiert zu werden? Und bitte sei ehrlich.«

»Ich bin immer ehrlich zu dir. Und lass es mich so sagen: Dein kleines Aufeinandertreffen mit den Russen hat Wellen geschlagen. Ebenso wie das mit Meo. Die Unterwelt weiß genau, wer du bist – und zu was du bereit bist.«

Ich runzelte die Stirn, als er das erwähnte. »Du weißt von Petrow?«

»Natürlich weiß ich das«, sagte er mit einem leichten Kopfnicken. »Dass du Dante begleitet hast, hat sich rumgesprochen. Petrow ist nicht gerade bekannt dafür, diskret zu sein. Du hast ihm quasi einen rechten Haken verpasst, wenn man so will. Und offenbar respektiert er dich dafür, denn sonst wärst du jetzt nicht hier.«

»Ihr Mafiosi seid nichts weiter als Klatschweiber. Wer hätte das gedacht?«

»*Klatsch* ist Macht«, konterte er, ohne den Blick von der Straße abzuwenden. »Es ist immer gut, über wichtige Entwicklungen Bescheid zu wissen, ohne selbst involviert zu sein. Merk dir das.« Seine Worte klangen wie eine Warnung, aber zugleich wie ein Kompliment. Es war ein schmaler Grat zwischen Bewunderung und Belehrung, auf dem er wandelte, und ich wusste nicht, ob ich ihm dafür danken oder ihn dafür zur Rede stellen sollte. Dennoch musste ich zugeben, dass er mich zum Nachdenken brachte.

Ich sah wieder aus dem Fenster und überlegte, wie ich seine Worte einordnen sollte. »Wenn ich das richtig verstanden habe, bin ich jetzt Gesprächsthema?«

»Ein sehr heißes sogar«, bestätigte er mit einem amüsierten Unterton. »Aber das ist gut. Respekt in unserer Welt ist schwer zu erlangen, aber wenn du ihn hast, kannst du ihn zu deinem Vorteil nutzen.«

»Also war ich für dich nur eine Information? Ein Umstand, der dich neugierig gemacht hat?«, fragte ich.

Aurelio drehte sich leicht zu mir, seine Hände fest am Lenkrad, doch seine Augen trafen meine. »So siehst du das?«

Ich biss mir auf die Unterlippe und wich seinem Blick aus. »Du hast es eben selbst gesagt. Die Informationen über mich haben dein Interesse geweckt.«

»Das stimmt. Aber du machst es dir etwas zu einfach, Emilia. Diese Informationen haben den Anstoß gegeben. Sie haben mich auf dich aufmerksam gemacht – nicht auf das, was andere über dich sagen, sondern darauf, wer du bist.«

»Und wer bin ich? Was siehst du?«, fragte ich herausfordernd.

Sein Blick wanderte kurz zurück auf die Straße, bevor er mich wieder ansah. »Ich sehe eine Frau, die all ihre Unsicherheiten zu Waffen gemacht hat. Die versucht, in einer Welt voller Monster zu überleben, ohne selbst eines zu werden.«

Seine Worte ließen mich erstarren. »Meine Liste füllt sich. Mit den Russen angelegt, den eigenen Cousin erschossen. Die Neue meines Ex mit einer Waffe bedroht. Wer weiß, was folgt.«

Er lachte leise, ein dunkles, kehliges Lachen, das in der Enge des Wagens widerhallte. »Du hast Züge, die dich zu einer echten Bedrohung machen könnten. Das gefällt mir.«

»Das gefällt dir?« Ich zog eine Augenbraue hoch. »Suchst du die Herausforderung? Eine Frau, die dir die Stirn bietet, und dir nicht blindlings folgt?«

Er zuckte mit den Schultern »Vielleicht. Vielleicht auch nicht. Vielleicht suche ich einfach jemanden, der in dieser verdammten Welt lebt – und nicht nur überlebt.«

Ich lehnte mich zurück und ließ seine Worte nachklingen. »Das beantwortet meine Frage aber nicht. Unsere Treffen... die waren kein Zufall?«

Er hielt an einer roten Ampel an, legte eine Hand lässig auf den Schalthebel und drehte sich zu mir. Seine Augen bohrten sich in meine, eine Mischung aus Intensität und Ehrlichkeit, die mich aus der Fassung brachte.

»Nein. Kein Zufall. Ich wusste von dir, bevor wir uns begegnet sind. Und ich bereue es nicht eine Sekunde, dich gefunden zu haben.«

Ich schluckte, die Aufrichtigkeit in seinen Worten ließ mein Herz schneller schlagen. Es war beängstigend und doch zog es mich an.

»Das ist krank, weißt du das?«, sagte ich, versuchte, meine Unsicherheit hinter Sarkasmus zu verstecken.

Er lachte wieder, dieses Mal heller, fast spöttisch. »Ja. Aber manchmal muss man krank sein, um in einer kranken Welt zu bestehen.«

»Und was jetzt?«, fragte ich, meine Stimme war leiser geworden, fast flüsternd.

Er setzte den Wagen wieder in Bewegung und sah erneut nach vorn. »Jetzt lernen wir uns besser kennen. Auf meine Art.«

Ich schüttelte ungläubig den Kopf. »Deine Art, hm? Und wenn ich nicht mitspiele?«

»Oh, Emilia«, sagte er, sein Lächeln gefährlich, seine Augen glühend vor Entschlossenheit. »Du spielst schon längst mit. Du hast es nur nicht gemerkt.«

Bevor wir das Gespräch weiterführen konnten, parkte Aurelio den Wagen und stellte den Motor ab. Sein Blick wanderte zu mir, ein Schatten von Belustigung lag in seinen Augen.

»Wir sind da«, sagte er, als wäre die Antwort auf alle meine Fragen damit gegeben.

Ich runzelte die Stirn und drehte mich, um aus dem Fenster zu sehen. Doch in der Dunkelheit konnte ich kaum etwas erkennen, außer den Silhouetten von Bäumen und einer offenen Weite, die mich vermuten ließ, dass wir irgendwo abgelegen waren.

»Und wo genau ist ‚wir sind da'?«, fragte ich herausfordernd und sah ihn mit verschränkten Armen an.

Sein Mundwinkel zuckte nach oben, dieses Grinsen, das eine Mischung aus Geheimnis und Arroganz war. »Du wirst es gleich sehen. Aber du solltest besser deine Schuhe auszuziehen. Es sei denn, du willst, dass ich dich wieder trage.«

»Auf gar keinen Fall!«, gab ich scharf zurück, erinnerte mich aber gleichzeitig daran, wie wenig Wirkung meine Worte bei ihm hatten.

Trotzdem beugte ich mich widerwillig vor, zog meine Schuhe aus und ließ sie achtlos in den Fußraum des Wagens fallen. Als ich die Tür öffnete und ausstieg, traf mich eine frische Brise, die sofort meinen Körper umspielte. Der Duft von Salz und Wasser lag in der Luft, klar und beruhigend.

»Wir sind… am Strand?«, stellte ich fest und sah ihn skeptisch an. Ich konnte es kaum glauben.

»Nicht nur am Strand«, korrigierte er und schloss langsam die Fahrertür. »Dieser Teil hier gehört meiner Familie. Wir haben zwei Häuser hier. Es ist der Ort, an den ich komme, wenn ich Ruhe brauche.«

Er trat neben mich, seine Präsenz wie immer dominant, fast bedrückend. »Ich dachte, es könnte dir helfen. Du wirkst… angespannt.«

»Angespannt?« Ich lachte trocken, während ich den Sand unter meinen Füßen spürte. »Anspannung scheint in letzter Zeit mein Dauerzustand zu sein. Danke, dass du mich mitten in der Nacht an einen Strand entführst.«

»Das ist keine Entführung. Du bist freiwillig hier und kannst jederzeit gehen.« Der Ausdruck in seinen Augen veränderte sich, dunkler, intensiver. »Und ich wusste, dass dir das gefallen würde.«

Ich zog die Schultern zurück und hielt seinem Blick stand, mein Herzschlag beschleunigte sich, aber ich wollte ihm keinen Triumph gönnen. »Du bist von alles überzeugt, was mich betrifft.«

»Mit Recht«, sagte er schlicht und begann, auf einen schmalen Pfad zuzulaufen, der durch die Dünen führte. »Komm, ich will dir etwas zeigen.«

Ich zögerte einen Moment, nicht sicher, ob ich ihm folgen sollte. Doch die Neugier gewann die Oberhand. Mit leisen Schritten holte ich ihn ein, der Sand knirschte unter meinen Füßen.

»Was willst du mir zeigen?«, fragte ich, während wir den Weg entlanggingen, die Dunkelheit nur von den Sternen und dem Licht des Mondes durchbrochen.

»Geduld, Emilia. Weißt du noch?«, sagte er leise, ohne sich umzudrehen. Seine Stimme klang rau, ein Hauch von Geheimnis darin. »Manchmal lohnt es sich, zu warten.«

Ich biss mir auf die Lippe, meine Gedanken rasten. Was hatte er vor? Warum war er so schwer zu durchschauen? Seine Worte klangen wie eine Warnung und gleichzeitig wie ein Versprechen.

Wir erreichten eine Lichtung, von der aus sich der Strand weit erstreckte. Das Wasser glitzerte unter dem Mondschein. Aurelio blieb stehen und drehte sich zu mir um.

»Hier«, sagte er leise. »Das ist der einzige Ort, an dem *ich* mich… frei fühle.«

»Du bringst mich an den Ort, der für dich so wichtig ist?«, fragte ich, meine Stimme jetzt leiser und zurückhaltender.

»Ich glaube, dass du dich daran erinnern musst, wie es ist, loszulassen«, sagte er und trat näher an mich heran. Seine Finger strichen kurz über meine Hand, eine fast schon zärtliche Berührung, die mich gleichzeitig beruhigte und aufwühlte. »Hier gibt es keine Regeln, keine Erwartungen. Nur du und… was immer du sein willst.«

Ich konnte nichts erwidern, spürte nur, wie sich die Anziehung zwischen uns verdichtete. Es war, als würde die Dunkelheit uns in eine Blase einschließen, in der nur wir existierten.

»Es ist wunderschön hier. Aber loslassen?«, wiederholte ich leise und sah ihm direkt in die Augen. »Das klingt einfacher, als es ist.«

»Nichts, was sich lohnt, ist jemals einfach«, sagte er leise, seine Stimme wie ein dunkles Versprechen. »Aber manchmal braucht es nur einen Moment.« Seine Worte hallten nach, und bevor ich mich versah, zog er mich näher an sich.

»Lauf schon mal zum Wasser. Ich hole schnell etwas aus dem Haus. Ich bin gleich bei dir«, sagte Aurelio mit einem verschmitzten Grinsen, Strich mir eine Haarsträhne aus dem Gesicht und verschwand in Richtung des Hauses, das kurz darauf im Licht erstrahlte.

Ich blieb einen Moment stehen, atmete tief durch und spürte die frische, salzige Meeresluft auf meiner Haut. Langsam setzte ich mich in Bewegung, lief barfuß durch den kühlen Sand zum Wasser. Es war still, bis auf das stetige Rauschen der Wellen, die sich in der Dunkelheit an der Küste brachen. Der Mond hing wie eine silberne Sichel am Himmel, warf ein sanftes Licht auf das Meer, und die Sterne funkelten wie unzählige kleine Juwelen.

Es war einer der seltenen Momente, in denen die Last der letzten Wochen von meinen Schultern glitt. Alles war so friedlich, so weit entfernt von der dunklen, grausamen Welt, in der ich mich sonst bewegen musste. Mein Körper schien sich endlich zu entspannen, und ich schloss die Augen, ließ die Ruhe auf mich wirken.

»Es kann losgehen!«, rief Aurelio plötzlich hinter mir. Seine Stimme durchbrach die Stille und ließ mich zusammenzucken. Ich drehte mich um und sah ihn auf mich zukommen, sein Hemd offen und seine Hose saß lässig auf seinen Hüften. In seinen Händen hielt er eine Decke, eine Flasche Wein und ein paar Handtücher.

»Was genau kann losgehen?«, fragte ich skeptisch und verschränkte die Arme vor der Brust.

»Wir haben eine Decke, Wein und Handtücher«, erklärte er mit einem triumphierenden Lächeln, als hätte er eine brillante Idee verkündet.

Ich zog eine Augenbraue hoch und schüttelte den Kopf. »Dio mio. Vergiss es. No! Ich geh nicht ins Meer, wenn es hier draußen stockdunkel ist. Wer weiß, was da alles herumschwimmt.«

Aurelio blieb abrupt stehen und warf den Kopf in den Nacken, um laut zu lachen. Es war ein herzhaftes, echtes Lachen, das ihn kurz die Balance verlieren ließ, während er die Sachen abstellte.

»Was daran ist bitte so lustig?«, fragte ich genervt und versuchte, seine Heiterkeit zu ignorieren.

»Ich hatte damit gerechnet, dass du dich wegen der fehlenden Badekleidung beschweren würdest, aber nicht wegen ein paar Fischen im Meer!«, antwortete er, immer noch lachend. Sein Blick glitt über mich, und ich spürte, wie mir die Röte ins Gesicht stieg. »Wer sagt denn, dass ich überhaupt ins Wasser will?«, konterte ich und funkelte ihn an.

»Ich sage das«, konterte er mit einer Selbstsicherheit, die mich fast aus der Fassung brachte. »Ich kenne dich mittlerweile, Emilia. Du tust immer so, als wärst du unerschrocken, aber in Wahrheit ist er der dran dich beweisen zu wollen.«

»Das ist nicht wahr!«, protestierte ich, obwohl ich selbst wusste, dass er recht hatte. Mein Blick wanderte zum Meer, wo die Wellen sanft glitzerten.

»Komm schon«, sagte Aurelio, trat näher zu mir und hielt mir die Hand hin. Sein Lächeln war nicht mehr spöttisch, sondern fast weich, als er weitersprach. »Vergiss für einen Moment die Dunkelheit. Vergiss alles, was dich belastet. Nur für diesen einen Moment.«

Ich schaute ihm in die Augen, suchte nach einem Hauch von Überheblichkeit, aber da war nichts. Stattdessen schien er nur diesen Moment mit mir teilen zu wollen. Mein Herz pochte, und ich hasste es, wie leicht er mich dazu brachte, nachzugeben.

»Na gut«, murmelte ich widerwillig, »Aber wenn ich von einem Hai gefressen werde, ist das deine Schuld.«

»Ich verspreche, dich zu retten – oder wenigstens heroisch neben dir zu sterben«, scherzte er und führte mich Richtung Wasser.

»Wie beruhigend«, murmelte ich und nahm ihm die Weinflasche aus der Hand, die er eben geöffnet hatte. Ich setzte sie direkt an meine Lippen. Was ich jetzt braucht, war Mut.

»Wir haben Gläser«, kommentierte Aurelio trocken und hob vielsagend eine Augenbraue, als ich ihm die Flasche mit einem provozierenden Lächeln zurück in die Hand drückte.

Sein Blick – tief, unergründlich und doch durchdringend – ruhte auf mir, während ich langsam meine Hände zum Reißverschluss meines Kleides führte. Der kühle Luftzug, der auf meiner Haut zu spüren war, als ich den Stoff öffnete, verstärkte den Adrenalinschub, der durch meinen Körper rauschte.

Ohne den Augenkontakt zu unterbrechen, ließ ich die Träger meines Kleides über meine Schultern gleiten. Der Stoff fiel lautlos zu Boden und legte mein schwarzes Spitzen-Set frei. Es war ein Moment der puren Kontrolle, und zu meiner eigenen Überraschung fühlte ich mich mächtig. Sein Blick verriet alles. Das Funkeln in seinen Augen wurde intensiver, fast animalisch, während seine Züge vollkommen reglos blieben.

»Das ist ... eine interessante Art, Mut zu beweisen«, murmelte Aurelio, seine Stimme ein raues Flüstern.

Ich erwiderte nichts, sondern drehte mich um und lief in Richtung Wasser. Als ich den Rand des Meeres erreichte, blieb ich stehen und blickte zurück zu ihm.

»Worauf wartest du? Angst, nachts im Meer zu baden?«, rief ich ihm mit einem frechen Grinsen zu, die Ironie meiner Worte nur allzu bewusst.

Ich trat ins Wasser, spürte die kühle Umarmung der Wellen, die meine Beine umspielten, und ging tiefer hinein.

»Emilia«, seine Stimme war leiser jetzt, fast warnend, doch ich ignorierte ihn. Stattdessen ließ ich mich die dunklen Wellen gleiten, drehte mich um und rief ihm erneut zu: »Na los, Aurelio! Oder bist du doch nur Zuschauer?«

»Du bist unmöglich«, rief er, während er sein Hemd auszog und seinen Körper freilegte. Selbst im fahlen Mondlicht konnte ich die Definition seiner Muskeln erkennen, die sich bei jeder Bewegung anspannten.

»Das macht es doch erst spannend, oder nicht?« Meine Stimme trug eine Mischung aus Spott und Leichtigkeit, doch mein Herz schlug schneller, als er endlich ins Wasser trat.

»Du spielst nicht fair.« Sein Blick war ebenso scharf wie das Lächeln, das sich langsam auf seine Lippen stahl, während er auf mich zukam.

»Ich habe nie behauptet, fair zu spielen«, erwiderte ich kühl. »Du hast mich herausgefordert, und ich habe dir bewiesen, dass du dich geirrt hast.«

Er blieb direkt vor mir stehen, seine Augen brannten sich förmlich in meine. Es war, als ob er mich durchschauen konnte, bis in den tiefsten Winkel meiner Seele. Und obwohl das kühle Wasser meine Haut umspülte, loderte in mir eine Hitze auf, die ich nicht unterdrücken konnte.

»Ich irre mich nie«, sagte er, seine Stimme mit einem unüberhörbaren Triumph durchzogen.. »Du warst überzeugt, nicht ins Meer zu gehen. Und doch bist du da drin. Immer angetrieben davon, anderen Menschen zu beweisen, dass sie dich unterschätzen.«

»Der Punkt geht an dich«, gab ich zu, meine Stimme leicht gezwungen. »Dieses Mal.«

Sein Grinsen vertiefte sich, und seine Augen funkelten wie das Mondlicht auf der Wasseroberfläche. »Ich habe doch schon gewonnen, Emilia. Du bist hier.« Er lehnte sich ein Stück näher, sein Blick jetzt so intensiv, dass ich unwillkürlich den Atem anhielt.»Und das ist alles, was zählt.«

Die Spannung zwischen uns wurde greifbar, doch ich war nicht bereit, ihm diese Genugtuung zu lassen. Ein Gedanke schoss mir durch den Kopf. Ohne weiter nachzudenken, holte ich aus und schleuderte ihm mit beiden Händen eine Ladung Wasser direkt ins Gesicht.

»Das war ein großer Fehler«, sagte er, und sein teuflisches Grinsen kehrte zurück. Bevor ich reagieren konnte, packte er mich an der Taille. Schwerelosigkeit folgte, als er mich mit einer fließenden Bewegung hochhob und ins tiefere Wasser warf.

»Aurelio!« Ich tauchte prustend wieder auf und warf ihm einen mörderischen Blick zu, während ich das Wasser aus meinen Augen wischte.»Dio Mio! Es ist scheiße kalt!«, rief ich gespielt erschrocken aus und verschränkte die Arme um meinen Oberkörper, während mir eine Gänsehaut den Rücken hinaufkroch. Das Wasser fühlte sich an wie tausend kleine Eisnadeln, die sich in meine Haut bohrten.

Aurelio stand im flachen Wasser, nahe dem Ufer und grinste breit.»Jetzt sind wir quitt.«

Mit knirschenden Zähnen und klapperndem Kinn stampfte ich durch das flache Wasser auf ihn zu. Die Kälte war vergessen, als ich nur wenige Zentimeter vor ihm zum Stehen kam, meinen Kopf leicht neigte und ihn mit einem herausfordernden Blick fixierte.

»Das glaubst auch nur du, Venturi. Leg dich niemals mit einer d'Amico an.«

Sein Lächeln erstarb, und seine Augen verengten sich zu schmalen Schlitzen. Er packte mein Kinn mit einer Hand und zwang mich, seinem intensiven Blick standzuhalten. Sein Griff war fest, aber nicht schmerzhaft, und ich fühlte, wie mein Herzschlag sich beschleunigte.

»Eine weitere Herausforderung?«, murmelte er mit dunkler Stimme, sein Atem streifte meine Lippen. »Darauf lasse ich es gern ankommen.«

Die Spannung zwischen uns war elektrisierend. Sie füllte die kühle Nachtluft wie ein Funke, der einen lodernden Brand entfacht. Seine Hände wanderten von meinem Kinn zu meinen Wangen, hielten mein Gesicht behutsam, fast zärtlich. Und dann küsste er mich.

Seine Lippen waren weich, aber die Art, wie er mich küsste, ließ keinen Zweifel an der Macht hinter diesem Kuss. Es war nicht vorsichtig oder abwartend – es war eine fordernd. Mein erster Impuls war Widerstand, doch ich konnte nicht anders, als mich ihm hinzugeben. Die Wärme seines Körpers verdrängte die Kälte des Wassers, und meine Hände glitten wie von selbst an seine Schultern.

Bevor er den Kuss vertiefte, öffnete er kurz die Augen und suchte nach meinem Einverständnis. Ich nickte kaum merklich, was ihn ermutigte, mich näher an sich zu ziehen. Da standen wir, umgeben von nichts als der Dunkelheit und dem hellen Schein des Mondes, der unsere Silhouetten umrahmte.

Ein sanfter Windstoß ließ mich erzittern, und ich spürte, wie die Gänsehaut zurückkehrte. Aurelio löste sich von mir, ließ seine Stirn für einen Moment gegen meine sinken, bevor er murmelte: »Komm, wir bringen dich rein. Ich will nicht, dass du krank wirst. Und dein Tattoo ist nass geworden.«

Seine Hand fand meine, und er führte mich ans Ufer. Dort hob er eines der bereitliegenden Handtücher auf und legte es vorsichtig um meine Schultern. Selbst durch das flauschige Material spürte ich seine Hände, warm und sicher.

»Danke«, murmelte ich, zog das Handtuch fester um mich und war mir nur allzu bewusst, wie seine Augen meinen Körper verfolgten, als wir gemeinsam ins Haus gingen. Die Anziehung zwischen uns war greifbar, und ich musste tief durchatmen, um die Gedanken in meinem Kopf zu ordnen.

Drinnen ließ Aurelio unsere durchnässten Sachen an einem Haken hängen, bevor er mir eine schlichte Geste zuwarf. »Oben ist das große Bad. Du kannst in Ruhe duschen. Ich lege dir trockene Kleidung raus. Aber lass das Tattoo nicht wieder nass werden.«
Ich nickte und gab ein leises »Si« von mir, bevor ich die Treppe hinaufging. Doch selbst als ich den Gang entlanglief, konnte ich seinen Blick auf meinem Rücken spüren, als ob seine Präsenz ein unsichtbares Band zwischen uns spannte.

Der Sand, das Salz und die Anspannung des Tages spülten sich mit jedem Tropfen von mir ab. Als ich fertig war, griff ich nach einem flauschigen Handtuch, wickelte es um mich und begann, meine Haare mit einem zweiten leicht trocken zu tupfen.
Wie versprochen hatte Aurelio Kleidung für mich bereitgelegt. Ein T-Shirt und eine Jogginghose lagen ordentlich zusammengelegt auf einem Stuhl im Schlafzimmer. Ich hob das T-Shirt hoch und konnte nicht anders, als über die Größe zu schmunzeln. »Ich werde darin untergehen«, murmelte ich, doch gleichzeitig fühlte es sich ... vertraut an. Ich entschied mich, nur das T-Shirt zu tragen. Es reichte mir bis zur Mitte der Oberschenkel – definitiv lang genug.
Ich räumte meine nasse Unterwäsche und die Handtücher weg, bevor ich barfuß die Treppe hinunterging. Aurelio stand in der offenen Küche, das dezente Licht des Raumes schmeichelte ihm und machte es mir schwerer, meine Augen von ihm zu nehmen. Er drehte sich um, und seine Augen musterten mich von oben bis unten.
»Das solltest du öfter tragen«, sagte er mit einem charmanten Lächeln, das mich sofort verlegen machte. »Steht dir gut.«

»Die Hose war zu groß«, erwiderte ich und spielte nervös mit dem Saum des T-Shirts.

»Wäre eine Schande, diese schönen Beine zu verstecken«, sagte er mit einem frechen Grinsen, das mir augenblicklich die Röte ins Gesicht trieb.

»Ach, Aurelio!«, murmelte ich und rollte gespielt mit den Augen, während ich meine Scham kaum verbergen konnte.

Doch bevor ich etwas entgegnen konnte, war er schon bei mir. Seine Hände legten sich sanft um meine Taille und zogen mich an ihn. Der Duft seines Aftershaves vermischte sich mit der Wärme seiner Haut und ließ meinen Atem für einen Moment stocken. Er beugte sich zu mir herunter, und seine Lippen fanden meine.

Dieser Kuss war intensiver als der davor. Tief, fordernd, wie eine stumme Botschaft, die er mir zu übermitteln versuchte. Meine Finger vergruben sich in seinem Haar, und ich ließ mich von ihm forttragen, weg von all den Sorgen und Schmerzen, die mich quälten.

Es war wie eine Sucht – eine die ich nicht mehr kontrollieren konnte. Aurelio war wie ein Sturm, der alles in meinem Leben durcheinanderbrachte, doch gleichzeitig war er der einzige Ort, an dem ich mich sicher fühlte.

»Ich brauche mehr davon«, flüsterte ich, kaum dass sich unsere Lippen lösten. Es war, als hätte er all den Schmerz in mir ausradiert, wenn auch nur kurz.

»Du bekommst alles, was du willst, Emilia.« Seine Finger strichen sanft über meine Wange, bevor er erneut den Abstand zwischen uns überbrückte. »Du weißt gar nicht, wie schön du bist. Dabei solltest du es wissen.« Die Worte trafen mich unerwartet tief, und ich spürte, wie sich eine Wärme in meinem Inneren ausbreitete.

Ich sah zu meinen Händen hinab, unfähig, ihm in die Augen zu sehen. Mit solchen Worten konnte ich nicht umgehen. Sie fühlten sich wie ein Luxus an, den ich mir selbst nie zugestanden hatte. In meiner Beziehung mit Flavio gab es so etwas nie. Früher hatte ich geglaubt, dass wir etwas Echtes hatten, doch wie vieles in meinem Leben, war das nur eine Illusion. Ein süßes Gift, das mich blind gemacht hatte.

Aurelio musterte mich aufmerksam. »Ist alles in Ordnung?«, fragte er leise. »Wenn das zu viel ist, kann ich dich nach Hause bringen.«

Ich atmete tief durch und schüttelte den Kopf. »Nein«, sagte ich, meine Stimme leiser als sonst. »Es ist nur ... ungewohnt. Aber ich möchte definitiv nicht nach Hause.« Ich hob den Kopf und hielt seinem intensiven Blick stand. »Ich bin gerne hier. Außerdem haben wir beide getrunken. Du solltest eh nicht fahren.« Ein kleines Lächeln stahl sich auf meine Lippen. »Ich möchte diesen Moment genießen, denn ab morgen holt mich der ganze Wahnsinn wieder ein.«

Etwas in seinen Augen glühte auf, als ich ihn an mich zog und meinen Kopf gegen seine Brust legte. Sein Herzschlag war ruhig und beständig, ein seltsamer Kontrast zu meinem rasenden Puls. Ohne Zögern schlang er seine Arme um mich, fest und schützend.

»Vielleicht solltest du jetzt etwas schlafen«, murmelte er und strich sanft über meinen Rücken. »Das wird dir guttun.«

Ich hob sofort meinen Kopf und sah ihn ernst an. »Und was ist, wenn ich nicht schlafen will?« Meine Stimme voller Entschlossenheit.

»Dann solltest du mir sagen, was du stattdessen möchtest.«

»Ich weiß es nicht«, gab ich zu, und für einen Moment war ich ehrlich mit ihm und mit mir selbst. »Aber ich weiß, dass ich mich nicht zurückziehen will. Nicht jetzt.«

»Das klingt fast, als würdest du mir vertrauen«, sagte er mit einem Hauch von Belustigung, aber seine Stimme hatte eine tiefere Note, eine Spur von Ernsthaftigkeit.

»Vielleicht tue ich das.«

»Das könnte ein Fehler sein, Emilia«, sagte er, aber anstatt sich zurückzuziehen, zog er mich näher. Seine Hand wanderte erneut zu meinem Gesicht, und sein Daumen strich sanft über meine Wange.

»Aber manchmal machen Fehler das Leben erst lebenswert.«

Kapitel 28

EMILIA

Plötzlich war er wie ausgewechselt, ließ mich stehen und ging zu der großen Fensterfront im Wohnzimmer. Sein Blick verlor sich in der Dunkelheit, die den Strand eingehüllt hatte. Ich spürte die Spannung, die den Raum erfüllte, wie eine unsichtbare Mauer die er plötzlich zwischen uns errichtet hatte. Er wollte etwas sagen, doch er kämpfte mit sich selbst.

»Was ist los? Rede mit mir«, flehte ich. Meine Stimme war zögerlich. »Was habe ich falsch gemacht?«

»Du hast nichts falsch gemacht!« Seine Stimme war rau, voller unterdrückter Emotionen. »Nichts!«

»Wieso bist du dann auf einmal so wütend?« Meine eigenen Worte klangen verzweifelt. Ich spürte, wie mir die Kontrolle über die Situation entglitt.

»Ich bin nicht wütend«, sagte er, die Worte langsam und schwer, als würde es ihm Mühe machen, sie auszusprechen. »Nicht auf dich. Sondern auf mich.«

Ich runzelte die Stirn und verstand nicht, was das zu bedeuten hatte. »Was meinst du?«

Er stemmte die Hände gegen das Glas, die Knöchel weiß vor Anspannung. Seine Atmung war hektisch. »Ich hätte dich niemals in solch eine Situation bringen dürfen«, gestand er.

»Welche Situation?«, fragte ich. Mein Kopf schwirrte vor Fragen. »Aurelio, es ist doch nichts passiert, was ich nicht wollte.« Er sah auf, und sein Blick bohrte sich in meinen.

»Das ist es ja. Alles, was geschehen ist – jede Berührung, jedes Wort – ich wollte es. Mehr, als ich sollte. Und das macht mich wütend.« Er schlug mit der Faust gegen die Fensterscheibe, nicht so fest, dass sie zerbrach. »Weil ich weiß, dass ich nicht aufhören würde. Weil ich dir nicht das geben kann, was du verdienst.«

»Du hast gesagt, du bist immer ehrlich zu mir«, sagte ich fordernd und trat näher. »Sei es jetzt.«

Er zögerte, sprach dann aber endlich: »Liebst du ihn? Ich meine, Dante. Liebst du ihn, Emilia?« Seine Frage traf mich unerwartet. »Jetzt brauche ich deine Ehrlichkeit.«

Die Schwere seiner Worte lag wie ein dunkler Schatten im Raum. Mein Atem war flach, während die Frage in meinem Kopf widerhallte. *Liebst du ihn?*

Ich öffnete den Mund, wollte etwas sagen, aber kein Laut kam heraus. Stattdessen sah ich hinunter auf meine Hände, die nervös den Stoff meiner Kleidung umfassten. »Aurelio…«, begann ich zögerlich, doch er ließ mich nicht ausweichen.

»Nein, Emilia. Kein Drumherumreden. Ich muss es wissen. *Liebst du ihn?*« Seine Stimme war drängend.

Ich atmete tief durch und zwang mich, ihn wieder anzusehen. »Ich weiß nicht, was es ist«, gestand ich leise. »Wir sind uns nähergekommen ... Haben uns geküsst. Aber Liebe? Nein. Das versichere ich dir.«

Seine Kiefermuskeln zuckten, und dann entfernte er sich von mir, ging ein paar Schritte und stützte sich mit beiden Händen auf die Rückenlehne eines Stuhls. Die Anspannung in seinem Körper war deutlich sichtbar. »Das war alles?«

»Es war nichts Ernstes. Da war etwas zwischen uns, das ich nicht erklären kann, aber…« Ich machte eine Pause und suchte verzweifelt nach den richtigen Worten. »Aber es ist *keine* Liebe.« Er drehte sich abrupt wieder zu mir um, seine Augen loderten vor Emotionen. »Weißt du, was das für mich bedeutet? Für uns? Dante und ich haben eine Vergangenheit, die alles andere als friedlich ist. Und du … du stehst jetzt genau zwischen uns.«

»Ich hatte keine Ahnung, dass ihr eine Vorgeschichte habt. Und ehrlich gesagt, spielt es für mich keine Rolle. Ich bin nicht hier, um eine Schachfigur in irgendeinem alten Streit zu sein.«

Aurelio lachte leise, ein bitterer Laut. »Ob du es willst oder nicht, Emilia, du bist längst Teil davon. Dante hat dich nicht ohne Grund in seine Welt geholt. Und wenn er dich ansieht, dann nicht nur, weil du ihm gefällst. Es ist mehr.«

»Was meinst du damit?«, fragte ich und spürte, wie die Angst langsam in meine Brust kroch.

»Dante war nie jemand, der etwas dem Zufall überließ. Er plant, er manipuliert, und er bekommt, was er will. Ich sehe es in seinen Augen, wenn er dich ansieht. Er liebt dich. Du bist sein Hauptgewinn.«

Seine Worte ließen mich erschaudern. »Ich bin kein Objekt. Und schon gar nicht sein Spielzeug.«

»Das weiß ich. Aber es geht nicht darum, was du bist. Wenn er dich jetzt ansieht, sieht er mich und all das, was seit einer Ewigkeit zwischen uns steht.«

»Das ist nicht fair. Ich habe keine Ahnung gehabt, was zwischen euch vorgefallen ist, und trotzdem tragt ihr diesen Konflikt jetzt auf meinem Rücken aus.«

Er sah mich an, sein Blick voller Bedauern.»Ich weiß. Und obwohl ich dich da raushalten will, kann ich es nicht.«

Ein schwerer Moment der Stille folgte, beide verloren in unseren Gedanken.»Ich bin nicht hier, um *zwischen* euch zu stehen. Wenn du willst, dass ich dir vertraue, dann musst du mir sagen, was passiert ist. Warum hasst ihr euch so sehr?«

»Er war mal wie ein Bruder für mich. Dann kamen sich unsere Familien geschäftlich in die Quere. Der Rest ist Geschichte.«

»Und jetzt? Welche Rolle spiele ich jetzt in dieser Sache?«, fragte ich, meine Stimme schwankte vor Emotionen.

Er kam einen Schritt näher, sein Blick war dunkel, doch voller Entschlossenheit.»Du bist das Einzige, was jetzt zählt. Und ich werde nicht zulassen, dass er dir wehtut.«

»Dante hat nie etwas davon erwähnt«, murmelte ich.

»Das sieht ihm ähnlich. Er wartet gern damit, die Bombe platzen zu lassen!«

Was sollte das wieder bedeuten? Warum können diese Männer nicht einfach sagen, was Sache ist. Sonst nehmen sie auch kein Blatt vor den Mund.

»Was meinst du damit?«, fragte ich irritiert.

»Das musst du ihn selbst fragen. Und das solltest du tun«, riet er mir in einem von Wut geleiteten Ton.

Mein Kopf war nicht in der Lage, all die Worte zu verarbeiten. Was hatte Dante mir verheimlicht? Und wie konnten aus so einem schönen Moment, so viele negative Emotionen entstehe?

»Weißt du, du hast recht. Ich sollte doch schlafen gehen«, wandte ich mich ab, um zu gehen.

»Emilia!«, versuchte Aurelio mich aufzuhalten.

»Nein! Schon in Ordnung.«

Nachdem Aurelio mir das Zimmer gezeigt hatte, in dem ich schlafen konnte, schloss ich die Tür hinter mir, ohne ein weiteres Wort zu sagen. Doch Schlaf fand ich keinen.

Meine Gedanken ließen mir keine Ruhe. Immer wieder kreisten sie um die Ereignisse des Abends: die Küsse, die sich wie ein Feuer auf meiner Haut anfühlten, und das, was er über Dante gesagt hatte. Es war wie ein Puzzle, dessen Teile nicht zusammenpassten. Wenn ich die Wahrheit wissen wollte, blieb mir nichts anderes übrig: Ich musste Dante selbst fragen.

Die Nacht zog sich endlos hin und ich beschloss, der Sache allein auf den Grund zu gehen.

Ich nahm mein Handy und bestellte mir per App ein Taxi. Zielstrebig zog ich die Hose an, die Aurelio mir rausgelegt hatte, griff nach meinem Kleid und meiner Tasche und ließ meine Schuhe zurück. Die konnte ich später holen. Um Punkt sieben Uhr hielt das Taxi vor der Tür. Jetzt oder nie. Mit leisen Schritten schlich ich mich aus dem Haus, mein Herz schlug wie ein Trommelwirbel in meiner Brust.

Ein letzter Blick zurück. Kein Geräusch, kein Zeichen, dass ich Aurelio geweckt hatte. Gott sei Dank. Schnell lief ich zum Taxi, stieg ein und nannte dem Fahrer die Adresse, die mir am schwersten über die Lippen kam: die Manchetti Villa.

Die Fahrt dauerte etwa 45 Minuten. Genug Zeit, meine Entscheidung einmal mehr zu überdenken. Doch was hätte das geändert? Meine Gedanken waren ein wirres Durcheinander, ein endloser Strom. *Was wäre, wenn* und *was kommt als Nächstes?*

Als wir vor der Villa hielten, war mein Kopf voll, aber mein Entschluss klar. Ich bezahlte den Fahrer, nahm meine Tasche und trat hinaus in die kühle Morgenluft. Die Villa ragte vor mir auf wie ein unüberwindbarer Berg, doch ich wusste: Heute würde ich diesen Berg besteigen – oder daran zerbrechen.

Beim Öffnen der Tür hielt ich den Atem an. Mein Verstand schien mir einen Streich zu spielen. Sie waren zurück. Lucia, Raffaele und meine Nonna – sie saßen auf der Couch, als wären sie nie fort gewesen.

Tränen stiegen mir unkontrolliert in die Augen. Meine Knie fühlten sich weich an. Alles schien unwirklich, doch dann rannte Lucia auf mich zu.

»Emilia!« Ihr Schluchzen erfüllte den Raum, als sie mich in ihre Arme zog. Ich klammerte mich an sie, unfähig, die Realität zu begreifen.

»Ihr seid am Leben! Ihr seid alle wieder hier. Oh, Gott. Ihr seid hier!« Meine Worte waren kaum zu hören, während ich weinte und meine Hände über ihre Gesichter strich, als müsste ich mich vergewissern, dass sie nicht nur eine Einbildung waren.

Raffaele erhob sich und musterte mich mit ernster Besorgnis. »Ist alles in Ordnung? Geht es dir gut?«

»Ob es *mir* gut geht? Was ist mit *euch*? Wie konntet ihr entkommen?«

Es folgte Stille, als wäre die Zeit stehen geblieben. Alle drei schauten einander an. Ihre Augen sprachen in einer unausgesprochenen Sprache, die ich nicht verstand, aber ich wusste, dass etwas unaussprechlich Schweres zwischen ihnen lag. Dann brach meine Nonna das Schweigen. Ihre Stimme zitterte, als sie den Namen aussprach, der alles verändern würde.

»Vittoria.«

Ich hielt den Atem an. »Sie hat euch gerettet?«

»Ja, sie—«, begann Nonna, doch ihre Worte blieben unvollendet. Sie musste nicht weiterreden. Ich wusste, was das bedeutete. Meine Kehle schnürte sich zu, und mein Herz fühlte sich an, als würde es in tausend Teile zerbrechen. Vittoria hatte sich geopfert, um meine Familie zu retten. Sie war frei – endlich bei ihren Söhnen. Doch der Preis für ihre Freiheit war der Tod. Der Gedanke bohrte sich wie ein Dolch in meine Brust.

»Was hat er euch angetan?« Meine Stimme bebte, während ich die Frage stellte, obwohl ich nicht sicher war, ob ich die Antwort hören wollte.

Alle drei schauten mit einem müden, gequälten Blick an, den ich nie vergessen würde.

»Uns geht es gut, Emilia. Ich verspreche es dir«, sagte Raffaele mit einer Sicherheit, die ich ihm nicht abnahm.

Sie waren hier. Lebendig. Bei mir. Doch dann holte mich die Realität ein. Der Krieg war nicht vorbei. Mein Onkel würde nicht tatenlos zusehen.

»Emilia, wir werden dir alles in Ruhe erklären. Aber du musst handeln.« Ich blinzelte verwirrt.

»Was bedeutet das?«

Raffaele trat vor und sah mir direkt in die Augen. »Wir müssen dir die Firma übergeben und es offiziell machen, bevor Armando alle gegen dich aufbringt.«

Meine Augen weiteten sich. »Die Firma?«

»Ja«, bestätigte er. »Erst wenn du offiziell die Leitung übernimmst, bist du das Netzwerk der Mafia. Ab dann haben sie keine andere Wahl mehr, als dich zu respektieren. Oder zu fürchten.«

Die Worte hallten in meinem Kopf wider. Die Bedeutung dessen, was sie sagten, war überwältigend. Ich war dabei, eine Rolle zu übernehmen, die ich nie wollte. Doch es gab keinen Ausweg mehr. Die Zeit für Entscheidungen war gekommen.

Dieses Detail hatten sie bisher vergessen zu erwähnen. Aber jetzt, wo es auf dem Tisch lag, machte es endlich Sinn. Armando war so versessen darauf, die Kontrolle zu übernehmen. Mit dieser

Macht war er in der Lage, die gesamte Organisation zu dirigieren – jede Entscheidung, jedes Geschäft, jeden Verrat.

Raffaele unterbrach meine Gedanken mit einem durchdringenden Blick. »Hast du schon mit Dante reden können?«

»Dante?«, fragte ich irritiert. »Warum sollte ich?«

Er zuckte mit den Schultern, wirkte aber alles andere als beiläufig. »Nichts weiter. Er wird bald mit dir reden.«

»Ich will wissen, was hier los ist! Eben wart ihr noch verschollen und jetzt soll ich mit Dante reden? Was hat er mit all dem zu tun?« Meine Stimme wurde lauter, fordernder. Ich wollte Antworten, und zwar jetzt.

Lucia warf Raffaele einen kurzen Blick zu, der nach Dringlichkeit aussah. »Raffaele, wir sollten es endlich sagen«, drängte sie ihn, sich zu erklären.

»Was sagen?« Ich funkelte sie an. »Was soll das alles hier?«

Meine Nonna, die bisher geschwiegen hatte, richtete sich auf und sah mich ernst an. »Dieses Bündnis mit den Santoros... Es wäre nicht nur ein geschäftliches Abkommen gewesen, sondern ein familiäres.«

»Ihr wollt mir sagen, dass ihr das alles geplant habt? Die ganze Zeit? Und ihr habt es nicht einmal für nötig gehalten, mich zu fragen?« Meine Stimme zitterte, während ich zwischen Entsetzen und Wut schwankte.

Lucia machte einen verzweifelten Schritt auf mich zu. »Emilia, so war es nicht! Da war dein Geburtstag, und dann lief alles aus dem Ruder. Wir wollten nur, dass du einen starken und loyalen Partner an deiner Seite hast.«

»Ein starker Partner?« Ich lachte bitter, unfähig, meine Empörung zu unterdrücken. »Ihr wollt mich doch komplett verarschen!«

Plötzlich schnitt die Stimme meiner Nonna durch die Luft wie eine Peitsche. »Zügle deine Worte!« Ihr Ton war so ernst, dass ich kurz erstarrte. Ihre Augen bohrten sich in meine, und für einen Moment fühlte ich mich wieder wie ein Kind, das ihre Autorität nicht infrage stellen konnte.

Doch das hier war kein Kinderspiel. Es ging um mein Leben, meine Entscheidungen, und offenbar um ein Schicksal, das sie hinter meinem Rücken gesponnen hatten.

»Wie könnt ihr so etwas hinter meinem Rücken entscheiden?«, fragte ich, diesmal leiser, aber nicht weniger aufgebracht.

Lucia und Raffaele sahen aus, als wollten sie etwas sagen, doch Nonna sprach zuerst. »Weil wir wussten, dass du es nicht akzeptieren würdest. Aber jetzt ist die Zeit gekommen. Du musst deinen Platz einnehmen, ob du es willst oder nicht.«

Meinen Platz? Alles, was ich geglaubt hatte, zu wissen, schien plötzlich falsch zu sein. »Das ist krank!« Ich spuckte die Worte fast aus, meine Stimme bebte vor Enttäuschung und Zorn.

Lucia trat vor, ihre Hände beschwichtigend erhoben. »Emilia, bitte. Es sollte doch nur zu deinem Besten sein. Wir würden dir niemals schaden.«

Ich lachte bitter. »Es ist mir egal, was ihr wolltet. Ihr habt mich belogen. Versprochen an einen Mafioso, der mich mein Leben lang kontrollieren würde. No! Das wird nicht passieren!«

Raffaele versuchte es mit einem anderen Ansatz, seine Stimme war ruhig, fast flehend. »Nimm dir bitte Zeit, darüber nachzudenken. Du magst ihn doch. Und es würde deine Position stärken.«

Seine Worte waren der letzte Tropfen. Mein Blick war kalt, als ich ihn fixierte. »Ich habe keine Ahnung, wem ich hier überhaupt vertrauen kann.« Ich wandte mich ab, meine Stimme jetzt schneidend. »Ich werde den Vorstand heute aufsuchen. Bis dahin solltet ihr mich in Ruhe lassen.«

Ohne ein weiteres Wort drehte ich mich um und ging die Treppe hinauf. Ich musste hier raus. Jetzt.

Oben in meinem Zimmer zog ich schnell eine Jeans und ein T-Shirt an, griff nach meinen Autoschlüsseln und meiner Tasche. Ich wollte nur meine Sachen holen und dann weg – weg von all diesen Lügen.

Während ich die Treppe hinunterlief, hörte ich Raffaele hinter mir rufen. »Wo willst du denn hin, Emilia?«

»Ich habe was zu erledigen«, entgegnete ich scharf, ohne mich umzusehen. Als ich die Haustür aufriss, drehte ich mich kurz um und warf einen letzten, vernichtenden Blick in ihre Richtung, bevor ich hinausstürmte. Kein Wort mehr. Keine Erklärungen. Ich war fertig mit ihnen.

Ich setzte mich ins Auto, startete den Motor und trat aufs Gas. Der Motor heulte auf, und ich kümmerte mich nicht darum, dass ich zu schnell fuhr. Der Drang, diese ganze Situation hinter mir zu lassen, war überwältigend. Jede Faser meines Körpers schrie danach, Abstand zu gewinnen – von allen, die mich belogen hatten, von einem Mann, der offenbar genauso ein Spieler war wie alle anderen.

Die Fahrt verging wie im Rausch, und bald erreichte ich Lucas Haus. Die Wachen sahen mich kommen und öffneten die Tore, ohne Fragen zu stellen.

Ich parkte vor der Tür, stieg aus und marschierte schnurstracks ins Haus. Ohne Vorwarnung öffnete ich die Tür und betrat den Raum, in dem Dante und Luca saßen. Sie sprangen sofort auf, als sie mich sahen.

»Wo verfickt noch-mal-«, begann Dante, aber er kam nicht weit. Meine Hand traf mit voller Wucht auf seine Wange. Der Knall hallte durch den Raum, und einen Moment lang herrschte Stille. »Fanculo!«, schrie er, seine Stimme vor Zorn bebend. »Hast du jetzt komplett den Verstand verloren?«

Sein Blick glühte vor Wut, aber ich ließ mich nicht einschüchtern. Stattdessen funkelte ich ihn an, die Tränen der Wut jetzt in meinen Augen. »Wagt es nicht, jemals wieder mit mir zu reden. Keiner von euch beiden. Ich bin fertig mit euch!«

Dante packte mich am Arm, sein Griff fest, aber nicht schmerzhaft. »Was ist verdammt noch mal mit dir los? Wo bist du gewesen?«, fragte er scharf, seine Stimme schneidend.

Ich riss meinen Arm aus seinem Griff. »Es geht dich nichts an, wo ich war! Aber ich bin bestens im Bilde darüber, dass ihr zwei – und euer Vater – mich benutzt habt. Ihr habt mich die ganze Zeit belogen.« Meine Stimme zitterte vor Wut, doch die Worte sprudelten unaufhaltsam aus mir heraus. »Ihr könnt euch euer Bündnis sonst wo hinschieben! Jetzt weiß ich, warum du so nett warst. Alles andere war gelogen!«

Dantes Kiefer spannte sich, und ich sah, wie er flüchtig zu Luca blickte. Ohne ein weiteres Wort zog er mich energisch an meinem Arm zur Seite, weg von Lucas Blickfeld. Er wollte offenbar nicht, dass sein Bruder alles mitbekam, was passierte. Doch ich ließ mich nicht einfach wegziehen, ohne weiterzureden.

»Lass mich los!«, fauchte ich, während er mich endlich zum Stehen brachte.

Er stand dicht vor mir, sein Blick durchdringend, seine Stimme leiser, aber nicht weniger intensiv. »Emilia, ich habe dich nicht belogen.« Seine Worte waren eindringlich, fast flehend. »Und alles, was ich zu dir gesagt habe – über das, was ich fühle – ist wahr.«

Ich spürte, wie meine Brust sich hob und senkte, als ich ihn ansah, meine eigenen Emotionen ein Chaos. Seine Worte klangen ehrlich, doch mein Kopf war erfüllt von Zweifeln. »Wie soll ich dir glauben? Nachdem ich erfahren habe, dass dieses ganze ‚Bündnis' nur ein Mittel war, um mich zu kontrollieren?«

Er fuhr sich mit einer Hand durch die Haare und sah aus, als wollte er etwas sagen, doch die richtigen Worte blieben ihm offenbar im Hals stecken. Sein Blick suchte meinen, voller Intensität, doch ich wich nicht zurück.

»Sag mir die Wahrheit, Dante. Alles. Jetzt.« Meine Stimme war ruhiger, aber mit der Schärfe einer Klinge. »Hast du mich nur als Teil dieses Plans gesehen? Als Mittel zum Zweck?«

»Nein, Emilia. Du bist kein Mittel zum Zweck. Nicht für mich.«

»Zu dumm, dass es keine Rolle mehr spielt.« Meine Stimme war eiskalt, scharf wie eine Klinge. »Ich vertraue euch nicht mehr. Aurelio hatte recht, als er meinte, dass du Geheimnisse hast.«

»Deswegen verhältst du dich jetzt so? Er manipuliert dich. Siehst du das denn nicht?«

Ich lachte bitter, ein Lachen voller Schmerz und Enttäuschung. »Nein, Dante. *Du* bist es, der mich manipuliert. Aurelio musste gar nichts sagen. Das hat meine Familie eben getan.« Ich sah ihn an, meine Augen voller Zorn und Enttäuschung. »Sie sind zurück. Ihr hättet euch besser absprechen sollen.«

Das saß. Für einen Moment war er sprachlos, seine Lippen zuckten. Doch er sagte nichts.

Ich spürte, wie meine Wut zu einem endgültigen Entschluss wurde. Ich war fertig mit ihm.

Ohne ein weiteres Wort drehte ich mich um, mein Herz schwer, aber entschlossen. Ich wollte nur meine Sachen packen und hier weg. Raus aus diesem Haus, weg von den Lügen, von Dante, von allem.

Sein Blick bohrte sich in meinen Rücken, aber ich ignorierte es. Er hatte seine Chance gehabt. Und er hatte sie verspielt.

»Emilia, warte!« Dantes Stimme war eindringlich, fast flehend, als er mich aufhalten wollte. »Du weißt, dass das zwischen uns echt ist. Jede Sekunde davon.« Ich hielt inne, drehte mich jedoch nicht zu ihm um. Stattdessen ballte ich die Fäuste und atmete tief durch, um die Tränen zurückzuhalten. »Nein, Dante!« Meine Stimme war leise, aber fest. »Spar dir diese Worte. Ich kann dir nicht vertrauen. Und es war mein größter Fehler, es jemals getan zu haben.«

Ich hob meinen Kopf und sah ihn endlich direkt an, mit einem Ausdruck, der klar machte, dass es keinen Weg zurückgab. »Ich werde jetzt meine Sachen holen. Geh mir aus dem Weg!«

Oben in meinem Schlafzimmer öffnete ich die Tür und begann, meine Sachen nach und nach zusammenzupacken. Jedes Kleidungsstück, jeder Gegenstand fühlte sich an wie eine Erinnerung an die Lügen und die Manipulation, die ich in diesem Haus erlebt hatte. Es war, als würde ich eine Last ablegen, Stück für Stück.

Plötzlich öffnete sich die Tür, und Luca trat ein. Sein Gesicht wirkte gequält, doch ich hatte keine Geduld mehr für ihn oder seine Entschuldigungen.

»Emilia, lass uns doch bitte in Ruhe reden und es mich dir erklären«, bat er, seine Stimme sanft, aber eindringlich.

Ich hielt in meiner Bewegung inne und sah ihn an, mein Blick kalt und voller Enttäuschung. »Da gibt es nichts zu erklären.« Meine Stimme zitterte leicht, doch ich hielt sie standhaft. »Und das Schlimmste ist, ich dachte, ich hätte in dir einen wahren Freund gefunden. Aber das warst du nie. Ich werde jetzt gehen.« Ohne ihn eines weiteren Blickes zu würdigen, verließ ich das Zimmer.

Mit festen Schritten ging ich die Treppe hinunter, mein Gepäck in der Hand, und trat hinaus in die frische Luft. Dante stand dort, sein Blick voller Schmerz, als er erneut rief:»Geh bitte nicht!«

»Ich will nichts mehr von euch hören. Lasst mich in Ruhe.« Ich stieg in mein Auto, startete den Motor und fuhr los, ohne zurückzublicken.

Während ich die Straßen hinter mir ließ, festigte sich ein Entschluss in meinem Kopf. Wenn ich alles mit dem Vorstand geklärt hatte, würde ich die Villa endgültig verlassen. Keine Lügen mehr, keine Manipulation. Ich würde mir etwas Eigenes aufbauen. Ein Leben, das nur mir gehörte.

Ab jetzt musste ich für mich kämpfen – allein.

Meine Gedanken wurden durch das Klingeln meines Handys unterbrochen. Beim Blick auf das Display erkannte ich die Nummer nicht. Ich nahm den Anruf entgegen.»Hallo? Wer ist da?«

»Guten Tag, hier spricht Lorenzo Moretti vom Bestattungsinstitut Rossi. Ich wollte mit Ihnen über die Beerdigung von Santo sprechen. Es wäre gut, wenn Sie vorbeikommen könnten, um den Ablauf zu besprechen.«

Seine Worte trafen mich wie eine Klinge. Kurz. Präzise. Endgültig.

Ich hatte nur stumm genickt, als wäre er in der Lage, mein Schweigen zu sehen. Erst nach einem Moment brachte ich ein heiseres»Ich komme.« über die Lippen.

Jetzt saß ich im Wagen. Die Stadt zog an mir vorbei – Autos, Lichter, Menschen, die keine Ahnung hatten, dass meine Welt stehen geblieben war. Dass Santo nicht mehr da war. Dass ich hier saß, auf dem Weg, um über seinen letzten Weg zu entscheiden.

Meine Finger umklammerten das Lenkrad fester, als die vertrauten Straßen langsam in eine engere, stillere Gegend übergingen. Die Gegend, in der man nur landete, wenn es zu spät war.

Das Gebäude des Bestattungsinstituts war schlicht. Grau. Zweckmäßig. Ich stieg aus, zog die Tür hinter mir zu und ließ den Motor verstummen. Für einen Moment blieb ich stehen, starrte auf das Schild über der Tür. Rossi & Moretti – Bestattungen seit 1921.

Ein tiefer Atemzug, dann trat ich ein.

Der Bestatter erwartete mich. Ein Mann in einem dunklen Anzug, mit einer Miene, die nichts verriet. »Signorina, schön, dass Sie es einrichten konnten.«

Ich zwang mich zu einem Nicken, meine Stimme war rau. »Lassen Sie uns das hinter uns bringen.«

Er bedeutete mir, ihm in sein Büro zu folgen. Ein Raum voller Akten, dunkles Holz, das nach Möbelpolitur roch. Auf dem Tisch lagen Formulare bereit.

»Wir müssen einige Entscheidungen treffen – den Sarg, die Musik, den Ablauf der Zeremonie. Gibt es spezielle Wünsche von der Familie?«

Meine Finger ballten sich in meinem Schoß. »Santo wollte keine große Sache daraus machen. Es sollte… würdevoll sein.«

Lorenzo nickte verständnisvoll. »Ich verstehe. Und die Beisetzung?«

Ich schluckte. Das Wort allein hinterließ einen bitteren Geschmack. »Er soll im Familiengrab beerdigt werden. Neben meinen Eltern.«

Er machte sich Notizen, seine Schrift präzise und ordentlich. »Natürlich. Wünschen Sie Blumen oder eine andere Dekoration?«

Ich schüttelte den Kopf. »Schlicht. Weiß.«

Ein weiteres Nicken. Dann legte er den Stift beiseite. »Ich werde alles in die Wege leiten. Die Zeremonie kann in ein paar Tagen stattfinden. Ich werde Ihnen die genaue Uhrzeit noch bestätigen.«

Bis dahin würde sich alles noch realer anfühlen.

Ich stand auf, spürte, wie meine Knie kurz nachgaben, doch ich fing mich. »Danke, Signor Moretti.«

Er verneigte sich leicht. »Es tut mir leid, Signorina. Mein aufrichtiges Beileid.«

Ich antwortete nicht. Worte änderten nichts.

Draußen war die Luft kühler, doch ich spürte sie kaum. Ich öffnete wie gesteuert die Autotür und ließ mich auf den Fahrersitz sinken. Für einen Moment starrte ich auf meine eigenen Finger, die leicht zitterten.

Dann startete ich den Motor und fuhr los. Zurück in eine Welt, die nicht wusste, dass Santo nicht mehr da war.

Die Begegnung mit dem Bestatter hatte mich mehr getroffen, als ich zugeben wollte. Santo war ein Mensch, der so viel mehr verdient hatte als das, was ihm widerfahren war. Bald würde er seinen Frieden finden. Das war das Mindeste, was ich für ihn tun konnte.

Doch jetzt musste ich mich meiner Realität stellen – der unvermeidlichen Konfrontation mit dem Vorstand. Ein Teil von mir wollte alles hinschmeißen und weglaufen, doch ich wusste, dass das keine Lösung war. Das war mein Leben. Meine Familie hatte alles so vorbereitet, dass ich keine Wahl mehr hatte. Und ich würde mich dem stellen.

Während ich durch die Stadt fuhr, glitten meine Augen immer wieder auf mein Handy, das auf dem Beifahrersitz lag. Ich hatte noch nichts von Aurelio gehört. Warum auch? Ich hatte mit heimlich, still und leise aus dem Staub gemacht. Wer weiß, was er nun von mir dachte. Für einen Moment überlegte ich, ob ich ihn anrufen sollte. Doch dann schüttelte ich den Kopf. Nicht jetzt. Es gab so viele Dinge, die ich klären musste, bevor ich mich mit jemand anderem auseinandersetzen konnte – selbst mit jemandem, der sich als ehrlich erwiesen hatte.

Als ich an der Villa ankam, fühlte sich der vertraute Anblick schwer und bedrückend an. Dieses Haus war einst mein Zuhause gewesen, ein Ort voller Wärme und Sicherheit. Jetzt war es nur ein Gefängnis aus Lügen und Pflichten. Ich parkte mein Auto, atmete tief durch und stieg aus. Der Himmel über mir war grau, passend zu der Stimmung, die mich umgab. Alles fühlte sich so ungewiss an, so fragil. Doch ich wusste, dass ich keine Zeit hatte, mich von meinen Gefühlen überwältigen zu lassen.

Drinnen war es still. Niemand kam, um mich zu begrüßen, und das war mir nur recht. Ich wollte keinen weiteren Konflikt, keine weiteren Diskussionen. Ich ging direkt in mein Zimmer und begann, mich vorzubereiten. Mein Treffen mit dem Vorstand würde den Beginn eines neuen Kapitels markieren – egal, ob ich dafür bereit war oder nicht.

Als ich in den Spiegel sah, fiel mein Blick auf meine eigenen Augen. Sie waren müde, aber fest entschlossen. Angst hin oder her, ich würde kämpfen. Für Santo, für mich selbst und für ein Leben, das nicht mehr von anderen kontrolliert wurde.

Kapitel 29

EMILIA

Als ich mich im Spiegel betrachtete, konnte ich nicht anders, als leicht zu lächeln. Die Kombination aus Eleganz und meiner rebellischen Seite passte perfekt. Der klassische schwarze Anzug mit der scharfen Krawatte und die High Heels gaben mir Autorität. Das war ich. Emilia d'Amico. Und ich würde mich niemals von irgendjemandem verbiegen lassen.

Ich nahm meine Tasche und das vorbereitete Notizbuch. Heute würde ich beweisen, dass ich für diese Verantwortung bereit war – nicht für sie, sondern für mich selbst.

Auf dem Weg nach unten spürte ich, wie die Spannung in der Villa nahezu greifbar war. Niemand ließ sich blicken, aber ich spürte die unausgesprochenen Worte, die in der Luft lagen. Wahrscheinlich beobachteten sie mich aus der Entfernung, wartend auf meinen nächsten Schritt. Das war gut. Sollen sie doch schauen. Ich würde ihnen zeigen, dass ich niemandes Spielball war.

Ich erreichte die Eingangshalle, und dort stand Raffaele, wie erwartet, bereits wartend. Sein Blick war ernst, aber ich hielt seinen Augen stand.

»Du bist bereit?«, fragte er, seine Stimme gemischt aus Professionalität und etwas, das wie Sorge klang.

»Ich bin mehr als bereit«, antwortete ich kühl und ging an ihm vorbei zur Tür. Ich spürte, dass er mir etwas sagen wollte, doch ich hatte keine Zeit für seine Erklärungen oder Entschuldigungen.

Die Fahrt zur Firma verlief in gespannter Stille. Die Straßen der Stadt zogen an mir vorbei, aber mein Kopf war schon beim Treffen. Ich musste heute nicht nur die Kontrolle übernehmen, sondern die Zweifel dieser Männer zerstreuen, die mich vermutlich eher als schwaches, unerfahrenes Mädchen sahen.

Vor dem großen, imposanten Firmengebäude angekommen, hielt ich inne, um noch einmal tief durchzuatmen. Dies war der Beginn einer neuen Ära. Ich würde das Unternehmen übernehmen, die Macht sichern und gleichzeitig das Netzwerk neu ordnen – auf meine Weise.

Mit erhobenem Kopf und einem selbstbewussten Lächeln betrat ich das Gebäude. Die Empfangsdame wirkte überrascht, als sie mich sah. Kein Wunder – das war vermutlich das erste Mal, dass eine Frau in dieser Welt so selbstbewusst auftrat.

Die große Eingangshalle versprühte diese elegante Note, wie ich sie nur von meiner Mutter kannte. Sie war immer der Meinung, ein Firmengebäude darf Eleganz ausstrahlen, daher ließ mein Vater sie die Büros und andere Räume einrichten.

Es war schön, etwas Persönliches von ihr hier zu spüren. Das machte es leichter.

Ich begab mich zu den Aufzügen, wo ich schon auf eines der Vorstandsmitglieder traf. Zu meinem Glück kannte ich ihn schon, seitdem ich klein war.

»Emilia d'Amico. Sieh dich an. Nicht mehr das kleine Mädchen, was mir immer einen Tee bei ihren Besuchen gebracht hat.«

»Matteo! Es ist schön ein bekanntes Gesicht zu sehen. Wie geht es dir und deiner Familie?«

Matteo war ein Freund meiner Eltern. Er und seine Frau Antonella besuchten uns öfter mal, als ich jung war.

»Uns geht es gut. Wie geht es dir?. Ganz schön was los in deinem Leben.«

»Das kannst du laut sagen. Aber ich schaffe das. Ich bin lernfähig«, grinste ich ihm zu.

»Davon bin ich überzeugt. Und wann immer du etwas brauchst, lass es mich jederzeit wissen«, ermutigte er mich mit seinen Worten, als sich auch schon die Türen des Aufzugs öffneten.

»Dann wollen wir mal in die Höhle des Löwen«, sagte ich eher zu mir selbst, was aber auch Matteo mitbekam.

»So schlimm sind sie nicht. Na gut, ein paar schon. Die haben aber meist eh nichts zu sagen«, lachte er herzlich auf, was ich ihm gleichtat.

Als ich die Tür zum Konferenzraum öffnete, fühlten sich die Blicke der Anwesenden wie ein unsichtbarer Test an. Dort saßen sie, die ergrauten, mächtigen Männer, die Jahrzehnte im Schatten agiert hatten. Doch ich ließ mir keine Unsicherheit anmerken. Mit jedem Schritt, den ich in den Raum machte, ließ ich meine Präsenz spürbar werden.

Ich trat an meinen Platz am Kopfende des Tisches und setzte mich. Mit einer ruhigen, aber autoritären Stimme begann ich:

»Meine Herren, ich danke Ihnen, dass Sie sich die Zeit genommen haben.« Ich ließ meinen Blick durch den Raum gleiten, jeden Einzelnen musternd. »Heute beginnt eine neue Ära für dieses Unternehmen. Lassen Sie uns beginnen.«

Es war an der Zeit, ihnen zu zeigen, wer hier ab jetzt die Kontrolle hatte.

Das Meeting begann mit den üblichen Formalitäten – Zahlen Berichte, Abläufe. Ich hörte aufmerksam zu, machte mir Notizen und ließ sie immer wieder merken, dass ich voll im Thema war. Es war offensichtlich, dass einige von ihnen mich kritisch beobachteten, wohl in der Hoffnung, dass ich einen Fehler machte.

Doch dann kam der entscheidende Moment.

»Da wir den aktuellen Stand besprochen haben, kommen wir zum Hauptgrund dieses Treffens. Die Nachfolge«, leitete Matteo den nächsten Schritt ein.

Der Raum wurde still, und alle Blicke richteten sich auf mich.

Ich erhob mich, um das Wort zu ergreifen.

»Meine Herren, ich werde nicht lügen – ich weiß, dass einige von Ihnen skeptisch sind. Eine Frau an der Spitze dieses Unternehmens, dazu eine junge und unerfahrene wie ich? Aber lassen Sie mich Ihnen eines sagen: Ich habe mehr Grund als jeder hier im Raum, das Vermächtnis meines Vaters weiterzuführen und voranzutreiben. Und meine Intentionen sind nichts anderes als daran geknüpft, da weiterzumachen, wo mein Vater aufgehört hat.«

Ich machte eine Pause und sah, wie die Männer meine Worte abwägten.

»Sie kennen meinen Namen, Sie kennen meine Familie, aber jetzt werden Sie mich kennenlernen. Meine Eltern haben dieses Unternehmen mit Intelligenz, Stärke und Loyalität aufgebaut. Ich werde dasselbe tun. Nicht aus Zwang, sondern weil ich es will.«

Raffaele unterbrach die Stille mit einem kleinen, anerkennenden Nicken. Es war schwer zu sagen, ob er beeindruckt war oder ob er es spielte. Doch das war mir egal. Ich war nicht hier, um seinen Beifall zu gewinnen.

»Wenn jemand Einwände hat, sollte er sie jetzt äußern.«

Die Stille im Raum sprach Bände. Ich wusste, dass ich sie nicht alle auf meiner Seite hatte, aber es war ein Anfang. Und ich wusste, dass das nur der erste von vielen Schritten war. Die Anspannung in meinem Körper ließ allmählich nach. Eine unserer Angestellten brachte ein Tablett mit Whisky und gab jedem ein Glas. Die Erleichterung darüber, dass der Vorstand mir wohlgesonnen war, fühlte sich wie ein erster Sieg an – klein, aber bedeutsam.

»Lassen Sie uns anstoßen. Auf die Zukunft – auf Stärke, Macht und Respekt. Mögen wir wachsen, ohne uns zu verbiegen, herrschen, ohne zu wanken, und gewinnen, ohne zu verlieren, wer wir sind. Auf das Erbe meiner Eltern, und auf diejenigen, die es führen. Salute!«

Ich hatte es geschafft. Der wohl bisher wichtigste Termin war geschafft. Matteo kam auf mich zu und schenkte mir ein beruhigendes Lächeln. »Das war hervorragende Arbeit, Emilia. Und den Männern Whisky zu präsentieren, war ein cleverer Zug. Das zeigt Charakter, Emilia«, kommentierte Matteo mit einem anerkennenden Schmunzeln. Die anderen stimmten murmelnd zu, einige lachten.

Ich erwiderte mit einem selbstbewussten Lächeln. »In unserer Welt geht es um Stärke. Und ich denke, ein Glas Whisky repräsentiert das mehr als jeder Champagner.«

Nach ein paar weiteren Höflichkeitsfloskeln begann die Runde sich langsam aufzulösen. Einige Vorstandsmitglieder blieben noch und kamen zu mir. Sie boten mir ihre Unterstützung an oder sprachen vorsichtig ihre Bedenken aus. Ich hörte aufmerksam zu, nahm jedes Wort auf, das mir half, sie besser zu verstehen. Ich versicherte Ihnen alles daran zu setzten, dass wir immer an einem Strang ziehen würden, um das Beste für die Firma rauszuholen.

Am Ende des Treffens stand nur noch Raffaele bei mir.

»Du hast dich gut geschlagen. Selbst Matteo war beeindruckt.« Seine Worte klangen aufrichtig, aber ich traute dem Frieden nicht.

»Es ist mein Job, sie zu überzeugen und Ihnen Sicherheit zu geben.«

Er lächelte angespannt. »Ich bin nicht dein Feind, Emilia. Aber diese Welt ist kompliziert. Du wirst lernen müssen, dass Vertrauen ein seltenes Gut ist.«

»Das habe ich gelernt. Mehr als dir lieb sein dürfte.«

Ohne ein weiteres Wort ließ ich ihn stehen und verließ den Konferenzraum. Draußen auf dem Parkplatz atmete ich tief durch. Ein Kapitel war abgeschlossen, ein neues hatte begonnen. Ich war offiziell am Ruder – aber der wahre Kampf lag vor mir.

Mit einem entschlossenen Blick stieg ich in mein Auto. Ich wusste, dass es an der Zeit war, ein neues Team um mich zu scharen. Loyal, unbestechlich, stark. Menschen, die für das, was ich aufbauen wollte, bereit waren zu kämpfen.

Und ich würde sie finden.

Ich verabschiedete mich vom gesamten Vorstand, und als ich aus dem Konferenzraum heraus trat, fühlte ich zum ersten Mal seit Langem einen Funken Hoffnung. Jetzt lag es an mir, diesen Funken zu einem Feuer zu entfachen. Eines war klar: Ich hatte mich behauptet. Das war nur der erste Schritt, aber er war gelungen.

»Emilia, warte! Ich bin stolz auf dich. Du hast einen großen Teil, der nicht dafür war schon jetzt für dich gewinnen können«, rief Raffaele, der mir schnellen Schrittes folgte.

»Raffaele, ich weiß du meinst es sicher nur nett, aber ich kann im Moment nicht mit dir reden. Mit keinem von euch. Was ihr vorhattet, geht gegen jede persönliche Grenze, die ich habe. Und das werde ich nie vergessen. Ich werde jetzt gehen«, beendete ich das Gespräch und ging zu meinem Auto. Als ich einstieg, fiel eine große Last von meinen Schultern. Ein riesiger Schritt war getan. Und doch war da dieses andere Gefühl. Ich hatte niemanden, mit dem ich dies teilen konnte. Noch vor ein paar Tagen hätte ich Santo angerufen und ihm die Neuigkeiten erzählt. Aber das ging nicht mehr. Da kam mir eine Idee. Ich zückte mein Telefon und schrieb eine Nachricht.

Hallo Sonnenschein, wir haben es geschafft. Die Firma gehört mir. Und du bist der Einzige, der immer an mich geglaubt hat. Du fehlst mir unendlich, Santo! Ich hab dich lieb. Pass auf deine Mutter auf, wo immer ihr jetzt seid. Ti amo!

Als ich die Nachricht abschickte, stieg ein bittersüßer Schmerz in mir auf. Ich wusste, dass Santo sie nie lesen würde, aber es fühlte sich an, als hätte ich ihn auf diese Weise ein kleines bisschen näher bei mir. Die Worte waren ein stilles Versprechen, dass ich nicht vergessen würde, was er für mich war – mein Anker in einer Welt, die ständig drohte, mich zu verschlingen.

Ich legte das Handy beiseite und atmete tief durch, während ich die Hände um das Lenkrad legte. Der Parkplatz war jetzt fast leer, das leise Summen der Hafengeräusche in der Ferne war das Einzige, was die Stille begleitete.

Ich startete den Motor und ließ den Wagen langsam rollen, unschlüssig, wohin ich fahren sollte. Nach Hause? Das fühlte sich falsch an. Zu Aurelio? Vielleicht später. Im Moment wollte ich irgendwo hin, wo ich für einen Moment vergessen konnte, wer ich war und was von mir erwartet wurde.

Auf einer spontanen Eingebung hin bog ich Richtung Strand ab. Dort angekommen, parkte ich und setzte mich auf die steinige Uferpromenade, die Schuhe in der Hand. Die Wellen rauschten in einem beruhigenden Rhythmus, und für einen Moment fühlte ich mich klein – aber nicht schwach. Klein, wie jemand, der sich von etwas Größerem getragen fühlt.

Ich nahm mein Handy wieder zur Hand, las meine Nachricht an Santo noch einmal durch und lächelte traurig. »Ich hoffe, du bist stolz auf mich«, flüsterte ich leise, bevor ich das Telefon wegsteckte und den Moment genoss.

Morgen würde die Welt wieder mit ihren Forderungen und Kämpfen auf mich warten. Aber für jetzt war es nur ich, das Meer und die Erinnerung an den einzigen Menschen, der mich niemals verraten hatte. Ich beschloss kurzerhand, in die Stadt zu fahren. Als ich nach einer gefühlten Ewigkeit dort ankam, parkte ich meinen Wagen direkt vor Aurelios Club. Eilig stieg ich aus und erkannte am Eingang schon Toni, der Flavio beim letzten Mal rausgeworfen hatte. »Signorina d'Amico?! Ist alles in Ordnung?«, fragte er sichtlich überrascht über meine Ankunft. »Ciao, Toni! Ist er da?«, fragte ich vorsichtig. »Ja, er ist in seinem Büro. Gehen Sie durch.«

»Danke, und bitte nennen Sie mich Emilia.« Mit einem dankenden Lächeln lief ich an ihm vorbei. Ich eilte durch den Club, vorbei an den schwach beleuchteten Tischen und der leisen Musik, die in der Luft lag. Mein Herz schlug schnell, nicht nur von der Wut und Enttäuschung, die immer noch in mir kochte, sondern auch von der Unsicherheit, wie Aurelio reagieren würde. Er war der Einzige, zu dem ich in diesem Moment gehen konnte – der Einzige, bei dem ich das Gefühl hatte, dass er mir die Wahrheit sagte.

Als ich vor seiner Bürotür stand, klopfte ich einmal kurz an, doch ohne auf eine Antwort zu warten, drückte ich die Klinke herunter und öffnete die Tür.

Er saß an seinem großen, hölzernen Schreibtisch, den Blick auf ein paar Unterlagen gerichtet. Als er mich sah, schob er sie sofort beiseite und sprang auf.

»Emilia?« Seine Stimme klang überrascht, aber zugleich war da eine Spur von Sorge. »Was eine Überraschung. Mit dir hatte ich nicht gerechnet. Ist alles in Ordnung?«

Ich trat ein, schloss die Tür hinter mir und versuchte, die Fassung zu wahren. Doch kaum sah ich sein Gesicht, diese ehrliche Besorgnis in seinen Augen, brach alles aus mir heraus. Tränen schossen mir in die Augen, und ich konnte sie nicht mehr zurückhalten.

»Du hattest recht, Aurelio. Du hattest mit allem Recht«, brachte ich hervor, bevor meine Stimme endgültig versagte.

Er überbrückte die Distanz zwischen uns in Sekunden, nahm mich sanft an den Schultern und schaute mich eindringlich an. »Hey, was ist passiert? Komm, setz dich«, sagte er, zog mich zu der kleinen Ledercouch an der Wand und ließ mich Platz nehmen.

Ich schüttelte den Kopf, als wollte ich mich wehren, aber meine Beine gaben fast nach, also ließ ich mich doch nieder. Aurelio kniete sich vor mich hin, seine Hände immer noch leicht auf meinen Schultern.

»Emilia, rede mit mir. Was ist los?«, fragte er erneut, seine Stimme sanft, aber fordernd.

Ich schniefte, wischte mir die Tränen von den Wangen, aber es schien kein Ende zu nehmen. »Sie haben mich die ganze Zeit belogen«, begann ich, meine Stimme zitternd. »Dante, Luca… und meine eigene Familie. Sie haben alles geplant. Dieses Bündnis… es ging nie um mich. Es ging nur um Macht und Kontrolle. Sie wollen, dass ich Dante heirate. Und das alles nur, um den guten Namen der Familie zu wahren.« Aurelios Augenbrauen zogen sich zusammen.

»Das war ihr Plan?«, fragte er mit einer Stimme, die vor Zorn bebte, aber seine Hände blieben sanft auf meinen Schultern.

»Ja«, flüsterte ich. »Dante… Er wusste es. Die ganze Zeit. Und ich habe ihm vertraut. Ich habe gedacht, dass…« Meine Stimme brach, und ich schüttelte den Kopf, unfähig, die Worte zu beenden.

Aurelio stand auf, ging ein paar Schritte durch den Raum und fuhr sich durch die Haare. »Dieser Bastard«, murmelte er, mehr zu sich selbst als zu mir, bevor er sich wieder zu mir umdrehte. »Du hast das nicht verdient. Nichts davon.«

Ich hob den Blick zu ihm, und ein Hauch von Bitterkeit schlich sich in meine Stimme. »Du hast es mir gesagt. Du hast mich gewarnt, und ich war zu blind, um es zu sehen. Ich wollte es nicht glauben. Und jetzt… Jetzt habe ich niemanden mehr.«

Er ließ sich neben mich auf die Couch sinken, legte eine Hand auf meine und drückte sie leicht. »Das stimmt nicht«, sagte er leise. »Du hast mich. Und ich werde dich nicht fallen lassen, das verspreche ich dir.«

Ich sah ihn an, suchte in seinem Gesicht nach irgendeinem Zeichen von Unehrlichkeit, fand aber nichts außer Aufrichtigkeit und… Zuneigung. »Warum bist du so gut zu mir?«, fragte ich leise.

»Weil du es verdient hast. Und weil ich weiß, wie es ist, von den Menschen enttäuscht zu werden, die einem am nächsten stehen. Aber ich bin hier. Und ich lasse nicht zu, dass sie dich weiter verletzen.«

Seine Worte berührten mich tief, und ich fühlte, wie die eisige Schwere in meiner Brust ein wenig nachließ. »Danke«, flüsterte ich.

»Du musst mir nicht danken«, sagte er mit einem kleinen Lächeln. »Aber du musst mir eines versprechen.«

»Was?«, fragte ich vorsichtig.

»Dass du dich nicht aufgibst. Du bist stärker, als du denkst, und ich werde dafür sorgen, dass du es selbst erkennst.«

Ich nickte langsam, ließ seine Worte in mir nachhallen. Vielleicht war ich stärker, als ich mich fühlte. Vielleicht war Aurelio genau das, was ich jetzt brauchte – ein Verbündeter, der auf meiner Seite war, egal was passierte.

Kapitel 30

EMILIA

Eine ganze Weile saßen wir nur da. Er verlor nicht ein Wort über letzte Nacht, oder, dass ich im Morgengrauen abgehauen war. Nichts dergleichen. Er war für mich da und hörte mir zu.

Wie im Akkord erzählte ich ihm, was alles passiert war, seitdem ich das Strandhaus verlassen hatte. Dass meine Familie auf einmal wieder in der Villa war und so tat, als wären sie nicht entführt worden. Als hätte meine Tante nicht ihr Leben geopfert, um sie zu befreien.

Und dann war da die Übernahme der Firma.

»Warte! Was? Du hast die Geschäfte übernommen? Wann?«, sah er mich fast entsetzt an.

»Bevor ich hier her kam. Die Tinte dürfte nicht einmal trocken sein. Ich wollte nur weg. Durchatmen. Und dann packte mich die Realität und erinnerte mich daran, dass ich allein bin.«

Wieder kehrte Stille ein und ich kam mir wie ein Idiot vor, dass ich ihm die Ohren voll gejammert hatte.

Ich seufzte leise, fuhr mir mit der Hand durchs Haar und senkte den Blick. »Aurelio, ich… es tut mir leid, dass ich hier so reingeplatzt bin«, gestand ich, wobei meine Stimme leiser wurde. »Das war unhöflich von mir. Du hattest genug zu tun, und ich komme hierher und kippe dir meinen ganzen Frust vor die Füße.« Er schüttelte leicht den Kopf, ein sanftes Lächeln umspielte seine Lippen. »Mach dir darüber keine Gedanken. Du bist hier immer willkommen, egal zu welcher Zeit oder aus welchem Grund.«

»Trotzdem. Ich sollte jetzt besser fahren«, setzte ich nach und stand langsam auf. »Ich habe so vieles zu erledigen, wenn ich mein neues Leben auf die Reihe kriegen will. Das hier ... das war eine kleine Flucht. Aber ich kann nicht ewig fliehen.«

»Du kannst genauso hierbleiben und deine Dinge klären«, schlug er vor, seine blauen Augen musterten mich. »Ich hab da absolut nichts gegen. Im Gegenteil, ich wäre froh, wenn du dir hier ein bisschen Luft verschaffen könntest.«

Ich lachte leise, doch es klang eher bitter. »Verlockend, aber nein«, entgegnete ich und versuchte, meine Unsicherheit mit Ironie zu überspielen. »Wenn ich nicht bald auf der Straße oder im Hotel leben will, muss ich mich um eine Wohnung kümmern. Und meinen Mafia-Einstand sollte ich ja auch noch gebührend *feiern*.« Ich verdrehte die Augen bei meinen eigenen Worten.

»Niemand sagt, dass du jetzt alles überstürzen musst. Jeder weiß, was du durchgemacht hast. Es wäre nur verständlich, wenn du dir etwas mehr Zeit nimmst.«

»Und genau deswegen *muss* ich es eben doch tun«, sagte ich mit einer Mischung aus Entschlossenheit und Trotz in der Stimme, während ich ihn fest ansah. »Sie halten mich eh schon für schwach. Mich jetzt zurückzuziehen, würde sie nur in ihrer Meinung bestätigen. Und diese Macht gebe ich ihnen nicht über mich! Das können sie vergessen!«

Aurelio verschränkte die Arme vor der Brust und ließ seinen Blick langsam über mich gleiten. Sein Lächeln war weich, doch in seinen Augen brannte ein intensives Leuchten. »Weißt du, wie attraktiv du bist, wenn du so entschlossen bist?«, sagte er, seine Stimme war tief und von einem unüberhörbaren Verlangen durchzogen.

Ich hielt kurz inne, versuchte die plötzliche Hitze, die seine Worte in mir auslösten, zu ignorieren, und zog eine Augenbraue hoch. »Beruhige dich«, entgegnete ich trocken, obwohl ein leichtes Lächeln meine Lippen umspielte. »Du arbeitest jetzt besser weiter, ich werde meine Dinge erledigen und dich nicht weiter ablenken.«

»Vielleicht mag ich es ja, von dir abgelenkt zu werden«, konterte er spielerisch, wobei ein Hauch von Provokation in seinem Ton mitschwang.

Ich schnaubte leise und drehte mich zur Tür. »Du bist unmöglich«, war alles, was ich sagte, bevor ich den Raum verließ. Aber ich konnte das Lächeln nicht aus meinem Gesicht verbannen, während ich den Flur entlangging.

»Meine Tür steht dir immer offen«, rief er mir nach.

Als ich den langen Flur entlangging, ertönte plötzlich das nervige Klingeln meines Handys. Ich zog es aus meiner Tasche und sah auf den Bildschirm. Es war die Nummer des Bestatters.

»Signor Moretti? So schnell hatte ich nicht mit ihrem Anruf gerechnet.«

»Ja, wir haben den Leichnam aus dem Krankenhaus abholen können«, antwortete er ruhig. »Das heißt, wenn ich mich noch heute daransetze, könnte die Beisetzung morgen stattfinden.«

Ich war für einen Moment sprachlos. Das ging schneller als erwartet. »Dio! Das ist schneller, als ich erwartet hatte. Aber je schneller er seinen Frieden findet, desto besser! Sagen Sie mir, wann und wo, und ich werde da sein.«

»11 Uhr am Cimitero monumentale di Catania«, gab er mir die Details durch.

»Grazie«, flüsterte ich, meine Stimme war fast zerbrochen. »Ich danke Ihnen, dass Sie das alles so schnell organisiert haben.«

»Wir sehen uns dann morgen.«

Ich beendete das Gespräch und stand einen Moment lang still da, überwältigt von der Nachricht. »Hast du das gehört, Santo?«, flüsterte ich leise. »Morgen bist du endlich frei, mein Engel.«

Ein schwaches Lächeln huschte über mein Gesicht, als ich mir vorstellte, wie er mich jetzt ausgelacht hätte – wegen meiner Theatralik, wie er es immer nannte. Doch es fühlte sich richtig an. Ich hatte beim Bestatter darum gebeten, Santo im Familiengrab meiner Eltern beizusetzen. Der Gedanke, ihn allein begraben zu lassen, wäre unerträglich gewesen.

Ich wischte mir die Tränen mit dem Handrücken aus dem Gesicht und zwang mich, weiterzugehen. »Ciao, Toni«, murmelte ich, ohne ihn direkt anzusehen, als ich vorbeiging.

»Bis zum nächsten Mal, Emilia«, antwortete er höflich.

Ich stieg in mein Auto und ließ den Motor an, doch als ich auf den Rückspiegel sah, wusste ich sofort, dass das Haus, zu dem ich fuhr, nicht mehr mein Zuhause war. Es fühlte sich nicht mehr so an. Zu viele Erinnerungen waren mit diesem Ort verbunden – Erinnerungen, die ich momentan nicht ertragen konnte. Ich beschloss, erst mal ins Hotel zu gehen. Ich brauchte Raum, um zu atmen. Bevor ich morgen endgültig von Santo Abschied nahm, wollte ich für mich sein, alleine, ohne die Last der Erwartungen anderer.

Als ich das Grundstück erreichte, war alles dunkel. Keine Lichter, keine Stimmen. Es war eine dieser Nächte, in denen der

Himmel dunkel und der Mond kaum zu sehen war. Ich hatte Glück. Meine Familie war offenbar nicht zu Hause. Ich hatte genug von den Lügen, den falschen Geschichten über unseren ach so tollen Zusammenhalt. Ich war leer. Es war Zeit, zu gehen.

Ich stieg aus dem Auto und ging schnurstracks in das Haus, als wäre es ein fremder Ort. Kein Umsehen, kein Verweilen. Nur der Drang, zu tun, was getan werden musste. Mit schnellen Schritten betrat ich das Gebäude und marschierte direkt in mein Zimmer. Die Stille des Hauses war fast greifbar, aber sie tat mir gut. Ich öffnete den Wandschrank, schnappte mir einen großen Koffer und begann, Kleidungsstücke hineinzupacken. Schnell, hektisch, als ob ich die Zeit gegen mich hätte.

Ich griff nach einem Paar Jeans und Shirts, die ich gerne trug, und dann ein Kleid, das ich am morgigen Tag tragen würde. Santo sollte einen perfekten letzten Abschied bekommen, auch wenn er nicht mehr da war, um ihn zu erleben. Ein schwerer Seufzer entfloh mir, als ich an ihn dachte. Mit zitternden Händen legte ich das Kleid vorsichtig in den Koffer und blickte auf das Briefpapier, das auf meinem Schreibtisch lag und packte es ein. In diesem Moment vibrierte mein Handy. Ein kurzer Blick – eine Nachricht von Aurelio. Ich hielt den Atem an und las sie:

Du weißt, wo du mich findest, falls du nicht allein sein möchtest. Egal wann!

Ich seufzte und sah aus dem Fenster, auf das dunkle Grundstück, das hinter dem Haus lag. »Ach, Aurelio«, murmelte ich vor mich hin, »wenn du wüsstest, wie gern ich jetzt bei dir wäre. Aber das muss ich jetzt alleine durchstehen« Ich konnte es ihm nicht erklären. Nicht jetzt. Nicht, wo ich so viel in meinem Kopf hatte, so viele Dinge zu regeln waren. Santo hatte es mir gezeigt, dass es Momente gab, in denen man nur für sich selbst stark sein musste.

Mit einem leichten Zittern in den Händen drückte ich auf ‚Antworten‘ und tippte:

Ich danke dir. Aber das ist etwas, das ich allein machen muss. Ich melde mich bald wieder. Pass bis dahin auf dich auf.

Ich hoffte, dass er es verstand. Ich hoffte, dass er sich nicht verletzt fühlte. Doch ich konnte mich nicht mit ihm ablenken. Nicht jetzt. Es war Zeit, loszulassen, auf meine eigene Weise.

Ein paar Minuten vergingen, und keine Antwort kam. Ich wusste, dass er es gelesen hatte, aber vielleicht brauchte er auch Zeit, das zu verarbeiten. Ich atmete tief durch und stand auf, um meinen Koffer zu holen. Als ich ihn ins Auto brachte, fühlte es sich an, als ob der letzte Schritt in ein neues Leben bevorstand. Eine Welt, in der ich mich wiederfinden musste.

Ich fuhr los, ohne zu wissen, wohin. Die Straßen zogen an mir vorbei, und irgendwann entdeckte ich eine kleine Pension am Rand der Stadt. Die Farben des Hauses erinnerten mich an die ruhigen, entschleunigten Orte, die ich in letzter Zeit so sehr vermisste. Es sah freundlich aus, genau das, was ich jetzt brauchte.

Ich parkte mein Auto und stieg aus. Auf dem Hof stand eine ältere Dame, die mit einer Gießkanne die Blumenbeete goss. Ihr Gesicht war vom Leben gezeichnet, doch ihre Augen strahlten eine Ruhe aus, die mich sofort anzog. Sie schaute auf, als ich näherkam.

»Guten Abend, meine Liebe«, sagte sie mit einem freundlichen Lächeln. »Kann ich Ihnen helfen?«

»Guten Abend«, antwortete ich und versuchte, ein Lächeln zurückzugeben. »Ich suche ein Zimmer. Ein kleines, ruhiges Zimmer, wenn es möglich ist.«

»Natürlich, mein Kind«, sagte sie mit einem warmen Lächeln und wischte sich eine Hand an ihrer Schürze ab. »Kommen Sie mit. Mein Name ist Belinda. Ich zeige Ihnen eines unserer schönsten Zimmer. Es ist still hier, genau das Richtige, wenn man eine Auszeit braucht.«

Ich nickte und folgte ihr hinein. Es war ein kleines, aber gemütliches Haus, voller Charme. Alles roch nach frischem Holz und Blütenduft. Es fühlte sich vertraut an, als ob es mich an etwas aus meiner Kindheit erinnerte, an einen Ort, an dem es keine Fragen gab, keine Erklärungen – nur Frieden.

Sie führte mich weiter durch den Eingangsbereich der Pension, und ich konnte nicht umhin, mich umzusehen. Von außen wirkte das Haus wie ein charmantes, traditionelles Anwesen, aber innen überraschte es mit moderner Ausstattung. Die Räume waren hell, mit eleganten Holzmöbeln eingerichtet, und überall standen kleine Vasen mit frischen Blumen. Es strahlte eine Ruhe aus, die ich schon lange nicht mehr gespürt hatte.

»Hier werden Sie sicher etwas zur Ruhe kommen«, meinte Belinda, als sie meinen bewundernden Blick bemerkte. »Franco und ich kümmern uns darum, dass unsere Gäste sich hier wie zu Hause fühlen.«

»Das merkt man sofort. Es ist wunderschön hier«, antwortete ich ehrlich.

Belinda rief nach ihrem Mann »Franco, wir haben einen Gast! Komm bitte und begrüße sie.« Ihre Stimme hallte freundlich durch den Eingangsbereich.

Kurz darauf öffnete sich eine Tür, und ein älterer Herr mit silbernem Haar und einem herzlichen Lächeln trat ein. Seine Augen funkelten, als er mich sah, und er streckte mir sofort die Hand entgegen.

»Benvenuto!«, begrüßte er mich mit einem festen Händedruck, der Stärke und Wärme zugleich ausstrahlte.

»Grazie!«, erwiderte ich. »Verzeihung, ich hatte mich gar nicht vorgestellt. Mein Name ist Emilia d'Amico.«

Schweigen folgte, und ich bemerkte, wie sein Gesichtsausdruck sich veränderte. Etwas in meinen Worten hatte ihn nachdenklich gestimmt.

»D'Amico!«, wiederholte er, wobei seine Stimme leise nachhallte. »Der Name sagt mir etwas. Kommen Sie aus der Nähe, mein Kind?«

»Ja. Ich bin aus Catania«, bestätigte ich.

Sein Gesicht erhellte sich. »Kennen Sie zufällig eine Carlotta d'Amico?« Die Aufregung stand ihm ins Gesicht und es wirkte, als könnte er meine Antwort kaum erwarten.

Ein sanftes Lächeln legte sich auf meine Lippen. »Meine Mutter! Kannten Sie sie?«, fragte ich, selbst gespannt. Es war immer etwas Besonderes, Menschen zu treffen, die meine Eltern kannten.

»Hörst du, Franco? Das ist Carlottas Tochter!«, rief Belinda, die mit glänzenden Augen neben ihm stand. »Ihre Mutter hat uns nach einem schweren Unwetter geholfen, unsere Pension wieder aufzubauen. Sie war eine wundervolle Frau. Ebenso wie Ihr Vater. Wir waren sehr bestürzt, als wir von ihrem Tod erfahren haben. Es tut uns schrecklich leid.«

Ich schluckte schwer, aber ein warmes Gefühl breitete sich in meiner Brust aus. »Grazie«, sagte ich leise. »Es ist immer schön, von anderen zu hören, dass sie meine Eltern genauso in Erinnerung haben, wie ich.«

»Emilia! Ich darf doch Emilia sagen, oder?« Belinda legte sanft eine Hand auf meinen Arm. »Ich mache dir unser schönstes

Zimmer fertig. Und mein Enkel wird dein Gepäck gleich hochbringen.«

»Vielen Dank für eure Gastfreundschaft! Das ist sehr freundlich.« Ich war gerührt von der Herzlichkeit dieser beiden Menschen.

Während Belinda und Franco beschäftigt waren, ließ ich meinen Blick durch die Pension schweifen. Die friedliche Atmosphäre und die liebevollen Details gaben mir das Gefühl, dass es Schicksal war, dass ich genau hierher gefunden hatte. Als hätten meine Eltern und Santo mich in diese kleine Pension geschickt, um mich daran zu erinnern, dass ich nicht allein war. Sie wussten immer, was ich brauchte, selbst jetzt.

Franco unterbrach meine Gedanken. »Möchtest du etwas trinken? Ein Glas Wein oder Wasser?«, fragte er freundlich.

»Ein Wasser wäre perfekt, danke«, antwortete ich, und mein Lächeln fühlte sich ehrlicher an als in den letzten Tagen.

»Setz dich doch«, sagte Belinda, die mit einer Tischdecke und einer Vase hereinkam. »Mach es dir gemütlich. Wir kümmern uns um den Rest.« In diesem Moment begann ich, das erste Mal seit Langem, zu entspannen.

»Nonno?! Nonna sagte, wir haben einen Gast und ich soll das Gepäck hochbringen«, rief eine Stimme aus dem Flur.

Das musste ihr Enkel sein, von dem die beiden gesprochen hatten. Groß, athletisch, mit sonnengebräunter Haut und einer Tätowierung in Form eines Kreuzes, die sich über seinen muskulösen Arm zog. Seine schwarzen Haare wirkten an ihm so düster. Kurz: Ein Bad Boy, wie er im Buche steht.

»Dein Großvater holt mir was zu trinken«, stellte ich sachlich klar, bevor ich mich mit einem höflichen Lächeln vorstellte. »Ich bin Emilia. Euer Gast.«

Er musterte mich mit einem neutralen, fast gelangweilten Blick. »Aha. Und wo ist dein Gepäck?«

»Im Auto«, antwortete ich knapp und warf ihm ohne große Vorwarnung meine Autoschlüssel zu. Mit einer lässigen Handbewegung fing er sie und stapfte ohne ein weiteres Wort nach draußen.

Kaum war er durch die Tür verschwunden, konnte ich mir einen Kommentar nicht verkneifen. »Das ist ja mal ein charmantes Kerlchen. Die Freundlichkeit sprudelt ja förmlich aus ihm heraus«, murmelte ich etwas zu laut, sodass Belinda es hören konnte.

Sie lachte leise und schüttelte den Kopf. »Du scheinst unseren Adri kennengelernt zu haben! Bitte ignoriere sein Benehmen. Er hat es nicht so mit Menschen«, entschuldigte sie ihn. »Adri hilft uns hier nur aus, wenn wir etwas Unterstützung brauchen. Er selbst hat eine eigene Motorradwerkstatt und ist dort in seinem Element.«

»Gut zu wissen, falls ich je ein Motorrad besitzen sollte«, antwortete ich trocken, versuchte jedoch, ihr mit einem freundlichen Lächeln zu zeigen, dass mich sein Verhalten nicht störte.

Und wenn man vom Teufel sprach, war er schon wieder da. Er trat mit einem Koffer in jeder Hand zurück ins Haus, ohne eine Miene zu verziehen.

»Wo soll das Gepäck hin?«, fragte er an Belinda gerichtet.

»In die Suite!«, antwortete sie und deutete mit einem Finger nach oben.

»Ja, wohin auch sonst?«, sprach er trocken und warf ihr einen sarkastischen Blick zu. Doch ihr mahnender Blick schien ihn wenig zu beeindrucken. Er stapfte mit meinen Koffern die Treppe hinauf und verschwand.

Franco tauchte kurz darauf mit meinem Wasser in der Hand auf. »Hier, mein Kind. Ein Wasser, wie gewünscht.«

»Vielen Dank«, sagte ich dankbar und nahm das Glas entgegen. Nach einem erfrischenden Schluck blickte ich zu den beiden. »Ich werde dann jetzt auf mein Zimmer gehen und mich für den morgigen Tag vorbereiten.«

Belinda nickte verständnisvoll. »Natürlich. Wenn du etwas brauchst, lass es uns wissen. Wir sind hier.«

Dankend nickte ich ihnen zu und machte mich auf den Weg nach oben. Die Holzstufen knarrten leicht unter meinen Schritten, und ich genoss die Stille, die sich langsam um mich legte. Als ich den Flur erreichte, öffnete sich eine Tür, und Adriano trat heraus. Mit verschränkten Armen lehnte er sich gegen den Türrahmen und sah mich mit einem unergründlichen Blick an.

»Ich kenne Frauen wie dich«, sagte er plötzlich, seine Stimme voller unterschwelliger Anklage.

Ich blieb abrupt stehen und hob eine Augenbraue. »Frauen wie mich? Was soll das heißen?«, fragte ich, mehr amüsiert als beleidigt. Es war faszinierend, wie leicht manche Menschen mit ihren Vorurteilen um sich warfen. Jetzt wollte ich wissen, was er zu sagen hatte.

Sein Blick wurde härter, und er trat einen Schritt auf mich zu. »Du bist die Sorte Frau, die denkt, sie könnte alles mit Geld bekommen. Die glaubt, dass die Welt sich um sie dreht, solange sie ein hübsches Lächeln aufsetzt. Aber ich warne dich: Verarsch meine Großeltern nicht.«

Mein Lächeln verblasste, aber nur für einen Moment. Ich verschränkte die Arme und erwiderte seinen stechenden Blick. »Du solltest deinen Freundeskreis überdenken, wenn du solche Frauen kennst. Das klingt ... toxisch«, konterte ich kühl, während ich ihn musterte. »Und um deine Großeltern brauchst du dir keine Sorgen machen. Sie waren äußerst freundlich zu mir – was man von dir nicht behaupten kann.«

Er wollte etwas sagen, doch ich war schneller. Ich schenkte ihm ein süßliches Lächeln und fügte hinzu: »Hat das Motoröl, mit dem du dich umgibst, ein paar deiner Synapsen lahmgelegt?«

Er starrte mich an, offensichtlich nach Worten suchend, während ich mich an seinem Ausdruck der Fassungslosigkeit erfreute. Es war fast zu schön, zu sehen, wie er sich geschlagen gab.

Ich zuckte die Schultern. »Nichts mehr? Gut! Dann gehe ich jetzt in mein Zimmer. Ciao!« Mit einem triumphierenden Lächeln und einem spielerischen Zwinkern ging ich an ihm vorbei.

Das Zimmer, das sie mir gegeben hatten, raubte mir den Atem. Das imposante Bett mit einer weichen, cremefarbenen Tagesdecke stand im Mittelpunkt. Daneben ein Schreibtisch, der perfekt geeignet war, um meine Rede für die Beerdigung zu verfassen, und eine gemütliche Couch, die zum Verweilen einlud. Die riesigen Fenster ließen das warme Licht der Laternen draußen herein.

»Hier kann ich ein bisschen zur Ruhe kommen«, murmelte ich leise zu mir selbst. Trotz der Begegnung mit Adriano fühlte ich mich hier willkommen. Vielleicht war es genau das, was ich jetzt brauchte. Ein Ort, um durchzuatmen und mich auf den nächsten Tag vorzubereiten.

Ich stellte meinen Koffer neben das Bett und öffnete ihn vorsichtig. Mein Blick fiel sofort auf das schwarze Kleid, das ich sorgsam zusammengelegt hatte. Es war schlicht, aber elegant, mit einem feinen Spitzenbesatz an den langen Ärmeln und am Saum. Perfekt für den Anlass, auch wenn ich mir wünschte, es nie tragen zu müssen.

»Das darf auf keinen Fall zerknittern«, murmelte ich leise, während ich es herausnahm und an den kleinen Kleiderhaken an der Badezimmertür hängte. Mit den Fingern glättete ich die feinen Falten, die sich während des Transports gebildet hatten, und trat einen Schritt zurück, um es zu betrachten. Es schien fast, als hätte es seine eigene Schwere – passend zu dem Anlass, für den es war.

Nachdem das Kleid sicher hing, zog ich meinen Koffer auf die Couch und suchte nach etwas Bequemem für den Abend. Eine weiche Jogginghose und ein T-Shirt waren genau das, was ich brauchte. Ich zog mich um, seufzte erleichtert auf und ließ mich auf die Bettkante sinken.

Als ich den Reißverschluss meines Koffers schließen wollte, fiel mein Blick auf das Briefpapier. Die kleinen, zart verzierten Seiten und der passende Umschlag hatten einen sentimentalen Wert für mich. Ich hatte sie immer für besondere Worte aufbewahrt, Worte, die ich wirklich fühlte.

»Vielleicht ist jetzt der richtige Moment«, dachte ich und nahm das Papier behutsam heraus. Mit dem Umschlag und einem Stift setzte ich mich an den Schreibtisch, der am Fenster stand. Der Abend war still, nur das leise Rascheln der Bäume im Garten war zu hören. Es fühlte sich passend an.

Ich legte die erste Seite vor mich und begann zu schreiben. Immer wieder musste ich aufhören - der Schmerz machte es mir unmöglich, die richtigen Worte aufs Papier zu bringen. Hierfür gab es keine richtigen Worte. Doch irgendwie schaffte ich es, das Papier mit meinem letzten Abschied an Santo zu füllen. Die Tränen liefen mir über die Wangen, während ich die letzten Worte schrieb. Mit zitternden Händen legte ich das Papier zusammen und steckte es in den Umschlag. Vorsichtig drückte ich den Verschluss zu und hielt ihn einen Moment lang fest, als könnte ich durch die Berührung all meine Gefühle auf ihn übertragen. Morgen würde ich Santo verabschieden.

Der Tag hatte mich ausgelaugt, körperlich wie emotional. Meine Energie war aufgebraucht. Erschöpfung breitete sich in mir aus und meine Glieder wurden immer schwerer. Das Bett lockte, mit seinen weichen Decken, wie eine rettende Insel.

Mit einem Seufzen schlug ich die Bettdecke zurück. Automatisch entkam mir ein Gähnen, so breit und unkontrolliert, dass ich lachen musste.»Perfektes Timing.«

Bevor ich mich endgültig schlafen legte, zog ich mein Ladegerät aus meiner Tasche, steckte es in die Steckdose und schloss mein Telefon an. Der Akku war fast leer, ein weiterer Beweis dafür, dass ich heute nur unterwegs gewesen war.

Mit ein paar schnellen Wischbewegungen stellte ich meinen Wecker auf 7:30 Uhr. Genug Zeit, um mich am nächsten Morgen für die Beerdigung fertigzumachen, aber nicht zu viel, um mich in Grübeleien zu verlieren.

Als ich in das große, einladende Bett sank, schien die Matratze meine Erschöpfung förmlich aufzusaugen. Ich zog die Decke bis zu meinen Schultern und schloss die Augen. Der Tag hatte mich zermürbt, aber morgen würde ich Santo die Ehre erweisen, die er verdient hatte.

Mit diesem Gedanken und einem leisen Flüstern – »Buona notte, Santo«, ließ ich den Tag hinter mir und fiel in einen unruhigen, aber erlösenden Schlaf.

Kapitel 31

EMILIA

Als mich der Wecker aus dem Schlaf riss, fühlte ich mich ziemlich erschöpft. Zu viel hatte ich in der letzten Zeit erlebt, sodass mein Körper gar nicht die Möglichkeit hatte, auch nur ansatzweise zur Ruhe zu kommen. Endlich etwas zu mir gekommen, wurde mir aber auch wieder bewusst, was für ein Tag mir bevorstand. Einzig der Gedanke, dass ich Santo an der Seite meiner Eltern begraben würde, verlieh dem Ganzen etwas Sinn. Eine Beerdigung war nie ein schöner Anlass, aber zu wissen, dass er endlich seinen Frieden finden würde, beruhigte mich etwas. Da die Beerdigung erst in ein paar Stunden war, hatte ich mir fest vorgenommen, erst mal etwas zu frühstücken. Essen kam in den letzten Tagen auch zu kurz und jeden Tag mehr, konnte man mir die fehlende Energie ansehen.

Nachdem ich mich im Bad frisch gemacht hatte, fühlte ich mich zumindest ein wenig mehr wie ein Mensch. Die warme Dusche hatte etwas von der Müdigkeit aus meinen Knochen gespült, auch wenn die Erschöpfung tief in mir saß.

Ein T-Shirt und eine Jogginghose schienen mir für den Morgen die richtige Wahl zu sein. Bequem und vor allem nicht zu viel Aufwand – genau das, was ich jetzt brauchte. Ich warf einen kurzen Blick in den Spiegel, richtete ich meine Haare, so gut es ging und zog die Vorhänge zur Seite, um einen Blick auf den beginnenden Tag zu werfen.

Draußen lag der Hof der Pension in sanftem Morgenlicht. Es war friedlich – ein merkwürdiger Kontrast zu dem Sturm in meinem Inneren. Ich nahm mein Telefon vom Nachttisch und steckte es in die Tasche, bevor ich das Zimmer verließ und mich auf den Weg nach unten machte.

Im Speisesaal duftete es nach frischem Brot und Kaffee. Belinda war schon wach und wirbelte geschäftig umher, als sie mich entdeckte.

»Guten Morgen, Emilia. Hast du gut schlafen können?«, begrüßte sie mich mit einem strahlenden Lächeln, während sie frischen Orangensaft presste.

»Buongiorno! Ich bin zwar ein wenig müde, aber ich habe tief und fest geschlafen. Das Zimmer ist traumhaft«, erwiderte ich und erwiderte ihr Lächeln.

»Das freut mich zu hören. Deine Mutter hat uns damals geholfen, die Zimmer einzurichten. Sie hatte ein außergewöhnliches Gespür für Ästhetik«, sagte sie, während sie mit einem Hauch von Nostalgie in den Augen zu mir blickte.

»Ja, das hatte sie«, stimmte ich zu. Ihre Worte weckten bittersüße Erinnerungen in mir, aber sie fühlten sich auf eine seltsame Weise tröstlich an.

Im Raum schien es still zu sein, wir waren allein. Bevor ich unbeteiligt dasaß, bot ich mich an, ein wenig zu helfen.

»Kann ich bei irgendetwas zur Hand gehen?«, fragte ich.

Belinda winkte direkt ab und sah mich mit einem amüsierten Blick an. »Oh, nein. Unsere Gäste müssen sich nicht selbst um ihr Frühstück kümmern.«

»Es macht mir nichts aus, ehrlich«, versuchte ich es erneut, aber sie schüttelte entschieden den Kopf. »Das kommt nicht infrage. Setz dich schon mal an den Tisch und genieß die Aussicht. Ich bin gleich fertig.«

Ich nickte und ließ mich an einem kleinen Tisch neben einem Fenster mit Ausblick in den Garten nieder. Der Blick von hier aus war beeindruckend. Egal, wohin man schaute, die Umgebung strahlte eine friedliche Idylle aus, die man in großen Hotels niemals finden würde. Die Pension war ein verstecktes Juwel, ein Ort, an dem man sich erholen konnte.

Während ich meinen Gedanken nachhing, wurde die Ruhe durch das Geräusch der Tür unterbrochen. Franco und Adriano betraten das Haus, beladen mit ein paar Kisten voller Lebensmittel. Sie hatten scheinbar schon ein paar Einkäufe erledigt.

»Amore! Heute Morgen hat es sich wieder einmal gelohnt, früh zum Markt zu fahren. Ich habe nur das Beste für uns geholt«, verkündete Franco mit einem stolzen Lächeln.

»Daran habe ich keinen Zweifel, mein Schatz. Du und Adri seid die besten Einkäufer«, erwiderte Belinda liebevoll, während sie die beiden begrüßte. Es war schön, mit anzusehen, wie liebevoll sie miteinander umgingen.

Sie wandte sich an Adriano. »Kannst du bitte den Orangensaft zu Emilia bringen? Sie sitzt im Speisesaal.«

Er seufzte hörbar und nahm die Flasche widerwillig entgegen. »Wenn es sein muss«, murmelte er mit einer Spur von Gereiztheit.

»Ja, das muss sein. Und benimm dich bitte, Adriano!«, fügte Belinda mit einem strengen Unterton hinzu.

Kurz darauf kam er mit dem Glas in der Hand auf mich zu. Sein Gesichtsausdruck zeigte deutlich, dass er wenig Lust auf diese Aufgabe hatte.

»Hier ist dein Orangensaft«, sagte er, während er das Glas auf den Tisch stellte, dabei ein Lächeln, das alles andere als herzlich wirkte.

»Danke, das ist sehr aufmerksam«, antwortete ich höflich, doch in meinem Ton schwang ein Hauch von Ironie mit. Adriano verdrehte kaum merklich die Augen, bevor er sich wortlos abwandte.

Ich musste mir ein Schmunzeln verkneifen. Adriano mochte griesgrämig sein, aber das konnte mir die Ruhe und den Frieden dieses Ortes nicht nehmen.

»Gewöhn dich nicht daran. Ich tue das nur für meine Nonna. Meine Meinung über dich hat sich nicht über Nacht geändert«, warf er mir unverblümt entgegen, während er mit verschränkten Armen vor mir stehen blieb.

»Damit kann ich leben. Behalte deine Meinung von mir ruhig, aber verschone mich dann bitte mit deinen Kommentaren«, entgegnete ich kühl und ließ mich nicht aus der Ruhe bringen.

Bevor unser verbaler Schlagabtausch weiter eskalieren konnte, kam Belinda mit einem großen Tablett in den Raum und unterbrach uns. »Ich hoffe, es schmeckt dir. Und wenn du etwas brauchst, reicht ein einziges Wort«, erklärte sie mit einem warmen Lächeln, während sie das Tablett vor mir abstellte. Gleichzeitig ergriff sie Adriano am Arm und zog ihn ohne ein weiteres Wort aus dem Raum.

Als ich auf das Tablett sah, war ich beeindruckt. Belinda hatte sich selbst übertroffen: frisch gebackene Croissants, Marmelade aus eigener Herstellung, Rührei, eine Auswahl an Käse und

Schinken sowie ein dampfender Espresso. Dieses Frühstück versprach ein perfekter Start in den Tag zu werden. Ich genoss jeden Bissen und blätterte nebenbei durch die heutige Zeitung. Leider bot diese nichts Spannendes.

Nachdem ich fertig gegessen hatte, sammelte ich das Geschirr auf dem Tablett und brachte es in die Küche. Dort stellte ich es vorsichtig auf der Arbeitsfläche ab.

»Ach, Emilia! Ich hatte dir doch gesagt, dass ich mich um alles kümmere«, tadelte Belinda mich sanft.

»Ich weiß, aber meine Eltern haben mich so erzogen. Ich werde das nie ablegen«, erwiderte ich schulterzuckend und schenkte ihr ein kleines Lächeln.

»Das ist eine schöne Eigenschaft. Ich danke dir«, antwortete sie freundlich. »Kann ich dir sonst etwas bringen?«

Ein Blick auf die Uhr ließ mich erkennen, dass ich mich jetzt beeilen musste, um mich für die Beerdigung fertig zu machen. »Nein, danke. Ich sollte mich fertig machen. Ich habe etwas Wichtiges zu erledigen«, sagte ich mit ehrlicher Dankbarkeit in der Stimme. »Ich hatte aber einen wunderbaren Aufenthalt, wenn auch nur kurz..«

»Du bist hier immer herzlich willkommen, Emilia. Und ich hoffe, du kommst darauf zurück«, versicherte Belinda mir.

»Das mache ich. Versprochen« Ich verließ die Küche, um in mein Zimmer zu gehen.

Als ich die Treppe nach oben gehen wollte, hielt mich Adriano mit seiner Stimme zurück.

»Dein Wagen hat einen Platten. Damit kannst du unmöglich fahren.«

Ich blieb abrupt stehen und drehte mich zu ihm um. »Ein Platten? Das fehlt mir jetzt noch! Verdammt!«, fluchte ich leise vor mich hin.

»Entspann dich. Ich bin ja kein Unmensch. Du hast doch sicher einen Ersatzreifen, oder? Ich wechsle ihn für dich«, bot er an, in einem Ton, der fast genervt klang, aber dennoch hilfsbereit war.

Ich blinzelte überrascht. Plötzlich wollte er mir helfen? Seine Stimmungsschwankungen waren beeindruckend. »Auf einmal so zuvorkommend? Womit habe ich das verdient?«, fragte ich, meine Worte bewusst leicht provokant.

Er schnaubte und schüttelte den Kopf. »Bilde dir bloß nichts darauf ein. Die Vorstellung, dich dabei zu beobachten, wie du versuchst, einen Reifen zu wechseln, ist einfach zu viel für mich. Da mache ich es lieber selbst. Je schneller du weg bist, desto schneller habe ich wieder meine Ruhe.«

»Natürlich, das müssen wir unbedingt vermeiden«, murmelte ich trocken und verdrehte die Augen, während ich an ihm vorbeiging. Doch bevor ich die Treppe erreichte, rief er mir erneut hinterher.

»Ich brauche die Schlüssel! Oder wie soll ich sonst an den Ersatzreifen kommen?«

»Die Schlüssel sind auf meinem Zimmer.«

Jetzt war er es, der die Augen verdrehte. »Dann beeil dich. Ich habe nicht den ganzen Tag Zeit«, drängte er und machte eine auffordernde Geste.

Er schien es kaum erwarten zu können, mich loszuwerden. Das war für mich in Ordnung. Trotz seines Verhaltens wollte ich mich nicht auf dasselbe Niveau begeben, also bedankte ich mich dennoch höflich für seine Hilfe, bevor er mit dem Schlüssel wieder nach unten verschwand.

Als er weg war, begann ich, meine Sachen zusammenzupacken. Ich zog das Kleid an, das ich für die Beerdigung vorbereitet hatte, und spürte sofort, wie sich dieses beklemmende Gefühl in mir breitmachte. Es würde nicht mehr lange dauern, bis ich Abschied nehmen musste, und allein der Gedanke daran schnürte mir die Kehle zu.

Den Brief, den ich am Abend zuvor geschrieben hatte, steckte ich sorgfältig in meine Handtasche. Danach prüfte ich ein letztes Mal, ob ich alles eingepackt hatte, bevor ich mein Gepäck nahm und in den Eingangsbereich hinunterging, um meine Rechnung zu begleichen.

Im Empfangsbereich standen Belinda und Franco, die sich angeregt über den neuesten Klatsch aus der Stadt unterhielten. Als sie mich bemerkten, unterbrachen sie ihr Gespräch und sahen mich freundlich an. »Du verlässt uns schon?«, fragte Franco mit einem Anflug von Bedauern in der Stimme.

»Leider, ja. Ich habe wichtige Verpflichtungen«, antwortete ich. »Vielen Dank für eure Gastfreundschaft. Ich komme wieder.«

»Versprochen?«, fragte Belinda mit einem warmen, hoffnungsvollen Blick.

»Versprochen!«, bestätigte ich mit einem ehrlichen Lächeln. »Was bin ich euch schuldig.«

»Gar nichts«, erwiderte Belinda sofort. »Mein Mann und ich schulden deiner Mutter so viel. Es war uns eine Freude, dich hier zu haben.«

»Das ist unglaublich freundlich von euch, aber ich kann das nicht annehmen«, erwiderte ich und zog meine Geldbörse hervor. »Ich bestehe darauf, meine Rechnung zu begleichen.«

Franco lächelte, als er meine Entschlossenheit bemerkte. »Ganz die Mutter. Sie wollte auch nie etwas annehmen.«

Seine Worte brachten mich kurz zum Lächeln, während ich spürte, wie die Erinnerungen an meine Mutter für einen Moment Wärme und Wehmut in mir auslösten.

Belinda stellte eine Rechnung aus, doch als ich den Betrag sah, kam er mir zu niedrig vor. Ich nahm das kleine Rechnungsbuch, schob fünfhundert Euro hinein und gab es ihr zurück. Diese Menschen waren etwas Besonderes, und ich wusste, dass meine Mutter dies schon lange erkannt hatte.

»Es war mir eine Freude, euch kennenzulernen. Ich freue mich schon jetzt auf meinen nächsten Besuch – wann immer das sein wird«, sagte ich aufrichtig und mit einem warmen Lächeln.

»Wir freuen uns. Pass gut auf dich auf!«, antwortete Belinda, und die beiden winkten mir zum Abschied freundlich zu.

Draußen auf dem Hof entdeckte ich Adriano, der seinen Werkzeugkoffer schloss. Der Reifen war gewechselt.

»Danke. Ich meine es so. Allein hätte ich das nicht hinbekommen«, gab ich zu und versuchte, die Stimmung etwas aufzulockern.

»War keine große Sache«, antwortete er beiläufig. Doch dann wurde sein Blick ernster. »Da ist noch etwas. Ich habe einen Nagel im Reifen gefunden. Und glaub mir, das war keiner von der Sorte, die so auf der Straße herumliegen. Ich denke, da wollte dir jemand eine Botschaft senden.«

»Umso besser, dass du es entdeckt hast. Ich muss jetzt los. Also ... bis irgendwann mal, oder so?«

Er hob eine Augenbraue, sagte aber nichts dazu. Ich stieg in mein Auto und fuhr los, ohne zu ahnen, dass sich unsere Wege früher kreuzen würden, als ich gedacht hätte.

Kapitel 32

EMILIA

Auf dem Weg zum Friedhof ließ ich meine Gedanken immer wieder durch das Geschehene kreisen. Je näher ich kam, desto mehr breitete sich die Trauer in mir aus.

Wenige Minuten später erreichte ich den Parkplatz. Es war so weit. Der Moment, den ich am liebsten für immer hinausgezögert hätte, war da. Während ich den Wagen parkte, kämpfte ich verzweifelt darum, die Fassung zu bewahren – ein fast aussichtsloser Kampf.

Ich hatte ihn für immer verloren. Nie wieder würde ich sein Lachen hören, nie wieder würden wir uns gegenseitig aufziehen oder zusammen Zeit verbringen. Der Gedanke war kaum zu ertragen. Um nicht schon im Auto von meinen Emotionen überwältigt zu werden, griff ich nach meiner Tasche, atmete tief durch und stieg aus.

Der Himmel zeigte sich in krassem Kontrast zu meinem Inneren – ein klares Blau ohne eine Wolke, die Sonne strahlte so hell, dass ich die Augen zusammenkneifen musste, um nach oben zu schauen. Ein Bild, das so gar nicht zu diesem Tag passte.

Ich machte mich auf den Weg zum Familiengrab. Aus der Ferne konnte ich die Blumenarrangements und einige Männer in schwarzen Anzügen erkennen.

Alles in mir wollte umdrehen, so tun, als sei dies nur ein Traum. Doch das war es nicht. Es war die harte, unerbittliche Realität. Jeder Schritt, den ich dem Grab näherkam, verstärkte den Schmerz in meinem Herzen. Und dann - war ich da. Plötzlich stand ich vor dem offenen Grab, und die Realität traf mich mit voller Wucht.

»Signorina d'Amico, ich möchte Ihnen mein aufrichtiges Beileid aussprechen. Einen geliebten Menschen so früh zu verlieren, ist eine der größten Bürden, die wir tragen müssen. Ich werde mein Möglichstes tun, um den letzten Weg Ihres Cousins so würdevoll wie nur möglich zu gestalten«, sprach der Priester mit ruhiger Stimme.

Seine Worte schnitten tief in meine Seele, und die Tränen, die ich so verzweifelt zurückhalten wollte, liefen unaufhaltsam über mein Gesicht.

»Danke«, brachte ich mühsam hervor und versuchte, ihm trotz der Trauer ein dankbares Lächeln zu schenken.

»Nehmen Sie sich die Zeit, die Sie brauchen. Wir können beginnen, sobald Sie bereit sind«, sagte er mitfühlend.

»Sie können anfangen. Ich erwarte keine weiteren Gäste«, antwortete ich mit brüchiger Stimme.

Sechs Männer trugen den Sarg heran und bahrten ihn für die Zeremonie auf. Der Priester begann zu sprechen und fand Worte, die Santo so treffend beschrieben, dass es schmerzte und zugleich Trost spendete. »Santo war ein Mensch, der mit seiner Energie und seiner Leidenschaft die Menschen um sich herum bereicherte. Seine Loyalität und sein großes Herz hinterlassen Spuren, die auch durch den Schmerz des Verlustes nicht verblassen werden. Er war jemand, der geliebt und geschätzt wurde. Sein Lachen, seine Stärke und sein Mut werden in den Erinnerungen seiner Familie und Freunde weiterleben. Heute verabschieden wir uns von einem Sohn, einem Freund und einem Cousin, der uns zu früh genommen wurde. Doch in unseren Herzen wird er immer einen Platz haben.«

Als die Zeremonie weiterging, wandte sich der Priester an mich. »Möchten Sie ein paar Worte sagen?«

Ich zögerte kurz, griff in meine Tasche und holte den Brief hervor. Weitere Tränen füllten meine Augen, und meine Hand begann leicht zu zittern. Doch bevor ich die ersten Worte lesen konnte, spürte ich eine Hand an meiner Taille. Erschrocken drehte ich mich um.

»Du bist hier!«, sagte ich voller Überraschung, als mein Blick auf Aurelio fiel.

»Natürlich bin ich hier«, antwortete er leise. »Du musst das nicht allein durchstehen. Jetzt schenk Santo wieder deine volle Aufmerksamkeit.«

Seine Worte waren sanft, und die Wärme in seiner Stimme ließ meine Tränen erneut aufsteigen. Er streichelte beruhigend über meinen Rücken, als wollte er mir ein Stück seiner Stärke geben. Es war, als ob sein bloßes Dasein mir half, den Schmerz auszuhalten.

Ich nickte dankbar und wandte meinen Blick zurück zum Grab, während sein beruhigender Halt mir den Mut gab, den Moment weiter durchzustehen.

Meine Hände zitterten, als ich den Brief öffnete. Die Tränen drohten mich zu überwältigen, aber ich wusste, ich musste das durchziehen. Es war mein letzter Gruß an Santo.

Lieber Santo,

Ich hätte nie gedacht, dass ich einmal hier stehen würde, um mich von dir zu verabschieden. Es fühlt sich so falsch an, so unvollständig, so endgültig. Du warst immer mehr als nur mein Cousin – du warst mein Freund, mein Verbündeter, mein Fels in der Brandung.

Ich erinnere mich an unsere gemeinsamen Sommer, die warmen Nachmittage, die wir lachend verbrachten, und die Abende, an denen wir über alles und nichts gesprochen haben. Deine Stimme war wie eine Melodie, die nie enden sollte. Und jetzt ist sie für immer verstummt.

Du warst derjenige, der immer an mich geglaubt hat, wenn ich es selbst nicht konnte. Du hast mir Mut gemacht, hast mich zum Lachen gebracht, wenn ich nur weinen wollte. Deine Liebe und deine unerschütterliche Loyalität waren wie ein sicherer Hafen inmitten eines stürmischen Meeres.

Ich wünschte, ich hätte dir mehr sagen können, hätte mehr Zeit mit dir verbringen können. Es tut mir so leid, dass ich dich nicht besser beschützt habe. Dass ich nicht da war, als du mich gebraucht hättest.

Aber ich verspreche dir, Santo, ich werde dich in meinem Herzen tragen. Du wirst immer ein Teil von mir sein. Ich werde dein Lachen in meinen Erinnerungen bewahren, deine Stärke in meinen schwächsten Momenten finden und deine Erinnerungen wie einen Schatz hüten.

Heute lege ich dich zur Ruhe, aber ich lasse dich nicht los. Du wirst weiterleben, in allem, was ich tue, in allem, was ich bin. Und eines Tages, wenn wir uns wiedersehen, verspreche ich dir, werden wir genau dort weitermachen, wo wir aufgehört haben – mit einem Lachen.

Ti amo, mio angelo. Für immer und darüber hinaus.

Meine Stimme brach am Ende, und die Tränen liefen unaufhörlich. Ich drückte den Brief kurz an mein Herz, bevor ich ihn behutsam auf den Sarg legte. Ein Teil von mir ging mit ihm – und das war genau so.

Aurelio hatte mich keine Sekunde lang losgelassen. Er war da – für mich, für Santo. Diese Gewissheit bedeutete mir die Welt. Nach einem Moment der Stille gab der Priester den Männern ein Zeichen, den Sarg hinab zu lassen. Es fühlte sich an, als würde alles zu schnell gehen. Mein Herz schrie danach, die Zeit anzuhalten, ihn zurückzuholen, ihn aufzuwecken – doch das war unmöglich. Diese grausame Realität musste ich akzeptieren und mit ihr leben.

»Ti amo, Santo«, flüsterte ich mit zitternder Stimme, während meine Augen den Sarg verfolgten, der immer tiefer in die Erde sank.

Der Priester trat ein weiteres Mal an meine Seite und sprach beruhigende, tröstende Worte, die mich ein wenig auffingen. Dann verließ er gemeinsam mit den Männern das Grab, ließ mich zurück in der stillen Trauer um den Menschen, den ich niemals vergessen würde.

Ich stand regungslos da, verloren in der unerträglichen Leere, die sich wie ein schwerer Schleier über mich legte. Der Schmerz überwältigte mich, und meine Beine gaben nach. Ich konnte dem Scherz nicht mehr standhalten.

Ich sank vor dem Grab auf die Knie. Kein Wort, kein Gedanke konnte den tiefen Schmerz lindern, der mein Herz durchbohrte.

Auch jetzt war es Aurelio, der mir wortlos zur Seite stand. Er kniete sich neben mich und legte eine Hand auf meine Schulter, gab mir Halt, ohne etwas zu sagen.

»Woher wusstest du –«, begann ich, doch bevor ich meine Frage beenden konnte, unterbrach er mich sanft, als wüsste er genau, was ich sagen wollte.

»Hast du geglaubt, ich lasse dich damit allein? Niemals wirst du einen einzigen Tag erleben, an dem ich nicht für dich da bin. Das verspreche ich dir.« Seine Worte trafen mich mitten ins Herz.

Womit hatte ich das verdient? Nach all den Fehlern, die ich gemacht hatte, nach all dem Chaos, das ich angerichtet hatte—und dennoch war er hier, an meiner Seite.

»Ich hab das nicht verdient, Aurelio«, murmelte ich, die Stimme brüchig vor Tränen. »Es ist meine Schuld, dass er jetzt da unten in diesem Sarg liegt. Ganz allein meine Schuld.« Die Worte wiederholten sich wie ein Mantra, das ich mir selbst nicht abgewöhnen konnte.

»Nein, Emilia«, sagte er entschlossen und nahm mein Gesicht in seine Hände. »Du hast nicht die Waffe auf ihn gerichtet. Das musst du endlich verstehen. Und Santo würde nicht wollen, dass du mit dieser Schuld lebst. Er lebt weiter – in deinem Herzen, in deinen Erinnerungen. Ich kann dir den Schmerz nicht nehmen, aber ich verspreche dir, dass ich alles tun werde, um ihn erträglicher zu machen.«

Sein Blick war voller Wärme, während er mir behutsam die Tränen aus dem Gesicht wischte. Seine Hände blieben einen Moment auf meinen Wangen, sanft und beruhigend, und ich wusste nicht, wie ich auf so viel Zuneigung reagieren sollte.

»Lass uns ein paar Schritte gehen«, schlug er vor und streckte mir seine Hand entgegen. Ohne zu zögern, griff ich danach, und klammerte mich an dieses kleine Stück Halt, das er mir bot.

Schweigend gingen wir die Kieswege des Friedhofs entlang. Die Zeit schien stillzustehen, bis wir am Ausgang ankamen. Ich drehte mich ein letztes Mal um, mein Blick auf die Grabstätte gerichtet und ein Hauch von Frieden durchzog meinen erschöpften Geist.

»Können wir gehen?«, fragte ich leise, ohne ihn dabei anzusehen.

»Natürlich. Gib mir deine Schlüssel, ich fahre.«

»Was ist mit deinem Wagen?«, fragte ich, die Stirn leicht gerunzelt. Schließlich musste er irgendwie hierhergekommen sein.

»Toni hat mich gefahren.«

Ich zögerte kurz, bevor ich ihm die Schlüssel reichte. Am Auto angekommen, öffnete er die Tür für mich und ich ließ mich schweigend auf den Beifahrersitz sinken. Dankbar, dass ich nicht selbst fahren musste, schaute ich stumm aus dem Fenster, während er sich ans Steuer setzte.

Der Motor heulte leise auf, und wir fuhren vom Parkplatz. Ich blickte in die Ferne, bis der Friedhof hinter uns lag und langsam aus meinem Blickfeld verschwand.

»Woher wusstest du, wann die Beerdigung ist?«, fragte ich, die Augen weiter auf die Landschaft gerichtet.

»Toni hat dein Gespräch im Club mitbekommen«, erklärte er, ohne den Blick von der Straße abzuwenden. »Er hatte das Gefühl, dass es nicht gut wäre, dich allein zu lassen, und hat es mir sofort gesagt. Ich habe nichts gesagt, weil ich wusste, dass du versucht hättest, mich davon abzubringen.«

Und er hatte recht. Ich hätte versucht, ihn davon abzuhalten. Doch jetzt war ich ihm dankbar, dass er mir nichts gesagt hatte und ohne Vorwarnung an meiner Seite auftauchte. Seine Nähe tat mir gut, mehr als ich es zugeben würde.

»Ich danke dir, Aurelio«, flüsterte ich kaum hörbar.

»Bedanke dich bei mir niemals für etwas, das du verdienst«, erwiderte er und nahm meine Hand. Zärtlich drückte er seine Lippen darauf.

Die Fahrt verging im Nu, oder vielleicht hatte ich jegliches Gefühl für Zeit verloren. Alles, was zählte, war, dass Aurelio bei mir war. Erst als wir die Landhäuser am Rande der Stadt hinter uns ließen und die großen, eindrucksvollen Gebäude am Horizont auftauchten, fand ich endlich wieder Worte.

»Wo fahren wir hin?«, fragte ich neugierig.

»Erlaube mir, dir etwas zu zeigen.« Seine Stimme war sanft, aber bestimmt. »Du weißt, du kannst mir vertrauen.« Ja, ich vertraute ihm. Mehr, als ich es je für möglich gehalten hätte.

Es vergingen weitere dreißig Minuten, bis Aurelio den Wagen vor einem großen Gebäude parkte. Es war ein imposanter Bau mit moderner Architektur, aber ich hatte keine Ahnung, warum wir hier waren. Er hatte mir nicht einen Hinweis gegeben.

»Komm mit«, forderte er mich auf. Ich folgte ihm, als wir gemeinsam aus dem Auto stiegen und in das Gebäude gingen. Am Eingang begrüßte uns ein Pförtner, der Aurelio offensichtlich kannte.

»Buona giornata, Signor Venturi. Schön, Sie zu sehen«, sagte der er freundlich und öffnete uns die Tür.

»Hallo, Piero. Wie geht es der Familie?«, erkundigte sich Aurelio.

»Allen geht es gut, danke der Nachfrage. Möchten Sie nach oben?«

»Ja. Sie müssen nicht mitfahren. Ich habe die perfekte Begleitung«, sagte er und ihre Blicke wanderten gleichzeitig zu mir.

Piero nickte freundlich und öffnete uns die Tür zu einem Aufzug. Als wir eintraten, fiel mir sofort auf, dass dieser nur einen einzigen Knopf hatte und ich keine Möglichkeit sah, die Etagen auszuwählen.

»Keine Sorge«, erklärte Aurelio mit einem Lächeln, als er meine Verwunderung bemerkte. »Der Aufzug für die anderen Etagen ist weiter hinten. *Dieser* führt uns nach ganz oben.«

»Du hast immer neue Überraschungen parat.«

»Das ist doch gut, oder? Ich bin mir sicher, es wird dir gefallen.«

»Ich bin etwas nervös, aber gespannt.« Und tatsächlich, je höher wir fuhren, desto größer wurde meine Neugier. Dann stoppte der Aufzug, die Türen öffneten sich und vor uns eröffnete eine riesige Fensterfront die atemberaubende Aussicht über Catania.

»Wow! Das ist wunderschön.« Ich kam aus dem Staunen nicht raus.

»Das ist längst nicht alles. Komm, lass uns reingehen. Ich bin gespannt, was du dazu sagst«, sagte Aurelio mit einem breiten Lächeln und führte er mich weiter ins Innere des Apartments.

Der Eingangsbereich war riesig, und bis auf ein paar ausgewählte Möbelstücke war dieser leer. Es wirkte fast wie ein Rohbau, aber die Eleganz des Ortes war unbestreitbar.

»Es ist wahnsinnig schön, aber warum sind wir hier?«, fragte ich verwirrt, als ich den Raum musterte.

»Das könnte dein neues Zuhause sein«, erklärte Aurelio vorsichtig. »Einer der Makler von der Party schuldete mir einen Gefallen, also habe ich ihn eingefordert.«

»Das hast du für mich getan? Ich soll hier wohnen?«

»Wie gefällt es dir?«

Ich sah mich weiter um. Das Apartment war atemberaubend. So wie alles andere. Große Fenster, helle Marmorböden, hohe Decken und moderne Ausstattung. Es war ein Traum. Aber gleichzeitig viel zu groß für mich.

»Es ist wunderschön, aber hier könnte eine Fußballmannschaft einziehen und es wäre noch immer zu groß. Ich brauche nicht so viel Platz und erst recht nicht diesen ganzen Luxus«, antwortete ich überwältigt.

»Das ist nicht alles. Ich habe gehört, die Nachbarn sind auch ganz *nett*«, sagte Aurelio mit einem schelmischen Grinsen. »Da ist dieser gut aussehende Junggeselle.«

»Lass mich raten, dieser attraktive Junggeselle bist *du*?«, fragte ich schmunzelnd, als er sich mir näherte.

»Wie es der Zufall will, stimmt das sogar. Wer hätte das gedacht?«

Aurelio war wie eine Fahrt mit der Achterbahn. Ständig überraschte er mich, und jedes Mal dachte ich, er könnte es nicht mehr übertreffen, nur um dann eines Besseren belehrt zu werden. Doch trotz all seiner Bemühungen fragte ich mich: Sollte ich darauf eingehen? Wie konnte ich wissen, dass er es ernst meinte?

»Und du willst *mich* als Nachbarin?«, fragte ich fast ungläubig, als er sich mir näherte.

»Ich will sogar viel mehr als das«, sagte er und in seinen Augen funkelte etwas, das ich nicht einordnen konnte. »Aber ich denke, das ist ein guter Anfang.«

»Ich weiß ehrlich gesagt nicht, was ich sagen soll. Kann ich ... darüber nachdenken?«

»Du musst nichts überstürzen. Nimm dir alle Zeit der Welt«, beruhigte er mich sanft, während er mir eine Haarsträhne aus dem Gesicht strich. »Eine letzte Sache ist da noch und ich hoffe, du ziehst diesen Vorschlag in Betracht.«

»Noch etwas? Was könntest nach dieser Offenbarung jetzt noch kommen?« Ich hob eine Augenbraue, um meine Verwunderung zu zeigen.

»Bis du eine Entscheidung getroffen hast, kommst du zu mir. Ich habe genug Platz. Außerdem würde ich ruhiger schlafen, wenn ich weiß, dass du sicher untergekommen bist.«

Das traf mich unerwartet, und für einen Moment wusste ich nicht, was ich darauf antworten sollte. Es war so viel auf einmal. Auf Dauer im Hotel zu bleiben, war keine Lösung, und zurück in die Villa wollte ich auf keinen Fall. Doch gleichzeitig war ich hin- und hergerissen. Wir hatten uns geküsst und seitdem ist alles etwas anders zwischen uns. Ich wollte nichts überstürzen, nichts, von dem wir beide nicht wussten, was es bedeutete. Trotzdem fühlte ich mich in seiner Nähe sicher, geborgen und ehrlich gesagt, hatte ich kaum eine andere Wahl.

»Also gut. Aber *nur* weil du dann ruhiger schlafen kannst. Ich kann ja nicht verantworten, dass du schlaflos einen Club leiten musst, in dem haufenweise Kriminelle ein- und ausgehen.«

»Danke, dass du Rücksicht auf meinen Schlaf nimmst. Ich verspreche dir, mich wie der perfekte Gentleman zu benehmen.«

»Oh, das setze ich voraus.«

Es war mir ein Rätsel, wie er es immer wieder schaffte, mich in meinen dunkelsten Momenten aufzufangen und mir ein Gefühl von Geborgenheit zu geben. Aber er tat es und dafür war ich ihm unendlich dankbar.

Kapitel 33

EMILIA

Eine weitere Woche verging, bis ich bei Aurelio einzog. Ich hatte vorher noch ein paar Angelegenheiten wegen der Firma klären müssen. Und dafür brauchte ich Ruhe und Zeit.

»Da sind wir!« Mit einer lässigen Bewegung öffnete Aurelio die Tür, und was sich dahinter verbarg, verschlug mir den Atem. Kein bloßes Apartment – es war ein Palast des Überflusses. Glitzernde Lichter tanzten auf makellosen Oberflächen, als ob der Raum selbst stolz auf seine Perfektion wäre. Ich hätte schwören können, dass sogar der Boden teurer als mein bisheriges Leben war.

»*Wow! Das nenne ich mal ein Statement*«, murmelte ich, kaum fähig, meine Gedanken auszusprechen. Mein Blick wanderte über die hohen Decken, die bodentiefen Fenster, die funkelnden Akzente. Alles schrie nach Reichtum, und doch hatte es eine subtile Eleganz, die es mir unmöglich machte, nicht zu starren.

Aurelio zog eine Braue hoch, ein verschmitztes Lächeln umspielte seine Lippen. »Was sagst du? Kann man damit arbeiten?« Seine Stimme triefte vor belustigter Selbstgefälligkeit.

»Ich mache mir eher Sorgen, dass ich mich verlaufe und du einen Suchtrupp losschicken musst«, konterte ich, bemüht, nicht vollkommen lächerlich zu wirken – was kläglich scheiterte.

Er lachte leise, zog sein Sakko aus und warf es lässig über einen Barhocker. Mit einer Selbstverständlichkeit ging er zum Kühlschrank, nahm zwei Flaschen Wasser heraus und stellte sie auf die Kücheninsel, als wäre dieser dekadente Palast die normalste Sache der Welt.

»Du kannst dich wieder bewegen. Stehenbleiben macht dich nur nervös – und mich ungeduldig.« Sein Ton war ein Hauch zu belustigt, ein bisschen zu fordernd.

Ich schnappte nach Luft, holte mich aus meiner Starre zurück und trat zögerlich über die Schwelle. »Sorry, dass ich nicht an Immobilien gewöhnt bin, die aussehen, als hätte ein Designer eine Blankoscheck-Party veranstaltet. Lass mich kurz meine Existenzkrise in den Griff kriegen.«

»Du solltest dich lieber schnell daran gewöhnen. Das hier ist jetzt dein Leben.«

Sein Tonfall war wie ein Schlag ins Gesicht. Meine Leben. Eines, das ich nicht selbst gewählt hatte, mit Regeln, die nicht die meinen waren. »Klingt ja *großartig*. Was kommt als Nächstes? – ein Goldbrunnen im Schlafzimmer?«

Aurelio grinste, trat näher und schloss die Distanz zwischen uns. »Wenn du willst, lässt sich das arrangieren. Ich nehme gerne Wünsche entgegen.«

Ich verdrehte die Augen, konnte jedoch nicht verhindern, dass sich ein kleines Lächeln auf meine Lippen stahl. »Perfekt. Ich mache dir eine Liste.«

»Bis dahin genieße die Aussicht – und gewöhne dich daran, dass du jetzt Teil dieser Welt bist. Alles andere kommt später.« Seine

Worte klangen wie ein Versprechen, und die Intensität in seinen Augen ließ keinen Raum für Diskussionen.

Ich hatte keine Ahnung, woher er diese unerschütterliche Überzeugung nahm, aber eines war sicher: Ich war längst Teil *seiner* Welt. Seine Zuversicht war ansteckend, aber sie ließ eine vertraute Bitterkeit in mir aufsteigen. Ich kannte diese Haltung nur zu gut – mein Onkel war ein Paradebeispiel dafür. Macht, Ansehen und Luxus waren das, was ihn antrieb, und alles andere war nur Mittel zum Zweck.

Doch mein eigenes Leben war immer das komplette Gegenteil davon gewesen. Als meine Eltern noch lebten, hatten sie dieselben Möglichkeiten wie mein Onkel, doch sie lehrten mich früh, den Wert kleiner Dinge zu erkennen. Sie warnten mich davor, dass man im Bruchteil einer Sekunde alle verlieren konnte. Eine Lektion, die mich geprägt hatte.

Statt mich in Glanz und Reichtum zu verlieren, setzten sie alles daran, mich auf eine solide Ausbildung zu fokussieren. Meine schulischen Leistungen waren ihr größter Stolz, und ich hatte meinen Weg bis ins Studium gemeistert. Doch was war davon übrig? Mein Studium pausierte, und ehrlich gesagt konnte ich mir kaum vorstellen, wie ich als Anwältin in der Welt der Mafia klarkommen sollte.

Und dann war da die Firma meines Vaters. Ein weiteres Erbe, das von heut auf morgen auf *meinen* Schultern lastete. Zwischen Schuldgefühlen, Verlust und dieser neuen Realität, drängte sich immer stärker die Frage auf: Wie sollte ich das alles meistern?

Die leise Angst, die in mir aufstieg, war nicht neu, aber sie war jetzt lauter denn je. Doch gleichzeitig verspürte ich den Hauch einer Herausforderung. Vielleicht war es das Vermächtnis meiner Eltern – nicht aufzugeben, sondern einen Weg zu finden, egal wie unmöglich es schien.

Die Verantwortung wog schwer, aber ich wusste, dass ich früher oder später Antworten finden musste. In einer Welt, die sich anfühlte wie ein Schachbrett aus Machtspielen und Intrigen, musste ich lernen, meine Züge mit Bedacht zu setzen. Viele Fragen, die bald eine Antwort finden mussten. Doch eines war mir klar: Ich musste meine Rolle in dieser neuen Welt so schnell wie möglich festlegen. Danach würde ich mich den unzähligen anderen Herausforderungen widmen, die vor mir lagen.

»Aurelio, darf ich dich etwas fragen?«

»Immer.« Er sah mich mit einem neugierigen Funkeln in den Augen an, als ob er versuchte, meine Gedanken zu ergründen. »Was beschäftigt dich?«

Ich atmete tief durch, bevor ich meine Unsicherheiten laut aussprach. »Denkst du, ich bin bereit für all das? Ich meine ... Ich habe in letzter Zeit so viele Rückschläge einstecken müssen. Und heute ... heute habe ich wieder gesehen, wie es endet. Auf einem Friedhof.«

Er ließ sich Zeit, um über meine Worte nachzudenken, bevor er sich zur Couch im Wohnzimmer begab und mich mit einer einladenden Geste aufforderte, ihm zu folgen. »Setz dich zu mir. Ich sag dir, was ich denke.«

Ich ließ mich neben ihm nieder, mein Blick auf seine undurchdringliche Miene gerichtet. Egal, was er jetzt sagen würde, ich war entschlossen, es zu hören. Selbst wenn es bedeutete, dass er meine Zweifel teilte.

»Okay. Ich bin bereit«, sagte ich mit gestrafften Schultern. »Nimm keine Rücksicht auf meine Gefühle. Sag mir deine ehrliche Meinung.«

Sein Blick wurde intensiver, und seine Worte kamen mit einer Überzeugung, die mich erschütterte. »Du bist absolut bereit. Und du wirst daran wachsen, Emilia. Das habe ich dir schon einmal gesagt, und ich sage es dir wieder: Du bist stärker, als du selbst glaubst. *Ja*, du hast ein anderes Leben gelebt, und natürlich lässt dich das, was du erlebt hast, nicht kalt. Der Tod deines Cousins und alles, was damit verbunden ist, hat dich getroffen. Aber das zeigt, dass du fühlst – und das ist eine verdammte Stärke in dieser Welt, keine Schwäche.«

Er lehnte sich ein wenig näher zu mir, seine Augen funkelten vor Leidenschaft und Stolz?! »Du bist eine Frau, die niemand in dieser Welt erwartet hat. Sie reden jetzt schon über dich und wenn du deinen Platz offiziell einforderst, werden sie dich entweder bewundern oder fürchten. Beides ist gut.«

Seine Worte hätten mir Mut machen sollen, doch ich konnte die Unsicherheit nicht abschütteln. »Ich war nie eingeschüchtert von anderen Menschen, Aurelio. Aber es ist einfach ... zu viel. Es ist, als ob mir mein Leben aus den Händen gleitet. Verstehst du, was ich meine?«

Er nickte langsam, ein Ausdruck von Verständnis in seinen Zügen. »Das tue ich. Und genau deswegen freue ich mich darauf, dir dabei zuzusehen, wie du diese Macht über dein Leben zurückerlangst. Du weißt selbst nicht, welche Wirkung du auf andere hast. Aber genau darin liegt deine Stärke, Emilia – die stille Kontrolle, die du ausübst, ohne es zu merken. Stell dir vor, was passiert, wenn du diese Macht bewusst einsetzt. Wenn du deine Unsicherheiten ablegst und dir erlaubst, so furchtlos zu sein, wie du es schon immer warst.«

Seine Worte brannten sich in mein Bewusstsein ein, und für einen Moment konnte ich fühlen, was er sah – die Stärke, die Möglichkeit, mich zu behaupten. Ich war nicht so verloren, wie ich glaubte.

Das hatte er schon mal gesagt, und trotzdem schien der Sinn seiner Worte mir immer wieder zu entgleiten. Ich war nur ich selbst

– nicht mehr, nicht weniger. Ich behandelte die Menschen so, wie sie es verdienten. Doch Aurelio schien das anders zu sehen. Er beobachtete mich, bemerkte offensichtlich die Gedankenspirale, die in meinem Kopf ihre Kreise zog. »Hab Vertrauen in dich selbst, und du wirst schnell merken, zu was du fähig bist.« Seine Stimme war ruhig und ein aufmunterndes Lächeln spielte um seine Lippen.

»Na schön, ich werde daran arbeiten.« Mein Ton war halb ironisch, halb entschlossen. »Aber eines ist klar: Ich kann nicht länger warten. So gern ich mich nach allem in Luft auflösen und für ein paar Wochen untertauchen würde – ich muss weitermachen. Ich muss eine Party geben, um die Übernahme offiziell zu verkünden.«

»Wie gut, dass du jemanden kennst, der rein *zufällig* einen Club besitzt und ihn dir nur zu gern zur Verfügung stellt.« Ein freches Grinsen stahl sich auf sein Gesicht.

»So zufällig wie mit dem Nachbarn?«

»Touché!« Er hob ergebend die Hände, bevor er sich wieder selbstzufrieden zurücklehnte.

»Ich möchte das Angebot gern annehmen. Wie schnell müsstest du über die Details Bescheid wissen?«

»Der Club ist bereit, wann immer du ihn brauchst«, erwiderte er mit einem Hauch von Stolz. »Im Moment stehen keine großen Veranstaltungen an, du könntest theoretisch, schon in einer Stunde loslegen, wenn du wolltest. Aber sag mir eines – ich darf doch kommen, oder?«

Ich neigte den Kopf leicht zur Seite, ein herausforderndes Lächeln auf meinen Lippen. »Ich denke darüber nach und lasse es dich wissen, wenn ich mich entschieden habe.«

»Eiskalt, Emilia. Gefällt mir.«

Weitere zwei Wochen vergingen. Wochen, in denen ich alles an die Planung der Party am heutigen Abend setzte. Jedes noch so kleine Detail musste stimmen. Neben all der Planerei, fand ich etwas Zeit meine Sachen aus der Villa zu holen – ein weiteres Kapitel, das ich hinter mir ließ. Ich hatte mein Zuhause aufgegeben, um ein neues Leben zu beginnen. Das Einleben bei Aurelio verlief erstaunlich reibungslos, auch wenn die Vergangenheit zwischen uns wie ein Schatten in der Luft hing.

Er war ein Mann seines Wortes, hielt sich zurück, bewahrte Distanz. Doch da war diese unausgesprochene Spannung. Wie ein loderndes Feuer, das in jeder flüchtigen Berührung aufflammte. Ein zufälliges Streifen am Tisch, ein Hauch zu nah im Vorbeigehen – es war da, unübersehbar, und wurde mit jedem Tag intensiver.

Doch es blieb wenig Zeit, diesen Funken zu deuten. Mein Fokus lag auf meiner neuen Rolle. In den letzten Tagen hatte ich die Belegschaft der Firma in einer offenen Rede über die geplanten Umstrukturierungen informiert. Ihre Reaktionen reichten von Skepsis bis hin zu leiser Bewunderung – es schien gut zu laufen.

Die Verkündung der Übernahme sollte nicht nur ein Signal an die Mafia sein, sondern eine Botschaft an mich selbst und ebenso an meinen Onkel: Ich war bereit!

Aurelio unterstützte mich, wo er nur konnte. Neben seinen Aufgaben im Club kümmerte er sich um die Einweisung seiner Mitarbeiter für den Abend. Außerdem erstellte er mir eine Gästeliste. Darunter mein Onkel, die Santoros und meine eigene Familie. Es war ein Zugeständnis an die Politik dieser Welt, ein notwendiges Übel. Keinen von ihnen wollte ich sehen, doch die Notwendigkeit, Stärke und Kontrolle zu demonstrieren, wog schwerer.

Die Einladungen wurden mit Bedacht gestaltet und verschickt. Jede Karte ein kleines Meisterwerk, das den Anlass gebührend unterstrich. Ich wollte keinen Spielraum für Zweifel lassen – nicht an mir und nicht an meinem Anspruch.

Auch mein Kleid hatte ich bereits gewählt. Das Schwarze aus der Boutique. Elegant, selbstbewusst, unantastbar – genau das, was ich ausstrahlen wollte. Heute Abend würde ich zeigen, dass ich nicht länger ein Spielball war. Heute Abend würde ich die Fäden ziehen. Die Aufregung war wie ein unsichtbares Band, das sich den ganzen Tag um mich gewickelt hatte. Jeder Gedanke an den Abend, jede Sekunde, die verstrich, trieb mir ein Kribbeln unter die Haut.

Zum Glück war Aurelio schon im Club. Wäre er hier gewesen, hätte er sicher versucht, mich zu beruhigen, mit einer Selbstverständlichkeit, die ich nicht immer von ihm verlangen konnte. Er hatte schon zu viel für mich auf sich genommen, und heute war nicht nur für mich, sondern auch für ihn ein bedeutender Moment.

Mein Blick fiel zur Uhr, die anzeigte, dass es schon 17 Uhr war. Ich musste mich vorbereiten, denn ich wollte früh genug im Club sein, um sicherzustellen, dass alles reibungslos lief.

Nach einer ausgiebigen Dusche, die meine Nerven zumindest ein wenig beruhigte, schlüpfte ich in meinen Bademantel und ging in mein Zimmer. Das Kleid hing in seiner ganzen Schönheit am Schrank – ein Meisterwerk aus schwarzem Stoff. Dazu wählte ich passende High Heels und eine Clutch.

Bevor ich begann, mich zurechtzumachen, griff ich nach meinem Handy. Ich wollte Aurelio schnell eine Nachricht schreiben.

Danke für alles. Ich bin gleich auf dem Weg. Ohne dich hätte ich das nicht geschafft. Bis gleich. – E.

Ich drückte ‚*Senden*‘, und für einen Moment schien die Zeit stillzustehen. Ein tiefer Atemzug, dann begann ich, mich in die Frau zu verwandeln, die heute Abend der Welt zeigen würde, dass sie nie wieder an mir zweifeln sollte. Eine Stunde später war ich fertig. Haare und Make-up waren perfekt. Meine langen schwarzen Haare trug ich glatt. Dazu etwas Mascara, Rouge und rote Lippen. Ein letzter Blick in den Spiegel und ich war bereit für den Abend. Ich rief mir schnell ein Taxi, packte anschließend mein Handy in die Tasche und machte mich auf den Weg nach unten, wo Picro mir einen schönen Abend wünschte.

»Genießen Sie den Abend, Signorina.«

»Bitte nennen Sie mich Emilia. So oft wie wir uns in den letzten Wochen in der Lobby getroffen haben, sind wir schon fast Freunde.«

Er musste über meine Worte lachen, auch wenn ich wusste, dass er seinen Job hier sehr genau nahm.

»Also gut. Haben Sie viel Spaß, Emilia.«

»Abwarten. Ihnen eine entspannte Nacht, Piero. Ciao!«

Ich trat in die kühle Abendluft hinaus, wo schon mein Taxi bereitstand. Ich setzte mich nach hinten und gab dem Fahrer die Adresse zum Club. Die Fahrt war kurz, doch sie fühlte sich wie eine Ewigkeit an. Das Kribbeln in meinem Magen war unaufhörlich, eine Mischung aus Nervosität und Vorfreude. Der Fahrer war höflich und diskret, ließ mich in Ruhe, während ich gedanklich zum hundertsten Mal den Ablauf des Abends durchging.

Nach ein paar Minuten riss mich ein unsanftes Bremsmanöver aus meinen Gedanken. Ich hatte mein Ziel erreicht.

Ich bezahlte schnell den Fahrer, stieg aus und lief dann Richtung Eingang.»Guten Abend, die Herren!«, begrüßte ich Toni und die anderen Männer freundlich.

»Hallo, Emilia. Sie sehen umwerfend aus. Aurelio ist in seinem Büro. Ich wünsche Ihnen einen erfolgreichen Abend. Falls Sie etwas brauchen, geben Sie mir bitte direkt Bescheid«, sagte er, während er mir zuvorkommend die Tür aufhielt.

»Das mache ich. Vielen Dank, Toni«, drehte ich mich mit einem dankbaren Lächeln um und verschwand ins Innere des Clubs.

Alles war genauso vorbereitet, wie ich es haben wollte. Ich entspannte mich augenblicklich. Meine Sorgen waren wie weggeblasen. Ich hatte noch etwas Zeit, bis die ersten Gäste eintreffen würde und machte mich auf den Weg zum Büro.

Als ich dort ankam, hörte ich Stimmen aus dem Inneren. Zögerlich klopfte ich an die Tür und öffnete sie daraufhin. Mein Blick fiel sofort auf Aurelio, der mit dem Rücken zu mir stand und sich mit einer wunderschönen Frau unterhielt, die an seinem Schreibtisch lehnte.

Was zur Hölle war hier los?

Kapitel 34

EMILIA

Ich kam mir vor, als hätte ich eine Tür geöffnet, die besser verschlossen geblieben wäre. Der Anblick war wie ein Schlag ins Gesicht, eine Szene, die nicht für meine Augen bestimmt war. Rational wusste ich, dass Aurelio das Recht hatte, jede Frau zu treffen, doch in diesem Moment war es schwer, Vernunft von Gefühlen zu trennen. Überforderung prallte gegen eine unerklärliche Welle aus Besitzanspruch.

Ich wandte mich ab, bereit aus dieser unerträglichen Situation zu fliehen. Da ertönte eine Stimme, süß wie Gift und doppelt so gefährlich.

»Süße, wo willst du denn hin? Du musst Emilia sein.« Woher kannte sie meinen Namen? Und dann dieses Grinsen – sie wusste mehr über mich, als sie sollte.

Aurelio wandte sich mir zu, und unsere Blicke trafen sich. Sein Gesicht war eine Maske aus Kontrolle, doch in seinen Augen las ich, dass er genau wusste, was mir durch den Kopf ging. Er war sich bewusst, wie das hier auf mich wirkte.

Ich stand da, wie gelähmt und unfähig zu entscheiden, wie ich reagieren sollte. Die Atmosphäre war geladen. Unausgesprochene Fragen und eine Spannung, die den Raum zu sprengen drohte. Alles in mir schrie nach Flucht, nach Abstand, nach einem Weg, diese Begegnung aus meinem Kopf zu verbannen.

»Entschuldigung, ich wollte hier nicht so reinplatzen. Wir sehen uns später«, stieß ich hervor, die Worte ein Echo meines Stolzes, während ich mich zum Gehen wandte.

Doch sie ließ mich nicht so leicht davonkommen. »Sie ist noch schöner, als du sie beschrieben hast, Aurelio. Ich wusste ja, dass dein Geschmack exquisit ist, aber hier hast du eindeutig untertrieben.«

Ihre Stimme war ein Dolch, gezielt darauf aus, eine Wunde zu hinterlassen. Ihre Bemerkung ließ keine Zweifel daran, dass sie eine Vergangenheit mit ihm hatte – eine Vergangenheit, die sie genoss, mir unter die Nase zu reiben.

»*Isabella, lass es sein!* Ich meine es ernst. Hör auf mit diesen Spielchen«, schnitt Aurelio durch die Spannung, seine Stimme leise, aber mit einer Kante, die keinen Widerspruch duldete. Sein Blick ruhte auf ihr, doch ich konnte sehen, wie er sich selbst beherrschte, die Kontrolle über die Situation zu behalten.

Sie hingegen lächelte nur. Ein amüsiertes, süffisantes Grinsen, das mehr Herausforderung als Einsicht verriet. Sie schien den Schlagabtausch zu genießen, doch Aurelio war bereits bei mir. Sein Blick fand meinen, hielt ihn fest, und die Intensität darin ließ die Luft um uns gefrieren.

Langsam, wie ein Raubtier, das seine Beute fixiert, schloss er die wenigen Schritte zwischen uns. Jede Bewegung war durchdacht, als würde er damit sagen: Ich lasse dich nicht entkommen. Doch was mich mehr aus der Fassung brachte, war das Feuer in seinen Augen – wild, schützend und doch unergründlich tief.

Meine Knie fühlten sich an, als könnten sie jeden Moment nachgeben, aber ich zwang mich, standhaft zu bleiben. Ich wollte ihm nicht zeigen, dass er mich so leicht aus der Fassung bringen konnte. Doch die Wahrheit war: Allein sein Blick hätte mich brechen können, wenn ich es zugelassen hätte.

»Ihr wärt euch heute Abend sowieso über den Weg gelaufen. Dann kann ich euch auch jetzt miteinander bekannt machen«, begann er, nur um dann mitten im Satz eine Pause einzulegen.

Dio mio, wirklich? Will er mir jetzt ernsthaft seine Frau, Freundin oder gar seine Affäre vorstellen? Mein Kopf war ein Karussell aus Szenarien, und egal, wie sehr ich versuchte, die Gedanken abzuschütteln, sie ließen mich nicht los.

»Emilia, das hier ist meine nervige *Schwester*, Isabella«, stellte er sie schließlich mit einem breiten, frechen Grinsen vor. Das Grinsen eines Mannes, der genau wusste, was in meinem Kopf vorging und es genoss, mich in die Falle tappen zu sehen. *Arschloch!* Ich beschloss, dass ich das auf keinen Fall unkommentiert lassen würde.

Doch Isabella ließ mir keine Gelegenheit, meinen scharfen Kommentar loszuwerden. »Oh, diesen Blick kenne ich nur zu gut. Du dachtest, ich wäre seine Freundin, nicht wahr?« Ihre Worte waren wie ein gezielter Stich, begleitet von einem Grinsen, das fast triumphierend wirkte.

Ich wollte etwas erwidern, doch sie setzte ohne Pause nach: »Entspann dich, Süße. Er gehört ganz dir.«

Aurelio rollte genervt mit den Augen, und bevor ich explodieren konnte, schnitt er ihr erneut das Wort ab.

»Isabella, vielleicht solltest du jetzt die Klappe halten und dir die Nase pudern gehen. Mir egal. Hauptsache, du verschwindest jetzt aus meinem Büro.«

Das plötzliche Schweigen war fast ohrenbetäubend, und Isabella schürzte übertrieben die Lippen, als hätte er sie persönlich beleidigt. »Schon gut, ich geh ja schon. Du solltest dich mal ein bisschen runterfahren, Aurelio. Sie verkraftet das schon. Sie lässt sich auf dich ein. Da muss sie ja Feuer haben, um das ertragen zu können«, lachte Isabella unverschämt, bevor sie völlig selbstsicher den Raum verließ.

»Tut mir leid. Sie ist eine Nervensäge. Und glaub mir, das war sogar einer ihrer charmanten Auftritte«, erklärte Aurelio mit einem genervten Seufzen.

»Ich hab nicht ... also, ich dachte nicht, dass ihr ... ähm ...«

Grandios, Emilia, schimpfte ich innerlich. Mach dich doch noch ein bisschen lächerlicher. Warum nicht gleich noch stottern wie ein Schulmädchen?

Aurelio trat einen Schritt näher, sein Blick wanderte langsam über meinen Körper. »Was dachtest du nicht? Du kannst ruhig zugeben, dass du eifersüchtig warst«, sagte er mit einem überlegenen Grinsen. Arrogant. Selbstgefällig. Unerträglich. Doch wenn er ein Spiel wollte, dann konnte er das haben.

»Eifersüchtig?« Ich verschränkte die Arme und hielt seinem Blick stand. »Ich habe keinen Grund, eifersüchtig zu sein. Zwischen uns beiden besteht eine *wundervolle Freundschaft*. Kein Grund, so von sich selbst überzeugt zu sein, Signor Venturi.«

»Freunde?« Seine Stimme triefte vor gespielter Überraschung, doch das provokante Funkeln in seinen Augen verriet ihn. »Sehr gut. Dann sind wir ja auf dem gleichen Stand. Wie dem auch sei ... wir sollten uns besser auf den Abend konzentrieren – die ersten Gäste werden gleich eintreffen ... *Freundin*.« Die Betonung auf dem letzten Wort war ein klarer Schachzug, ein Versuch, mich aus der Fassung zu bringen. Ich begegnete seinem Blick nicht mehr, drehte mich wortlos um und verließ sein Büro. Doch das Lächeln, das sich auf meine Lippen schlich, war nicht zu stoppen. Der Punkt ging zweifellos an mich. Selbst ohne ihn anzusehen, spürte ich seine Augen auf meinem Rücken, auf dem Stoff, der sich wie eine zweite Haut um meine Figur schmiegte. Das Kleid war definitiv die richtige Wahl.

Doch bevor ich mich weiter in diesem kleinen Machtspiel verlieren konnte, zwang ich mich, die Oberhand über meine Gedanken zu behalten. Der Abend hatte erst begonnen, und ich durfte nicht aus den Augen verlieren, warum ich überhaupt hier war.

Mein Blick wanderte zur Eingangstür. Die ersten Gäste trafen ein. Unter ihnen erkannte ich Petrow. Er gehörte zu den letzten Menschen, die ich hier haben wollte, doch es führte kein Weg dran vorbei. Sein lüsterner Blick, der sich ungeniert auf mich richtete, schickte mir unweigerlich einen kalten Schauer über den Rücken. Ekelhaft. Wenigstens hatten wir unsere kleinen Differenzen frühzeitig geklärt – auch wenn ich wusste, dass dies kaum die Letzten gewesen sein würden.

Direkt hinter ihm entdeckte ich Lucia und Raffaele, die ich seit meinem Auszug aus der Villa erfolgreich gemieden hatte. Doch jetzt waren sie hier, präsent wie ein dunkler Schatten, den ich nicht abschütteln konnte. Heute, schwor ich mir, würde ich jedes Gespräch mit ihnen vermeiden. Würde ich ihnen verzeihen? Vielleicht. Irgendwann. Aber vergessen, was sie getan hatten? Niemals. Und da ein Übel selten allein kam, tauchten hinter Lucia und Raffaele, Tommaso, Dante und Luca auf. Auch sie waren Personen, die ich lieber auf Distanz hielt, außer wenn es unumgängliche geschäftliche Notwendigkeiten betraf. Ihre Anwesenheit war eine Belastung, aber eine kalkulierte.

Nach und nach strömten weitere Gäste herein, viele von ihnen Fremde, die mir bisher nur dem Namen nach bekannt waren. Aber das würde sich ändern. Heute war der Anfang.

Und dann kam er – der Teufel höchstpersönlich. Mein Onkel. Das Bild, das sich mir bot, ließ mich innerlich zusammenzucken. Der Mann, der vor nicht allzu langer Zeit seine Frau und Söhne verloren hatte, von denen er nur einen – Meo – für würdig genug hielt, beerdigen zu lassen, kam mit einer neuen Frau im Schlepptau. Das war widerlich genug, aber der Schlag saß erst richtig, als Flavio hinter ihm auftauchte.

Wenn das mal keine Bühne für ein Drama wie aus einem düsteren Roman war.

Aurelio hatte mir zu Hause immer wieder eindringlich geraten, nicht unbewaffnet zu einem Treffen in diesem Kreis zu erscheinen. Das entsprach zwar nicht dem Kodex, aber hier war es eine Art Präzedenzfall – ganz gleich, wie sehr man jemandem vertraute. Unter meinem Kleid trug ich die Waffe, die er mir zuvor gab. Ich fühlte mich damit wie im Film.

Der Saal füllte sich zunehmend. Ich hatte viele Gäste erwartet, aber die schiere Menge übertraf selbst meine kühnsten Schätzungen. Die Familien waren vollständig versammelt, wie Schauspieler vor dem letzten Akt eines Schauspiels.

»Bist du bereit, Emilia?« Aurelio trat neben mich und musterte die Menge mit der Gelassenheit eines Mannes, der die Kontrolle niemals aus der Hand gab. »Jetzt wäre der perfekte Zeitpunkt, bevor die ersten sich ihm Whisky oder Koks widmen.«

Ich atmete tief durch. »Gut. Kann losgehen. Einen richtigen Zeitpunkt gibt es sowieso nicht.« Meine Worte waren stärker, als ich mich fühlte, aber das war egal. Es war an der Zeit, mein Fäden zu ziehen.

Aurelio nickte mir zu, ging zum DJ-Pult und griff nach dem Mikrofon. Sofort verstummte die Menge. Alle Augen richteten sich auf ihn. Und bald würden sie sich auf mich richten.

»Buonasera, meine Damen und Herren! Zunächst möchte ich euch meinen Dank aussprechen, dass ihr so zahlreich unserer Einladung gefolgt seid. Wir schätzen eure Anwesenheit und hoffen, dass dieser Abend für uns alle unvergesslich wird. Für euer leibliches Wohl ist selbstverständlich gesorgt. Doch bevor wir uns den Feierlichkeiten widmen, gibt es etwas, das nicht länger warten kann.«

Aurelios Stimme war ruhig, aber jede Silbe trug eine Schwere, die die gespannte Aufmerksamkeit des Raumes verstärkte. Er ließ eine kurze Pause, blickte bedeutungsvoll in die Menge und fuhr fort:

»Ich möchte euch heute jemanden vorstellen. Eine Frau, die nicht nur mit scharfer Intelligenz und einer bemerkenswerten Willensstärke gesegnet ist, sondern die Fähigkeit besitzt, uns alle in der Zukunft zu prägen. Wie? Das liegt an euch. Emilia d'Amico.«

Mit einem triumphierenden Lächeln reichte er mir das Mikrofon, sein Blick war ein unausgesprochenes Versprechen, das in der Spannung des Moments mitschwang. Kaum war mein Name gefallen, ging ein leises Raunen durch den Saal. Einige tuschelten, ihre skeptischen Blicke klebten an mir. Doch ich ließ mich davon nicht beirren.

Das war mein Moment. Mein Spiel. Meine Regeln.

Ich trat vor, nahm das Mikrofon in die Hand und ließ meinen Blick über die Menge schweifen, bis jede Stimme verstummte.

»Buonasera. Ich bin Emilia d'Amico, Tochter von Valerio und Carlotta d'Amico.« Meine Stimme war fest und unnachgiebig.

»Viele von euch kannten meine Eltern gut. Manche von euch standen ihnen nahe, andere weniger. Daher möchte ich keine Zeit mit leeren Floskeln verschwenden.«

Eine kleine Pause folgte. Lang genug, dass meine Worte einsickerten.

»Der Grund für diese Feierlichkeit ist schnell erklärt: Meine Eltern haben zu Lebzeiten festgelegt, wie ihr Vermächtnis weitergeführt wird. Was nur wenige von euch wissen: Ich habe die Verträge zur Übernahme der Geschäfte meines Vaters unterzeichnet.«

Meine letzten Worte hingen schwer in der Luft. Die Reaktionen waren vielschichtig – Überraschung, Empörung, Anerkennung. Doch ich ließ keine dieser Emotionen an mich heran. Heute Nacht gehörte mir.

Meine nächsten Worte waren gezielt für diejenigen, die mich in der Vergangenheit verraten hatten. »Ich weiß, dass diese Nachricht nicht jedem von euch gefällt. Arbeitet mit mir oder gegen mich. Diese Entscheidung liegt allein bei euch.« Meine Stimme war kalt, die Bedrohung in meinen Worten war unüberhörbar. »Seid gewarnt: Ich bin kein naives Mädchen, das ihr ohne Konsequenzen hintergehen könnt. Wählt mit Bedacht.«

Mein Blick glitt durch die Menge und blieb bei meinem Onkel hängen. »Und jetzt«, fuhr ich fort, »genießen wir den Rest der Nacht. Die Geschäfte sind auch morgen noch da.«

Die Reaktionen in der Menge waren unterschiedlich – Schock, unterschwellige Wut, widerwilliger Respekt. Ich wusste, ich hatte sie getroffen. Besonders meinen Onkel. Sein Gesicht war eine Maske, doch seine verkniffenen Lippen verrieten, wie sehr ihn die Wut zerriss. Neben ihm stand Flavio, wie immer ein treuer Hund, der dem falschen Herrchen hinterherlief. Es war fast erbärmlich.

Nicht ich war es, die in den letzten Wochen zu Fall gebracht wurde – sie waren es. Und ich würde weiter daran arbeiten, sie Stück für Stück zu brechen, wenn es nötig war. Heute Abend war erst der Anfang.

Als ich mich zufrieden zur Bar begeben wollte, spürte ich plötzlich eine Hand, die mich grob zur Seite zog. Dante. Sein Griff an meinem Arm war so fest, dass es fast schmerzte, doch seine Augen waren es, die mich noch mehr störten – voller Zorn und etwas, dass wie Verzweiflung wirkte.

»Was soll das? Meinst du nicht, dass du das Ganze überstürzt?« Seine Stimme war leise, aber die Schärfe darin konnte selbst der Lärm der Menge nicht überdecken.

Ich befreite mich aus seinem Griff und musterte ihn. »Du hattest deine Chance, und du hast mich geopfert. Kümmere dich um deinen Kram. Ich schulde dir nichts. Absolut gar nichts.«

»Denkst du, ich sehe nicht, was hier läuft? Hat er dich gefickt und dann manipuliert? Er wird dich zerstören, Emilia. Wenn es darauf ankommt, wird er verschwinden. So wie er es mit allen Frauen vor dir getan hat. Du bist nichts als ein Spielzeug für ihn.«

Die Worte trafen mich wie ein Schlag, doch es war nicht die Wahrheit, die sie in sich trugen, sondern die Arroganz. Ich trat einen Schritt näher, und bevor ich wusste, was ich tat, prallte meine Hand auf seine Wange. Der Aufprall war laut genug, um ein paar neugierige Blicke auf uns zu ziehen.

»Du bist Abschaum, Dante, nichts weiter. Niemand zerstört mich mehr. Du und meine Familie habt mir beigebracht, dass mein wahrer Untergang nur von euch kommen konnte.« Meine Stimme zitterte vor unterdrückter Wut, doch ich war stolz, dass ich nicht zurückwich. »Ich wähle Aurelio über jeden von euch. Und selbst wenn er mich jeden Tag zerstört, ist es *meine* Entscheidung. Also verschwinde und wage es nicht, mich je wieder anzufassen.«

Ohne auf seine Reaktion zu warten, wandte ich mich ab und ließ ihn stehen. Mein Atem war flach, mein Herz hämmerte, aber ich würde nicht nachgeben. Nicht jetzt. Nicht jemals.

An der Bar angekommen, winkte ich den Barkeeper heran. »Einen doppelten Whisky!« Meine Stimme war schärfer als nötig, und der Barkeeper hob kurz die Augenbrauen, bevor er wortlos das Glas füllte. Als der Whisky vor mir stand, leerte ich ihn fast in einem Zug und bestellte direkt zwei weitere. Der Alkohol brannte angenehm in meiner Kehle und ließ die Anspannung nach dem Zusammenstoß mit Dante langsam nachlassen.

Wenigstens hielten sich die anderen heute zurück. Kein weiteres Drama – zumindest vor den Augen der anderen. Ihre Zurückhaltung war die klügste Entscheidung des Abends. Ich nutzte die Gelegenheit, um mich durch den Club zu bewegen und die Familien kennenzulernen, die mir bisher fremd waren. Doch mein Rundgang durch die Menge wurde bald von einem mehr als skurrilen Anblick unterbrochen.

Isabella, Aurelios Schwester, rekelte sich auf der Tanzfläche an Luca, als hätte sie einen anstößigen Musikclip nachstellen wollen. »Eine Mafia-Party mit Trockenfick.« Die Worte entwichen mir, bevor ich sie zurückhalten konnte. Eigentlich war es mir sogar egal, wenn es jemand hörte. Jeder hier hatte schon weitaus schlimmeres zu Ohren bekommen. Ich konnte meine Augen kaum von ihnen lassen. Spätestens jetzt, hatte ich alles gesehen – zumindest glaubte ich das.

Nachdem ich weiteren Small Talk geführt hatte und der Alkohol Wirkung zeigte, machte ich mich wieder auf den Weg zur Bar. Ich bestellte ein Wasser, um meinen Kopf wieder klarzubekommen, und ließ meinen Blick über die Menge schweifen. Doch das, was ich *jetzt* sah, ließ meinen Atem stocken und mein Magen zog sich schmerzhaft zusammen.

In einer dunklen Ecke des Clubs stand Aurelio und an seiner Seite klebte eine Rothaarige – eine billigere, eindeutig vulgäre Version von Arielle. Sie stand viel zu nah, lachte viel zu laut, und ihre Hand ruhte auf seiner Brust, als hätte sie Anspruch auf ihn. Es sollte mir egal sein. Es sollte mich nicht stören. Aber das tat es. Oh, und wie es das tat.

»Noch einen doppelten Whisky.« Meine Stimme war diesmal fast heiser, als ich den Barkeeper erneut heranwinkte. Statt meinem Wasser brauchte ich einen Schuss Mut – oder zumindest etwas, das die Wut in mir dämpfte.

Als ich das Glas geleert hatte, richtete ich meinen Blick wieder auf die beiden. Sie waren zu sehr in ihr albernes Spiel vertieft, um meine Anwesenheit zu bemerken, als ich mich langsam auf sie zubewegte.

»Hm!«, räusperte ich mich, um Aurelios Aufmerksamkeit auf mich zu lenken. »Kann ich kurz mit dir reden? Allein.« Meine Worte kamen mit einem gespielten Lächeln über die Lippen, aber innerlich kochte ich. Das waren keine Schmetterlinge, die sich in meinem Bauch regten – es war purer Hass. Hass auf die Frau, die ihm so nahekam.

Möchtegern Arielle drehte sich zu mir, zog eine perfekt gezupfte Augenbraue hoch und musterte mich von Kopf bis Fuß, bevor sie ein siegessicheres Lächeln auflegte. »Du siehst doch, dass er *beschäftigt* ist. Verpiss dich lieber, du *Schlampe*, und such dir deinen eigenen Typ. *Der* hier gehört *mir*.«

»Wie hast du mich gerade genannt?« Meine Stimme war ruhig, eisig – eine gefährliche Mischung.

»Hörst du schlecht, oder was? Ich hab gesagt, du bist eine Schlampe und sollst dir deinen eigenen Typ suchen. Dieser hier gehört mir.«

Ein Schmunzeln schlich sich auf meine Lippen, doch es war alles andere als freundlich. Sie wusste nicht, dass sie die falsche Person gereizt hatte – oder dass ihr kleiner Triumphzug jetzt ein abruptes Ende nehmen würde.

Großer Fehler. Ich versuchte, gelassen zu bleiben, doch Aurelios provokantes Grinsen machte das fast unmöglich. Es war, als würde er die Spannung absichtlich anheizen.

»Hör gut zu, und ich meine wirklich gut!« Meine Stimme war so süß, dass sie fast schon giftig klang, als ich langsam auf ihn zutrat und mit einem nahezu unschuldigen Lächeln auf die Waffe unter meinem Kleid deutete. »Ich habe meinen eigenen Cousin erschossen, und wenn du nicht auch mit einer Kugel im Kopf enden willst, solltest du dich besser jetzt verziehen.«

»Sorry, ich wusste ja nicht ... ich bin hier weg.« Sie ließ Aurelio stehen und suchte das Weite. Na ja, nicht so weit, denn sie gatte sich schon den nächsten geangelt.

Es war fast schon langweilig, wie schnell sie sich aus dem Staub machte. Sie war auf einer Mafia-Party – was hatte sie gedacht, wie es hier zuging?

»Dio Mio.« Ich wusste, der Alkohol sprach aus mir, aber der Triumph, den ich verspürte, ließ mich das Grinsen nicht ablegen. Doch das Gefühl verflog schneller, als ich es erwartet hatte. Aurelio packte mich plötzlich am Arm und zog mich hinter sich her.

»Was ist dein Problem?«, rief ich ihm hinterher, doch er antwortete nicht. Erst als er mich in eine ruhigere Ecke bugsierte und mich mit dem Rücken gegen die Wand drückte, war sein Blick alles andere als entspannt – er brannte vor Verlangen.

»Das könnte ich dich fragen. Eifersüchtig, Tesoro?« Ein amüsiertes Lächeln spielte auf seinen Lippen, als er mich fixierte.

»Ich dachte, wir sind nur Freunde. Da sollte das kein Problem sein.«

»Wie kommst du darauf?« Ich schnaubte, als ich ihm mit meinen Blicken herausforderte. »Ich habe ihr doch nur meine nette Seite gezeigt.«

»Wenn *das* deine nette Seite war, dann will ich nur zu gern mehr davon sehen.« Aurelio trat einen Schritt näher, bis seine Lippen fast mein Ohr berührten. »Es macht mich an. Und dann dieses Kleid… Du wirst mein Ende sein.«

Die Hitze, die von seinen Worten ausging, ließ mein Herz schneller schlagen. Es gab kein Zurück mehr. »Bring mich nach Hause, Aurelio. Jetzt!«

Kapitel 35

EMILIA

Unsere Blicke trafen sich und sprachen in einer Sprache, die keine Worte brauchte. Jeder Augenblick und jede Bewegung verlangte nach mehr – nach ihm. Und er wollte mich genauso. Doch tief in seinen Augen konnte ich den Kampf sehen, den er mit sich selbst führte. Ein ständiges Zögern, als ob er sich nicht entscheiden konnte, ob er diesem Verlangen nachgeben sollte.

»Bitte, Aurelio ... lass uns gehen«, flehte ich, meine Stimme rau und voller Verlangen, während ich mich zwischen ihm und der Wand verankerte.

»Emilia, du bist betrunken«, sagte er mit einer kalten Ruhe, die mir unter die Haut ging. »Ich werde dich nicht anfassen, nur damit du es morgen bereust.«

»Ich werde nichts bereuen«, erwiderte ich scharf, »nichts, worum ich dich selbst gebeten habe.«

Seine Reaktion war ein schneller Rückzug. Er wandte sich ab, legte seine Hände an seinen Kopf, als würde er versuchen, das Chaos in sich zu ordnen, das sich zwischen uns aufgebaut hatte.

»Du verstehst es nicht«, sagte er mit einem gedämpften, gefährlichen Ton in der Stimme. »Wenn ich diese Grenze überschreite, gibt es kein Zurück. Ich werde mich immer nach dir verzehren. Du hast keine Ahnung, was du mit mir machst. Du weißt nicht, wie weit ich für dich gehen würde. Aber ich wusste es schon an dem Tag, als ich dich das erste Mal gesehen habe.«

Seine Worte waren wie giftiger Balsam, süß und schmerzhaft zugleich.

»Warum fragt nie jemand, was *ich* will?«

Er drehte sich zu mir, und seine blauen Augen glühten wie zwei brennende Feuer. Dachte er, er könnte mich abschrecken? Denn genau das Gegenteil passierte – ich verlor mich in seinem Blick, wurde von seiner Präsenz verschlungen.

»Sag es mir, Emilia«, murmelte er, als er sich mir wieder näherte. »Was willst du?«

Der Duft seines Parfums umhüllte mich und ließ mich den Atem anhalten. Ein süßer, holziger Duft, der alles andere überdeckte, mich betäubte.

Ich trat näher, legte meinen Kopf an seine Brust und spürte das unaufhörliche Pochen seines Herzens, das sich mit meinem eigenen Rhythmus vereinte.

»Ich will dich, Aurelio!«, flüsterte ich. »Ich will, dass du mich nach Hause bringst. Nicht weil der Alkohol aus mir spricht, sondern weil ich dich will. Ich wollte es schon im Strandhaus. Nimm alles von mir, aber nimm mir nicht meinen eigenen Willen. Das haben andere schon versucht. Und wir wissen beide, wie das geendet ist.«

Sein Blick wurde weicher, als er mein Gesicht in seine Hände nahm. Seine Lippen trafen meine, und dieser Kuss war alles andere als sanft. Es war ein Sturm, ein Spiel mit dem Feuer, das uns beide fast zerstörte. Seine Zunge forderte mich heraus, drang tief in meinen Mund ein, als wollte er alle Hemmungen mit einem einzigen Kuss brechen. Ich schloss die Augen und verlor mich vollkommen in ihm. Dieser Moment sollte niemals enden.

Doch so plötzlich, wie es begann, so plötzlich löste er sich von mir, nahm meine Hand und führte mich aus dem Club. Einfach so. Wir verließen die Party, und es war mir vollkommen gleich, was andere dachten. In diesem Moment zählten nur wir.

Er brachte mich zu seinem Wagen, drehte mich zu sich und musterte mich mit einem Blick, der durch und durch besitzergreifend war.

»Du wirst mein Untergang sein«, sagte er, seine Stimme tief und rau, bevor er die Tür öffnete und mich hinein bat.

Die Fahrt war von einer bedrückenden Stille durchzogen, die ich nicht brechen konnte, aus Angst, dass ein falsches Wort zwischen uns alles zerstören würde. Ich warf immer wieder flüchtige Blicke zu ihm, doch er fixierte nur die Straße vor uns, als würde er nach dem richtigen Moment suchen, um zu sprechen.

Als wir am Apartment ankamen und Aurelio den Wagen parkte, musste ich etwas sagen.

»Wirst du jetzt nicht mehr mit mir reden?«

»Was? Nein. Ich denke nach, was richtig und was falsch ist.« Seine Worte ließen mich zurückschrecken. Warum ließ er sich so von seinem Kopf leiten?

»Der richtige Schritt ist, sich dem hinzugeben, was man nicht kontrollieren kann«, entgegnete ich, meine Stimme fest und voller Verlangen. »Und genau das tue ich. Ich gebe mich dir hin, wie ich es nie zuvor bei jemandem getan habe.«

Seine Augen verengten sich, als er meine Worte verarbeitete.
»Warte… Willst du damit sagen… Du hast also noch nie…?«
»Nein, habe ich nicht. Ich wollte warten«, flüsterte ich kaum hörbar, doch die Worte hallten zwischen uns wieder. »Ich war immer davon überzeugt, dass der Tag meiner Hochzeit der *richtige* Moment dafür sein sollte. Ich weiß, dass das konservativ erscheint. Aber jetzt weiß ich, dass es nicht darum geht. Es zählt nur, dass es sich im Hier und jetzt richtig anfühlt. Und das tut es.«

Ein Zittern durchlief mich, als ich mich selbst zu etwas hinreißen ließ, das ich mir vorher nie zugetraut hätte. Getrieben von dem unbändigen Verlangen, ihn zu spüren, löste ich meinen Sicherheitsgurt und kletterte über die Konsole zwischen uns hinweg. Ich setzte mich rittlings auf seinen Schoß und fühlte, wie sein Körper sich unter meiner Berührung anspannte.

Seine Hände landeten auf meinen Oberschenkeln, schwer und warm, und das Feuer in mir flammte noch höher auf.

Mit beiden Händen umfasste ich sein Gesicht, zwang ihn, sich auf mich zu konzentrieren. Dann legte ich meine Lippen auf seine, zuerst sanft. Doch als sich unsere Zungen trafen, war es, als würden wir in einen Sog aus purer Leidenschaft gezogen werden, aus dem es kein Entkommen mehr gab.

Seine Hände glitten hoch zu meiner Hüfte, seine Finger gruben sich tiefer in meine Haut, als hätte er jegliche Zurückhaltung verloren. Meine Zähne schlossen sich spielerisch um seine Unterlippe, und sein leises Raunen vibrierte gegen meinen Mund.

Er packte mich fester, zog mich dichter an sich heran, und der Druck seiner Berührung raubte mir den Atem. Es war, als würden wir jede Grenze und jeden Zweifel hinter uns lassen.

»Du spielst mit dem Feuer«, raunte er an meine Lippen. Mein leichter Biss an seiner Unterlippe entlockte ihm ein leises, kehliges

Stöhnen, und er schloss die Augen, zog tief Luft, als versuche er, sich zu sammeln.

»Ich spiele gerne mit dem Feuer, wenn es bedeutet, dass ich dich dafür bekomme«, flüsterte ich leise. Meine Worte waren wie eine Herausforderung, die ihn endgültig aus der Fassung brachte.

Bevor ich realisierte, was geschah, öffnete er die Autotür. Doch statt mich abzusetzen, hielt er mich fest in seinen Armen, als hätte er die Kontrolle über alles verloren – außer über mich.

Ohne ein Wort trug er mich durch den Eingang des Gebäudes zum Aufzug, seine Schritte waren zielstrebig und entschlossen. Es war ihm völlig egal, ob uns jemand sah. In diesem Moment existierte niemand außer uns. Der Aufzug schloss sich hinter uns, und mit einem leisen Summen nahm er seinen Weg nach oben.

Er setzte mich ab, nur um mich sofort wieder an sich zu ziehen. Ein weiterer Kuss - stürmisch, fordernd und so intensiv, dass ich kaum Luft holen konnte. Und doch wollte ich keinen Moment davon missen. Seine Hände fanden meinen Rücken, meine Taille, während ich mich ihm entgegen presste, verzweifelt nach mehr verlangend.

Der Aufzug öffnete sich mit einem schrillen Ton, der uns zurück in die Realität zwingen wollte, doch wir ignorierten ihn. Aurelio hob mich erneut hoch, als wäre ich federleicht, und trug mich durch den Flur, direkt in sein Schlafzimmer.

Er setzte mich auf dem großen Bett ab, doch seine Berührungen brannten weiter auf meiner Haut. Ich sah ihm zu, wie er sein Sakko ablegte und seine Krawatte löste.

»Bist du sicher, Emilia?«

»Ich war mir nie sicherer als jetzt.« Mit diesen Worten griff ich nach seinem Hemd, zog ihn zu mir herunter und presste meine Lippen auf seine.

Mein ganzes Verlangen lag in diesem einen Kuss. Ich hatte es nicht kommen sehen, doch ich war ihm verfallen. Sein Gewicht auf mir, die Wärme seines Körpers war etwas, ohne dass ich nicht mehr leben wollte.

Er war überall – seine Hände, sein Mund, sein Gewicht, das mich unnachgiebig in die Matratze drückte, als wollte er sichergehen, dass ich nicht fliehen konnte. Dabei konnte er sicher sein, dass ich das nicht tun würde.

»Ich will alles von dir. Du gehörst mir, mit jeder Faser deines Seins – deinem Körper, deiner Seele, deinem Herz. Ich werde der Erste und der Letzte sein, der dich so berührt, der deinen Atem raubt und dein Verlangen stillt. Ich dachte immer, ich hätte alles, doch ohne dich bin ich nichts, und die Vorstellung, dich zu verlieren, würde mich in den Wahnsinn treiben«, murmelte er heiser gegen meinen Hals, bevor er ihn mit heißen Küssen bedeckte. Seine Zähne kratzten leicht über meine Haut, und ich spürte die Gänsehaut, die seinen Berührungen folgte, so intensiv, dass ich glaubte, ich würde in Flammen stehen.

Seine Hände wanderten über meinen Körper, schoben mein Kleid höher, bis es kaum noch etwas bedeckte. Jeder Zentimeter, den er freilegte, brannte unter seinem Blick und den fordernden Bewegungen seiner Finger.

»Schließ die Augen«, befahl er. Ich tat, was er verlangte, atmete schwer, während er sich von mir löste und vor mir auf die Knie ging.

»Spreiz die Beine für mich, Tesoro.«

Es war keine Bitte. Seine Stimme ließ mir keine Wahl, aber die Wahrheit war, ich wollte keine Wahl haben. Seine Hände schoben meine Oberschenkel auseinander und sein Atem legte sich heiß auf meine Haut. Die dünne Barriere meines Höschens war alles, was uns trennte, doch selbst dieses letzte Stück Stoff, war zu viel.

Er ließ seine Lippen an der Innenseite meiner Oberschenkel entlanggleiten, küsste sie erst sanft, dann fordernder. Seine Zähne gruben sich in meine Haut. Nicht schmerzhaft, aber fest genug, um meine Sinne explodieren zu lassen. Ich konnte ein leises Wimmern nicht zurückhalten, ein Laut, der ihn nur noch mehr antrieb.

»So empfindlich«, sagte er, seine Stimme rau vor Verlangen. Seine Finger glitten über den feuchten Stoff, gerade so viel, dass es mich an den Rand des Wahnsinns brachte, aber nicht genug, um mich zu erlösen.

»Du bist jetzt schon so nass für mich«, raunte er. »Du ahnst nicht, wie oft ich mir das hier vorgestellt habe.«

Mit einer geschickten Bewegung schob er den Stoff zur Seite, seine Augen unverwandt auf mich gerichtet, wie ein Raubtier, das seine Beute fixierte. In diesem Moment gehörte ich nur ihm und es gab nichts, was ich mehr wollte.

Seine Zunge glitt über meine Klitoris, erst sanft, dann fordernder, mit einer Dringlichkeit, die mich fast augenblicklich um den Verstand brachte. Ein zittriger Atemzug entwich mir, gefolgt von einem unkontrollierten Stöhnen. Mein Körper spannte sich unter ihm, jede Nervenbahn von diesem elektrisierenden Gefühl erfüllt.

»Aurelio…« Sein Name war kaum mehr als ein heiseres Hauchen über meine Lippen, doch er reagierte, als hätte ich ihn angeschrien.

»Lass dich fallen, Emilia«, murmelte er zwischen den Bewegungen seiner Zunge, seine Stimme ein dunkles Versprechen. Ohne Vorwarnung erhöhte er das Tempo, und es fühlte sich an, als würde mein Körper unter seinem Einfluss zerbrechen und neu erschaffen werden. »Du schmeckst so verdammt gut.«

Seine Worte waren roh und besitzergreifend, und doch waren es seine Bewegungen, die mich in den Wahnsinn trieben. Meine

Atmung ging stoßweise, mein Rücken bog sich, während die Hitze in mir wuchs, unaufhaltsam, ein Sturm, der nur darauf wartete, sich zu entladen.

Als ich dachte, mehr könnte ich nicht ertragen, spürte ich seine Finger an meiner Öffnung. Langsam glitten sie in mich hinein, im Rhythmus, synchron zu der verfluchten Perfektion seiner Zunge. Jeder Stoß trieb mich mehr an den Abgrund.

»Aurelio ... ich ... ich komme!« Meine Worte kamen in einem gebrochenen Flüstern, doch er hatte sie gehört.

»Komm für mich, Tesoro« Seine Finger erreichten einen Rhythmus, dass mich über die Klippe meiner Emotionen Springen ließ.

»Oh, mein Gott!« Mit einem lauten Stöhnen ergoss ich mich über seine Finger, mein Körper erzitterte unter der Intensität meines Höhepunkts. Es war, als hätte er mich komplett vereinnahmt, bis nichts mehr von mir übrig blieb.

Als er sich aufrichtete und zu mir hochkam, hatte er dieses teuflische Grinsen auf seinen Lippen, das Kontrolle und Verlangen ausstrahlte. Er hob seine Hand und ließ seine Finger, die eben noch in mir waren, langsam in meinen Mund gleiten. Sein Blick war fest auf mich gerichtet, als ich meinen Geschmack auf meiner Zunge schmeckte.

»Gut so, meine Schöne. So gefügig und doch so machtvoll. Genau das macht mich verrückt.«

Bevor ich etwas erwidern konnte, griff er nach meinen Händen und zog mich ohne Vorwarnung auf die Beine. »So atemberaubend du in diesem Kleid aussiehst, jetzt stört es nur.« Seine Stimme war ein tiefes Grollen, ein Befehl, dem ich ohne Zögern folgte.

Ich drehte mich um, mein Herz pochte wild in meiner Brust, als er seine Hände an meinen Rücken legte. Zärtlich öffnete er den Reißverschluss meines Kleides. Seine Finger, warm und fordernd, glitten entlang meiner Wirbelsäule, während der Stoff langsam von meinen Schultern rutschte.

Das Kleid fiel zu Boden und ich stand nur noch in meinem dünnen String vor ihm. Seine Fingerspitzen berührten meine nackte Haut, fuhren sanft über meine Arme bis zu meinen Schultern, bevor sie über meine Seiten glitten, fast wie ein Versprechen.

»Ich werde sanft sein, Tesoro«, flüsterte Aurelio an meiner Schulter, während er weiche Küsse auf meiner Haut hinterließ. Seine Hand legte sich sanft um meinen Hals, und der leichte Druck ließ mir den Atem stocken. Die Mischung aus Kontrolle und Hingabe schoss wie ein heißer Strom durch meinen Körper. Jede Nervenbahn brannte und ich war völlig gefangen in der dunklen Intensität dieses Moments.

Mit einer plötzlichen Bewegung drehte er mich zu sich, seine Finger noch immer an meinem Hals. Unsere Blicke trafen sich und sein Blick wanderte über jeden Zentimeter meines nackten Körpers, als wolle er sich jede Einzelheit einprägen.

»Leg dich auf den Rücken«, sagte er mit rauer Stimme. »Ich will dir in deine schönen Augen sehen.«

Ich ließ mich gehorsam auf das Bett sinken. Aurelio richtete sich auf, und während er sich langsam seiner Kleidung entledigte, konnte ich den Blick nicht von ihm abwenden.

Mit einer quälenden Langsamkeit knöpfte er sein Hemd auf, bis die ersten Tattoos auf seiner Haut sichtbar wurden. Seine definierten Muskeln kamen zum Vorschein und ich konnte nicht anders, als mir vorzustellen, wie sie sich über mir anfühlen würden. Als er seinen Gürtel aus der Hose zog, ließ er ihn mit einem scharfen Zischen durch die Gürtelschlaufen gleiten. Sofort schossen mir die wildesten Fantasien durch den Kopf, wie er diesen Gürtel einsetzen könnte.

Meine Gedanken waren so von Lust erfüllt, dass ich kaum bemerkte, wie er seine Hose und seine Boxershorts auszog. Erst als er nackt vor mir stand, wurde ich mir seiner gesamten Präsenz bewusst. Sein Körper war wie gemeißelt, und sein harter, unübersehbarer Schwanz zog meinen Blick magisch an.

Aurelio trat an das Bett heran und ließ sich mit einer geschmeidigen Bewegung über mich sinken. Dann griff nach den dünnen Bändern meines Strings und zog ihn langsam an meinen Beinen hinunter, bis ich völlig nackt vor ihm lag. Mein Herz raste, und die Luft um uns schien elektrisch geladen.

»Sag mir, wenn es zu viel ist. Verstanden?«

»Ja«, hauchte ich, fast atemlos vor Verlangen.

Er schob sich zwischen meine Beine und legte ein weiteres Mal seine Hand an meine Mitte, um meinen Kitzler zu stimulieren. Es schien ihn selbst rasend zu machen, denn ich sah, wie schwer er atmete.

Er nahm seinen Schwanz in die Hand und massierte ihn, bevor er ihn an meinem Eingang platzierte.

»Bist du bereit?«

»Ja!«, hauchte ich ihm entschlossen entgegen, als er sich näher zu mir herunter beugte und mich küsste. Seine Küsse wurden mit jedem Mal leidenschaftlicher und unsere Zungen tanzten regelrecht miteinander. Ich wollte, dass wir nie wieder aufhörten.

»Halt dich an mir fest.« Er legte meine Arme um seinen Hals, als er sich mit seiner gesamten Länge in mich schob.

»Aurelio!«, wimmerte ich, als sich dieser ziehende Schmerz in mir ausbreitete.

»Fuck, Emilia! Du bist so eng«, flüsterte er an meine Lippen, als er sich immer wieder aufs Neue in mir versenkte. Ich schloss meine Augen und warf meinem Kopf nach hinten, um mit dieser Mischung aus Schmerz und purer Lust klar zukommen.

»Nein, Emilia! Sieh mich an! Ich will deine wunderschönen Augen sehen, während ich dich ficke. Der Schmerz wird nachlassen und das Verlangen überwiegen«, beruhigte er mich, als er sein Tempo anzog und seinen Schwanz immer schneller in mich drückte.

»Aurelio!«, flüsterte ich erneut und krallte mich an ihm fest. Meine Atmung wurde immer schneller und ich spürte, dass ich nicht mehr aushalten würde. Es war nicht der Schmerz. Er ließ nach. Plötzlich zog er sich aus mir zurück und seine Lippen liebkosten meine Brüste. Wollte er mich jetzt komplett in den Wahnsinn treiben?

»Bitte, hör nicht auf!«, flehte ich ihn an. Bei meinen Worten schlich sich wieder dieses teuflische Grinsen auf seine Lippen.

»Genieße es, Emilia« während er mit seiner Zunge über meine Nippel leckte, knetete er gleichzeitig meine Brüste.

Ich windete mich unter seiner Berührung, was ihn nur noch mehr dazu antrieb weiter zu machen. Er saugte meinen Nippel mit seinen Lippen ein und ließ seine Zähne leicht über sie streifen.

Ich drohte unter ihm vollends zu explodieren, wenn er so weiter machte. Immer und immer wieder spürte ich dieses angenehme Ziehen, was seine Zähne verursachten. Ich wollte mehr.

»Aurelio! Bitte!«

»Was, Emilia? Was willst du? Sag es mir!«, provozierte er mich und forderte, dass ich es ausspreche. Und mir blieb nichts anderes übrig, wenn ich Erlösung wollte.

»Fick mich, Aurelio! Ich halte es nicht mehr aus!«

Ohne zu zögern, presste er erneut seine Lippen auf meine, bevor er meine Beine noch weiter spreizte und mit einem kräftigen Stoß in mich eindrang. Er kannte kein Halten mehr und fickte mich mit so harten und schnellen Stößen, dass ich mich im Bettlaken festkrallte. Ich schob ihm meine Hüfte entgegen und in diesem Moment überkam mich die Welle der Erlösung. »Dio mio«, stöhnte ich laut auf.

Da lehnte er sich über mich, sein Blick brannte in meinen Augen, als er meine Hände mit seinen fixierte und sie über meinem Kopf hielt. »Dein Stöhnen macht mich wahnsinnig«, flüsterte er seine Worte gegen meine Haut. Mit einem letzten, kraftvollen Stoß ergoss er sich in mir.

Keuchend und noch immer von der intensiven Erregung erschüttert, lag er an meiner Seite.

»Geht es dir gut«, fragte er und strich mir sanft die Haare aus dem Gesicht. Ich atmete noch schwer und mein Körper zitterte, aber ich schenkte ihm ein leises, verführerisches Lächeln.

»Du hast keine Ahnung, *wie* gut es mir geht«, flüsterte ich.

Er zog mich näher an sich, die Wärme seines Körpers durchflutete mich, als er mich für einen Moment wortlos musterte. Seine Hand glitt langsam über meine Wange, sein Daumen streichelte sanft über meinen Mund.

»Du hast wirklich keine Ahnung, wie wunderschön du bist, oder?«, murmelte er. »Du machst mich zu einem Sünder.«

»Dann hoffe ich, dass es sich lohnt«, hauchte ich, meine Stimme eine Mischung aus Verlangen und Versprechen.

Unsere Seelen hatten sich verbunden, tief und unaufhaltsam. Er war mein Schicksal, und in meinem Inneren wuchs der unbändige Wunsch, seines zu sein.

In diesem Moment konnte ich mir kein Leben mehr ohne ihn vorstellen. Doch bevor ich meine Gedanken weiter ordnen konnte, spürte ich Aurelios Blick auf mir. Die Sorge in seinen Augen war sofort zu erkennen.

»Was ist los?«

»Nichts, ich habe nur nachgedacht.« Und das tat ich wirklich. Denn in diesem Moment wurde mir schmerzhaft bewusst, dass ich dabei war, mein Herz an ihn zu verlieren.

»Und, an was hast du gedacht?« Sein Gesicht war jetzt nur noch ein paar Zentimeter von meinem entfernt, sein Atem streifte meine Haut, warm und verführerisch. Ich hatte keine Möglichkeit, ihm zu entkommen, und ich wollte es auch nicht.

»Nur darüber, wie verloren ich ohne dich wäre.«

»Das wärst du nicht, Emilia.« Seine Stimme war fest, fast schon beherrschend. »Aber wenn es dich beruhigt ... Du gehörst nur mir, Tesoro.«

Kapitel 36

EMILIA

Als ich an diesem Morgen wach wurde, fühlte ich mich ruhiger und zufriedener als an jedem anderen Tag in den letzten Wochen. Die Dunkelheit der Nacht schien langsam von der sanften Morgendämmerung verdrängt zu werden, und für einen Moment vergaß ich alles um mich herum.

Ich drehte mich zur anderen Seite des Bettes, doch von Aurelio war nichts zu sehen. Ein Blick auf die Uhr zeigte mir, dass es erst kurz vor acht war. In meinem Kopf begann die Erinnerung an die letzte Nacht, an all das, was zwischen uns geschehen war, erneut lebendig zu werden. Ein Lächeln huschte über meine Lippen, ohne dass ich es verhindern konnte.

»Guten Morgen, mio Sole.« Nur mit einem Handtuch um die Hüften gewickelt, trat Aurelio im Türrahmen auf mich zu, und sein Lächeln war das schönste, das ich je gesehen hatte.

»Guten Morgen.« Ich grinste verlegen, noch immer in Gedanken bei der Nacht zuvor. »Ich hab mich schon gefragt, wo du bist. Hast du gut geschlafen?« Langsam ging er auf mich zu und setzte sich auf die Bettkante.

»Besser denn je. Ich frage mich, woran das wohl gelegen hat?« Seine Stimme hatte diesen speziellen Ton, und in seinen Augen flackerte wieder dieses Verlangen, das kaum zu übersehen war. »Ich glaube, ich erinnere mich, dass alles hier begann.« Mit einem geschickten Griff umfasste er mein Kinn, und bevor ich überhaupt reagieren konnte, verschmolzen seine Lippen mit meinen.

»Aurelio!«, hauchte ich gegen seine Lippen, doch er zog sich sofort zurück, den Blick vollkommen auf mich gerichtet.

»Ist alles okay?«, fragte er, seinen Kopf leicht schief legend, während er auf meine Antwort wartete.

»Ja, alles okay. Vielleicht sollte ich nach den Ereignissen der letzten Nacht lieber erst mal duschen«, sagte ich, dabei ein verlegenes Grinsen auf den Lippen. Ich sah die Erleichterung in seinen Augen – er war immer darauf bedacht, dass es mir gut ging. Auch wenn das süß war, wollte ich nicht, dass er mich irgendwann als schwache Frau sah.

»Guter Einwand.« Ein Lächeln spielte in seinen Augen, als er mir die Entscheidung überließ. »Spring du unter die Dusche, und ich kümmer mich ums Frühstück. Keine schlechte Idee, wenn du wieder etwas zu Kräften kommst.«

Da war es wieder – dieses Strahlen in seinen Augen, als er die letzten Stunden noch einmal in Gedanken durchlebte.

»Das klingt nach einem guten Plan. Ich komme zu dir in die Küche, sobald ich fertig bin.« Mit einem sanften Kuss auf meine Stirn verabschiedete er sich und ging zum Kleiderschrank, um sich in eine graue Jogginghose zu hüllen. Der Anblick von ihm nach dem Aufwachen war fast zu perfekt, um wahr zu sein, und ich wusste, dass ich mich daran gewöhnen könnte.

Da meine Sachen im Gästezimmer lagen, wickelte ich mich in die Decke und schlich leise hinüber, um das Bad aufzusuchen. Das Wasser sprudelte aus der Duschbrause, und als der warme Strahl auf meine Haut traf, durchfluteten mich erneut die Erinnerungen an seine Berührungen. Jede Stelle, die er mit leidenschaftlichen Küssen bedeckt hatte, und die sanften, fordernden Bewegungen seiner Finger, die über meinen Körper glitten. Allein der Gedanke daran ließ wieder dieses heiße Ziehen in meinem Unterleib erwachen. »Reiß dich zusammen, Emilia«, murmelte ich leise, um mich zu beruhigen.

Ich genoss die Dusche, ließ das heiße Wasser mich entspannen und die Gedanken an ihn aus meinem Kopf vertreiben. Als ich fertig war, wickelte ich mich in ein großes Handtuch und trocknete mir hastig die Haare, um nicht die ganze Wohnung unter Wasser zu setzen. Ein Blick in den Spiegel zeigte mir das frische, unberührte Bild von mir, bevor ich meine Zähne putzte und mich für das Frühstück fertigmachte.

Vor dem Kleiderschrank entschied ich mich für etwas bequemes – ein weites, langes T-Shirt, das gerade genug von mir bedeckte. Ich wollte sehen, wie er reagieren würde.

Als ich die Küche betrat, konnte ich schon die verführerischen Düfte wahrnehmen. »Hmm! Das duftet gut. Wenn es mal mit der Mafia nicht mehr läuft, stelle ich dich gern als Koch ein«, scherzte ich, doch er war so vertieft in das Frühstück, dass er mich erst bemerkte, als ich direkt vor ihm stand.

Sein Blick traf meinen, und ein Lächeln breitete sich auf seinen Lippen aus. »Bis eben dachte ich, der Morgen könnte nicht besser werden, aber wenn ich dich so sehe, dann lag ich eindeutig falsch.« Ohne zu zögern, ließ er alles stehen und kam auf mich zu, um mich in eine feste Umarmung zu ziehen.

»Lass uns etwas essen. Ich wollte außerdem etwas mit dir besprechen«, sagte er, und plötzlich schien die heiße Spannung, die zwischen uns gehangen hatte, ein wenig zu verfliegen.

»Etwas besprechen?«, fragte ich, ein wenig überrascht von der Wendung. Er bemerkte sofort, dass ich verunsichert war, und grinste.

»Keine Panik, nichts Wildes. Meine Schwester hat mir geschrieben. Sie möchte uns beide zum Mittagessen einladen. Ich wollte dich zuerst fragen, was du davon hältst. Aber ich muss dich warnen – sie akzeptiert nur schwer ein *nein*.«

»Du meinst die Schwester, vor der ich mich gestern nicht mehr blamieren konnte, als ich in dein Büro kam?« Ich schnaubte, als der Gedanke an das, was zwischen uns passiert war, in mir hochkam. Dieses Mittagessen könnte ja ein echtes Spektakel werden.

»Doch eifersüchtig gewesen?«, lachte er plötzlich, und dieses dämliche Grinsen, das sich in seine Augen schlich, konnte er nicht mehr verbergen.

»Bilde dir bloß nichts darauf ein, okay? Ich habe dich vor diesem komischen Flittchen gerettet, das sich vor allen an dich rangeschmissen hat«, sagte ich, verschränkte die Arme, während ich versuchte, mein Lächeln zu unterdrücken.

Mit einem amüsierten Grinsen auf den Lippen drehte er sich um und reichte mir einen Teller mit Toastone. »Hier, meine kleine Diva, iss etwas«, sagte er, und sein Tonfall war so überheblich, dass ich am liebsten den Teller zurückgeworfen hätte. Aber ich hielt mich zurück. Wenn er dachte, dass ich ihm das so durchgehen lasse, hatte er sich gewaltig geirrt.

Ich nahm den Teller, ging zum Tisch und setzte mich, während ich ihn entschlossen anfunkelte. »Du kannst deiner Schwester zusagen. Ich freue mich schon darauf«, sagte ich, und meine

Stimme triefte vor Ironie. Doch innerlich war ich fest entschlossen, ihm zu zeigen, dass ich das letzte Wort haben würde.

Um die Zeit bis zu diesem vielversprechenden Mittagessen sinnvoll zu nutzen, entschied ich, etwas zu erledigen, auf das ich zwar keine Lust hatte, das aber notwendig war. »Ich werde gleich zur Villa fahren, um mit Raffaele zu sprechen. Auch wenn ich meiner Familie nicht verzeihen kann, ist er der Beste, um mir den Rücken in der Firma freizuhalten«, erklärte ich nüchtern. Aurelio hielt kurz inne, zog eine Augenbraue hoch, sagte aber nichts dazu.

»Du wirst wissen, was du tust«, meinte er schließlich, seine Stimme ruhig und sachlich. »Falls du etwas brauchst, sag Bescheid. Ich muss eh ein paar Telefonate führen. Wir treffen uns dann später hier und fahren zusammen zum Restaurant.«

»Perfekt. Danke für das Frühstück, es war köstlich.« Ich wollte die Küche verlassen, doch bevor ich einen weiteren Schritt machen konnte, spürte ich seine Hand, die sich um mein Handgelenk schloss. Er zog mich zurück, sein Griff fest, aber nicht unangenehm.

»Hast du nicht etwas vergessen?«, fragte er, und sein Ton war so sicher, dass es fast eine Herausforderung war.

»Vergessen?« Ich legte den Kopf schief, die Unschuld in meiner Stimme perfekt gespielt. »Nicht, dass ich wüsste.« Ich wusste genau, was er meinte. Aber wenn er meine Zuneigung wollte, musste er sich anstrengen.

Aurelio zog mich näher zu sich, sein Blick durchbohrte mich mit diesem arroganten Funkeln, das ich hasste – und gleichzeitig liebte. Bevor ich mich wehren konnte, presste er seine Lippen auf meine, fordernd und unnachgiebig. »Ich weiß genau, was du vorhast«, murmelte er gegen meine Lippen, bevor er sich langsam zurückzog, seine Augen fixierten mich noch immer. »Wenn du dieses Spiel spielen willst – gern. Aber rechne nicht damit, dass ich es dir leicht machen werde.«

Mit einem zufriedenen Lächeln drehte er sich um und verließ die Küche, als hätte er die Oberhand behalten. Mistkerl!

Ich war auf dem Weg nach oben, wollte mir eine Jeans und ein schlichtes Top überziehen, als mein Handy klingelte. Die Nummer war unbekannt, aber ein seltsames Gefühl ließ mich zögern, bevor ich den Anruf annahm.

»Hallo?« Meine Stimme durchbrach die Stille, doch auf der anderen Seite blieb es zunächst wortlos. Nur ein Räuspern war zu hören. »Ähm, hallo?«

»Ja. Hey. Adriano hier.« Seine Worte kamen abrupt, die Stimme war rau und voller Widerwillen. Mein Magen zog sich zusammen. Adriano? Mister unnahbar? Was konnte er von mir wollen? Und wo hatte er meine Nummer her?

»Hi«, sagte ich vorsichtig. »Habe ich etwas in der Pension vergessen?« Es war ein Versuch, das Gespräch in Bewegung zu bringen, obwohl ich wusste, dass ich nichts dort gelassen hatte.

»Nein.« Seine Antwort war knapp, fast schon angespannt. »Hör zu. Hier waren ein paar Männer deines Onkels. Sie haben nach dir gefragt. Ich dachte, ich sollte dich warnen. Wenn sie hier auftauchen, ist das kein Zufall.«

Ein Kribbeln kroch meine Wirbelsäule hinauf, eiskalt und bedrohlich. Meine Finger schlossen sich fester um das Handy. »Bist du dir sicher, dass sie von ihm kamen?«, fragte ich scharf, mein Herz schlug schneller. Aber seine Antwort ließ auf sich warten.

»Adriano?« Meine Stimme wurde ungeduldiger. »Wenn du was zu sagen hast, dann tu es. Ich habe keine Zeit für kryptische Andeutungen.«

376

Ein leises Knurren erklang. »Sie mussten es nicht sagen«, antwortete er. »Ich kenne sie. Ich fand, du solltest das wissen.« Und bevor ich etwas erwidern konnte, hatte er aufgelegt. Großartig. Ein Anruf voller Warnungen, aber keine Erklärung. Trotzdem ließ mich die Sache nicht los. Adriano würde nicht aus einer Laune heraus anrufen. Er wusste etwas – und wenn er mich warnte, war es ernst.

Ich griff nach meiner Tasche und den Autoschlüsseln, fest entschlossen, Aurelio von dem seltsamen Anruf zu erzählen. Doch als ich die Treppe hinunterging, hörte ich seine Stimme, scharf und eindringlich, wie er mit jemandem am Telefon diskutierte. Es klang ernst, definitiv nicht der richtige Moment, um ihn zu unterbrechen. Das Gespräch musste warten.

Im Aufzug zog ich mein Handy hervor und schrieb eine kurze Nachricht an Raffaele, dass ich vorbeikommen wollte. Die Antwort ließ nicht lange auf sich warten: »Freue mich, dich zu sehen.« Freuen? Woher nahm er nur diese naive Gewissheit, dass alles zwischen uns in Ordnung wäre?

Nichts war in Ordnung. Das hier war keine herzliche Familienangelegenheit. Es ging allein ums Geschäft – um die Firma, die ich mit Mühe und Entschlossenheit auf Kurs hielt. Und dafür brauchte ich Raffaeles Wissen, ob es mir gefiel oder nicht. Doch das änderte nichts daran, dass unsere familiäre Verbindung zerschmettert war. Sie hatten sie zerstört. Und selbst wenn ich irgendwann vergeben könnte, würde ich nie vergessen.

Als sich die Türen des Aufzugs öffneten, schob ich das Handy in meine Tasche, meine Gedanken chaotisch. Während ich auf mein Auto zuging, überkam mich ein Gefühl, als würden mich Augen aus dem Schatten heraus beobachten. Ich hielt inne, ließ meinen Blick über den Parkplatz schweifen – nichts. Nur leere Luft und meine eigene übersteigerte Wachsamkeit. Ich schüttelte den

Gedanken ab und zwang mich zur Ruhe. Es musste Einbildung sein.

Die Fahrt zur Villa verlief ereignislos, der Motor schnurrte leise, und die Straßen waren leer. Doch das beklemmende Gefühl blieb im Hinterkopf. Als ich vor dem Anwesen hielt, erwartete mich Raffaele bereits auf der Treppe. Hinter ihm konnte ich Lucia sehen, wie sie aus der Ferne zu uns herüberblickte.

»Ciao, Emilia«, begrüßte er mich und machte einen Schritt nach vorn, bereit mich in eine Umarmung zu ziehen – diese typisch übertriebene Familiennähe, die ich kaum ertrug. Instinktiv trat ich einen Schritt zurück, ließ keinen Zweifel daran, dass ich es nicht zulassen würde.

»Ich bin geschäftlich hier«, erklärte ich kühl, meine Stimme schnitt durch seine freundliche Fassade. »Lass uns in dein Büro gehen und über das reden, weshalb ich gekommen bin.«

Sein Gesicht blieb ausdruckslos, aber ich bemerkte das kurze Zucken in seinem Kiefer. Hatte er endlich verstanden, dass ich mich von dem familiären Theater nicht blenden lassen würde?

»Wenn das dein Wunsch ist«, sagte Raffaele und öffnete die Tür, um mich eintreten zu lassen. Sein Büro war so makellos und geordnet wie immer, aber die Atmosphäre war schwer, angespannt. Ich ging zielstrebig hinein, hielt mich aufrecht und ließ keine Spur von Unsicherheit erkennen.

»Ich mache es kurz«, begann ich, ohne mich zu setzen. »Ich möchte, dass du deinen Posten in der Firma wie bisher ausübst. Es gibt auf dieser Ebene niemanden, der besser ist als du. Und noch etwas: Stell bitte mehr Sicherheitspersonal ein. Ich will, dass jedes Detail abgesichert ist, rund um die Uhr.« Meine Stimme war gefasst. Ich ließ keinen Raum für Diskussionen.

Er nickte langsam, das Gewicht meiner Worte schien ihm bewusst zu sein. »Das mache ich gerne. Danke, dass du mir vertraust und-.«

»Ich vertraue dir geschäftlich«, unterbrach ich ihn scharf und sah ihm direkt in die Augen. »Nicht, dass wir uns missverstehen.« Die Kälte in meiner Stimme war unüberhörbar, und ich konnte sehen, wie meine Worte ihn trafen. Ein Schatten legte sich über sein Gesicht, aber ich hatte keine Zeit für Mitleid.

Diese Familie hatte mit ihren Lügen alles zerstört. Sie hatten die Bindungen, die wir einmal hatten, zerrissen und in Asche verwandelt. Wenn er dachte, ich würde jemals vergessen, was sie getan hatten, irrte er sich gewaltig.

»Bleib doch zum Essen«, schlug er plötzlich vor, seine Stimme war fast flehend. »Dann können wir uns zusammensetzen und in Ruhe über alles reden.«

Ich schüttelte den Kopf, nicht einen Moment zögernd. »Nein, danke.« Mein Ton ließ keinen Zweifel an meiner Haltung. »Ich habe andere Pläne. Ich wollte das hier nur klären, bevor es weitergeht. Wenn es geschäftliche Fragen gibt, weißt du, wie du mich erreichst.«

Ich drehte mich um, bevor er etwas entgegnen konnte, und verließ das Büro. Doch auf halbem Weg zur Tür stieß ich auf Lucia. Sie stand an der Treppe, eine Hand leicht auf das Geländer gelegt, und ihr Blick war direkt auf mich gerichtet. Ihre Augen verrieten, dass sie sprechen wollte, etwas Dringendes auf dem Herzen hatte.

»Lucia«, sagte ich kühl, fast beiläufig, während ich stehen blieb. Aber ihre Lippen pressten sich zusammen, und für einen Moment schien sie nach den richtigen Worten zu suchen.

»Nein! Versuch es gar nicht erst. Ich war nur wegen der Firma hier. Alles andere interessiert mich nicht.« Meine Stimme war schneidend, kühl, fast distanziert. Lucia sah mich an, als hätte ich sie geschlagen. Ihre Augen weiteten sich, und für einen Moment schien sie nicht zu wissen, wie sie reagieren sollte.

Doch dann brach die Fassade. »Was ist nur mit dir passiert? So kenne ich dich nicht. Das ist nicht die Emilia, die wir großgezogen haben!« Ihre Stimme wurde laut, scharf wie ein Messer, und ich konnte hören, wie sie durch die Villa hallte.

Ehe ich etwas erwidern konnte, tauchte Raffaele in der Tür hinter ihr auf. Sein Blick war wachsam, alarmiert, als hätte er geahnt, dass die Situation eskalieren würde. Aber das war mir egal.

»Was mit *mir* passiert ist?« Ich lachte bitter, ohne jede Freude. »Dass du dich überhaupt traust, mich das zu fragen. Ich bin immer noch dieselbe Emilia. Nur mit einem Unterschied: Ich lasse mich nicht länger von euren verdammten Lügen manipulieren. Ihr habt alles zerstört, und das werde ich euch niemals vergessen. Und jetzt – geh mir aus dem Weg.« Meine Worte waren kalt wie Eis, jedes davon mit einer Klinge geschärft.

Lucias Mund öffnete sich, als wollte sie protestieren, aber nichts kam heraus.

Wie konnten sie glauben, dass ihre Handlungen in irgendeiner Weise angebracht gewesen waren? Dass sie das Richtige für mich wollten? Ihr verzerrtes Verständnis von Liebe und Schutz hatte mehr Schaden angerichtet, als sie sich je eingestehen würden.

Die Luft war erdrückend und unerträglich, und ich wusste, dass ich hier raus musste, bevor ich die Kontrolle verlor. Ohne ein weiteres Wort drehte ich mich um und ging mit schnellen Schritten zur Haustür. Mein Puls hämmerte in meinen Ohren, während ich die letzten Meter zu meinem Auto zurücklegte.

Kaum saß ich hinter dem Steuer, fühlte ich die Erleichterung, wie sie über mich hinweg rollte.

»Verrückte Familie«, murmelte ich leise zu mir selbst, während ich den Wagen aus der Einfahrt lenkte. Meine Hände umklammerten das Lenkrad, als könnte ich damit die Wut und Enttäuschung abschütteln, die in mir tobten.

Auf halber Strecke hielt ich an einer roten Ampel an und zog mein Handy hervor. Ich öffnete die Nachrichten und tippte schnell eine Nachricht an Aurelio.

Ich bin fertig mit dem Termin und auf dem Weg zurück.

Ich legte das Telefon beiseite und zwang mich, den Blick auf die Straße vor mir zu richten. Doch im Rückspiegel stach mir der schwarze SUV erneut ins Auge. Anfangs hatte ich es für einen Zufall gehalten, doch nach so vielen Kilometern, in denen er jede meiner Bewegungen kopierte, wusste ich es besser. Das war keine harmlose Zufälligkeit. Das war Absicht.

Ein kaltes Kribbeln breitete sich in meinem Nacken aus. Meine Finger umklammerten das Lenkrad fester, während mein Verstand fieberhaft nach einer Lösung suchte. Aurelio hatte meine Nachricht offenbar nicht gelesen, was mir bestätigte, dass er in diesem endlosen Telefonat festhing. Ich war auf mich allein gestellt.

Ein flüchtiger Blick in den Rückspiegel ließ mein Herz schneller schlagen. Der Wagen war immer schloss immer mehr zu mir auf. Ich griff zitternd nach meinem Handy und wählte die einzige Person, die mir in diesem Moment einfiel.

Adriano.

Er nahm nach dem ersten Klingeln ab, seine Stimme gewohnt ruppig. »Du? Was willst du? Ich dachte, wir hätten alles geklärt.« Kein Hauch von Überraschung, nur dieselbe Gleichgültigkeit, die mich wieder zur Weißglut trieb.

Ich kam direkt zur Sache. »Die Männer, die bei dir waren – was für ein Auto hatten sie?«

»Einen schwarzen Geländewagen. Wieso?«

Mein Herzschlag beschleunigte sich. Genau das hatte ich befürchtet. »Weil mir so ein Wagen seit über 15 Minuten folgt«, entgegnete ich, bemüht, die Panik aus meiner Stimme zu verdrängen. Doch mein Atem ging flach, und ich wusste, dass ich alles andere als ruhig klang.

»Wo bist du jetzt?«

»Auf der Landstraße. Ich sehe keinen anderen Wagen, keine Menschen. Nichts.«

»Verdammt«, zischte er. »Du musst von der Straße runter. Irgendwohin, wo Leute sind. Was siehst du um dich herum?«

»Nichts, Adriano, nichts! Hier ist nur Land«, erwiderte ich, der Druck in meiner Brust wuchs mit jedem Atemzug.

»Pass auf«, sagte er, seine Stimme jetzt dunkel und angespannt. »Fahr zur alten Brauerei. Dort ist meine Werkstatt. Es ist nicht weit von der Landstraße. Ich warte da auf dich.«

Ich nickte, obwohl er es nicht sehen konnte. »Okay«, flüsterte ich.

Er navigierte mich mit kurzen, präzisen Anweisungen. Der SUV hielt sich währenddessen wie ein Schatten hinter mir. Die Bedrohung war greifbar, wie ein schweres Gewicht auf meinen Schultern. Ich drückte das Gaspedal durch, meine Hände krampften sich um das Lenkrad.

Endlich kam die alte Brauerei in Sicht, und wie er gesagt hatte, standen dort einige Menschen auf der Straße, da heute Markt war. Der SUV ließ die kurze Distanz zu meinem Wagen abreißen, als ich in die schmale Einfahrt bog. Mein Herzschlag verlangsamte sich, aber das Gefühl der Gefahr blieb.

Adriano wartete vor der Werkstatt, seine Silhouette kantig und angespannt. Ich hielt direkt vor ihm, öffnete die Tür und stieg aus, die Beine wackelig.

Er musterte mich mit scharfen Augen. »Glaubst du mir jetzt, dass du aufpassen musst?«

Kapitel 37

EMILIA

Vielleicht war es nur mein überreizter Verstand, der mir einen Streich spielte. Nach all den Warnungen und dem Druck war es gut möglich, dass ich langsam paranoid wurde. Der SUV, die angespannte Atmosphäre – vielleicht gab es keine echte Gefahr. Aber die Zweifel nagten trotzdem an mir.

»Ich habe aufgepasst«, fauchte ich, während ich Adriano musterte, der mich mit einer Mischung aus Gleichgültigkeit und Gereiztheit ansah. »Oder hätte ich dich sonst angerufen? Glaub mir, du warst sicher nicht meine erste Wahl, wenn es darum geht, mein Leben zu schützen.« Mein Ton war kühl, aber die Anspannung lag wie ein Messer in der Luft. Doch er reagierte nicht. Kein Wort. Stattdessen drehte er sich um, ohne mir einen weiteren Blick zu schenken, und verschwand durch das schwere Metalltor seiner Werkstatt.

Sein Schweigen zündete etwas in mir an, das ich nicht länger unterdrücken konnte. Ich war es leid, von allen im Dunkeln gelassen zu werden. Ohne lange zu überlegen, folgte ich ihm, meine Schritte schnell und entschlossen.

»Verrate mir eines«, verlangte ich, meine Stimme schneidend. »Und komm mir bloß nicht mit Ausflüchten, Adriano. Daran sind schon andere gescheitert. Du weißt mehr, als du zugeben willst. Warum bist du nicht ehrlich und erzählst mir, was hier los ist?«

Er hielt inne, sein Rücken zu mir gewandt, die Schultern angespannt. Aber er sprach immer noch nicht.

»Also gut«, fuhr ich fort, mein Atem schneller vor unterdrücktem Zorn. »Wenn du lieber schweigen willst, dann verschwende ich hier keine weitere Sekunde.« Mit einem letzten, wütenden Blick drehte ich mich um und lief entschlossen zu meinem Wagen zurück.

Doch bevor ich die Tür öffnen konnte, rief Adriano hinter mir. Seine Stimme war rau und gedrungen, als würde jedes Wort ihm widerstreben. »Wo willst du hin?« Seine Stimme war scharf wie ein Messer, die Worte drangen hinter mir her, ohne dass er näher kam. Es brachte mich fast zum Wahnsinn, wie er es immer wieder schaffte, mich mit nichts als seiner Anwesenheit zu fesseln.

»Ich verschwende keine Zeit mit einem griesgrämigen Kerl, der sich hinter seinen Geheimnissen versteckt. Also, Ciao!« Ich drehte mich mit einer entschlossenen Geste um und konnte mir ein grinsendes Schmunzeln nicht verkneifen. Mal sehen, wie lange es dauern würde, bis er auf diese Provokation reagierte ... In 3... 2... 1..

»Okay, komm wieder rein, und ich sage dir, was ich weiß. Aber nur wenn du danach endlich aufhörst, mit mir zu spielen.«

Ah, Männer – so durchschaubar. Besonders die, die es gewohnt waren, die Kontrolle zu behalten. Sie hassen es, wenn man sie stehen lässt, als wären sie nichts weiter als Luft.

»Geht doch! Warum nicht gleich so?« Ein triumphierendes Lächeln stahl sich auf mein Gesicht. Adriano verdrehte daraufhin nur die Augen. Er wusste genau, dass ich ihn entwaffnet hatte.

»Wie schafft eine Nervensäge wie du es, all diese Männer zu verzaubern? Das ist mir ein Rätsel.« Er lachte bitter auf.

»Bist du etwa neidisch, weil du nicht ihre Aufmerksamkeit bekommst?« Ich konnte mir ein freches Grinsen nicht verkneifen. »Wenn du willst, können wir mal zusammen ausgehen. Ich stelle dir gerne ein paar nette Männer vor.«

»Was? Nein! Ich bin nicht…« Er stammelte, sichtlich irritiert, was meine Schadenfreude nur weiter anheizte.

Ich brach in schallendes Gelächter aus. Sein Gesicht nahm eine tiefe, rote Farbe an, und es fiel mir schwer, mich zu beherrschen.

»Beruhige dich. Ich mach doch nur Spaß.« Ich atmete tief durch, um meine schmutzige Freude zu zügeln. »Aber im Ernst, Adriano. Kannst du mir jetzt endlich sagen, was hier vor sich geht?«

»Ich komme selbst aus dieser verdreckten Welt, Emilia.« Adrianos Stimme war plötzlich schärfer, als hätte er ein Stück seines Lebens in jedem Wort abgelegt. »Früher habe ich Geschäfte mit deinem Onkel gemacht. Deshalb kenne ich seine Handlanger. Und du solltest nicht allein durch die Straßen ziehen. Ich kenne deinen Onkel besser, als du dir vorstellen kannst.«

Sein Blick war ernst, durchdringend. Erst jetzt, nach all dieser Zeit, fiel mir auf, dass ich nie gefragt hatte, wer er war – woher er kam. Irgendetwas an ihm ließ mich unweigerlich wissen, dass da mehr war.

»Wie heißt deine Familie?«, fragte ich, und als ich in seine Augen blickte, wusste ich sofort, dass diese Frage mehr aufwarf, als ich wollte.

Er seufzte und antwortete ohne Umschweife: »Conti. Mein voller Name ist Adriano Conti.« Und in diesem Moment verstand ich. Conti – das war eine der großen Mafiafamilien, doch nicht aus Catania. Sie kamen aus Palermo, und ihre Fäden zogen sich weit über die Insel hinaus. Aber warum war jemand aus seiner Familie in diese Sache mit meinem Onkel verwickelt?

»Deine Familie kommt aus Palermo…«, setzte ich an, doch ich konnte meine Verwunderung nicht verbergen. »Wie zum Teufel kommt mein Onkel darauf, mit dir Geschäfte zu machen?«

Ich sah es in seinem Blick, er wusste, dass ich die ganze Dimension dieses Spiels nicht verstand.

»Bist du dir bewusst, in welche Geschäfte dein Onkel verwickelt ist?«, fragte er, seine Stimme jetzt ein gefährlicher Flüsterton, als wäre er kurz davor, eine Bombe zu zünden. Ich konnte die Spannung in der Luft fühlen, wie ein elektrischer Schlag, der jeden Moment den Raum zum Explodieren bringen könnte.

»Import und Export von Waffen.« Meine Antwort war so kurz, wie ich sie mir hatte zurechtlegen können. Aber Adriano lachte, ein bitteres, fast verzweifeltes Lachen.

»Ja, das kann man so nennen. Aber in Wahrheit verkauft er weltweit Waffen und Frauen. Er ist gefährlicher, als du dir vorstellen kannst.« Seine Worte trafen mich wie ein Schlag in den Magen. Was er sagte, war schlimmer, als ich befürchtet hatte, doch seine Bestätigung ließ das, was ich über meinen Onkel wusste, in einem schrecklicheren Licht erscheinen.

»Er braucht die Firma, um nicht nur seine Waffengeschäfte zu vertuschen, sondern um an all die anderen, die er sonst nicht erreichen kann, die Sicherheitssysteme zu verkaufen. So ein Drecksack.«

Ich war völlig still, als ich die Tiefe dieser Wahrheit begriff. Der Mann, den ich als Teil meiner Familie kannte, war ein Monster. Ein kranker Geschäftsmann, der mit dem Leben anderer spielte, als wäre es nichts.

»Meine Männer und ich sind aus Palermo gekommen, um die Deals abzuwickeln, die er tätigte. Transport, Übergabe und ein paar andere schmutzige Sachen.« Adriano ließ die Worte wie ein gelebtes Trauma über seine Lippen kommen, als er einen Blick auf mich warf, um sicherzustellen, dass ich jedes Wort begreife. »Doch als er verlangte, dass wir Frauen an widerliche, alte Säcke in dreckigen Clubs verkaufen, war Schluss. Ich habe Grenzen. Das war keines der Geschäfte, dich ich ausübte.«

Ich stand wie erstarrt da, als die Schockwellen seiner Worte durch mich gingen. Der Anblick von Adriano, der mir diese Dinge so ruhig erzählte, ließ das Bild meines Onkels abstoßender werden. Plötzlich fühlte sich alles so viel dreckiger an, als ich es je geahnt hatte. Die Idee, ihm das Leben zu nehmen, war nicht mehr nur eine abstrakte Vorstellung. Es war die einzige Möglichkeit, dem zu entkommen.

»Ist das alles? Oder gibt es mehr Überraschungen, mit denen ich mich auseinandersetzen muss?« Ich ließ den Druck meiner Frage in der Luft hängen, und seine Augen bohrten sich in meine, als würde er mich prüfen. Doch er antwortete nicht sofort, als ob er überlegte, was ich wirklich wissen musste.

»Mehr?« Er schüttelte den Kopf, als würde er mich daran erinnern, wie tief dieser Sumpf war. »Ich denke, das ist mehr als genug, womit du dich rumschlagen musst. Aber du solltest dich beeilen und für deinen Schutz sorgen. Wenn er schon seine Männer auf dich angesetzt hat, heißt das, dass er nicht mehr warten wird und du das Fadenkreuz auf dem Rücken trägst.«

Ein kaltes Gefühl breitete sich in meiner Brust aus, als sich die Gedanken in meinem Kopf zu einem zermürbenden Strudel verquickten. Wo konnte ich Schutz finden? Woher konnte ich die Sicherheit bekommen, die ich jetzt dringend brauchte? Die Antwort schien zu entgleiten, immer weiter weg, als ich versuchte, alles zu überdenken. Doch in diesem Moment klingelte mein Handy und riss mich aus meinen Gedanken.

Es war Aurelio. Ich hatte ihm geschrieben, dass ich auf dem Rückweg sei, aber mit all dem, was passiert war, war ich längst nicht mehr so sicher, was ich ihm sagen sollte.

»Ich muss da ran. Danke… Mal wieder«, murmelte ich und wandte mich von Adriano ab. Ohne auf eine Antwort zu warten, machte ich mich auf den Weg zurück zum Auto, das kalte, rasche Klingeln von Aurelios Anruf drang in mein Ohr.

»Hey, ich bin bald da. Mir ist was dazwischen gekommen, aber ich bin gleich zu Hause«, sagte ich schnell und versuchte, meine Stimme so ruhig wie möglich zu halten. Doch ich konnte spüren, wie Aurelio zwischen den Worten horchte, als würde er mich genau beobachten, auch durch das Telefon hindurch.

»Ist alles in Ordnung, Tesoro?«

»Ja, alles gut. Ich war schnell bei der Werkstatt, wegen des Reifens. Ich wollte es mal überprüfen lassen«, erklärte ich schnell, in der Hoffnung, dass er mir das für den Moment abkaufte.

»In Ordnung. Dann sehen wir uns gleich. Fahr vorsichtig.«

»Immer. Bis gleich.« Ich beendete das Gespräch und stieg in den Wagen, wobei ich versuchte, mich zu beruhigen. Die Fahrt verlief diesmal ohne Zwischenfälle, doch der Gedanke, dass der schwarze SUV in der Nähe sein könnte, ließ mich nicht los. Vielleicht war es doch nur Zufall gewesen.

Als ich vor dem Apartment parkte, betrat ich die Wohnung und fand Aurelio so vor wie schon, als ich gegangen war – am Handy. Als sich unsere Blicke trafen, hob er die Hand, um mir zu signalisieren, dass er gleich fertig war. Ich nickte, drehte mich um und ging Richtung Schlafzimmer, um mich umzuziehen. Ich wollte mich für das Mittagessen mit seiner Schwester bereit machen, und entschied mich für ein rotes Sommerkleid, das sich perfekt an meinen Körper schmiegte.

Als ich mein T-Shirt abstreifte und in den Spiegel blickte, sah ich Aurelio, der sich lautlos genähert hatte. »Da komme ich ja genau richtig«, flüsterte er in mein Ohr, seine Arme schlangen sich um mich. Die Wärme seines Körpers erfasste mich sofort.

»Ich könnte dich den ganzen Tag ansehen und wäre der glücklichste Mann der Welt«, sagte er leise, und in diesem Moment konnte ich das Verlangen in seiner Stimme hören.

Mein Herz raste bei seinen Worten, das Kribbeln in meinem Bauch wurde immer intensiver. Ich drehte mich zu ihm und blickte ihm tief in die Augen, in denen ich mich fast verlor. Diese blauen Tiefen zogen mich magisch an, zogen mich in eine Welt, die nur für uns beide existierte.

»Was ist? Warum schaust du mich so an?«, fragte er, seine Stimme leise, aber voller Bedeutung.

Statt zu antworten, stellte ich mich auf meine Zehenspitzen und zog ihn zu mir, ließ seine Lippen meine finden. Ich wollte ihn spüren. Er ließ mich nicht los, hob mich mühelos hoch und trug mich, als wäre ich leicht wie eine Feder, direkt zum Bett. Sanft legte er mich auf die Matratze, sein Körper presste sich gegen meinen, und die Hitze zwischen uns war sofort wieder da.

»Wir können das Mittagessen absagen«, murmelte er mit einem schelmischen Grinsen, das mir sofort verriet, was er lieber tun würde.

»Meinst du nicht, dass es unhöflich wäre, deiner Schwester abzusagen, nur weil du andere Dinge im Kopf hast?«, neckte ich ihn zurück, wobei ich versuchte, mein Lächeln zu unterdrücken.

»Unhöflich? Hundertprozentig. Aber genauso unhöflich wäre es, ein Mittagessen dir vorzuziehen, während du hier so vor mir liegst.« Seine Stimme war rau, aber liebevoll. Er wusste, was er tat.

Ich konnte es hören, die Leidenschaft, die in seinen Worten schwang. Ich wollte es genauso, wollte mehr von ihm, aber ... ich wollte, dass seine Schwester, nach allem, was im Club passiert war, einen guten Eindruck von mir hatte. Sie sollte wissen, dass ich es ernst meinte »Wir haben ausreichend Zeit, um all das und mehr zu tun. Das verspreche ich dir«, sagte ich, woraufhin er sich dramatisch auf meine Schulter sinken ließ. Seine Miene war gespielt genervt, aber das Glitzern in seinen Augen verriet mir, dass er genau wusste, was er tat.

»Okay, wir gehen zu diesem Treffen«, gab er nach, und ich spürte, wie der Druck in meiner Brust ein wenig nachließ. Aber eine Frage schwirrte dennoch in meinem Kopf. Ich hatte das Gefühl, dass das Kennenlernen seiner Familie und vor allem mit seiner Schwester, ein entscheidender Moment war. Und die Unsicherheit, die mich dabei überkam, konnte ich nicht ignorieren.

»Aurelio...«, begann ich zögerlich, »was ist das zwischen uns?« Die Frage war aus mir herausgeplatzt, ohne dass ich sie hatte aufhalten können. Die Chemie zwischen uns war unbestreitbar, doch jetzt musste ich wissen, was es für ihn bedeutete. Denn wenn es für ihn nur ein flüchtiges Abenteuer war, konnte ich nicht weitermachen. Ich brauchte Klarheit, auch wenn ich wusste, dass es mich verletzen könnte, wenn die Antwort nicht die war, die ich mir erhoffte.

»Das beschäftigt dich?«, fragte er, und seine Stimme hatte einen sachten, aber entschlossenen Klang. »Ich dachte, ich hätte dir schon längst gezeigt, was du für mich bist. Du bist die Frau, die ich an meiner Seite will, die ich an meiner Seite brauche. Du bist mein, Tesoro. Und sollte nur ein Mann es wagen, dir so nahezukommen, wie ich es tue, wird er das bereuen.«

Seine Hand glitt sanft über meine Wange, und seine Lippen flüsterten fast unmerklich an meinem Ohr:»Du bist mein, so wie ich dein bin, Tesoro.«

Diese Worte, diese unmissverständliche Gewissheit, ließen mein Herz schneller schlagen, und ich konnte nicht anders, als ihn in meine Arme zu ziehen. Unsere Lippen trafen sich erneut in einem Kuss, der all die Fragen und Zweifel, die mich quälten, hinwegfegte.

Doch die Realität holte mich schnell ein – wir hatten ein Mittagessen mit seiner Schwester vor uns, und ich wollte nicht, dass diese Dinge weiterhin zwischen uns standen.

Mit einem leichten Lächeln schob ich ihn sanft von mir.»Bevor ich es mir doch anders überlege, ziehe ich mich besser um, und dann können wir los.«

Sein Grinsen war nicht zu übersehen, als er mich ein weiteres Mal an sich zog und einen zarten Kuss auf meine Stirn drückte.»Dann wollen wir mal sehen, was meine Schwester von uns will. Ich warte im Wohnzimmer auf dich.«

Ich brauchte nur wenige Minuten, um mich umzuziehen und meine Haare zu einem Zopf zu binden, der meinen Nacken freigab. Es war ein elegantes Outfit, das mich gut aussehen ließ, ohne zu viel Aufmerksamkeit zu erregen. Als ich mich im Spiegel betrachtete, konnte ich ein zufriedenes Lächeln nicht unterdrücken – ich fühlte mich großartig.

Aurelio wartete im Wohnzimmer, er hatte sich wieder in seinen Anzug geworfen, und sein Blick war ein Gemisch aus Stolz und Erwartung. Ich konnte es kaum erwarten, ihm zu folgen und zu sehen, was seine Schwester von mir halten würde.

Die Fahrt war kurz, und wir kamen schnell in der Stadt an. Aurelio parkte direkt vor dem Restaurant, als wäre es das Selbstverständlichste der Welt. Er stieg aus, und bevor ich die

Gelegenheit hatte, den Sicherheitsgurt zu lösen, lief er schnell um das Auto und öffnete mir die Tür. Mit einem charmanten Lächeln, das nur er so perfekt beherrschte, reichte er mir seine Hand.

Ich legte meine Hand in seine, und er hielt sie fest, ohne Anzeichen, sie wieder loszulassen. Es war, als wollte er der Welt zeigen, dass ich zu ihm gehörte – dass wir zusammengehörten. Und in diesem Moment war ich stolz, ihm genauso zu gehören. Es war ein schönes Gefühl, zu wissen, dass er mich an seiner Seite haben wollte, dass ich ihm so viel bedeutete, wie er immer wieder betonte.

»Dann mal los«, sagte er leise, »Lass uns herausfinden, was meine Schwester von uns will.« Hand in Hand gingen wir zum Eingang des Restaurants, und als Aurelio dem Kellner mitteilte, dass für uns ein Tisch reserviert war, bat dieser uns, ihm zu folgen. »Ihre Schwester ist schon da«, sagte der Kellner und deutete auf die Terrasse.

Wir liefen über die Terrasse, und als wir den Tisch erreichten, blieb mir fast der Atem weg. »Hast du davon gewusst?« Ein Hauch von Entsetzen stieg in mir auf, und ich warf einen schnellen Blick auf Aurelio, der genauso überrascht war wie ich. Luca. Seine Anwesenheit war das Letzte, was ich erwartet hatte.

»Ciao, Bellezza! Wie schön dich zu sehen«, begrüßte Luca mich mit einem breiten Grinsen, das nichts anderes als provozierend wirkte.

Genervt von seinem Auftritt, zog ich Aurelio zu unseren Stühlen, der ebenso wenig von der Situation begeistert war. Aurelio schien die gleiche Wut zu empfinden. Seine Hände waren fest um meine gelegt.

»Luca! Dich hatte ich hier nicht erwartet«, sagte Aurelio trocken, und ich konnte die Wut in seiner Stimme hören, auch wenn er versuchte, sie zu verbergen. Die Situation war für uns beide unangenehm.

Kapitel 38

EMILIA

Als wir uns setzten, herrschte eine unaufdringliche Stille, die sich fast greifbar anfühlte. Aurelio hielt meine Hand fester, als ob er durch den Kontakt versuchte, sich selbst zu beruhigen. Es war, als würde die Luft um uns herum immer dichter werden. Und ich fühlte mich nicht besser dabei – allein die Vorstellung, mit einem der Brüder am Tisch zu sitzen, die mich hintergangen hatten, machte den ganzen Moment zur Herausforderung.

»Ihr zwei also? Was eine schnelle Entwicklung«, sagte Aurelio, der Blick fest auf Luca und Isabella gerichtet. Seine gute Laune war wie weggeblasen, und ich konnte es ihm nicht verdenken. Ich wollte genauso wenig hier sein.

Luca grinste uns an, als wäre dies alles nur ein Spiel für ihn. »Das Gleiche kann man von euch behaupten. Nicht wahr, Bellezza?« Ich spürte, wie sich in mir Zorn anstaute.

Mein Blick bohrte sich in den seinen, und ich konnte nicht anders, als ihm zu zeigen, dass ich nichts von seinen Spielchen hielt. Wenn er dachte, er könnte mit mir auf diese Weise reden, dann hatte er sich geirrt.

Ich blickte zu Aurelio, der mich mit einem Blick ansah, der so viele unausgesprochene Fragen enthielt. Warum war er hier? Ich hatte mit vielem gerechnet – doch nicht mit Luca, der hier sitzen würde, als wäre nie etwas zwischen uns passiert.

»Was willst du von mir, Luca? Ich habe dir nichts zu sagen, und du weißt genau, warum«, entgegnete ich scharf, während ich ihm in die Augen sah. Es war nicht die Zeit für Spielchen. Ich hatte genug davon, und ich ließ es ihn wissen. Wenn er dachte, er könnte mit mir auf diese Weise umgehen, dann lag er völlig daneben.

Isabella saß völlig entspannt da, als wäre sie ein Zuschauer dieses Spiels, nippte an ihrem Glas und ließ das Schauspiel auf sich wirken. Ihre Augen funkelten, als würde sie sich daran ergötzen, wie die Unterhaltung entwickelte.

»Was soll dieses Drama überhaupt? Ich dachte, wir wollten uns zum Essen treffen?« Isabella sprach mit einer Leichtigkeit, die der Situation völlig widersprach. Ihr Kommentar war eine weitere Nadel, die das ohnehin schon gespannte Netz der Unterhaltung fester zog. Sie war fast ein wenig überlegen, als ob ihr alles hier nichts ausmachte.

Ich hatte die Nase voll. Doch ich wusste, dass ich hier nicht alleine war. Diese ganzen Lügen, diese Intrigen – sie alle brachten mich an den Rand des Wahnsinns. Aber ich würde nicht aufgeben.

Aurelio war die Beherrschung deutlich anzumerken. Seine Stimme blieb gelassen, aber die Schärfe darin ließ keinen Zweifel daran, wie ihn die Situation belastete. »Tja, Schwesterherz, dann solltest du in Zukunft vorher erwähnen, wer alles da sein wird. Dann hätten wir uns das sparen können.« Seine Worte schnitten durch die gespannte Atmosphäre wie ein Messer, und ich konnte förmlich spüren, wie viel Mühe es ihn kostete, nicht vollkommen die Fassung zu verlieren.

Isabella hingegen blieb unbeeindruckt, lehnte sich entspannt zurück und zuckte mit den Schultern, als wäre das alles ein belangloser Streit. »Jetzt stell dich mal nicht so an. Klärt euren Scheiß und dann können wir weitermachen. So schwer kann das doch nicht sein.«

Das war der Moment, in dem ich nicht mehr still sein konnte. »Bei allem Respekt, Isabella, aber ich denke, du bist nicht darüber im Bilde, was passiert ist.« Meine Stimme war fest, obwohl die Emotionen in mir brodelten. »Wärst du so entspannt, wenn deine Familie dich für ein Bündnis dem Sohn einer anderen Familie versprechen würde? Und dann sehen dir diese Menschen täglich ins Gesicht, belügen und hintergehen dich? Ich denke schon, dass es schwer ist weiterzumachen.«

Meine Worte hingen in der Luft, schwer und unausweichlich. Isabella schien kurz nachzudenken, doch sie hielt ihren entspannten Ausdruck aufrecht. Luca hingegen musterte mich, als wollte er etwas erwidern, doch ich ließ ihm keine Gelegenheit.

Ich griff nach meinem Glas Wasser und nahm einen tiefen Schluck. Mein Hals war trocken, und der Kloß in meiner Kehle ließ sich kaum hinunterschlucken. Dieses Gespräch war zermürbend, und ich spürte, wie die Anspannung mich immer mehr einnahm.

Aurelio schien das zu bemerken. Seine Hand legte sich sanft, aber beruhigend auf mein Bein. Diese kleine Geste war wie ein Rettungsanker, und sein Blick, so voller Sorge und Bestimmtheit, traf den meinen. Er beugte sich leicht zu mir und flüsterte: »Ich bin bei dir. Und wenn du gehen willst, dann musst du es nur sagen.«

Seine Stimme war leise, aber sie hatte eine beruhigende Wirkung. Ein Teil von mir wollte sofort aufspringen und gehen, diesem ganzen Chaos entfliehen. Doch ein anderer Teil wusste, dass ich das durchstehen musste – für mich selbst.

Luca hob den Kopf leicht, als ob er nach den richtigen Worten suchte. Sein Blick war nicht mehr so herausfordernd wie zuvor, sondern trug jetzt eine Spur von Reue. »Hör zu, Emilia. Es tut mir leid. Das ist mein Ernst. Ich habe es gewusst und es war falsch, dir nichts davon zu sagen. Aber ich hatte nie vor, dich zu verletzen oder unsere Freundschaft kaputtzumachen. Das musst du mir glauben.« Seine Stimme, fast flehend, und in seinen Augen lag eine Ehrlichkeit, die ich nicht ignorieren konnte.

Aber so einfach war das nicht. Vertrauen war etwas, das er nicht mit ein paar Worten zurückgewinnen konnte. Ich hielt seinem Blick stand, spürte, wie die Anspannung in mir nachließ, aber das Gefühl der Enttäuschung blieb. »Ich nehme deine Entschuldigung an, weil ich sehe, dass du es ehrlich meinst. Dennoch kann ich dir nicht versprechen, dass es wieder wie früher wird. Ihr alle habt mein Vertrauen missbraucht, obwohl ihr auf der Party dabei wart und genau gesehen habt, was passiert ist. Ich brauche Zeit. Und die musst du mir geben.«

Meine Worte trafen ihn sichtbar, akzeptierte es, ohne zu versuchen, mich zu überzeugen. Es war ein kleiner, aber wichtiger Schritt für mich, diese Gedanken laut auszusprechen.

Aurelio, der die ganze Zeit zurückhaltend war, ließ seine Hand weiterhin auf meinem Bein liegen. Als ich meinen Blick zu ihm wandte, traf mich sein sanftes Lächeln wie ein Sonnenstrahl nach einem Sturm. Er lehnte sich zu mir, seine Stimme war leise. »Ich bin stolz auf dich. Das zeugt von wahrer Größe. Und das ist eine Charaktereigenschaft, die ich an dir bewundere.«

Seine Worte waren Balsam für meine verletzte Seele, und obwohl die Umstände um uns herum chaotisch waren, gab er mir das Gefühl, dass ich nicht allein war.

Auf seine Worte folgte ein sanfter Kuss auf meine Wange. Nachdem die größte Hürde für dieses Treffen genommen war, schien die Atmosphäre sich allmählich zu lockern.

»Und ihr zwei? Ist das was Ernstes zwischen euch?« Meine Frage kam aus einem Impuls heraus, die Stille zu durchbrechen und für einen Moment das Augenmerk von mir und Aurelio abzulenken. Kaum ausgesprochen, lehnte er sich mit verschränkten Armen zurück und richtete seinen Blick herausfordernd auf seine Schwester.

»Gute Frage. Wie sieht's aus?« Seine Lippen verzogen sich zu einem provokanten Grinsen, doch Isabella ließ sich davon keineswegs aus der Ruhe bringen. Im Gegenteil, sie hob ihr Glas an und schien sichtlich amüsiert.

»Wenn ihr es so genau wissen wollt ...« Sie setzte ihr Glas ab, ließ eine kleine Pause und sprach dann mit unerschütterlicher Direktheit weiter. »Wir lernen uns kennen. Aber ich kann sagen, dass es im Bett perfekt passt. Das ist doch ein guter Anfang, oder?«

Die Worte trafen mich unerwartet, und ich musste mich kurz sammeln. Mit diesem Ausmaß an Ehrlichkeit hatte ich nicht gerechnet. Aurelio schien davon nicht begeistert. Seine Augen verengten sich, während er tief einatmete, als müsse er gegen den Drang ankämpfen, auf der Stelle aufzustehen.

»Isabella, das war nicht die Art von Details, die irgendjemand hier hören wollte«, brachte er mühsam beherrscht hervor, während er sich mit einer Hand über das Gesicht strich. Die Anspannung in seinen Schultern war unverkennbar – offenbar fiel es ihm schwer, die großen Bruder-Instinkte im Zaum zu halten.

Luca hingegen grinste ungerührt und legte seinen Arm entspannt über die Stuhllehne hinter Isabella. »Direkt auf den Punkt, das mag ich so an ihr.« Seine Stimme war provokant, als sein Blick sich mit Aurelios verschränkte.

Um die Situation zu entschärfen, musste ich mir das Lachen verkneifen und beschloss, die Worte mit einem Schluck Wasser hinunterzuspülen. »Na ja«, begann ich mit einem gezwungen lockeren Tonfall, »es ist schön, zu hören, dass ihr ... auf einem guten Weg seid.« Ein kurzer Blick auf Aurelio zeigte mir, dass er meinen Versuch schätzte, die Peinlichkeit der Situation etwas abzumildern.

»Vielleicht«, fuhr ich mit einem sanften Lächeln fort, »sollten wir die intimen Details lieber für einen anderen Moment aufheben, wenn ihr *Bruder* nicht dabei ist.« Isabella warf mir ein schelmisches Grinsen zu, während Aurelio erleichtert nach dem Kellner winkte. Offenbar war es für ihn höchste Zeit, eine Flasche Wein zu bestellen, um diesen Nachmittag zu überstehen.

Als uns ein Kellner die Karte brachte, bestellten wir alle Pasta und Wein. Während wir warteten, sprachen wir über dies und jenes. Reisen, den neusten Klatsch der Stadt und Isabella erzählte uns, dass sie eine Beach Bar eröffnen wolle.

Die drei waren so in ihr Gespräch vertieft, dass meine Gedanken zu meinen kleinen Plan zurückkamen. Ich legte meine Hand auf seinen Oberschenkel und ließ sie immer ein Stück höher wandern.

»Was tust du da, Emilia?« Mit einem Funkeln in den Augen lehnte er sich nah an mich, um mir zuzuflüstern.

»Was genau meinst du?«

»Ich meine deine Hand, Tesoro ...«

»Oh, ich dachte, du freust dich über ein bisschen Nähe. Aber wenn nicht, kann ich aufhören.«

Kaum hatte ich die Worte ausgesprochen, legte Aurelio seine Hand fest auf meine, verhinderte, dass ich mich zurückzog, und sah mich mit einem verschmitzten Grinsen an. »Du bist dir bewusst, dass du mit dem Feuer spielst, oder?«, murmelte er, während er seinen Blick nicht von meinem löste.

Seine Hand wanderte langsam über meinen Oberschenkel, bis ich die Kontrolle übernahm und meine Beine fest zusammenpresste, um ihn zu stoppen. »Wenn du willst, dass es weitergeht, musst du mich darum bitten, Aurelio«, forderte ich ihn heraus, mein Ton leise, aber unmissverständlich.

Seine Augen verengten sich leicht, und ich konnte die Spannung in seinem Körper spüren. Als ich meine Hand provokant auf seinen Schritt legte und die deutliche Reaktion seines Körpers bemerkte, huschte ein selbstzufriedenes Lächeln über mein Gesicht.

»Na los«, flüsterte ich verführerisch, »bitte mich darum. Du weißt, dass du es willst.«

Er atmete tief durch, sein Blick brannte vor Begierde, bevor er leise, aber bestimmend antwortete: »Spreiz deine Beine für mich, Emilia. Jetzt. Hier. Lass mich fühlen, wie groß dein Verlangen nach mir ist.«

Ich gewährte ihm seinen Wunsch, indem ich meine Beine ein Stück öffnete und seine Hand in meine führte. Seine Finger fanden schnell den Weg über den Stoff meines Slips, und ich zuckte leicht zusammen, als er meinen empfindlichsten Punkt berührte.

»Verdammt. Selbst durch den Stoff spüre ich, wie heiß du bist. Warum machst du das mit mir?«, flüsterte Aurelio. Er biss sich auf die Lippe, offenbar bemüht, sich daran zu erinnern, dass wir uns mitten in einem Restaurant befanden.

»Tja«, erwiderte ich mit einem süffisanten Lächeln, »dann sollten wir zusehen, dass wir schnell essen und eine gute Ausrede finden, um zu verschwinden.«

Und genauso machten wir es. Während des gesamten Essens spürte ich die wachsende Anziehung zwischen uns. Jeder Blick, jede flüchtige Berührung ließ die Hitze weiter steigen. Ich versuchte, mich auf die Gespräche am Tisch zu konzentrieren, doch es fiel mir zunehmend schwerer.

»Emilia? Alles in Ordnung?«, fragte Isabella und sah mich besorgt an. »Du bist auf einmal so still.«

»Ja, meine Migräne kündigt sich an«, log ich, ohne zu zögern.

»So fängt es immer an. Es tut mir leid.« Ich konnte Aurelio aus dem Augenwinkel sehen, wie er sich mühsam ein Grinsen verkneifen musste.

»Oh, das tut mir leid«, sagte Isabella mitfühlend. »Es ist besser, wenn du dich zu Hause ausruhst. Migräne kann schlimm sein.«

»Das ist eine gute Idee«, stimmte Aurelio zu, mit einem Hauch von Theatralik in seiner Stimme. »Ich bringe dich nach Hause. Das Essen geht auf mich. Entschuldigt bitte, dass wir uns so früh verabschieden müssen, aber wir holen das nach.«

»Es war schön, dass wir uns endlich unterhalten konnten, Emilia. Und ja, lasst uns das unbedingt wiederholen.«

Mit einem schnellen Abschied verließen wir das Restaurant. Kaum waren wir draußen, zog Aurelio mich eng an sich. »Migräne, ja? Interessant«, flüsterte er verschmitzt.

Nachdem wir uns verabschiedet hatten, zog er mich eilig hinter sich her. Ich konnte mir das Lachen nicht länger verkneifen, während ich versuchte, Schritt zu halten.

»Ist das wirklich passiert?«, fragte ich ihn, lachend und fassungslos über unsere spontane Flucht.

»Oh ja«, antwortete er mit einem schelmischen Grinsen, »und ich bin dir dafür mehr als dankbar.«

Als wir den Wagen erreichten, öffnete er mit einer schnellen Bewegung die Beifahrertür und half mir hinein. Es war offensichtlich, dass er es kaum erwarten konnte, loszufahren. Kaum saß er selbst hinter dem Steuer, zog er mich am Nacken zu sich heran, sein Blick funkelnd vor Verlangen.

»Jetzt wirst du sehen, was du von deinen kleinen Spielchen hast«, murmelte er, bevor seine Lippen meine fanden. Der Kuss war intensiv, voller Leidenschaft und stürmischer Ungeduld.

Bevor der Motor ansprang, wanderte seine Hand wieder auf meinen Oberschenkel, griff fest zu, als würde er jede Sekunde ohne Nähe kaum aushalten. Doch dann bemerkte ich etwas: Er fuhr nicht in zu unserem Apartment.

»Wo fährst du hin?«, fragte ich verwundert. »Nach Hause gehts in die andere Richtung.«

Sein Blick blieb auf die Straße gerichtet, doch sein Lächeln war unübersehbar. »Der Club ist näher, Tesoro. Und ich bin nicht in der Stimmung, mich in Geduld zu üben.«

Sein entschlossener Ton ließ mein Herz schneller schlagen. Ich hatte nicht erwartet, dass ihn meine kleinen Provokationen so aus der Fassung bringen würden, doch das taten sie. Und, wenn ich ehrlich war, gefiel es mir, diese Wirkung auf ihn zu haben.

Aurelio fuhr mit hohem Tempo, das die Grenze des Erlaubten längst überschritten hatte. Die Spannung im Wagen war greifbar, jeder Atemzug fühlte sich schwerer an. In wenigen Minuten erreichten wir den Club, und ohne nur einen Gedanken an ordentliches Parken zu verschwenden, hielt er ruckartig an.

»Steig aus«, befahl er, seine Stimme tief und kontrolliert, doch sein Blick brannte voller unstillbarer Lust. Ich konnte die Spannung in seinen Augen sehen, die mich wie ein Magnet an ihn zog.

Am Eingang wartete Toni, dem Aurelio die Schlüssel wortlos zuwarf. »Park den Wagen. Ich bin im Büro und will nicht gestört werden«, fügte er kühl hinzu, ohne die kleinste Spur von Nachsicht in seiner Stimme.

Seine Hand griff fest nach meiner, seine Finger schlossen sich entschlossen um meine. »Jetzt gibt es kein Entkommen mehr«, raunte er, und allein diese Worte schickten ein prickelndes Feuer über meine Haut.

Im Büro angekommen, fiel die Tür hinter uns mit einem lauten Klicken ins Schloss. Bevor ich überhaupt reagieren konnte, hatte er mich umgedreht und in einer fließenden Bewegung hochgehoben. Meine Beine schlangen sich instinktiv um seine Hüften, und er trug mich zum Schreibtisch, wo er mich mit einem festen Griff absetzte. Seine Hand ergriff mein Kinn, zwang mich, seinen Blick zu halten. Seine Augen schienen bis in meine Seele zu blicken, und ich merkte erst, dass ich auf meiner Unterlippe kaute, als er mit einem angedeuteten Lächeln darauf aufmerksam wurde.

»Du machst mich verrückt, Tesoro. Du weißt nicht, wie tief du mir unter die Haut gehst«, sagte er, seine Stimme rau vor Verlangen.»Sag mir, dass du nur mir gehörst. Ich muss es hören.«

Ohne Vorwarnung zog ich ihn an mich, meine Lippen fanden seine in einem Kuss, der all meine Gefühle ausdrückte. Als ich mich von ihm löste, flüsterte ich gegen seine Lippen:»Ich bin nur dein.«

Er stieß einen kehligen Laut aus, der pure Erleichterung und Besitzanspruch ausdrückte.»Das wollte ich hören«, murmelte er, bevor er mich erneut küsste, leidenschaftlich und fordernd, als könnte er gar nicht genug von mir bekommen.

Unsere Körper waren eng aneinandergepresst, und ich konnte deutlich spüren, wie sehr er mich wollte. Seine Hände glitten über meinen Körper, unkontrolliert und doch zielgerichtet, bis er mich vor sich auf die Beine zog. Seine Finger fanden den Saum meines Kleides und schoben es langsam nach oben.

Mit einem entschlossenen Ruck zog er meinen Slip nach unten, seine Augen voller Verlangen.»Heb deine Beine«, forderte er, sein Ton ließ keinen Widerspruch zu.

Ohne zu zögern, gehorchte ich, und mein Slip fiel geräuschlos zu Boden. Sein Blick wanderte über meinen Körper, und ich konnte das Feuer in seinen Augen sehen. Das Spiel zwischen uns war längst außer Kontrolle geraten, und ich wollte nichts mehr, als mich ihm vollends hinzugeben.

Aurelio packte meine Hüften mit einer Kraft, die keine Zweifel daran ließ, wer die Kontrolle hatte. Mit festem Griff drehte er mich zum Schreibtisch, sodass ich ihn nicht mehr sehen konnte – nur das dumpfe Rascheln seiner Bewegungen hinter mir. Der leise Klang seines geöffneten Gürtels, das leise Klirren, als die Schnalle gegen den Boden schlug, ließ mein Herz schneller schlagen.

Sein Körper kam näher, bis ich die Härte seines pulsierenden Schwanzes an meinem Hintern spüren konnte. Ein elektrisierendes Gefühl jagte durch meinen Körper, als er meine Kleidung nach unten zog und meine Brüste freilegte. Seine Hände umfassten sie, rau und fordernd, doch mit einer Wärme, die mich schmelzen ließ.

»Du bist makellos, Tesoro. Jeder Teil von dir gehört mir«, flüsterte er heiß an meinem Ohr, bevor er meinen Nacken mit seinen Lippen streifte. Ein tiefes, heiseres Stöhnen entglitt meinen Lippen, als er meine empfindlichen Nippel zwischen seinen Fingern rollte und daran zog.

Seine Stimme war ein rauer Befehl, als er mich anleitete: »Beug dich nach vorne. Ich will dich für mich. So, wie nur ich dich haben darf.«

Ich gehorchte, ließ meinen Oberkörper auf die kühle Holzoberfläche des Schreibtisches sinken, die sich wie ein Kontrast zu der Hitze anfühlte, die zwischen uns brodelte. Seine Hände glitten über meinen Rücken hinunter zu meinem Po, den er mit einem festen Griff packte.

»So ist es gut«, murmelte er, während seine Finger kurz über meine Schenkel wanderten, bevor sie weiter nach oben glitten.

Sein Schwanz streifte meine Nässe, ließ mich unkontrolliert aufseufzen, als er damit langsam meine Lippen teilte. »Du bist so bereit für mich«, murmelte er fast ehrfürchtig. »Ich könnte süchtig nach dir werden.« Dann, ohne Vorwarnung, drang er mit einem kräftigen Stoß in mich ein. Ein Fluch entkam mir, als ich spürte, wie er mich vollständig ausfüllte. Jede seiner Bewegungen war tief, präzise und unnachgiebig, und das pochende Verlangen in mir verwandelte sich in ein gleißendes Feuer.

»Aurelio!« Mein keuchender Schrei hallte im Raum wider, doch ich fühlte, wie seine Stöße intensiver wurden.

»Ja sag meinen Namen. Ich will, dass er immer wieder über deine schönen Lippen kommt, wenn ich dich ficke«, befahl er, seine Stimme ein gefährliches Raunen.

Ich tat, was er wollte, schrie seinen Namen wie eine Sünderin, die nach Erlösung verlangte. Sein Griff um meine Hüften wurde fester, als er seinen Rhythmus erhöhte, und als ich meinen Körper weiter an ihn drückte, spürte ich, wie ein dunkles Lachen aus seiner Brust vibrierte.

»Gott, du bist perfekt«, sagte er, griff nach meinen Haaren, wickelte sie um seine Hand und zog meinen Kopf zurück. Mein Rücken bog sich, präsentierte mich ihm völlig, und das Knirschen des Schreibtisches unter mir schien das einzige Geräusch zu sein, das mit unseren schweren Atemzügen mithalten konnte.

»Du fühlst dich so verdammt gut an«, flüsterte er mit rauer Stimme, und ich wusste, dass wir beide an der Grenze waren. Jeder Stoß brachte uns näher an den Abgrund, und in diesem Moment existierte nichts anderes mehr – nur wir beide, verloren in der Dunkelheit unserer Verlangen. Dann war es vorbei. Ich konnte diese Welle der Erregung nicht aufhalten. Meine Wände verkrampften sich um seinen harten Schwanz. »Genau so, Tesoro!«

Seine Stöße wurden heftiger und dann spürte ich, wie er sein Sperma in mir verteilte.

»Fuck! Fuck, Emilia! Du machst mich fertig.« Vollkommen ausgelaugt, ließ ich mich wieder auf den Tisch nieder, woraufhin Aurelio sich, noch immer in mir steckend, zu mir runter beugte und zärtliche Küsse auf meine Schulter hauchte. Dann zog er sich aus mir zurück und reichte mir ein Tuch von seinem Tisch. »Hier, bevor alles an deinen wunderschönen Beinen herunterläuft und die anderen Männer wahnsinnig macht. Denn dann müsste ich sie leider töten.« Völlig geschockt über seine Worte, begegnete ich seinem Blick. Da war wieder dieses teuflische Grinsen, aber er meinte es vollkommen ernst. Ich konnte es spüren. Wenn mir nur ein Mann zu nahe kommt, musste dieser womöglich daran glauben.

Auf eine Art gefiel es mir. Denn ich wusste, dass ich keinen anderen Mann wollte und es dazu nicht kommen würde. Zum anderen wollte ich aber nicht, dass er wegen mir das Blut anderer, an seinen Händen kleben haben würde. Seine Augen fingen meinen flüchtig nachdenklichen Blick auf.

»Ist alle in Ordnung?« Egal wie forsch er beim Sex sein konnte, seine Zärtlichkeit und Fürsorge danach war mir immer sicher.

»Ja, mir geht es bestens.«, versuchte ich, ihn zu beruhigen. »Ich gehe nur kurz auf die Toilette, frische mich auf und bin gleich wieder da.«

Ich richtete mein Kleid und stellte sicher, dass keiner von Aurelios Leuten in der Nähe war, bevor ich die Tür öffnete.

Am Waschbecken versuchte ich, mich so gut wie möglich zu säubern. Der Gedanke daran, dass Aurelio in mir gekommen war, ließ mich dennoch erleichtert aufatmen, da ich seit Jahren vorsorglich die Pille nahm – genau für solche Situationen.

Die nächsten Stunden verbrachte ich in Aurelios Büro, während er seinen geschäftlichen Angelegenheiten nachging. Mir war klar, dass er später eine Veranstaltung im Club hatte, also beschloss ich ihm etwas Freiraum für seinen Job zu geben und schon mal nach Hause zu fahren.

»Ist es in Ordnung, wenn ich schon nach Hause fahre? Ich bin hier keine große Hilfe und nach allem, was wir heute gemacht haben, würde mir eine Dusche guttun.«

»Natürlich, hier wird es heute später. Wenn du nicht vorhast, wiederzukommen, musst du nicht auf mich warten. Ich beeile mich. Aber du schläfst nicht im Gästezimmer, sondern in unserem Bett. Verstanden?«

Sein Lächeln war wie ein Geschenk. Bei diesen Worten strahlte er vor sich hin, und ich konnte nicht anders, als mich von seiner beruhigenden Ausstrahlung anstecken zu lassen.

»Ja, unser Bett. Verstanden«, antwortete ich scherzhaft und salutierte vor ihm.

»Nimm meinen Wagen. Toni fährt mich später.«

»Danke«, gab ich ihm einen letzten Kuss und ging zur Tür hinaus.

Mit einem Lächeln verabschiedete ich mich und trat den Weg zum Ausgang an. An der Tür sagte ich schnell »Tschüss.« zu Toni und stieg dann in Aurelios Auto. Wenn ein Mann dir sein Wagen anvertraut, kannst du sicher sein, dass er dir blind vertraut.

Die Fahrt zum Apartment war angenehm, ich fühlte mich glücklich und entspannt, und der wunderschöne Sonnenuntergang trug zu meiner guten Laune bei. Ich freute mich schon darauf, mein Kleid gegen eines von Aurelios T-Shirts zu tauschen. Darin schlief es sich besser.

Bald erreichte ich den Parkplatz der Wohnanlage, parkte neben dem Gebäude und stieg aus. Als ich den Wagen abschließen wollte, packte mich plötzlich jemand, und ich spürte ein kühles Tuch vor meinem Mund.

Ich versuchte, mich zu wehren, doch es war zu spät. Meine Tasche und die Schlüssel fielen zu Boden, und dann verlor ich das Bewusstsein.

Kapitel 39

AURELIO

Die Stunden im Club fühlten sich wie eine Ewigkeit an. Ich wäre lieber bei ihr. Durch sie war meine Welt komplett. Sie vervollständigte mich, ohne es zu wissen. Ich hätte niemals daran geglaubt, dass ich jemals so einer Frau begegnen würde. Und dann war sie auf einmal da.

Dennoch mussten die Geschäfte weiterlaufen, so gern ich mich von ihr ablenken ließ. So wie heute. Ich war wie besessen von ihr und mir war klar, dass das nichts Gutes war. Mein Blick wanderte zur Uhr. Drei Uhr morgens. Der Club begann sich endlich zu leeren, die wummernde Musik wurde gedämpfter, und die verbliebenen Gäste taumelten mit ihren letzten Kräften durch die Hallen. Ich zog mein Handy aus der Tasche, tippte hastig eine Nachricht und zögerte einen Moment, bevor ich auf ‚Senden' drückte:

Ich bin bald bei dir, Tesoro. Mi manchi.

Vermutlich schlief sie längst und würde die Nachricht erst am Morgen lesen, wenn ich wieder bei ihr war. Doch der Gedanke daran, wie sie ein Lächeln auf ihr Gesicht zaubern könnte, reichte mir. Ich steckte das Handy zurück in die Tasche und wandte mich an meine Männer, die im Hintergrund alles überwachten.

»Der Rest der Nacht gehört euch«, sagte ich mit einem Nicken in Richtung der letzten Gäste. »Ein paar Politiker mit mehr Koks in der Nase als Verstand und ein paar Nutten, die sie bei Laune halten. Schmeißt sie in einer Stunde raus, falls sie bis dahin nicht selbst gegangen sind.«

Toni trat vor, seine Haltung wie immer aufrecht und diszipliniert. »Verstanden, Boss. Und du? Bleibst du, oder soll ich den Wagen holen?«

»Hol den Wagen«, erwiderte ich, ohne zu zögern. »Du fährst mich nach Hause. Danach sorgst du mit den anderen dafür, dass hier alles glatt läuft.«

Er nickte und verschwand in Richtung Ausgang, während ich einen letzten Blick durch den Raum warf. Der Club war mein Reich, aber heute fühlte es sich leer an. Sinnlos. Es gab nichts, das mich hier hielt. Mein Verstand war längst bei ihr, meine Gedanken wurden von ihrem Lächeln und ihrer Stimme eingenommen.

Toni kehrte kurz darauf zurück und deutete mit dem Kopf zur Tür. »Der Wagen steht bereit. Wir können los.«

Ich hielt kurz inne und musterte ihn. Er war ein Mann, der Loyalität atmete, arbeitete schon an der Seite meines Vaters, bevor ich überhaupt wusste, wie man ein Messer hält. Wenn ich nicht hier war, wusste ich, dass er dafür sorgen würde, dass alles reibungslos lief.

»Ich verlasse mich auf dich.«

»Wie immer, Boss.«

Die Nacht hatte eine seltsame Schwere, als ich mich von den letzten einflussreichen Männern aus Catania verabschiedete. Worte wurden gewechselt, Hände geschüttelt, aber mein Geist war längst nicht mehr bei ihnen. Ich wollte nur zurück. Zu ihr. Die Straßen der Stadt waren stiller, als sie es um diese Uhrzeit hätten sein sollen. Die Feiernden schienen wie Schatten, kaum wahrnehmbar hinter der getönten Scheibe des Wagens. Die nächtliche Fahrt war von einer seltsamen Ruhe durchzogen, nur das leise Brummen des Motors durchbrach die Stille. Toni lenkte den Wagen sicher durch die leeren Straßen, doch seine Augen flackerten immer wieder zu mir, als wolle er etwas sagen.

»Boss«, begann er, seine Stimme ungewohnt weich, »Emilia. Sie tut dir gut.«

Ich drehte den Kopf leicht, ein Hauch von Überraschung in meinem Blick. Toni war ein Mann weniger Worte, zumindest wenn es um mein persönliches Leben ging.

»Glaubst du?«, fragte ich mit einer leisen, nachdenklichen Stimme, ohne ihn direkt anzusehen.

Er nickte, sein Blick fest auf die Straße gerichtet. »Ich habe dich lange nicht so gesehen. Ausgeglichener. Wenn ich ehrlich bin, hätte ich nicht gedacht, dass jemand wie sie…« Er hielt inne, suchte nach den richtigen Worten. »…jemand wie sie so perfekt für dich sein könnte.«

Ein unerwartetes Lächeln stahl sich auf mein Gesicht, warm und unkontrolliert. Toni bemerkte es sofort, und ich konnte spüren, wie sich die Spannung in der Luft löste.

»Sie verändert etwas in dir. Und das meine ich im besten Sinne.«

»Möglich«, antwortete ich, meine Stimme ruhig, aber in Gedanken bei ihr. »Oder sie ist das, von dem ich nie wusste, dass ich es brauche.«

Die Worte hingen für einen Moment im Raum, bis Toni, immer ein Mann mit einem Sinn für Humor, leicht schmunzelte. »Wenn du anfängst, poetisch zu werden, weiß ich, dass sie etwas Besonderes ist.«

Ein kurzes Lachen entkam mir, bevor wir beide wieder in ein angenehmes Schweigen fielen. Die Straßen wurden schmaler, vertrauter, als wir uns dem Apartment näherten. Meine Gedanken drifteten zu Emilia – wie sie aussehen würde, schlafend, in dem Shirt, das sie aus meinem Schrank genommen hatte.

Doch die friedliche Stimmung im Wagen wich, als Toni plötzlich langsamer wurde. Sein Blick war wachsam, seine Finger fest am Lenkrad. Er lehnte sich vor, die Augen schmal zusammengezogen, bevor er abrupt das Auto zum Stillstand brachte.

»Aurelio«, sagte er ernst, und ich folgte seinem Blick.

Mein Wagen stand da, regungslos, direkt neben dem Gebäude. Die Tür war offen, und ein kalter Schauder lief mir über den Rücken.

»Das ist dein Wagen«, sagte Toni, als hätte er meine Gedanken laut ausgesprochen.

Ich spürte, wie mein Puls sich beschleunigte. Ohne ein weiteres Wort griff ich nach der Waffe im Handschuhfach, während ein düsterer Gedanke sich in meinem Kopf festsetzte. Etwas stimmte nicht.

Die Sekunde, in der Toni den Wagen zum Stehen brachte, riss ich die Tür auf und sprang hinaus. Meine Schritte hallten auf dem Asphalt, als ich wie besessen zu meinem Wagen lief. Der Anblick vor mir ließ mein Blut in den Adern gefrieren: Die Fahrertür stand offen. Auf dem Sitz lagen die Autoschlüssel und Emilias Tasche, achtlos zurückgelassen, als ob sie verschwunden wäre. Aber ich wusste es besser. Das war kein Zufall.

Ich griff nach der Tasche, meine Finger zitterten vor Zorn und Angst. Der Duft ihres Parfüms hing daran, ein schmerzhafter Kontrast zu der kalten Leere, die mich überkam. Sie war weg. Und ich hatte sie nicht beschützt.

»Fuck, wo bist du?«, flüsterte ich heiser, als ob die Frage eine Antwort heraufbeschwören könnte. Doch außer der Stille war nichts zu hören. Die Straßen um mich herum wirkten plötzlich beängstigend still, als hätte die Nacht selbst die Luft angehalten.

Die Erkenntnis traf mich wie ein Schlag in den Magen: Sie hatten sie. Wer immer »sie«waren, ihr Onkel hatte etwas damit zu tun und sie hatten Emilia. Mein Verstand raste, Bilder und Szenarien fluteten mein Kopf, jedes schlimmer als das andere. Ich ballte die Hand zur Faust, versuchte, die Wut zu kontrollieren, die mich von innen heraus zerriss.

»Santo cielo!«, brüllte ich aus tiefster Kehle. Der Schrei war roh, ein Ausdruck purer Verzweiflung und ungebändigter Wut.

Toni war sofort bei mir, sein Blick ernst. »Was hast du gefunden?«

Ich drehte mich zu ihm um, zeigte ihm die Tasche und den Schlüssel. »Das ist alles, was von ihr übrig ist. Sie ist weg, Toni. Sie haben sie mitgenommen.«

Seine Augen verengten sich, er wirkte genauso alarmiert wie ich. »Wir finden sie, Boss. Aber wir müssen sofort handeln.«

»Trommel alle Männer zusammen«, sagte ich, meine Stimme ein Knurren, das keinen Widerspruch duldete. »Jeden Einzelnen. Niemand schläft, bis wir sie haben.«

Toni nickte und zückte sofort sein Handy, während ich noch immer die Tasche in der Hand hielt, als wäre sie der einzige Beweis dafür, dass Emilia existierte.

»Wenn ihr nur einen Finger an sie gelegt habt«, flüsterte ich leise, eine dunkle Drohung an die unbekannten Bastarde, die dafür verantwortlich waren. »Dann werde ich euch finden. Und ich werde euch dafür bezahlen lassen.«

Die Sorge nagte an mir, aber die Wut war stärker. Sie verlieh mir Fokus. Es war egal, wer sie waren oder warum sie es getan hatten. Sie hatten sie entführt, und damit einen Krieg begonnen, den sie niemals gewinnen würden. »Fahr mir hinterher und gib den anderen Bescheid. Wir fahren zu Dante und Luca. Möglich, dass sie etwas wissen.«

Ich stieg in meinen Wagen und trat das Gaspedal bis zum Anschlag durch, der Motor heulte auf, und die Straße verschwamm vor meinen Augen zu einem endlosen Band aus Asphalt. Jede Faser meines Körpers war angespannt, jede Zelle schrie nach Rache. Emilias Bild war fest in meinem Kopf eingebrannt – ihre Augen, ihr Lächeln, der Klang ihres Lachens. Diese Erinnerungen waren der Beweis dafür, dass sie nicht hier war.

Toni fuhr hinter mir, dicht auf den Fersen, und ich wusste, dass er längst alle informiert hatte. Ich konnte mich darauf verlassen, dass meine Männer in Bewegung waren. Doch keine Armee der Welt würde mich beruhigen, bis ich Emilia wieder bei mir hatte.

Endlich bog ich in die Auffahrt des Anwesens ein. Sein Haus war groß, beeindruckend, und wie immer bewacht. Zwei Männer in schwarzen Anzügen traten vor, als ich abrupt vor dem Tor hielt.

Kaum war der Wagen zum Stillstand gekommen, riss ich die Tür auf und sprang hinaus. Die Männer musterten mich.

»Verpisst euch und holt Luca. Sofort!«, brüllte ich. Doch die beiden Männer bewegten sich keinen Zentimeter. Ihre Mienen waren ausdruckslos, fast herausfordernd.

»Emilia wurde entführt, ihr Wichser!«, brüllte ich, meine Stimme überschlug sich vor Wut. »Lasst mich endlich durch, oder ich schwöre bei Gott, ich sprenge euch dieses verdammte Tor weg!«

Das wirkte. Die beiden warfen sich nervöse Blicke zu, bevor einer hastig einen Knopf am Funkgerät an seinem Ohr drückte. Sekunden später öffnete sich das große Tor knarrend, und ich war auf dem Weg zurück zu meinem Wagen, als eine vertraute Gestalt aus dem Haus trat.

Luca.

Er kam schnellen Schrittes auf mich zu, die Stirn in Falten gelegt, während ich direkt auf ihn zustürmte. »Aurelio. Was soll das? Was ist hier los?«, fragte er, seine Stimme mit einem Unterton aus Neugier und Misstrauen.

»Sie haben Emilia!«, erklärte ich, mein Atem ging stoßweise. »Sie haben sie entführt.«

Seine Augen verengten sich, und ich konnte sehen, wie die Schärfe seiner Gedanken einsetzte. »Komm rein«, sagte er knapp. »Wir werden herausfinden, wer das getan hat und wo sie ist.«

Doch in diesem Moment war das Einzige, woran ich denken konnte, Emilias Gesicht. Und daran, dass jeder, der es gewagt hatte, sie anzurühren, den Preis dafür zahlen würde – mit Blut.

»Du musst Dante Bescheid geben. Wir müssen sie finden, bevor es zu spät ist.«

Luca nickte mir zu, zückte sein Handy und wählte Dantes Nummer. Als die Verbindung hergestellt wurde und ich seine Worte hörte, war klar: Seine Reaktion war ebenso schnell wie intensiv. Er hatte nicht einmal Zeit, eine Antwort zu geben, bevor er das Gespräch beendete. Er würde kommen. Natürlich würde er das.

Ich wusste, warum. Er liebte sie. Das war keine Neuigkeit, kein flüchtiges Gefühl. Es war tief, dunkel und genauso obsessiv, wie das, was ich für sie empfand. Es war eine Tatsache, die mir unter normalen Umständen das Blut zum Kochen gebracht hätte. Doch jetzt, in dieser Scheiß Situation, war es irrelevant.

»Er wird alles tun, um sie zu finden. Das weißt du. Er würde Emilia niemals im Stich lassen«, sagte Luca.

»Ich brauche keinen Vortrag über Dantes Gefühle für sie«, knurrte ich und schritt zum Fenster. Der Gedanke, dass Emilia da draußen war – allein, verängstigt, womöglich verletzt – schnürte mir die Kehle zu. »Liebe kann ein verdammter Fluch sein. Sie macht uns alle blind. Aber im Moment? Wenn sie ihm einen Grund gibt, schneller zu handeln, dann soll es so sein.«

Ich ballte die Fäuste, mein Zorn und meine Verzweiflung rangen miteinander, während Lucas Stimme mich zurückzog.

»Du weißt, dass es ihr Onkel war. Das wissen wir alle«, sagte er, und sein Blick war hart. »Aber wenn wir zu ihm fahren, wird er nicht reden. Er wird abstreiten, verzögern, und wir verlieren Zeit. Eine Kugel würde uns Antworten sparen.«

»Verdammt, Luca.« Ich schlug gegen die Wand, spürte das Knirschen von Putz unter meiner Faust. »Du glaubst, ich weiß das nicht? Aber sein Tod bringt sie mir nicht zurück, nicht, wenn wir sie nicht rechtzeitig finden.«

Luca schwieg für einen Moment, und ich konnte das Gewicht meiner Worte in der Stille spüren. Ich hasste es, mich so verloren zu fühlen. Entscheidungen mussten präzise sein, ohne Emotionen. Doch jetzt war ich nicht in der Lage, klar zu denken. Jede Entscheidung schien wie eine Wette um Emilias Leben zu sein, und das war ein Einsatz, den ich nicht verlieren konnte.

»Wir haben keine Zeit«, sagte ich, versucht ruhig zu klingen. »Jede Sekunde, die wir hier verschwenden, ist eine Sekunde, die sie weiter von uns wegführt. Dass du jetzt durchdrehst, hilft uns nicht dabei, sie zu finden. Das werden wir. Und wenn es das Letzte ist, was wir tun. Sie ist stark und schlau. Sie wird nichts tun, das sie in Gefahr bringt. Sie wird wissen, dass wir nach ihr suchen und nichts unversucht lassen.«

Luca hatte recht. So schwer es mir fiel, ich musste Ruhe bewahren.

»Meine Männer sind auf dem Weg hierher. Wir sind bereit! Dante sollte sich lieber beeilen. Seit Stunden ist sie in ihrer Gewalt.«

Luca nahm sein Handy und rief jemanden an. »DiSantis ... wo ist er?« Sein Blick traf meinen und ich wusste sofort, dass er eine Information hatte.

»Was ist? Was weißt du?«, forderte ich eine Antwort. Doch er winkte mich nur mit einer Handbewegung ab, als er daraufhin das Gespräch beendete.

»Er ist am Hafen. Seit Monaten hat er einen Tracker an seinem Wagen. Das Problem ist, er ist nicht alleine. Die Russen sind bei ihm.«

Sofort trat der Schock in mein Gesicht. Denn wenn es Petrow war, hatten wir weniger Zeit als bisher angenommen. Petrow ist ein abgefuckter Zuhälter, der sich mit denen verbündet, die ihm den größten Vorteil bringen. Ihn interessierte es nicht, ob er schon einen Deal mit Dante hat. Er hat hier in Catania keine alleinige Macht. Also machte es Sinn, dass diese kleine Ratte sich einmischte.

»Wir brauchen Waffen und Munition. Ich werde nicht ohne sie da rausgehen. Ganz gleich, was für einen Krieg ich dann führen muss.« Ich sah an seinem Blick, dass er mir zustimmte. Als er seine Männer informierte, kam endlich Dante.

»Wer?«, schrie er uns an. »Wer hat sie? Ich werde sie alle umbringen.«

Er zitterte an ganzen Körper. Der sonst so kontrollierte Dante. Selbst er war nicht vor der Liebe sicher. Und ich verdrängte all das, denn ich wusste, dass sie zu mir gehörte. Und wenn es nötig war, mich mit dem Mann zu verbünden, der ihr einst das Herz gebrochen hat, dann würde ich es tun. Für sie. Für uns. Ich will sie nur wieder in meinen Armen zu halten.

»Ich sage dir das Gleiche wie Aurelio. Deine Wutanfälle bringen uns gar nichts. Reiß dich verdammt noch mal zusammen und hör mir zu.«, brüllte Luca seinen Bruder an.

Sofort schwieg Dante. »DiSantis ist mit den Russen am Hafen. Da ist eine große, verlassene Lagerhalle. Was immer sie vorhaben, dort könnten sie es unbemerkt tun. Die Autos werden jetzt mit Waffen beladen und dann fahren wir alle dort hin«, erklärte er unmissverständlich und instruierte uns über das weiter Vorgehen. »Wir teilen uns auf und gehen über verschiedene Seiten rein. Die Lagerhalle ist über drei Straßen erreichbar. Jeder von uns nimmt eine und nimmt seine Männer mit. Haltet eure Handys bereit. Ich sage euch, wann es losgeht. Ihr beide könnt nicht klar denken. Überlasst das mir. Ich weiß, dass ihr euch am liebsten gegenseitig auf die Fresse hauen wollt. Aber denkt an Emilia. Sie braucht jetzt jeden von uns.«

Es stimmte, wir würden nur aus unseren Emotionen heraus, handeln und das könnte sie in den Tod stürzen.

Als die Wachmänner uns ein Zeichen gaben, dass alle Autos beladen waren, klingelte mein Handy.

Beim Blick auf das Display blieb mir die Luft weg. Dort stand ihr Name!

»Emilia?!« »Nein, hier ist nicht die kleine Hure. Und wenn ihr sie lebend wollt, oder zumindest das, was von ihr übrig ist, dann solltet ihr euch beeilen. Sonst landet ihr Körper entweder im Meer oder wird an ein paar Männer verkauft, die viel Geld für so eine unverbrauchte Schlampe geben würden.«

Aufgelegt! »Was ist los?«, fragte Dante.

»Das war Petrow. Er droht sie zu verkaufen oder umzubringen, wenn wir uns nicht beeilen. Das Seltsame ist, dass er nichts gefordert hat. Es ist nur ein Spiel für ihn«, sprach ich ruhig. »Alle einsteigen! Wir dürfen nicht noch mehr Zeit verlieren.«, wies Luca alle an.

Ich betete, dass wir nicht zu spät sind.

»Halte durch, Tesoro.«

Kapitel 40

EMILIA

Mein Körper war ein Schlachtfeld. Jeder Muskel schrie, jede Bewegung war ein brutaler Akt des Willens. Der Schmerz war wie eine Bestie, die an meinen Gliedern nagte, scharf und erbarmungslos. Meine Gedanken waren ein Trümmerhaufen, zersplittert und chaotisch. Als ich endlich meine Augen öffnete, verschmolz die Dunkelheit mit einem schmalen Streifen von trübem Licht, das von einer Quelle kam, die ich nicht sehen konnte. Es war kalt. Die Art von Kälte, die durch die Haut kroch und sich in den Knochen einnistete.

In der Ferne hallten Stimmen. Sie waren gedämpft, ein Mischmasch aus Gelächter und gedämpftem Gemurmel, das mir ein eisiges Unbehagen einflößte. Männer. Fremde. Sie klangen amüsiert, sorglos.

Ich wusste nicht, wo ich war. Der Boden unter mir war hart, Beton, vielleicht Stein. Meine Hände tasteten zittrig nach Halt, fanden, jedoch nur kalte Leere. Erinnerungen versuchten, an die Oberfläche zu drängen, doch sie waren bruchstückhaft, zerbrochen wie Glassplitter in meinem Kopf. Alles, woran ich mich erinnern konnte, war ein Tuch. Das Tuch, das plötzlich gegen meinen Mund und meine Nase gepresst wurde, der beißende Geruch von Chemikalien, der meinen Verstand in Dunkelheit tauchte. Danach – nichts.

Mein Atem war flach, ein heiseres Röcheln in der stillen Kälte. Ich zwang meinen Blick nach unten und betrachtete mich selbst, suchte fieberhaft nach Antworten. Immerhin trug ich noch mein Kleid. Eine Erkenntnis, die mich kurz aufatmen ließ. Ich klammerte mich an diesen Umstand, wie ein Ertrinkender sich an ein Stück Treibholz klammert. Vielleicht war ich verschont geblieben – vorerst. Doch in meinem Inneren wütete eine andere Angst, eine tiefere, unausweichlichere: Das war keine Rettung. Es war eine Art Aufschub.

Mein Herz schlug merklich schneller, ein wilder, unkontrollierter Rhythmus, der gegen meine Rippen hämmerte. Die Stimmen schienen näher zu kommen, oder spielte mein Verstand mir einen grausamen Streich? Ich zwang mich, aufzustehen, doch meine Hoffnung wurde zerschlagen, als ich die Fesseln an meinen Handgelenken und Fußfesseln wahrnahm. Es war mir unmöglich, hier allein rauszukommen. Das war meine persönliche Hölle und ich wusste, wenn mich nicht bald jemand finden würde - ich wollte diesen Gedanken nicht zu Ende denken, denn wenn ich das tat, hatte ich endgültig jede Hoffnung aufgegeben.

Ich hatte kein Gefühl dafür, wie lange ich schon hier war. Zeit hatte hier in der Dunkelheit keinen Platz. Kein Maßstab, keine Orientierung. Mein Herz raste unregelmäßig, während ich krampfhaft versuchte, in der Dunkelheit irgendetwas zu erkennen. Aber außer ein paar Gitterstäben, war nichts zu sehen. Keine Fenster, keine Lichtquellen – nichts, das mir nur den Hauch eines

Auswegs bot. Ich war ausgeliefert. Ein Spielball ihres kranken Plans. Ein Schatten meines eigenen Selbst.

Doch dann – ein Schnitt durch die Stille. Die Stimmen, die in der Ferne gemurmelt und gelacht hatten, verstummten plötzlich. Es folgten Schritte, das schwere, langsame Stampfen von Stiefeln auf Stein. Der Klang schien sich in der Leere des Raums zu vervielfachen, wurde lauter mit jeder Sekunde. Ich zwang mich, den Kopf zu heben, obwohl mein Nacken schrie. Die Schritte hielten vor meiner Zelle an. Mein Atem stockte, und mein Blick klebte an der verschwommenen Silhouette, die sich vor den Gitterstäben aufbaute. Mein Körper war angespannt, ein animalisches Zittern lief über meine Haut. Ich konnte sein Gesicht nicht sehen, die Dunkelheit hielt es verborgen, aber seine Präsenz war unübersehbar. Eine kalte, drohende Macht, die den Raum erfüllte.

Und dann sprach er.

»Seht her, wer aufgewacht ist. Unser Ehrengast will sich endlich zu uns gesellen.«

Die Stimme schnitt durch die Dunkelheit wie ein Messer. Rau, tief, mit einem leichten Akzent, der bei mir sofort eine Welle aus kaltem Schauer und heißem Hass auslöste. Mein ganzer Körper spannte sich an, während die Worte in mir widerhallten, als wären sie mit Gift getränkt.

Petrow.

Dieser Name war ein Fluch, ein Stigma, das sich in meine Seele gebrannt hatte. Dieser Akzent, diese geschmeidige Boshaftigkeit, die jedes Wort wie eine Drohung wirken ließ – sie hatten sich in meinen Verstand geätzt, unauslöschlich wie Narben.

Mein Herz raste, ein wilder, unkontrollierbarer Takt, der meinen Brustkorb zu sprengen drohte. Ich wollte etwas sagen, ihn anschreien, ihn verfluchen, doch meine Stimme war wie eingefroren, meine Kehle trocken wie Staub. Die Welt um mich herum schien stillzustehen, während sein Lachen den Raum erfüllte, heiser, spöttisch, voller krankhafter Genugtuung.

»Oh, ich habe dich vermisst«, sagte er mit einer Ruhe, die nur seine wahre Grausamkeit unterstrich. »Es ist schon so lange her, nicht wahr? Ich frage mich, ob du mich auch vermisst hast.«

Seine Worte waren wie Schläge, und ich zwang mich, nicht zu reagieren. Keine Schwäche zeigen. Keine Emotion. Petrow war nicht nur ein Mann. Er war ein Monster. Ein Raubtier, das nichts anderes kannte als Macht und Zerstörung. Und jetzt war ich in seinem Käfig, zu seiner Unterhaltung, seinem Vergnügen.

»Heute hast du nichts zu sagen?« Seine Stimme war jetzt fast belustigt, als er näher an die Gitter trat, die zwischen uns lagen. »Das ist schade. Aber das macht nichts. Ich bin ein geduldiger Mann, und ich habe alle Zeit der Welt, meine kleine Schöne.«

Ich biss die Zähne zusammen, zuckte unwillkürlich zurück, obwohl die Gitter uns trennten. Sein Schatten fiel auf mich, groß und bedrohlich, während er mich weiterhin mit diesem kalten, tödlichen Spott betrachtete.

Ich musste hier raus, bevor er sein Spiel begann – eines, bei dem ich der Preis sein würde.

»Holt sie raus. Die Party kann beginnen.«

Seine Stimme war wie ein Urteilsspruch, kalt und endgültig. Schritte hallten durch die Dunkelheit, diesmal mehrere. Ein Chor aus Stiefeln, die auf den harten Boden prallten, wie das Trommeln eines nahenden Sturms. Mein Atem ging flach, Panik griff nach mir wie eisige Klauen. Zwei Männer traten aus den Schatten, ihre Silhouetten massiv und drohend. Ihre Hände packten mich ohne Gnade an den Armen, grob und unnachgiebig. Ihre Finger bohrten sich wie Schraubzwingen in mein Fleisch, und ich schrie auf, doch der Laut ging in der kalten Leere unter. Sie zerrten mich wie ein Tier, das zur Schlachtbank geführt wird.

Der Schmerz war alles verzehrend. Meine Knie schrammten über den harten Boden, jede Unebenheit, jeder Splitter riss meine Haut auf. Blut und Dreck vermischten sich auf meinen Beinen, doch es war die kalte Brutalität, mit der sie mich behandelten, die mich zerbrechen wollte. Die Tränen kamen, heiß und unaufhaltsam, liefen über meine Wangen, während ich darum kämpfte, mich zu wehren, zu entkommen. Doch meine Bemühungen waren sinnlos.

Sie schleiften mich durch die Dunkelheit, und ließen sie mich wie ein Stück Müll fallen. Mein Körper prallte hart auf den Boden, Staub und Schmerz stiegen in einer Welle auf, die mir den Atem raubte. Ich hatte keine Zeit, mich zu erholen, keine Zeit, meine Würde zu sammeln.

Petrow thronte über mir wie ein Gott, der über Leben und Tod entschied, und ich war sein Opfer, vor seine Füße geworfen, zu seiner Belustigung. Sein Lächeln war kalt, seine Augen gierig, und der Ekel, der in mir hochstieg, war so stark, dass ich würgte. »Jetzt bist du still, hm?« Seine Worte waren wie ein Messer, scharf und darauf bedacht, jede meiner verbleibenden Mauern einzureißen. »Keine große Klappe mehr? Keine dieser frechen Antworten, die ich so genossen habe?« Er beugte sich herab, kam so nah, dass ich seinen Atem auf meiner Haut spürte, heiß und beißend. »Ich verspreche dir, wenn wir mit dir fertig sind«, flüsterte er, seine Stimme triefend vor sadistischer Genugtuung, »wirst du dir wünschen, ich hätte dich getötet.«

Mein Magen drehte sich um, als sein Gesicht näherkam, sein Atem schwer von Alkohol und etwas Bitterem, Schweißigem. Sein Geruch war wie ein Stempel, der sich auf meine Sinne brannte, und ich wandte reflexartig das Gesicht ab, doch seine Hand schnellte vor und packte mein Kinn.

»Nein, nein«, zischte er und zwang mich, ihn anzusehen. »Kein Wegschauen. Du wirst mir in die Augen sehen, während du begreifst, dass du mir gehörst.«

Seine Fingernägel bohrten sich in meine Haut, und ich spürte, wie das Zittern in meinen Gliedern zunahm. Doch tief in mir, hinter der Angst, hinter dem Schmerz, flackerte etwas anderes auf. Ein winziger Funke, ein kleines Glühen von Trotz, das er nicht ausgelöscht hatte. Er lachte, ein raues, kehliges Geräusch, das sich in meinen Ohren festsetzte. »Oh, ich sehe es«, sagte er leise, fast genüsslich. »Du denkst, du kannst das überleben. Aber glaub mir, meine Kleine, hier gibt es keine Hoffnung. Nur mich.« Ich schluckte hart, zwang die Tränen zurück, obwohl meine Augen brannten. Ich würde ihm nichts geben. Nicht das Vergnügen, mich völlig zu brechen. Doch als er sich zurücklehnte, seine Augen wie ein Raubtier, das mit seiner Beute spielte, wusste ich, dass dies erst der Anfang war.

Die Welt um mich herum verschwamm zu einem grauen Schleier aus Schmerz und Verzweiflung. Es war, als hätte man mich in ein endloses schwarzes Loch geworfen, ohne die geringste Aussicht auf Licht. Doch seine Stimme – seine kalte, schneidende Stimme – durchbrach jede Hoffnung, jeden noch so kleinen Funken Widerstand in mir.

»Heute, Emilia, bekommst du eine Lektion darüber, was Respekt bedeutet.« Seine Worte waren scharf wie Rasierklingen, schnitten durch die Luft, durch meine Haut, und ließen mich innerlich verbluten. »Und danach bist du nur eine wertlose Hure, die niemand mehr will. Es wird niemanden interessieren, was mit dir passiert ist. Ich werde dir heute alles nehmen. Deine Schönheit! Deine Würde! Deine Sicherheit! Alles.«

Sein Blick, so eiskalt, dass er durch meine Seele brannte, war der Inbegriff von Grausamkeit. Kein Funken Menschlichkeit, kein Hauch von Zögern. Ich wusste, dass dies mein Ende war. Nicht unbedingt der Tod – das wäre zu einfach gewesen. Nein, Petrow wollte mehr. Er wollte mich zerstören, Schicht um Schicht, bis nichts mehr von mir übrig war.

Er trat aus meinem Blickfeld, und ich hörte, wie er sich an jemanden wandte, seine Worte wie eine Befehlsflut, die meine Hoffnung weiter zertrümmerte. »Los. Legt sie auf den Tisch.«

Panik durchzuckte mich, roh und überwältigend, und ich schrie auf, so laut ich konnte, doch mein Hilfeschrei erstickte unter dem groben, klebrigen Band, welches sie über meinen Mund gezogen hatten. Der Geschmack von Kleber und Schweiß erfüllte meinen Mund, und ich würgte, während die Realität mich unaufhaltsam einholte. Meine Schreie waren bedeutungslos. Niemand würde mich hören. Niemand konnte mich retten.

Ihr Gelächter erfüllte den Raum, ein widerliches Echo von Macht und Lust, das mir die Ohren taub machte. Sie ergötzten sich an meiner Angst und meiner Hilflosigkeit.

Wieder waren es diese beiden Männer. Ihre Griffstärke war brutal, ihre Bewegungen gnadenlos, als sie mich von der kalten, schmutzigen Erde hoch. Ich trat um mich, kämpfte mit allem, was ich hatte, doch meine Anstrengungen waren lächerlich im Vergleich zu ihrer schieren Kraft. Sie schleppten mich wie eine Puppe zum Tisch.

Sie warfen mich darauf, als wäre ich nichts, und der Aufprall ließ meinen Körper erbeben. Ein stechender Schmerz explodierte in meiner Brust, und ich rang verzweifelt nach Luft. Meine Rippen fühlten sich an, als wären sie zersplittert, jeder Atemzug war eine Qual. Doch es war nicht der Schmerz, der mich lähmte. Es war das, was kommen würde.

»Sie gehört dir«, hörte ich Petrow sagen, seine Stimme voller sadistischer Genugtuung. »Mach mit ihr, was du willst. Aber lass sie am Leben. Ihre kleinen Freunde sollen mit eigenen Augen sehen, was es bedeutet, wenn man uns in die Quere kommt.«

Seine Worte waren wie ein Urteilsspruch, das Todesurteil für jede Hoffnung, die ich gehabt hatte. Ich spürte, wie sich die Welt um mich zusammenzog, ein enger, dunkler Tunnel, aus dem es kein Entkommen gab.

Tränen liefen unaufhaltsam über mein Gesicht, heiß und salzig, während ich meinen Kopf gegen die harte Tischplatte drehte. Meine Stimme, meine Würde, meine Freiheit – alles war mir genommen worden. Und jetzt war ich nichts weiter als ein Werkzeug, ein Symbol, das sie benutzen wollten, um ihre Macht zu demonstrieren.

Doch tief in mir, unter all der Angst und dem Schmerz, spürte ich etwas, das sich wehrte. Eine winzige Flamme, ein brennendes Gefühl von Wut, das selbst Petrow nicht auslöschen konnte. Und während sie lachten und sich an ihrer eigenen Boshaftigkeit berauschten, schwor ich mir, dass ich, egal wie tief ich fallen würde, niemals vergessen würde. Niemals vergeben würde.

Flavio trat näher an den Tisch heran, seine Augen dunkel und voller Groll, ein abgründiger Hass, der mich erstarren ließ. Das war nicht der Mann, den ich einst gekannt hatte, der mir Versprechen ins Ohr geflüstert hatte, die jetzt wie eine absurde Lüge klangen. Vor mir stand kein Mensch mehr. Vor mir stand ein Raubtier, ein Wesen, das nur von seiner Gier und seinem Zorn angetrieben wurde.

Die Tür hinter ihm fiel ins Schloss, und die anderen Männer verschwanden, ohne nur einen Blick zurückzuwerfen. Sie ließen mich mit ihm allein – allein mit seiner zerstörerischen Wut und seinem krankhaften Verlangen nach Rache.

»So schnell kann sich das Blatt wenden, Emilia«, begann er, seine Stimme ein triefendes Gemisch aus Spott und Abscheu. »Ich habe dir doch gesagt, dass es noch nicht vorbei ist. Doch, dass du es mir so leicht machen würdest, hatte ich nicht erwartet.«

Seine Augen wanderten über meinen Körper, als wäre ich ein Objekt, ein Stück Fleisch, das ihm gehörte. Ich versuchte, meinen Atem zu kontrollieren, versuchte, den wachsenden Kloß aus Panik und Verzweiflung in meiner Kehle hinunterzuschlucken. Doch seine Worte schnitten tiefer als jede Klinge.

»Wir hätten so ein gutes Leben haben können«, fuhr er fort, während er langsam um den Tisch ging, sein Blick mich wie ein Messer sezierte. »Aber du wolltest dich lieber wie eine Nonne verhalten. Wo hat dich das hingebracht, Emilia?« Seine Stimme wurde härter, giftiger.

»Jetzt bist du mir ausgeliefert, und ich werde jeden Zentimeter deines Körpers zu meinem machen.« Er blieb kurz stehen, ließ seinen Blick auf mir ruhen, bevor er mit einem abfälligen Lachen weitersprach. »Dachtest du, du seist sicher, wenn du dich von einem anderen ficken lässt? Hat es sich dafür gelohnt? Du allein bist an allem schuld. Wärst du eine gute Frau gewesen, die meine Bedürfnisse stillt, wären wir heute nicht hier.«

Seine Schritte waren wie ein unheilvolles Ticken, das mich immer tiefer in den Abgrund zog. Er lief weiter um mich herum, wie ein Wolf, der seine Beute einkreist, jeder Schritt ein weiterer Tropfen Gift, der in meine Seele sickerte. Mein Atem ging flach, und mein Blick folgte ihm unwillkürlich, unfähig, mich abzuwenden.

»Du machst mir das zu einfach, weißt du?« Seine Stimme war jetzt fast weich, eine grausame Parodie von Sanftheit. »Es ist geradezu poetisch, dich so zu sehen. So hilflos. So allein.«

Dann beugte er sich vor und riss das Klebeband von meinem Mund. Der Schmerz war scharf, brennend, doch es war nichts im Vergleich zu der Nähe seines Gesichts. Sein Atem war heiß, schwer von Alkohol und einer dunklen, bitteren Energie, die mich beinahe erstickte.

»Los, sag, was du zu sagen hast.« Seine Augen fixierten meine, eiskalt und ohne Gnade. »Tu es, Emilia! Du warst doch sonst so mutig.« Er grinste breit, und seine Zähne blitzten im schwachen Licht. »Es könnte deine letzte Chance sein. Nur dieses Mal ist niemand hier, um dich zu retten. Und selbst wenn sie dich finden – du wirst längst tot sein.«

Seine Worte trafen mich wie Schläge, doch ich zwang mich, nicht wegzusehen, zwang mich, ihm in die Augen zu sehen. Mein Herz raste, die Panik in meinem Inneren tobte wie ein Sturm, aber ich hielt stand. Wenn dies das Ende war, würde ich ihm zumindest das letzte Wort nehmen.

Er schlug immer und immer wieder auf mein Gesicht und meinen Körpe ein. Er wird kommen«, sagte ich, meine Stimme rau, aber voller unerschütterlicher Überzeugung. »Und wenn er dich findet, wird er dich töten. Du kannst dich genauso gut verabschieden wie ich.«

Für einen Moment verstummte er. Sein Grinsen verblasste, und seine Augen verengten sich, ein Anzeichen, dass meine Worte ihn getroffen hatten, wie ein erster Riss in seiner überheblichen Maske. Doch dann lachte er, ein kaltes, bösartiges Lachen, das durch den Raum hallte.

»Wir werden sehen, wer zuerst stirbt, meine kleine Emilia.« Seine Stimme war jetzt gefährlich leise, fast ein Flüstern. »Aber glaub mir, ich werde jeden Moment mit dir genießen.«

Er schlug immer und immer wieder auf mein Gesicht und meinen Körper ein. Ein metallischer Geschmack machte sich in meinem Mund breit und das Blut lief über meine Lippen. Selbst jetzt wollte ich ihm nicht das Gefühl geben, dass er mich gebrochen hatte. Ich sah im direkt in die Augen und wiederholte meine Worte.»Töten wird er dich!«

»Für so dumm hatte ich dich nicht gehalten. Wehrlos und dann so vorlaut.« Die Wut in ihm wurde immer präsenter und mittlerweile war er gnadenlos. Hauptsache, er kam an sein Ziel. Er packte mich und zog mich vom Tisch, sodass ich gebeugt darüber lag. Ich wusste genau, was mich erwartete, und ich würde ihm nicht die Genugtuung des Genusses geben. Flavio presste meinen Kopf auf den Tisch, als ich eine kalte, scharfe Klinge an meinem Körper spürte.»Wollen wir doch mal sehen, ob du immer noch so eine große Klappe hast.«

Ungehemmt packte er mein Kleid und zog die Klinge von oben nach unten, die gleichzeitig auf meine Haut traf. Meine Schreie hallten durch den gesamten Raum. Er wiederholte es einige Male, bis ich nicht mehr konnte. Völlig kraftlos und zugerichtet lag ich auf diesem Tisch. Mein Blut tropfte auf den Boden und sammelte sich dort. Spätestens jetzt war mir klar, dass Flavio keine Grenzen mehr kannte. Er genoss es regelrecht und er würde mir immer mehr antun, nur um seine Begierde zu stillen. Wenn ich dachte, dass er an diesem Punkt aufhören würde, täuschte ich mich. Ruckartig zog er mich zu sich. Mein Kleid schob er nach oben, um sich dann hinter mir zu platzieren.»Töte mich«, flehte ich ihn an. Doch das war ich ihm nicht wert. Er wollte mich leiden lassen, solang ich etwas fühlen konnte.

»So viel Gnade verdienst du nicht. Ich werde dich ficken, bis dein Körper freiwillig aufgibt und dein letzter Atemzug über deine Lippen kommt.« Ich spürte nichts mehr. Es war, als wäre das Leben längst aus mir ausgesaugt worden. Er sollte es endlich zu Ende bringen, damit ich sterben konnte. Alles war mir lieber, als das weiter ertragen zu müssen. Er riss meinen Slip gewaltsam zur Seite und ich spürte seinen Schwanz an meiner Öffnung.

Gewaltsam riss er meinen Kopf an meinen Haaren nach hinten und stieß seinen Schwanz ohne Gnade immer wieder mit harten Stößen in mich. Je mehr Tränen mir übers Gesicht liefen, desto mehr trieb es ihn an, härter vorzugehen. Es griff nach meinen Fesseln an meinen Handgelenken, zog sie so weit nach hinten, dass mein Oberkörper sich wölbte und ich vor Schmerz immer wieder laut aufschrie. »Töte mich endlich. Tu es! Töte mich!«, schrie ich unter Tränen. Meine Schreie mussten so laut gewesen sein, dass Petrow in den Raum kam und auf einmal auf Flavio losging. »Was hast du Wichser an meinen Worten nicht verstanden? Du hattest deinen Spaß. Jetzt verpiss dich von ihr.« Petrow beobachtete Flavios nächste Schritte genau, doch dieser folgte seiner Aufforderung ohne Widerstand. »Bringt sie zurück in die Zelle und bindet sie wieder fest«, befahl er seinen Männern.

Flavio lehnte sich ein letztes Mal zu mir runter. »Wenn du das hier überlebst, kannst du dich bei dem fetten Russen bedanken. Wir sehen uns meine Schöne. Das war bestimmt nicht das letzte Mal.« Und dann wurde er auch schon von einem von Petrows Männern zur Seite geschubst, de mich packte und zurück in den Raum brachte, wo ich zuvor hinter Gitterstäben eingesperrt war. Die Dunkelheit umhüllte mich wie ein schwerer Schleier, und ich ließ mich von ihr forttragen. Es war wie ein Abtauchen in einen tiefen, stillen Ozean, wo keine Schreie, keine Schmerzen und kein Leid mehr existierten. Ich spürte, wie mein Körper aufgab, wie die Kälte, die sich in mir ausgebreitet hatte, zu einem festen Griff wurde, der mich in die Tiefe zog.

In diesem Moment gab es nichts mehr außer der Dunkelheit und dem flüchtigen Bild seines Gesichts, das vor meinen inneren Augen schwebte. Aurelio. Sein Name war wie ein stummer Ruf, ein letzter Gedanke, der mich festhielt, bevor ich endgültig verschwand. Sein Lächeln. Seine Hände, die mich einst gehalten hatten, als die Welt zu zerbrechen schien. Sein Versprechen, mich zu beschützen, das er nicht mehr einlösen konnte. Niemals würde ich ihm sagen können, dass er mein Schicksal war. Dass mein Herz in jeder Sekunde, selbst in den dunkelsten Momenten, nur für ihn geschlagen hatte. Bald würde ich wieder bei meinen Eltern und Santo sein, in einer Welt ohne Schmerz und ohne Kampf. Bald würde ich Aurelios Schutzengel werden – ein leises Versprechen, das ich nicht mehr brechen konnte.

Fortsetzung folgt ...

Danksagung

An Marita und Samantha – meine Inspiration und Anstoß:

Alles begann mit euch. Eine Idee, die nur ein Gedanke war, wurde durch euch zu etwas Greifbarem. Eure Worte, eure Unterstützung und dieser kleine, aber entscheidende Moment in einem Livestream haben mein Leben verändert. Samantha, als du gesagt hast, ich sollte Dark Romance schreiben, hätte ich nie gedacht, dass das der Start von etwas so Großem wird. Ihr beide habt mich ermutigt, jeden Tag weiterzumachen, habt mir Tipps gegeben und mich auf diesem Weg begleitet. Ohne euch wäre ich nie hier angekommen. Ich liebe euch dafür und weiß, dass wir unzertrennlich sind – auf unsere Art. Danke für alles.

An meine OGs – meine Mädels, meine Felsen:

Scarlett, Emmy, Anna, Brina, Christina & Vanessa. Ihr seid mein Herzschlag in diesem Abenteuer. Danke, dass ihr von Anfang an, an diese Geschichte geglaubt habt, dass ihr mit mir durch jede einzelne Seite gegangen seid und so unendlich viel Zeit investiert habt, um dieses Baby mit mir großzuziehen. Eure Unterstützung, eure ehrlichen Worte und euer Glaube daran, dass diese Geschichte etwas Besonderes ist, bedeuten mir die Welt. Ihr seid diejenigen, die mir immer wieder den Rücken stärken und mir zeigen, dass ich an mich selbst glauben kann. Ich danke euch aus tiefstem Herzen, ich liebe euch, und ich freue mich auf alles, was noch kommt. Mit euch an meiner Seite ist alles möglich.

An jeden Einzelnen, der dieses Buch in die Hand genommen hat:

Danke, dass du Emilia und ihrer Geschichte eine Chance gegeben hast. Danke, dass du dich auf diese dunkle, wilde Reise eingelassen hast und ihr einen Platz in deinem Regal oder auf deinem E-Reader geschenkt hast. Deine Unterstützung, deine Liebe zu dieser Geschichte und deine Begeisterung bedeuten alles für mich. Du bist auch ein Teil davon, die dieser Geschichte Leben einhaucht und sie weiterträgt. Ich sehe dich, ich schätze dich, und ich danke dir von Herzen.